跨度长篇小说文库

Kuadu Novel Series

NOVELS THE

跨度长篇小说文库
Kuadu Novel Series

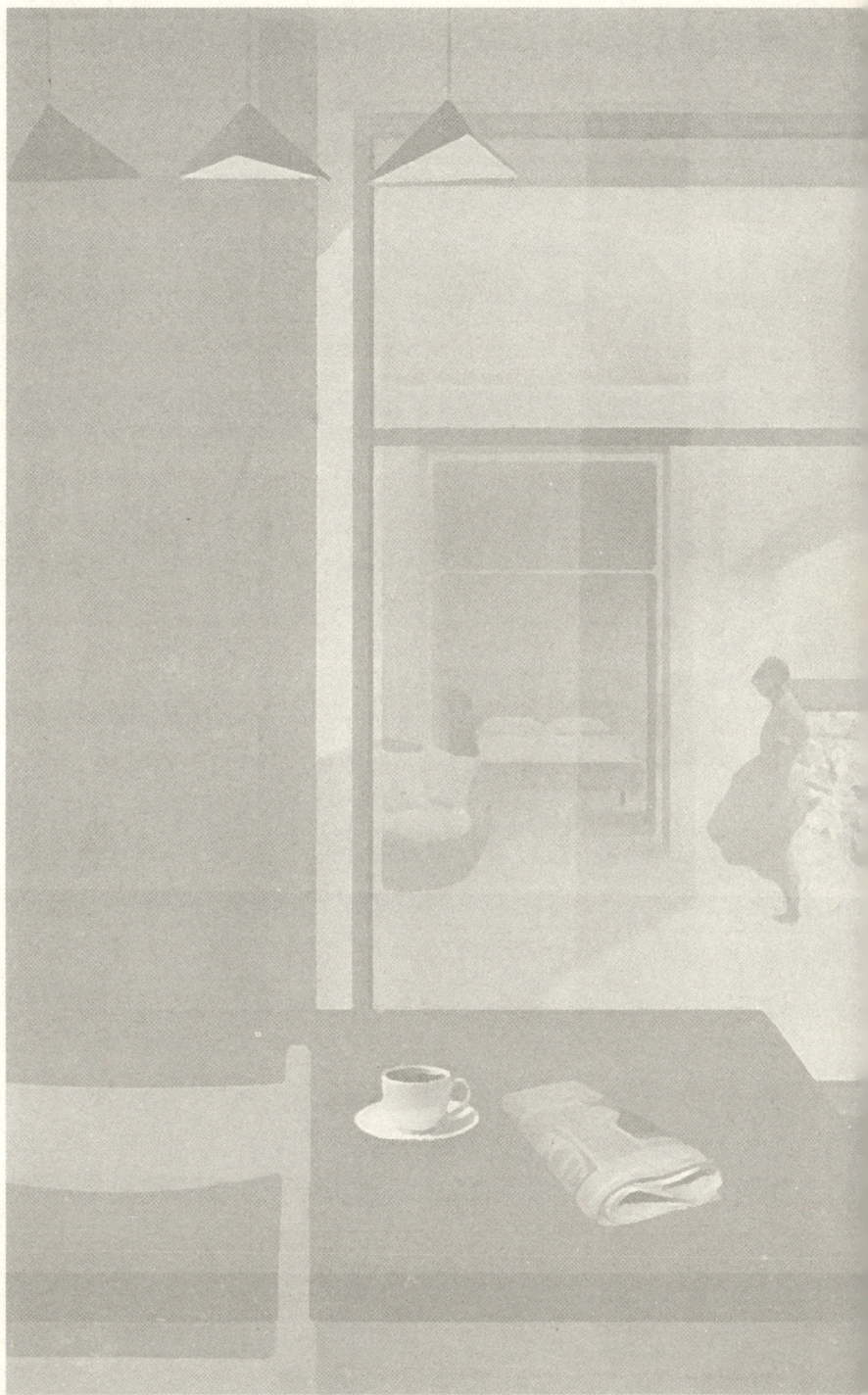

长篇小说

问题男人

流岚 ◎ 著

中国文史出版社

1

虽然在上床之前庄志文就反复地做着思想准备，但终归还是不中用。特别是当他手摸到于梦莎那一边是平板板的肋骨一边是软塌塌的乳房的时候，好不容易积攒起来的情绪顿时一落千丈。

真是个没用的东西，哪像个男人？开始时还尽量忍受和配合的于梦莎终于忍无可忍了，随着一声怒骂，一脚把庄志文踢到了床下。

庄志文只好披上一件衣服，抱起被子走到客厅的沙发上，浑身疲惫的他，此刻却没有一丝一毫的睡意。

这是第多少次被于梦莎从床上撵到沙发上，他已经记不清了。但是，第一次被这样撵到卧室之外的地方，那情景他至今还记得清清楚楚，甚至想忘都忘不掉。

那是他俩结婚第二年，当时还没有孩子，毕竟是年轻人，又是大学的同班同学，感情还算过得去，但是在庄志文的心里始终憋着一股火，这火不仅来自于梦莎对他的轻蔑与傲慢，也来自和他们同住在一起的岳父于在海。由于在一个锅里搅马勺，相互的了解和认识也在不断地加深。结婚之前双方毕竟还都勉强保持着一种起码的礼貌和尊重，可自从庄志文走进了这个家庭之后，就越来越感到无形的压力，让他感到窒息，特别是每次看到岳父大人向他投来的那种轻蔑的眼神，他就感到脊背阵阵发凉，可表面还要装得异常温顺，一口一个爸地叫得好甜。而于在海的女儿，这个大学同班的于梦莎，在专横跋扈方面简直是创造性地继承了她父亲的秉性。庄志文常常一个人这样想，当时于梦莎使尽浑身解数追求自己的时候怎么没有看出来呢？那时的于梦莎处处表现得温柔而乖巧，有些事情做得体

1

贴入微，让庄志文当时觉得心里一阵阵发热。正是因为这些，当然也加上了后来在庄志文心中具有巨大诱惑力的留城发展的想法，才促成了庄志文下了最后的决心，那决心使另外一个女人泪雨滂沱，甚至险些丢了性命……

夜已经很深了，庄志文的脑子里还是很乱，觉得有千头万绪，不管是哪一个思路，他都觉得既提不起精神，又无法回避。就说刚才吧，本来是好好的事，由于情绪不在最佳的状态，就成了这种一塌糊涂不可收拾的局面。想起来这个春节也过得让人不舒畅，可是于梦莎这些天却显得始终那样精力充沛神采飞扬，不知是这个春节里好酒好肉供的，还是打麻将赢了几千元钱把她兴奋到这种程度。这几天晚上一钻进被窝，还没等庄志文有任何准备的时候，于梦莎就像蛇一样缠在庄志文的身上。每到这种时候，庄志文就越发感到紧张，越想做好就越做不好，庄志文也在心里狠狠地骂自己怎么就这么不争气。于梦莎不断地扭动着身体，没等高潮到来就开始夸张地叫着床，就像一个永不满足的荡妇，和白天简直判若两人。在庄志文的想象中，原来的于梦莎仿佛已经离他越来越远了，现在和自己天天生活在一起夜夜同床共眠的这个女人，还是当年那个有着梦想和追求的大学生吗？不是，肯定不是，变得一点儿影子都没有了。庄志文常常想到这样一个问题，觉得一个人的幸福主要表现在两个方面，一个是家庭，一个是事业。自己在事业上看来不会有太大发展了，一晃毕业十多个年头了，原来还是踌躇满志雄心勃勃想在事业上干出个名堂，如果当初不是因为那个念头，也不会和身边的这个女人走在一起。

怎么，又一个人在想你那个远在千里之外的表姐吧？不知什么时候，于梦莎披散着头发，站到了庄志文的身后，说出来的话也是冷冰冰的。这些日子你像被霜打了一般，你去撒泡尿照照自己，哪还像个男人？

这样不顾情面的贬斥在庄志文看来早已是家常便饭了，刚开始时两个人也是你有来言我有去语地争吵一阵子。渐渐地，庄志文的锐气已经被于梦莎磨没了，连和她争吵的兴趣都没有了，真是应了那句话，秀才遇到兵，有理说不清。

于梦莎到卫生间里稀里哗啦地洗漱了一阵，又回到了卧室。庄志文倒是觉着清静了不少，可还是感觉心里别扭，现在看来真是验证了父亲当年的那句话，脚上的泡全是自己走出来的，如果和柳叶在一起，肯定不会是今天这种样子。

这种假设在庄志文的心里不知有过多少次，只是这几年次数比原来更多了，每当想到这些他在心里都充满了对柳叶的愧疚。那是多么完美的女人啊，那么珍贵的情感，自己却没有很好地珍惜，说扔就扔了，说丢就丢了。当时自己真是鬼迷心窍，觉得和于梦莎在一起就会平步青云飞黄腾达，从此之后成为人上之人。

下决心走出那关键的一步，庄志文本意是要摆脱那与生俱来的卑微感。对于这一点，他是时隔多年之后才悟出来的，没有想到这个目的没有达到，反而在于氏父女面前丢失了更大的自我。

这套房子每一个角落里都仿佛能够找到这些年来庄志文不顺心的故事。他一个人在家的时候，就觉得四面的墙壁都会突然间长出无数只眼睛，在轻蔑地望着自己，让他觉得浑身不自在，即使是在漆黑的夜里，也能常常感到那些眼睛在盯着他。这种痛彻肺腑的感觉，让他无法摆脱，他甚至想过，岳父于在海搬出了这套房子之后，也想自己再另买一套房子，那样住起来就不会有这种压抑了。可是在这样的城市里，要买一套新房，可不比在老家用土坯垒几间房子那么容易那么简单，那得需要几十万元的人民币呀，这些钱在庄志文看来就是一座无法翻越的大山。既然不能翻越金钱的山峰，那就只好付出自己的自尊，只好听任于梦莎时常在他面前摆出一种不可一世的样子，动不动就说这房子可是我老爸留给我的，这里的一块砖一块板都是姓于而不是姓庄。每到这种时候，庄志文便无奈地在脸上挂起了免战牌，赔出笑脸，尽管他在心里都觉得自己活得太窝囊。

不知什么时候迷迷糊糊睡了一觉，一睁眼就听见于梦莎又在卫生间里忙活起来。这是每天早晨于梦莎的必修课,尤其今天是春节之后第一天上班,用她自己的话说要把新的一年的朝气打扮出来。她似乎忘记了昨天夜里的不快,嘴里还哼着一首流行歌曲。虽然她从大学毕业就分到了文化部门,准确一点儿说还是管理文化的,现在又是副处级干部,可不管是什么歌、什么曲,到了她的嘴里,不出三句保准跑调。原来庄志文心情好的时候还给她纠正过,后来一看于梦莎在这方面简直是无药可救了,就只好由她唱去。

庄志文赶紧洗漱完,就到厨房里准备早餐。这些年他养成了一种习惯,或者说是一种规程,早晨宁可不吃饭上班也不能迟到。在这一点上于梦莎正好和他相反,不管时间多紧,早晨的两件事她都缺一不可,梳洗打扮之后,便摆出贵夫人的派头坐到餐桌前等着庄志文把饭端上来,然后慢条斯理地吃起来。在这方面庄志文不得不佩服于梦莎的持之以恒,有很多时候庄志文一看时间快到了,就赶紧出去赶车了,身后留下于梦莎一个人在那里享用他辛辛苦苦准备的早餐。前些年毕竟还年轻,匆匆忙忙地赶到了单位,忙了一阵之后肚子里的肠胃就开始造反了,于是他就在办公桌的抽屉里放一包饼干什么的。在这方面庄志文觉得是问心无愧的,可是却没有一个领导说过一句对他表扬的话,仿佛这些年他不迟到不早退都是理所应当、天经地义的。而他家那位却从普通的科员一步一个台阶地往上升,可是庄志文到现在还在副科级的位置上原地踏步,妻子于梦莎已经混到了副处,比自己高了两格。不管是真是假,是虚是实,于梦莎也常常拿他半开玩笑地说,按照级别你给处长做做早餐做做家务也是应该的,你还有什么委屈的呢?每当听到于梦莎的这种话,庄志文的心里就有一种说不出来的酸楚。就说两个人在大学同班时,按学习成绩哪门课程庄志文都是遥遥领先的,走到工作岗位之后,这十几年也算是兢兢业业了,可是不管怎样努力,还是没有啥长进。现在庄志文连发火的本钱都没有了,不说别的吧,在副科级位置上一晃就是六年了。六年时间可是一个人工作中一段不算短的时光,看着别人在仕途上突飞猛进,他从开始的焦急,到后来的不平,再到现在的无奈，他的心路历程可以算是鲜血淋漓了。

坐到办公桌前，庄志文还是打不起精神，随手扯过一张头一天的报纸胡乱地看起来。

志文，你早就听说了吧，咱们的新主任今天就走马上任了。办公室里被人称作万事通的胡文军走过来对庄志文说。

庄志文不置可否地点了点头，嘴里却说了一句，管他谁来呢，咱们还不是干活嘛。

那可不一样。胡文军一边殷勤地帮庄志文擦着桌子整理着上面的文件一边说，你知道吗，听说这位新来的马主任，可是有两套的，比咱们大不了几岁，在咱们市里可算是数得着的人物啊，有一点你和我都比不了。别看咱们都拿着烫着金字的大学毕业文凭，人家可是自学成才，听说原来的学历就是个高中生，可是人家干过的几个部门，都是走到哪儿响到哪儿，哪一个领导都很器重他。这不是，又到咱们这里来镀金了。

这些年庄志文待在机关里，别的没什么长进，可在这方面倒是感受颇深。就说自己所在这个南江市外贸局办公室吧，不说远的，自己六年副科级陪走的三个主任，都升到了好位置，现在都是南江市要风得风要雨得雨的人物。其实庄志文的内心深处始终有着一种不敢表露出来的愤怒，那几个从这里步步高升的主任，论文才论口才，自己都远远在他们之上，他们凭什么就能得到上级的重用，自己却在原地踏步呢？不公啊，真是老天不长眼。这句话他在心里不知喊了多少回。

胡文军这时已经在对面的办公桌前坐下来，想干点儿什么又觉得没有什么好干的，便又凑到庄志文的跟前，压低着语调，有些神秘地说，我说师兄呀，在咱们外贸局的这伙人里，我早就为你抱不平了，他们怎么就是看不见你，要让我说，你有一个最好的条件你没有充分地利用起来。

胡文军也是这座城市里一所师范学院毕业的，又和庄志文是学同一个专业，不过是函授生，是为了文凭不得不学的那种，庄志文从心里瞧不起这个连"的""地""得"都不知怎么用的所谓的大学生，可表面上还得敷衍着。他知道胡文军这样的人别的本事没有，可在外贸大楼里，他那小广播的作用可是不能小视的。可今天实在打不起精神听他说这些，便说，我有一份材料要赶紧弄出来，主任还等着要呢。胡文军一看庄志文这样说，这才没趣地退了出去。

胡文军走了之后，庄志文拿起桌子上的一份报纸随便翻了起来，看了半天也没看进去，脑子里还在想方才胡文军说的话，心里又生出难受和愤懑来，觉得自己真是被于氏父女给活活地耽误了。如果像别人家那样，我早就上去了，也用不着现在这样成天要看人家的脸色了。

真是巧了，就在庄志文闹心的时候，突然接到于梦莎从单位打来的电话，让庄志文晚上下班后直接去岳父家。你直接买点儿像样的烟和酒，咱家老爷子的喜好你是知道的，没什么事早点儿回去，看能帮上忙就帮一把。在庄志文听来，于梦莎说这些话的时候，俨然领导在向他布置工作。

庄志文对于梦莎可以说已经有了太多的习惯，这也算习惯中的一种吧。他心里愤愤地想，我老爹把我养这么大，辛辛苦苦供我上大学，到现在也没有喝过几次我买的酒，这位泰山可始终是高高在上的，每次去他家都是好烟好酒地拿着，还看不见一次好脸，我这是图啥呀？他心里这样想，嘴上却从来也不敢说，只能是好好好地答应着。

像往常一样，庄志文仍然揣着一颗忐忑不安的心走进了于在海家，庄志文不知道别的女婿结婚这么多年去丈人家是什么样的心态，但是他想，绝不会像他庄志文这样，真是太憋屈了！这样委委屈屈地过了将近二十年，原指望靠失去自尊会获得在事业上的进展，到今天，失去的永远找不回来了，本该得到的，到现在依然见不到踪影。

吃饭时，几乎和往常没有任何变化，如果不是岳母乔依琳没话找话地说着，饭桌上就是冷场了。如果提起一个话题，又常常是以对庄志文不如意的现状进行有意或者无意地评头论足。就连这一点，自己的女儿庄晓飞都是心知肚明，当大人们你一言我一语地说着的时候，她也偶尔插上一句两句。

这时，只见于在海端着酒杯，脸上泛着红光，那口气完全是轻蔑和训斥的：我年轻的时候，我所有的社会关系里连一个党员都没有，现在怎么样？我全凭着自己干出来的，拿出工作成绩来，这是最有说服力的，别的，靠这靠那，那不是一个男人的活法，是爷们儿就应该有爷们儿的骨气。一看于在海借着酒劲儿把话说得这样不留情面，坐在旁边的老伴儿乔依琳赶紧接过话头，谁还不知道你的那段创业史，就别在孩子们面前显摆了，要说他们俩也算干得不错了，再说了，比上不足比下有余也就行了，人们不是常说嘛枪打出头鸟，能过得去就行了呗。于在海听了这话顿时更不高兴了，你说的这些都是不求上进的混账话，就像你，工作几十年，还是一个普普通通的干部，只要是个官就能管着你，你这一辈子呀，两个字——白活。

一看这种与家庭聚会格格不入的气氛，于梦莎这时倒很仗义地来了个横刀立马，只见她端起酒杯和于在海响亮地碰了一下，然后一饮而尽，很豪气地说，老爸，您老能不能给我们这些俗人留点儿面子，谁能和您当年相比，当年咱们国家有位老帅是两把菜刀起家，您是一个行李卷闯世界，您的故事将来我保证也给您写到家史里去，让咱们的子子孙孙都记着。话又说回来，就说我们家的这位吧，就更没法和您相比了，虽然也是农村出来的，可怎么说呢，现在倒用得着那句话了，叫货比货得留着，人比人得活着。

庄志文看着这爷儿俩演的这出双簧，气愤极了，也感到羞辱极了，现在真是感到经常在文学作品里看到的那句话——有个地缝儿都想钻进去。在这个家庭里要说有些宽容和亲情的真要数岳母乔依琳了。就连自己的亲生女儿庄晓飞仿佛也继承了她外公和她母亲的秉性，小时候倒没有明显的感觉，现在却有了朦朦胧胧让他心疼的感受。

这简直就像一场噩梦，在这种噩梦里庄志文实在不敢奢望让岳父在适当的时候再找到适当的人为自己说句话。其实局外人谁都能看得出来，只要是于在海真为他这位女婿想想办法，庄志文也不会是这般光景……

可是现在想什么都是白费，要紧的是看看这位新到任的马主任到底是个什么样的人，人常说不怕官就怕管，这些年庄志文在顶头上司那里吃的苦头可是数不清的。开始时互相不了解，甚至还觉得自己好歹也是个大学毕业生，总是希望新来的头儿能高看一眼，后来的事实毁了他的这些念头，人家才不管你是什么样的学历呢。

开始时多多少少还顾及于在海的情面，后来当这些人了解他们翁婿之间的关系之后，便完全是公事公办了。

这就是庄志文的悲剧所在，这年头儿"公事公办"往往成了另一种不言而喻的代名词，那就是干活时你出力，到有了好事时，请你靠边站。现在人们常说友情就是效应，朋友就是财路，于是人们对同学会、战友会、同乡会等名目繁多的聚会都乐此不疲，最主要的原因就是人们在这些聚会里能找到"公事公办"之外的亲情和关照。

本来应该成为这种聚会潮流当中的弄潮儿，庄志文反而被大浪淘沙般地抛到了岸边，像一条缺氧的鱼，瞪着眼睛看着那些人从自己的身边争先恐后地奔向前面的目标。

新主任的见面会是在二楼的小会议室里进行的，外贸局长王峰亲自出席，向办公室的几个人隆重地介绍了马必成。

四十多岁的马必成看上去也就是三十六七岁的样子，由于饮食和保养的关系，面部皮肤油光发亮，甚至能让人感觉到作为男人那种少有的弹性。只见他笑容可掬地在局长的介绍中向每一个人频频点着头，局长介绍完之后，马必成从座位上站起来，深深地向局长鞠了一躬：方才局长的介绍，既让我受之有愧，又让我受宠若惊，我就把局长方才说的话当成我今后前进的方向和动力吧。今天我到这里同大家一起共事，要让我说，咱们今后要做的事情可能是成百上千件，但是目的只有一个，那就是向领导负责，为局领导服好务。我理解，办公室是什么部门，就是领导机关的勤务室，如果说一个部门一个单位领导是中心的话，我们每天就是要围绕这个中心转。

听马必成说到这里，坐在庄志文身边的小胡趴在他耳边悄声地说，马屁精宣言。

如果庄志文没有一点儿思想准备的话，他可能会笑出声。这位在南江市颇有知名度的马屁精，原来庄志文并不认识，现在总算是见到活人了，而且正像小胡方才说的，看来以后的日子那就是怎么围绕领导的身前身后去拍马屁了。

坏了，以后的日子会更凄惨。想到这里，庄志文心中暗暗叫苦。在这方面自己可以说是天生的弱智，看着人家在领导面前说着那么多甜言蜜语，甚至让人听着都有些肉麻。当然除了语言之外这些人还有别的武器，而且都是在背地里悄悄进行的。庄志文当然知道很多事情连几岁的孩子都能学会，可是自己却怎么也学不好。在这一点上曾无数次被于梦莎骂过，骂他没有长进，骂他不会来事，骂他只配在庄稼地里顺着垄沟找豆包吃，骂他根本不配成为城里人。

于梦莎有一个最大的优点，那就是健忘。这是庄志文多年之后才总结出来的。常常是头一天两个人还吵得天翻地覆的，第二天于梦莎就像什么也没发生过一样。

快下班的时候，接到于梦莎从单位打来的电话，说，我今天上班时听对面桌的王大姐说有一种药挺好使的，她老头子用了之后就像立马年轻了二十岁，受用得很，也去买了一盒，晚上给你用用。对了，你不是说我的乳房影响你的情绪吗，王大姐说了，用一种硅胶的，同真的差不了多少，过几天我也装一副，到时候够你美的了。

庄志文心里咯噔一下，这真是怕什么来什么，又是乳房，如果人工造的能和天生长的一样，那不是天方夜谭吗？

庄志文不敢多想，因为他知道想也没用，到时候顶天了也就像

9

往常一样，挨了一顿臭骂之后，再被赶到沙发上睡。

2

自从庄志文长大成人之后，确切一点儿说，也就是庄志文作为一个男人，第一次让他刻骨铭心地感受女人乳房的人是柳叶。

柳叶比庄志文大三岁，在学校时比庄志文高两级。

原来他俩并不认识，庄志文的家离乡里还有十里路。等他在村办学校念完小学考到乡里中学后，才第一次见到了柳叶。

开学第一天，庄志文特意起了个大早，赶到乡中学校时，老师们还没来呢。看到操场上有一些学生正在打篮球，他也凑了过去，让他感到奇怪的是，在篮球场上来回奔跑的十个人中，竟然有一个女同学。那奔跑的姿势，如果从远处看，谁都不会想到是一个女生，更让他感到惊奇的是，这个女生不但个头儿苗条，而且容貌也非常的出众。庄志文仔仔细细地看着她，完全忘了那球场上流星般飞来飞去的篮球。十四岁的他，当时还不能完全懂得自己突然产生的这种对异性的冲动是什么原因，但的的确确被篮球场上这个女生吸引住了。再看围观的学生，或比比画画地议论着，或交头接耳地说着什么，但庄志文听得出，大家谈论的内容多半是跟这个女生有关，便在一旁认真听起来。从大家的议论中庄志文对这位容貌极佳的女生有了基本的了解，知道她叫柳叶，是初三的学生，早就被全校的学生私下里评为校花。还有一点很重要，柳叶的父亲就是现任乡党委书记柳成林。

庄志文忽然感到有些口渴，便使劲地咽了下口水，不知是对这个叫柳叶的女生产生了羡慕还是出于别的什么，只是觉得柳叶就像天上的星星，自己只能看得见，却无法摸得到。

等到庄志文真正在中学站住了脚，进入了正规的学习之后，他才更强烈地感受到来自那位叫柳叶的对他的一次又一次的影响。在此之前，对于女性的接触，庄志文并不陌生。他从小就在两个比他大很多的姐姐跟前长大，那种来自于母亲之外的异性的抚爱他早就感到习以为常了。家中姐弟三人，他自然成为全家人心目中的宝贝，尤其是父亲对他的溺爱和两个姐姐对他的百依百顺。家里的日子虽然贫穷，可对庄志文来说，在贫穷的日子里他却享受到了太多来自于亲人的关爱。由于这种爱就像潮水般永不枯竭，使他觉得这一切都是天经地义的，他就该被这种爱所拥抱所推动，从来不去多想自己对这种爱应该做出怎样的反应或者回报。正是由于这种特殊的溺爱，使庄志文从小在家里就很任性。比如大喊大叫，比如蛮不讲理，这种唯我独尊的想法只能在家里有，到了外面就变成了另外一种人。就是和伙伴们玩，他也很少参与那种男孩子们经常玩的带有冒险性的游戏，有时甚至一个人偷偷地靠近那些跳格子或者跳皮筋的女孩子们。他有时也在心里恨自己，胆子为什么这么小，怎么就不能像那些胆子大的男孩子一样半宿半夜地在村子里跑，可以扛着梯子爬到各家各户房檐下捉麻雀。即使偶尔参加这样的活动，他也永远是个配角或者跟班。

风风火火的柳叶在球场上来回奔跑的情景便成了他记忆中一幅永恒的画面，甚至吃饭时也常常走神。他只感到柳叶那身火红的运动装又在眼前燃烧起来，常常在梦里，甚至看到柳叶正笑盈盈地向他走来……

整个初中阶段庄志文的学习成绩都是平平的，只有数学学得还算不错。让他感到振奋的是，在上初中三年级的时候，数学老师点名让他当了课代表。就这样一件小事，却成了庄志文中学时代的一个重要的转折点。这是多年之后他自己慢慢总结出来的。

对那些往事现在他很少去回忆，因为在整个中学时代，在他记忆中占有最重要位置的就是柳叶。原来他不知道为什么，等上了高中之后，他读到了一本书，好像也写到了这方面的事情。他把自己和书中的人物做了一下比较，才知道自己这是对柳叶进行着暗恋，或者叫一厢情愿，被他爱慕的对象柳叶当然不知道这一切。在高一年级的下学期，全校进行了一次作文大赛，那时庄志文的作文得了一个三等奖，而全校那个唯一的一等奖的得主就是柳叶。当时他几乎能把柳叶的那篇作文背诵下来，也正是通过那篇作文庄志文才或多或少地了解到柳叶心目中所追求所敬仰的对象，就是那些在学业上有所成就，在事业上不断走向成功的人。他记得柳叶在那篇文章里引用了很多古往今来成功的范例，字里行间荡漾着女性特有的温情和细致。庄志文把那篇文章偷偷抄下来，没事的时候就拿出来看，直到每个标点符号都记得清清楚楚。

尤其是在那次作文大赛之后，庄志文的学习成绩有了不可思议的进步，连班主任都感到很吃惊，同班的同学也都对他有些刮目相看了。其实最主要的原因他自己清楚，这一切都来自那篇作文，来自那篇作文的作者柳叶对他所产生的一种无形的鼓励。在那些日子里，庄志文常常一个人在遐思畅想，他感觉天上那颗星星突然间离他近了，他想伸手去摸，却感到那颗星星瞬间又飞远了，又变得无影无踪了。庄志文在心里一遍又一遍地劝着自己，这是何苦呢？人家是靠山乡的党委书记的女儿，是公主是校花，况且比自己又大了好几岁，和柳叶相比，满身土气的自己永远是地上的青蛙，想同天鹅为伍那只能是梦想。道理他比谁都明白，可这时的庄志文，眼前即使摆出来一万条不让他胡思乱想的理由，也无法动摇他对柳叶的爱慕。他的心就这样默默地痛苦着，他无法解脱，又无法突破。不在一个年级，每天只能在课间操的时候远远望上一眼，甚至在柳叶上体育课的时候，坐在窗边听课的庄志文常常精神溜号，他只能用眼睛的余光去扫视操场上的柳叶。而当面对老师提问的时候常常不知所措，甚至数学，作为课代表的他也常常出现差错。他知道这样下去会毁了自己，自己如果不能在学业上有所长进，别说是柳叶，就是其他任何什么叶，都会同他将来的生活无关。在他上高中二年级的时候，柳叶已经高中毕业，因为偏科偏得太厉害，柳叶在高考的时候语文打了一百多分，可是数学和外语却只有几十分，总分数距离大学录取分数线相差三十多分，这样只好又重读了一年。原来比庄志文高出两级，现在只剩下一级了。这时庄志文甚至产生过这样的念头，柳叶第二年再考不上的话，如果再要重读，说不定他和柳叶会同班呢。

事情并没有像庄志文所想象的那样，第二年柳叶高考的分数确实差了不少，但她并没有再回校重读，而是到乡广播站当了广播员。从那之后，每天都能在广播里听到柳叶那清脆悦耳的声音，不管学习多忙，每天早晨庄志文都在自己家的广播旁听完柳叶的播音，之后再背起书包去上学。

可能是由于柳叶不在学校了，庄志文的注意力开始真正集中起来。他也知道自己作为一个农民的儿子，如果想出人头地，就只剩下考大学这条路了。

在高三分班时，庄志文听从了班主任语文老师的劝告，选择了文科。班主任说庄志文记忆力好，数学和外语也都不错，这在文科考生中是占绝对优势的。但在庄志文的心里还有一个更重要的念头，那就是将来他要报考大学新闻专业，毕业后就当编辑当记者，最好还回到河东县。这样就可以有更多的机会接触柳叶了，如果真凑巧的话说不定还能在一个单位工作呢。

考大学的成绩公布的那天，成了庄志文全家人的节日。他是那一年靠山乡的文科状元。虽然他高考的分数刚刚进入重点段，可这里毕竟是地处偏远、教学条件相对落后的乡村，他的文科成绩在河东县居然排在了第三名。这在靠山乡是一条爆炸性的新闻，公布分数的第二天，又出现了一件让他怎么也想不到的事情，也正是这件事情，影响了他的一生。

当柳叶领着乡广播站的两个小伙子，扛着录像机来到庄志文家的时候，庄志文简直不敢相信自己的眼睛，他甚至感到一阵眩晕，这个他只能每天从广播里听见声音或在别人家的电视里见到形象的校花，这位灿若星辰的美女突然间像天女下凡似的来到他的身边。

他还以为是在做梦，为了验证是不是在梦里，他用手狠狠地在腿上掐了一把。这种办法是两个姐姐从小就教他的，由于用劲儿大了些，他疼得龇牙咧嘴。

采访的过程其实也很简单，柳叶操着那甜美的声音向庄志文问了一些学习的情况，比如你是怎样克服困难坚持学习的，是怎样在普通的家庭里成长为一名大学生的。庄志文是怎样回答的连他自己都记不清，他当时只是感到脑子木木的，但两只眼睛却一刻不停地盯着柳叶那张美丽绝伦的脸和那高高隆起的前胸。

庄志文只感到周身一阵发热，嗓子也有些发干。柳叶胸前那高高隆起的地方对他充满着不可抗拒的诱惑。

庄志文的目光甚至有些放肆和贪婪，并下意识地摸了摸脸。

那是一次永远也无法忘却的记忆。

记得三年前，还是庄志文刚上高中一年级的时候。由于对柳叶的昼思夜想，很多时候满脑子都是柳叶的影子。最让他忘不了的就是柳叶那高耸的胸脯，跑起来总是一颤一颤的，活像里面藏着两只小兔子。

总是放不下这个念头，又没有什么好办法，就只好一个人默默地煎熬着。

有天晚上，二姐志秀正在屋里擦身子，庄志文从门缝看到了，便索性趴在那里看了起来。他当时的想法其实再简单不过了，既然看不见柳叶的，就看看姐姐的，左右都是女的。

庄志文正看得出神，只听身后一声断喝，一回头，父亲的耳光已打到了脸上……

可能是柳叶察觉到了什么，便问庄志文，你在看什么？

没、没看什么。庄志文涨红了脸。

柳叶也没有再说什么，只是很含蓄地笑笑。

文科状元庄志文的事迹当天晚上就在乡里的电视台播出来了，全家人特意到邻居家的电视旁等着收看。因为柳叶临走时告诉他播出的时间，庄志文的家里当时还没有电视机，只好到村主任家里去看。当庄志文的父亲庄大年涨红着脸站在村主任面前吭吭哧哧地说出了来意之后，村主任却异常爽快地答应了。

那天晚上村主任家挤满了人，因为这是全村的一件大事，庄志文理所当然地成为那天晚上的焦点人物。电视播出之前，村主任破例地让庄志文和他父亲坐在了电视机前的正位上。老实憨厚的庄大年一个劲儿地推辞着，却被村主任按住了。坐在父亲身边的庄志文只感到两手在出汗，这是从未有过的激动，更是前所未有的幸福。最重要的原因是那个梦寐以求的女子将同自己出现在一个画面中，而且自己是被采访的对象，是高考状元，虽然不是全县全省的，可全乡的状元也是状元，这也是好几万人口的乡镇啊。

节目播出时，屋子里顿时欢腾起来。平时一向严肃的村主任看完电视之后却非常亲切平和地拍着庄志文的肩膀说，我说大侄子呀，可是真有你的，你可给咱全村人争了光露了脸。我说庄大哥呀，村主任一边说着一边把脸又朝向了庄大年，你们老庄家的祖坟可真是冒了青烟了。你知道从古到今状元是什么，状元就是天底下最有学问的人。皇帝不是常常把女儿嫁给状元吗？我说庄大哥，我要是有漂亮的闺女非拉着你跟我做亲家不可。

听了村主任的话，旁边一位老大嫂，村里人开玩笑管她叫业余大红娘的，大大咧咧地在旁边嚷嚷道，你们家没有闺女，电视里那个不是现成的吗？你看看，那才叫般配，啧啧！戏词上怎么说的了，这真是天生的一对、地造的一双。那闺女我认识，不就是乡里柳书记家的闺女嘛，赶明儿个我去说说。

其实在这种场合，很多人也只是借着兴奋劲儿说说罢了。可这些话在庄志文听来，那简直就是春天里的第一声春雷。他在心里翻江倒海地想，如果真是那样，我这几年点灯熬油也算没有白遭罪。

节目播出之后，庄志文开始准备行装，扳着手指计算着到大学报到的日子。这时又接到了柳叶从广播站打过来的电话，电话是打到村委会的。柳叶的意思是通过村主任转达的，说明天让庄志文到乡广播站去一趟。柳叶还要采访他，写一篇大一点儿的文章，要比昨天电视里播放的更细更多。

那一夜庄志文彻底失眠了，他觉得自己整个身子就像飘在半空一般，他想着第二天面对柳叶的采访自己该说些什么。

那次采访整整进行了一天，多数时候房间里只有庄志文和柳叶两个人。柳叶一手拿着录音机，另一只手还在本子上不时记着什么，采访得很细，包括在学习过程中如何克服生活中的困难。比如离家路途遥远，比如吃的什么用的什么，都问到了，还问到了这样努力学习的动力是从哪里来的。当时庄志文心在怦怦乱跳，可他还没有勇气说出那条真实的原因，只能说是自己作为普通农民的后代，上大学学了科学知识之后，再努力报效家乡，建设家乡。他说的都是那些在广播报纸里经常出现的词语，自己都觉着有些言不由衷，可柳叶却记得异常认真。这一次的采访比第一次的采访时间长，庄志文的脑子不像第一次那样呆那样木了。在问话和答话的间歇中，他可以比较从容地望着曾是自己同学的女记者。他只感到柳叶身上时时都散发出那种不可阻挡的青春的气息，就像是一团火，更像是一抹朝霞，靠近她就有一种生命在燃烧的感觉。

柳叶倒是显得老练，采访时也能够循循善诱，就像用甜美的语言在庄志文的心里铺起了一条洒满阳光的小路，在那条路上有着许许多多美好而难忘的往事。

由柳叶主笔和主播的那篇长篇通讯最后由省电台全文播发的时候，庄志文没有听到，因为这时他已经到省城的师范大学中文系报到了。在新生入学后的军训期间，庄志文收到了柳叶给他寄来的录音带。当他看到那邮包上秀丽的字迹，还是无法控制胸中那颗狂跳的心，便一个人偷偷地跑到了宿舍里听了起来。

不知是那过程写得细致入微，还是柳叶的声音又勾起了庄志文的满腔柔情，听到后来，庄志文已是泪流满面了。在寄录音带的时候，柳叶还附上了一封短信，说这篇通讯是她写得最用心最动情的一次，说她完全被庄志文求学上进的事迹感动。虽然信中没有过多的情感的表达，可在庄志文看来，那每一个字都是和金子一样，他读了一遍又一遍。他在一个星期的时间里，一个人对着录音机，把那盒磁带整整放了二十多遍。他在心里一遍又一遍地下着决心，放假时一定去看看柳叶。

等庄志文作为一名大学生又回到靠山乡的时候，虽然只有短短的几个月时间，可在庄志文的眼里，自己原来生活了二十年的家乡忽然变得土气了。每一条道路上都有令人厌烦的泥土，每一个村落里都排列着低矮的草房，和自己上学的那座大城市相比，那简直一个天上一个地下。这一切过去他并没感觉到，离开了几个月的时间，就像一个局外人看到一种格格不入的情况一般。由此庄志文想到为什么刚刚入学时那些城里的学生瞧不起自己，说自己土，当时还有些不服气，甚至说没有土靠什么长庄稼，没有庄稼没有粮食就得饿死你们这帮城里人。现在看来，不怪人家说。

让庄志文唯一感到意外的是，当他面对柳叶的时候，却没有这种感觉。在柳叶身上，看不出一丝一毫的土气，他觉得她和城里人一模一样。又相隔不到半年的时光，庄志文也曾几次下决心要给柳叶写一封回信，而且要长长的，对了，再引用一些古今中外文人笔下那些表达情感的句子，但后来他还是打消了这种念头。因为面对柳叶的文笔，庄志文不敢班门弄斧，从柳叶的文章里庄志文可以看出她读了很多书，而且很多书自己都没有读过。在写作能力方面，柳叶现在的水平绝不亚于任何一个文科大学生。正是由于这个念头，庄志文只有再多读一些书把自己的文笔再好好练一练，才能和柳叶真正地对话和通信。

坐到柳叶的面前，庄志文才真正感到自己的决定是何等的英明正确，也感到了含蓄和沉默的可贵。不管怎么说，省城师范大学这个金字招牌在柳叶这里还是具有不可抵挡的杀伤力，这是他第一个学期回来之后所感觉到的。

正是这种感觉，才增强了庄志文同柳叶继续交往继续深谈的自

17

信心，虽然他们的交谈很多时候还只能停留在表面，因为很多书庄志文还来不及细读，生怕谈多了露馅。柳叶倒是另一种心态，注意力还往往不在具体的某一本书上，问得最多的常常是省城的情况，是那些作为乡村的人不了解又想知道的事情，尤其是两次高考都落榜的柳叶，大学在她心里仿佛是一座高不可攀的山。

可在庄志文的心里，也有一座山，那便是柳叶。虽然他知道自己已经来到了这座山峰的旁边，至于怎样攀登，能不能攀上去，还要靠在今后的日子里自己的努力。虽然现在庄志文不像以前那样茫然了，可依然觉得他和柳叶之间还有一段距离。有一点最让庄志文感到欣喜的，那就是从柳叶那热烈而纯净的眼神中，他断定柳叶还没有异性的朋友。用乡村人的话讲，那就是还没有谈对象。

这个判断让庄志文好几个夜晚都无法入睡，细想一想，虽然自己现在也算是省城重点大学的学生了，可自己的家庭还是这样一贫如洗。农村人找对象时常常讲究的就是门当户对，我的这个家庭和人家柳叶的家庭门第相差得太悬殊了。这种距离在柳叶的心里会不会成为我们之间不可逾越的鸿沟呢？

庄志文在心里一遍又一遍地祈祷着。

即使在梦里，出现次数最多的还是柳叶那张无比俊美的脸庞和那对儿躲在衣服后面无比诱人的乳房。

3

马必成果然是新官上任三把火。

其实在他这个位置上，说是三把火，实际上也只能是开个会说一下自己的主张罢了。但是很明显，他在这方面还是有一定经验的，听得出来，是做了一些准备的。在办公室的会议上，当马必成把他的想法和盘托出后，在场的人都面面相觑。

被马必成搞得一头雾水的几个人还没有马上醒过腔来，还是万事通胡文军脑子来得快一些。只见他对庄志文很含蓄地比画了一下，庄志文没有马上明白他的意思，也不便于马上问个究竟。

等回到了办公室，胡文军便显出很老练的样子，对庄志文说，我还以为咱们的马主任有什么新的招法呢，其实也就是那两下子，完全是在我意料之中。

你就不用卖关子了，你能不能把话说得明白一些。庄志文心里着急嘴上却还显得不紧不慢，办公室里就这么几头蒜，怎么扯还不都是那么回事。

这你就不懂了，胡文军摆出一种自视高明的样子接着说下去，他这其实是在搞自己的统一战线。别看他表面上也打着改革的旗号，什么精简，什么调整，这种话他也有胆量说出来。如果是局长说这话还算同身份相符，但是话又说回来，他这个位置也是做酒不辣做醋也酸。我看咱们哥们儿该维护的就得维护，该疏通的就得疏通，人家新来乍到，总得要咱们个姿态吧。

话已经说到了这种程度，庄志文总算明白了一个大概。但还是在心里不停地折腾开了，算起来自己在副科级这个位置上都快奔七个年头了，人们常说一朝天子一朝臣，如果能利用马必成初来乍到，好好做做工作，改变一下处境还是大有必要的，可是怎么办呢？

庄志文拿过一份文件，心不在焉地看了起来，实际上他的思路还是在方才的问题上。不管是真是假，方才马必成在会上那通敲山震虎的话也是很有分量的。办公室一共八个人，他说要减掉三个，这个数量也不小，如果真是这么办了，那这三个人会不会自己也在其中呢？这种事情还是宁可信其有，不可信其无，还是早做准备为好，别到了时候，没上去反倒把原来的位置搞没了。如果这年头儿真从机关下去了，像我这样的，到哪儿去？又能干什么呢？可这件事情靠自己的努力显然有些力不从心，那只有靠于梦莎去做她父亲的工作，可这么多年了，这位岳父大人能不能站出来为他说句话呢，庄志文实在没有把握。

一切按照于梦莎说的办了，效果果然不错。晚上上床前，于梦莎就把药为庄志文准备好了，服下之后不到二十分钟，庄志文便觉得下身开始热胀起来。还没等于梦莎调动起情绪来，庄志文就已经迫不及待地坚挺起来，恨不得马上进入到于梦莎的身体里。

　　很快，于梦莎就发出异常满足的呻吟，庄志文越发振作，就像一个久战不衰的斗士，变换着各种各样的姿势。

　　太好了，太好了，于梦莎在下面大叫着，索性又把被子掀到一边。

　　庄志文紧闭着眼睛，这可是一种久违了的感觉，在这一刻他仿佛又找回了属于自己的那份自尊。

　　头一天晚上的不快好像变成了上个世纪的事，从于梦莎的表情和眼神中，庄志文可以断定，现在的于梦莎是最通情达理的时候。因为这么多年，只要是这种时候，提出个一般的要求，于梦莎都会满口答应。但是现在有两件事都要谈，显然有些不妥。一件是自己的事，一件是家里的事。今天上班时又收到家里写来的一封信，没等撕开信封庄志文就已经知道里面的内容应该是什么，果然是为了种地缺钱的事。庄志文在心里盘算着，先说哪件事。

　　我有一件事跟你说一下，现在可到了我最关键的时候。庄志文满脸认真地说。

　　于梦莎依然沉浸在兴奋欢快的状态之中，笑盈盈地对庄志文说，说吧，你一个小科长，还装得那么深沉，更何况还是个副的，有什么大不了的事，就像小品里演的，是三峡治水呀，还是国家主席访美呀？

　　我跟你说的是正经事，真的，我们办公室新来了一个马主任，这家伙不是省油的灯。今天给我们开会了，那意思再明显不过了，说不定他还会真的整走几个。

　　总不会让你这大学毕业生也下岗吧。于梦莎满脸的不在乎。

　　那倒不至于，可是人家新官上任三把火，我在这新主任面前也得踢开头三脚呀，要不然以后还有好日子过吗？

我明白了，你的意思是——

于梦莎故意拉长声音，等待着庄志文的下文。

我还能有什么办法，这不是求夫人回家跟我敬爱的老泰山求求情，你忘了，我们外贸局的王峰局长当年不是你家老爷子的部下吗？

我说呢，今天你怎么表现得这么听话，原来是无利不起早呀！于梦莎伸手在庄志文的脸上拧了一把。

庄志文疼得龇牙咧嘴，这么多年在于梦莎的手里，这种小来小去的惩罚已经是家常便饭了，尤其现在又有求于她，就是再疼点儿也得忍着。

可是，我老爸的脾气这么多年你还不知道吗，要是他肯开那个绿灯的话，你和我早就不是今天了。于梦莎说到这里，也深深地叹了一口气，我这老爹什么都好，就是太原则，好像天底下就他有党性，这么多年咱们也没有借上他什么光。就说我吧，还不是一步一个跟头、一身汗一把泪地自己走上来的吗？

那倒是，那倒是。庄志文连连地点着头，越在这种时候他知道顺情说好话的重要，凭了你的能力，如果你家老爷子在旁边再烧烧火，你早就是处长了，而不是副处。

于梦莎咧咧嘴，意思是这还差不多，知我者庄志文也。

庄志文在心里不服气地想，在咱俩同班时，我的哪门功课不比你强，工作之后你那两把刷子还当我不知道，现在你能混到副处级，已经是老天不睁眼了。心里这样想，嘴上却一个字也不敢说，而说出来的话便成了这样：

我的意思你还不懂吗？我如果还在这副科级上不动窝，你将来再升一格半格的，将来咱俩一起出去我都不敢和你在一起了，你也没法向你的熟人介绍我了。本来都应该是夫贵妻荣，可现在正好倒过来了，阴盛阳衰，也太有点儿让我……

好吧，我明天回家试一试，不过话又说回来，我可没有太大的把握。要想办成这件事，我还得先走走我老妈的后门，让她在旁边策应策应。

家里来的那封信庄志文没敢马上拿出来，可家里的实际情况真是让他有些焦急。父亲的年岁显然是太大了，种的那几十亩水稻又赶上个低温天气，一春八夏地吃了那么多苦，到头来连本钱都没有收回来。自己这个当儿子的也帮不上什么大忙，今年春节本应该回去看看，但是年前试探着想同于梦莎说一说这件事，可话还没有说完就被于梦莎三言两语给顶回来了。这些年孩子都上中学了，于梦莎这个当儿媳妇的到公婆家总共也不超过五回，且每次都是来去匆匆，有两次甚至饭都没有吃，就急匆匆地往回赶。说到那一大堆理由，没有一条是真的。因为庄志文心里最清楚，于梦莎压根儿就没瞧得起他的家庭，觉得庄志文农村的那个家太土太脏，回到城里当着亲戚朋友从来不说去乡下，总是说他们三口人到南方旅游去了。

庄大年也从来没有在心里真正承认于梦莎是庄家的儿媳妇，虽然早就木已成舟，可是这个在泥土里滚了一辈子的庄稼汉，还是改不了倔强的脾气，总是对城里的这个儿媳妇看着不顺眼。儿子结婚头几年，只要是见到了庄志文，总是把他骂得狗血喷头，还一个劲儿地惋惜地说，你小子就是有眼无珠，手里抱着个金娃娃却不知道珍惜，到城里捡了这么一个烂西瓜。你看看人家柳叶，那是一个多好的姑娘呀，我怎么就生了你这么一个无情无义的东西呢。

世间从来没有卖后悔药的，当初庄志文也有过这样的思想准备，但是那时毕竟太年轻了、太想留城了，也太想在社会上出人头地了。于是把找于梦莎这条路看成了可以达到人生目的的捷径，现在看来真是应了那句老话，罗锅张跟头——两头不着地。可是人生没有回头路，现在只能咬着牙往前走了。

庄志文总觉得这些天自己正处在内外夹攻之中，前后左右都没有自己的出路，四下里看看，眼前是茫然一片。现在唯一能让他感到些许希望的就是于梦莎这条路了。

但愿于梦莎能马到成功，这样不仅自己的处境能改变，家里经济上的困境也会随之好转了。

按说庄志文虽然谈不上经济上多么富有，可家里缺的几千元钱作为一个城里的人还是能够帮忙解决的。但是这些年都是由于梦莎掌管家里的经济大权，自己口袋里的零用钱从来没有超过百元的时候。为了这个原因，朋友和同学们的聚会他能躲便躲，能推便推，因为总不能白吃别人的吧，轮到自己掏钱又掏不出来，莫不如离这样的场合远远的。

一进门，于梦莎就感到气氛有些不对。

只见于在海坐在写字台旁阴沉着脸，烟雾笼罩着整个房间，于梦莎进来也当没有看见似的。

乔依琳一看女儿回来了，便故意地大着嗓门儿打着招呼，莎莎回来了，你可是有日子没回来看我们了，你爸都念叨好几次了，怎么没把晓飞带回来？志文呢，他最近也挺好吧？

于梦莎感激地望了望母亲，悄悄地往于在海的方向看了看，估计发生了什么事，但究竟是什么，她只能用眼神探询地望着乔依琳。

乔依琳明白她的意思，但也是无奈地摇摇头，悄声地对女儿说，肯定是有什么事，今天一回来我就觉得不对劲。我问了两句，也没有问出来。

瞧我的，于梦莎很自信地说。在这一点上，她的自信来自于在海从小对她的娇生惯养。别看于在海在外面人五人六、呼风唤雨的，可是对于梦莎多数时候都是百依百顺的，于梦莎的小姐脾气同于在海的娇惯完全是密不可分的。

乔依琳在这个家庭里可以算是忍辱负重的好人，她属于那种贤妻良母式的女人。于梦莎出嫁之前，她便夹在这父女俩的中间，谁的脸色都要看，两个人有什么不顺心的事，回到家里她便成了出气筒。于是她对丈夫和女儿只能是听之任之，一味地哄一味地顺。她已经从妇联的岗位上退下来两年了，这两年在街道帮帮忙，也不要任何报酬，好几次被居委会推荐到省里，得了好几个先进，在电视里还露了几次面。

但是于在海在这个家里依然是那种家长式的作风，特别是宝贝女儿不在身边的时候，常常对老伴儿发火，尤其是工作不顺心的时候。

老爸，您这么抽烟会伤身的，再说您想呛死我们呀。于梦莎走过来，一边给爸爸按摩一边娇声地说。

于在海依然铁青着脸，没有说话。

有什么不顺心的，当着我和我妈还不能说说吗？在这个世界上您还能信得过谁啊？

于在海把手里的烟掐灭了，狠狠地喘出一口粗气，声音很低沉地说，不知道哪个狗娘养的，敢告老子的状。

哪能呢，您这是从哪里听到的消息呀？在咱们市里您可是廉政的模范呀，那奖状奖杯可不是大风刮来的。于梦莎一边说着一边指了指书柜上摆放的制作非常精美的奖牌和奖杯。

那都是过去了，再说现在都是抓住一点不管其他，你就是走了一万步都是正道，你一步走歪了，那前面的一万步都等于零。再说了，咱们不是有那么一句话吗，叫常在河边转，没有不湿鞋的。有些事情又常常是身不由己的，可是又有谁能理解这些啊。

这时乔依琳也悄悄地凑了过来，正拿眼神鼓励着女儿继续问下去。方才于在海说的话她已经听出个所以然来了，便也插了一句，是啊，你现在在市里的呼声挺高，这肯定成了很多人仕途发展上的阻碍，现在这种事情还是要防着一点儿好，不是有那么一句话吗，害人之心不可有，防人之心不可无呀。

防，你就知道防，你防得住吗？于在海脸上依然没有放晴，低声喊道，要不是在纪检委交了那么一个朋友，我现在可能还蒙在鼓里呢。但是这种事情肯定是千真万确的，因为这几件事当时根本没有几个人知道，我正在想这个事是谁给我捅上去的。

那您就说说呗，我们也帮您分析分析。于梦莎一边看着于在海，又把脸转向了母亲，妈，您说呢。

是啊是啊。乔依琳一边应声配合着。

好了，跟你们说也是白搭，你们先出去忙吧，让我在这里好好静一静。

　　庄志文下班回来之后，只看到女儿在屋子里写作业，又看到桌子上于梦莎给他留的字条，说晚上不回来吃饭了，让他们爷儿俩自己想饭辙。

　　晓飞，你想吃什么，今天老爸给你露一手。庄志文知道于梦莎回娘家去做工作了，便兴高采烈，一边往身上系围裙一边对女儿说。

　　庄晓飞撇了撇嘴，你呀，把你那两下子先放一放吧！我可不吃你做的饭，拿来，我出去吃麦当劳。

　　在家里吃也不费什么事，我保证拿出一流的水平。庄志文还是一再保证着。

　　不嘛，我就是不吃，快点儿，我已经和同学约好了，快给我钱。庄晓飞毫不客气地说。

　　那、那得多少钱？庄志文下意识地摸了摸自己的衣袋。他知道那里一共装了一百元钱，这还是今天刚发的补贴，还没有来得及上交于梦莎呢。

　　少了不行，至少五十元。

　　好吧，不过咱们有个条件，你妈回来可要替我保密。庄志文不放心地叮嘱着说。

　　放心吧，我什么人都敢做，就是不想当叛徒。不过，我看老爸你可就难说了。

　　庄志文顿时虎起脸来，怎么，我给了你钱，还敢这么贬低我，不管怎么说，你老爸我也是响当当的共产党员呀。

　　庄晓飞一脸坏笑，把手指放在嘴上嘘着，你这话可千万别让你的战友王连举、甫志高等人听见。

　　你这臭孩子，敢拿你老爸开心，庄志文伸手要打，庄晓飞早就推门跑出去了。

　　屋子里只剩下了庄志文一个人，他现在还被一种情绪激动着。突然想起这个时候应该喝一杯酒，便打开冰箱一看，里面还有两样剩菜，就用微波炉热了热，又打开一瓶果酒自斟自饮起来。

娘儿俩终于在厨房里忙完了，由于于梦莎的到来，乔依琳又特意多加了两样菜。

一边往桌子上端菜，乔依琳一边对女儿说，莎莎，等一会儿你陪你爸多喝两杯，好好劝劝他，都这么大岁数了，让他别争了，不是有那么句话吗，叫无欲则刚，再过两年就退休了，何必呢？

老妈亏你还和我老爸过了这么多年，你太不了解他了。我老爸可是那种把事业前程看成是生命第一需要的人，你没听他常说嘛，一个男人就应该以事业取天下，他瞧不起我们家那个，正是看不惯志文身上那种缺少阳刚的劲头。

你争我夺的，为了啥呀，到头来还不都是那么回事！再说了，这仕途上的事凶险很多，你往前走的时候，免不了背影就会留给别人指指点点，这就叫树大招风。

这就是我老爸的脾气，宁可做招风的大树，也不当无名的小草。于梦莎很自信地说。

于在海从书房里出来的时候，脸上似乎缓和了一些，但还是话语不多。于是乔依琳便没话找话地说这说那。

其实这时候的于在海心里也充满了矛盾，表面上他很坚强，实际上内心却脆弱得很。这么多年在仕途上他也是一路顺风，官职一步一个台阶地往上升，从来都是说别人，突然间有人指出他某些方面不行，而且还是很锋利的刀子，这时他在心理上很难接受这样的事实。等他真正静下心来细想之后，不觉得背后有些发凉。人家举报到纪检委的几件事，哪件事抖出来都够他喝一壶的。受贿，虽然数目不是十分巨大，但是就那一块金表也是好几万元。利用出国的时候，回来时在澳门赌场一个晚上就输了十几万元。再有就是和办公室那个女秘书的事，尤其是这后一件，他怎么能张口对老伴儿和女儿说呢。

三个人闷闷地吃着饭喝着酒，于梦莎搜肠刮肚地想着一些有趣

26

的话题，想让老爸高兴起来，这样才能慢慢地把自己要达到的目的向老爸渗透。

几杯酒下肚之后，于在海渐渐地恢复了往日的自信的常态。只见他把手一挥，很豪爽地一说，管他呢，听拉拉蛄叫还不种庄稼了呢！我就不信那个邪。我于在海大江大河都过来了，我就不信小河沟能翻船。

对呀，这才是我老爸的英雄本色，于梦莎赶紧虚张声势，大声地说，在我眼中，只有我老爸才算真正的男人。大丈夫就应该敢作敢为，不像我们家的那个，什么事情比女人还女人，一辈子都不会有大出息。不过话又说回来，我们家志文这几年也够努力的了，人家都说他是外贸局的一支笔，大材料写了那么多，主任也陪走了好几个，到现在还是个副科级。

于梦莎说到这里，故意停住了话头，一边拿着眼色望着乔依琳，那眼神中的潜台词连于在海也看得明明白白。

在女儿目光的鼓励下，乔依琳拿起酒瓶又给于在海倒满了酒，以试探的口吻说，要不你找机会和王峰打个招呼，人家志文大学毕业也这么多年了，工作什么的也是踏踏实实，不管怎么说也该往上走走了。

于在海端起酒慢慢地喝了一口，拿眼睛望了女儿一眼，我说今天怎么想起来看我们了，原来你是另有目的啊。

老爸，我心里那个小九九，瞒得了别人，也瞒不了您呀！这事情不明摆着吗，我和庄志文的事当初是没有听您的话，后来您不也同意了吗？俗话说得好，嫁鸡随鸡嫁狗随狗，不管怎么说志文也是大学毕业生，人虽然木讷了一些，可是也算是一个本分人。再说了，一个女婿半个儿，将来您退休了，人走茶凉，别人都靠不上，要靠还得是自己家里人。

是啊是啊，乔依琳赶紧附和着，我也是这样想的，将来你退休之后，如果志文在事业上能够有所发展，咱们走不动的时候，不也是个依靠吗？再说了咱们就这么一个宝贝女儿，志文发展好了，咱们将来也能闭上眼。

你们呀，就是头发长见识短。于在海用筷子指点着她俩，嘴里喷着酒气说，你们说的这点儿道理我能不懂吗？这么多年我对志文的事可以说是不闻不问也不管，目的是让他好好地历练历练，干出点儿真名堂，到时候我再说句话，那不是锦上添花了吗？任谁都说不出话来。

还是我老爸高瞻远瞩，想的就是和普通人不一样。于梦莎赶紧顺着父亲的话茬儿往下说，可按照您的设想，要是再过几年的话，您说的话可就不管用了。

于在海把酒杯往桌子上重重地一蹾，长出了一口气，说，都是志文这小子不争气，说句粗话吧，当初我就看着他不行，果不其然，真是这么一个要屎没屎、要尿没尿的手儿！你刚才说的我不是没想过，现在我也只好改变我原来的计划了，再过不了几年，要不真就是我下来了，他还没上去。

老爸，您太伟大了，我先代表志文敬你一杯酒。于梦莎赶紧抓过于在海的杯子，倒满了酒，也把自己的酒杯倒满了，来，咱们爷儿俩干一杯。

4

于梦莎兴高采烈地回到自己家的时候，已经是晚上十点多钟了。

庄志文就像迎接凯旋的将军一样迎接着妻子，那殷勤的劲头让于梦莎都感到心头发热，可又马上凉了，甚至在心里产生了对庄志文既可气又可怜的想法。

这个念头一出现，于梦莎便决定戏弄一下这个可怜虫。

你呀，还是想吃啥就去买点儿啥吧，你的事呀，于梦莎说到这里故意停了停，然后说，没戏。

28

我不信，我不信，庄志文一迭声地说，嘴上虽然说不信，可脸上表情却说明了他焦急的程度。你快说说，我都快急死了。

于梦莎用手点着庄志文的脑门，深深地叹了一口气，我怎么说你好呢，难道你就不能拿出男人的阳刚气来，自己去闯一片天地，干吗要我为你去做这个那个的？

你怎么能这么说呢，现在这年头儿不靠这个行吗？再说了……庄志文欲言又止。

再说什么？于梦莎一听庄志文的话音，马上把身子坐直了，警觉地问。

其实，其实，也没什么，庄志文知道自己又要惹祸了，便赶紧否认着。

你别支支吾吾的，你一张嘴我就能看到你的腔子里去，于梦莎指点着庄志文，语调里显然已经有了不少火药味儿。你那点儿心思别当我不知道，都这么多年了，你也没少在我面前念叨过。怎么，今天是不是又要翻开老账了？

庄志文涨红着脸，马上不吱声了。他知道自己的心思根本瞒不过于梦莎，便岔开话题，悄声地说，晓飞已经睡了，我已经给你烧好了洗澡水，你快去洗洗吧。不管你爸那儿同意不同意，我今晚都要好好慰劳慰劳你。

于梦莎叹了一口气，她觉得跟这样不争气的男人计较下去实在是太没意思了，便站起身来，一边往洗手间走，一边扔给了庄志文一句，你就等着吧，我已经把我老爸摆平了，老爷子答应得很痛快。

真的吗？庄志文一蹦老高，冲过去抱起于梦莎在地上抡了一个圈，又使劲地在于梦莎的脸上亲了一口，大声地说，我可算等到这一天了。

于梦莎挣脱了庄志文，有些轻蔑地而又可怜地望了丈夫一眼，你看看你的这点儿出息。

一看于梦莎走进了卫生间，庄志文赶紧又拿过于梦莎为他准备的"神通胶丸"，这回他吃了个双份儿的，然后跃跃欲试地在那里等待着。

听着于梦莎在卫生间里哗啦哗啦洗澡的声音，庄志文觉得那是世界上最好听的乐曲，便在屋里一个人哼着自己都说不出名的曲调，又搬过椅子"嘣嚓嚓"地跳起来。

在庄志文的眼前仿佛幻化出无比美妙的景象，前面就是一条通往光明前途的大道，两边是鲜花和掌声，他将像国家元首一样从这条大路上旁若无人地向前走去……这一切又都来自于他的妻子于梦莎和岳父于在海，就在这一瞬间，对这两个人多年的积怨一下子烟消云散了，觉得这两张面孔顿时亲切无比。不管怎么说还是一家人，到了关键的时候还是看出来了，庄志文在心里默默地念叨着。

等于梦莎洗完澡出来时，庄志文的药劲儿也正好上来了，便抱起于梦莎又是亲又是啃的，显得有些迫不及待。

一看庄志文脸上泛着红光，于梦莎就明白了，可问出来的话却是这样的，你先别忙，我问你，你这样来劲是因为我办成了你的事，还是那药劲儿把你支的？

都有，都有，庄志文觉得下面那东西从来没有这么争气过，便一边把于梦莎抱到床上，一边把头埋在那有些软塌塌的乳房上。

……

两个人折腾了一个多小时，于梦莎也非常兴奋，非常满足，摸着庄志文汗淋淋的头说，这才像个男人，可这功劳不是你的，是那药的。

这不是还有情绪问题嘛，庄志文急忙分辩着，我情绪好的时候还是很有战斗力的。

于梦莎突然问，如果当年你真和你的那位表姐结了婚，你在前途上会有今天这个样子吗？

因为庄志文正沉浸在床上成功的喜悦中，没有这方面的思想准备，一时被问得愣住了，但马上就干脆地说，不会，绝对不会。庄志文回答得斩钉截铁，再说了，柳成林充其量也就是个乡党委书记，他怎么有能耐把我留到省城，又找了这么好的单位呢，这一点我早就想通了，我不后悔。

好了，后不后悔是你的事，我早就说过了，你要后悔的话现在也来得及，我这里是来去自由。不过话又说回来，真要是去了，想再回来那可就没门儿了。

于梦莎说完了这通话，一侧身没几分钟便睡了过去，之后便有很轻的鼾声响起来。

庄志文眼睛依然睁得挺大，一点儿睡意都没有，刚才发生的事和妻子所说的这番话又在他的心里激起了波澜。明天，也许后天，我的命运可能就会出现一次新的转机。人到不惑之年，该想开的也想开了，可是作为一个男人，如果在这个岁数上再没有什么突破的话，这辈子恐怕也就完了。在这种关键时候有岳父大人推了这么一把，再加上我自己的年富力强，今后前途必定是一片光明。

咳！为了得到这一切，我失去的是多么宝贵的东西啊。庄志文在心里又翻腾了一个个儿，柳叶的影子又由远而近，像一片云彩飘到了眼前，那娇美的容貌，让他有些不能自制。走到今天这一步，和失去柳叶相比，究竟哪一条路才是对的呢，方才当着妻子的面一个劲儿地说不后悔，可是这么多年后悔的念头在庄志文的心里不止一次地出现过，有时甚至还异常强烈。

柳叶，庄志文在心里悄悄地默念着这个名字，那是多么好的人啊！在我人生道路最艰难的那段时光里，是柳叶给了我爱的春风和雨露，那几年庄志文仿佛就生活在异常甜蜜的爱情中。

庄志文这时又想起同柳叶最初的那段最甜蜜的时光。

自从那次采访之后，两个人在感情上由互不相识到非常了解，那速度只用了短短的几天时间。从那之后，在放寒假的这段时间里，庄志文便没事找事地往乡广播站跑，每一次柳叶都热情地接待他，只要是有时间，两个人就谈很多的话题，谈理想谈人生，也谈到爱情。

时间过得太快，开学的日子到了，过去梦寐以求的大学这一刻在庄志文的心里仿佛失去了原来的诱惑力，他觉得和柳叶在一起比上任何大学都幸福。可是还有一个道理他也非常清楚，如果自己不上大学，柳叶便不会和自己走得这么近。为了自己，更是为了日后能和柳叶走到一起，这个大学不仅要上，而且一定要上好。

回省城上学的那天，柳叶也赶到了火车站，那是庄大年夫妻和庄志文的两个姐姐第一次正面接触这位貌似天仙的乡党委书记的女儿。庄大年张大了嘴巴，半晌才对老伴儿说了一句，这就是柳书记的闺女，人家的闺女就是不一样。

庄志文的二姐志秀在旁边不服气地嘟哝了一句，不就是乡书记的闺女嘛，有什么了不起。

庄大年的老伴儿赶紧扯了一下志秀的衣襟，你不吱声还能当哑巴卖了你，让人家听见怎么办。

听见了又怎么样，我要是能念到高中的话，说不定我和她还是同班同学呢，弟弟，你说是吧？

庄志文赶紧点了点头，对走过来的柳叶道着谢，你这么忙也来送我，太谢谢了。

这不应该的嘛，咱们也算是老同学了，你上了大学之后可别像那句老话说的，叫什么来着，一年土二年洋三年不认爹和娘。

庄志文红着脸，我怎么会呢，别说是三年，就是三十年我也忘不了你们。他说的你们指到车站送行的所有亲人，但是他说那句话的时候眼睛却一直盯着柳叶。

火车开动的那一刻，庄志文感到眼睛有些模糊，虽然这不是他第一次独自一人离家远行，可是这些爱他宠他的亲人从此之后便天各一方了，自己要到一个新的环境里去学习去生活。眼睛里的泪水滋味很复杂，他一直也分不清究竟有多少滋味在里面，但是有一种他是再清楚不过了，那就是在站台上向他招手的那个身影，夹在他未来的梦里经常出现。

离家的日子仿佛变得突然漫长起来，在最初的那段时间里，庄志文真是感到非常孤单。看见同学们都三五成群地说说笑笑，他却感到很自卑。不仅是因为自己身上穿的和城里的人相比太土气了，还有就是每次和同学们说话的时候，由于发音和语调，最要命的是那些地方话，经常惹得同学哈哈大笑。在别人的笑声里庄志文感到异常自卑，于是他的话越来越少了，经常一个人望着家乡的方向发呆。

开学半个月左右的时候，庄志文突然收到一个邮包，一看邮包上的字迹，庄志文就感到心跳不止。是柳叶，是这些天他最想念的人。等他打开邮包，里面是糖果和饼干，还有柳叶写给他的一封信：

志文：

你一切都好吧？上了大学还记得咱家乡吗？不会忘记寒假里咱们说的话吧？忘没忘那天你在上车时说的话，我相信你不会忘的。

你是咱靠山乡的骄傲，作为老同学，我更为你感到自豪。上大学也是我多年的梦想，可是这种梦想只有你替我实现了，千万别忘了一定要好好学。你也是代表我在圆大学的梦，学成有本事的人，我将永远为你祝福。

出门在外，一定要多注意身体。我知道你平时很节俭，就给你邮去点儿吃的，不知合不合口味。

有时间的话，给我写一封信，讲一讲大学里的事，也让我开开眼界，长长见识。

同学　柳叶

庄志文把柳叶的信一口气看了三四遍，还觉得没看够，便又整整齐齐叠好夹在一个日记本里，然后把那包糖果和饼干悄悄地放到他衣服箱子的最底层。

庄志文扳着手指计算着离家的时间，也是计算着和柳叶分别的日子。每到上图书馆看书的时候，他都悄悄在口袋里放两颗糖果，然后在图书馆里找到一个不引人注意的角落里坐下来，一边查阅资料，一连吃着柳叶寄给他的糖果。

那真是一段充满了向往的时光，他恨不得马上就给柳叶回信，可是又觉得这封信非常重要，不能轻易地提笔。因为柳叶本来作文就非常优秀，要给柳叶写信，一定要拿出一个大学生的才华来。可写作的才能并不是一日之功，怎么办？庄志文焦急地想着，那几天他甚至在课堂上也在想着这个问题。

他终于想出了办法，便马上跑到图书馆，借了几本诗集和散文集，从上面专找写情写爱的句子，然后加以改动，再加上自己的一些想法，很快，在"改编"名著的基础上，给柳叶的回信终于写成了。

柳叶：

你寄来的信和食品都已收到，我今天的心情就像这秋日里的阳光，洒出的全是热烈与感激。你知道吗，我是背着你和亲人们的目光走进大学校园的，这里的朗朗书声和鸟语花香对我来说虽然是渴望已久的梦，可我更加留恋咱们家乡的一草一木，还有你那阳光下的笑容和秋风中的话语。

我不会让你失望的。我时刻觉得你正和我一起在大学里读书。凭着你的聪明和才智，如果也能来到这里，你应该是这大学校园中最鲜艳的一朵花，那时很多目光将同时射向你。就这一点上说，你没来这里读书，对我来说可能是天大的好事。当然，我梦中的一切，要靠我自己一步一步地努力，可能还有你。

离家的日子里，才真正懂得了想念的滋味。还有一种滋味以前从来没有体会过，因为认识了你，才让我感到这种滋味对于生命是何等的重要，这苦苦的甜蜜如今成了我生命中一份可贵的营养。当然，更是我学习的最大的动力。

我会常给你写信的，但愿你看着不烦。

你的同学　志文

34

庄志文把这封改了又改的信抄得工工整整投到信筒的时候，他的心仿佛也被投了进去，从那一刻开始他就不停地想象着柳叶看到了这封信该是怎样的表情，是震惊是喜悦，还是别的什么。

　　班里的同学也突然感到庄志文变了，变得让人觉得有些不可思议了，常常一个人莫名其妙地笑一阵。问他为什么，他又不说。有人甚至在背后偷偷地议论他，说这个满身土气的庄志文别是神经有了什么毛病吧。庄志文听过之后，也当没有听见。

　　很快又收到了柳叶的邮包，所变化的是邮包里的东西更多了，回信写得更长了，而且比第一封更热烈更缠绵。

　　庄志文顿时就像身上上了发条一般，走起路来也富有弹性。不管是去教室还是图书馆，总是兴冲冲的，每天都觉得很充实。在上文学理论课的时候，他读了几本外国的文学名著，那里面关于男女爱情的描写，他都非常注意，遇到好的句子和诗文他都抄下来，准备再给柳叶回信的时候找个机会用上。他觉得这种学习突然有了一个具体的目的，不管这目的跟原来自己设计的大目标是不是一致，但觉得这目的让他兴奋不已，而且身体里时时充满着释放不完的精力。

　　在一个学期里，庄志文共收到了柳叶寄来的十个邮包，他把这十个邮包所用的布和毛巾都整整齐齐地放好，他要永远保存着这些东西，和那些来信在一起，将来作为他们相爱的见证，庄志文在心里默默地想。

　　上大学之后的第二个假期终于到了，庄志文人还没有到家，心早就飞回了靠山乡，飞到了柳叶身边。

　　回到家的当天，庄志文就借了一辆自行车赶到了乡广播站，不巧的是柳叶到另外一个村去采访了。广播站值班的说可能要很晚才回来，庄志文那天晚上一直等到九点多钟，才恋恋不舍地从乡广播站回到了家里。

　　那时庄志文的二姐志秀正和同村的叫李柱的小伙子谈对象，两个人正热得不行。一看庄志文回来了，志秀就开着玩笑说，又去找你那个姓柳的同学了，怎么样，大学生弟弟，在你们学校难道就没有像柳叶那样的吗？那可是省城呀！

省城怎么的，别说省城，就是京城，像柳叶这样的也难找！庄志文红着脸却很认真地说。

庄大年在一旁插着话，我看你和那个叫柳叶的闺女的事还是拉倒吧！人家可是当官的，咱们庄稼人，要找就找一个能够踏踏实实过日子的，像那样的，咱们这样的家庭能养得住吗？

我说爸呀，你这是啥脑筋呀，心直口快的志秀还没等庄志文答话就抢过话头说，现在都什么年代了，你真是老脑筋！我弟弟相中什么样的人让他自己说了算。可是话又说回来，老弟呀你在省城上大学，找什么样的没有，将来毕业了你为了这个柳叶难道还要再回咱们靠山乡不成？

我还没想那么多，走一步算一步吧，我现在就觉得柳叶好，可是人家愿不愿意还两说着呢。

志秀很有把握地说，她本人肯定没问题，那次到火车站送你上车时我就从她的眼神里看出来了，保证没错！不过，听说她比你大了好几岁，将来岁数大了，女的可不抗老呀。

大我三岁，妈不常说那句老话吗？叫女大三，抱金砖。庄志文这个时候脑子特别灵，把以前他妈说的话也搬过来当论据了。

等到第二天庄志文见到柳叶时，并没有出现庄志文想象中的那种热烈的场面。柳叶的表情倒显得淡淡的，等两个人走到了乡政府东边的小树林边，柳叶才说出了真正的原因。

咱俩的事我和我爸说起过，可是说什么他也不同意，还、还给我介绍了一个，柳叶语调低沉地说，我爸说像你这样的，将来靠不住。你在省城里上大学，又比我小了好几岁，四年之后说不上什么样。如果你变心了，那不把我耽误了吗？

难道、难道我的话你也不信吗？庄志文着急地说我给你写了好几封信，那里面我都保证好几遍了，再说了，我怎么能够是那种人呢？

柳叶两眼望着庄志文，平静地说，我也想开了，如果真像我爸说的那样，还不如咱们就做个朋友吧。

那不行，我不同意，你放心吧，别说是省城，就是将来我到了京城，到了联合国，我也要和你在一起。这个世界上，只有你能和我走我后半生的路。庄志文越说越动情，越说越激动，你知道这一个学期我是怎么过的吗？你是我学习中最大的动力，我上大学可以什么都不为，就为了你一个人，我不管吃多少苦，我也一定把大学学好，让你为我感到骄傲。

望着热泪盈眶的庄志文，柳叶终于张开双臂把庄志文搂在了怀里。

这一切仿佛来得太突然，当庄志文明白是怎么回事的时候，便疯一样抱住柳叶狂吻起来，嘴里还一边含混不清地说着，我太爱你了，你就是我生命的全部，没有你我都觉得活着没意思。

望着泪流满面的庄志文，柳叶一边吻着他一边说，我知道，我知道，我也是，我也是。

一个多月的假期，让庄志文觉得实在是太短。原来上中学时每个假期都帮家里干些农活，而这个假期庄志文除了在家看看书就是跑乡广播站，回到家里哪怕是睡一宿觉也觉得心里空荡荡的。可是白天又不能在上班的时间始终陪着柳叶，只能用书本来打发时间。况且还有一个重要的原因，那就是柳叶的父亲柳成林还没有答应他们两个人的事。

整个假期庄志文是在兴奋和焦急的矛盾之中度过的，这是他上大学之后的第二个假期，这个假期在他的生命里程中，成了一座永远不倒的里程碑……

方才还对妻子于梦莎说着不后悔的话，但是和柳叶交往的时光在庄志文的心里越来越觉得那是金子般的岁月。他和柳叶当时的感情那么深那么纯，今生今世恐怕再也找不到那样的感情了。

庄志文拉开床头的灯，一看已经是后半夜三点半了，便赶紧把灯关上，因为第二天还要上班。对了，过两天可能又有什么新的变化了，那应该是什么样的变化呢？

肯定是往好了变，庄志文在心里很有把握地断定着。

5

马必成悄悄地告诉庄志文说王峰局长要找他谈话，尽管这几天早已做好了思想准备，等到事情真正来临时，他还是有些紧张，甚至有些不知所措。

从马必成的神情里可以看出他已经知道了，只见马必成有些神秘地说，王局长在征求我的意见时，我可是给你说了不少好话呀，老弟，以后用得着老哥的时候尽管言语。

庄志文马上装出一副感恩戴德的表情，连连说，谢谢，谢谢，主任对我这么关照，我一定听主任的。一边嘴上这么说着一边在心里想，别人叫你马屁精，真是一点儿都不冤，你上任这么长时间了，什么时候拿正眼看过我？现在一看王局长要找我了，你便来个顺水人情，谁都不傻，别当我不知道。

以前在办公楼里碰到王峰局长时，庄志文总是能躲便躲，实在没办法躲了，就小声地打个招呼。有时往王峰办公室里送个写的材料什么的，他都非常打怵，他也常恨自己怎么就这么不争气，真像父亲常说的那句骂人的话，茅房的秫秸——尿挡。

真正走到了王峰的办公室，情形却不像庄志文想象的那样，王峰非常热情地给庄志文又是让座又是倒茶，而马必成这一刻也表现得异常温和恭顺。庄志文虽然紧张的心情已经有所缓和，但面对领导的热情他又显得受宠若惊，他觉得现在坐也不是站也不是。

谈话进行得非常简短，王峰肯定了庄志文这些年来在办公室里的工作，并用了很多赞扬的词语，说他有能力有才华，这些年一直

38

是办公室的骨干，局里的很多大材料都是出自庄志文的手笔，并一再解释由于干部的指标所限，一直到现在才能对庄志文做出调整和安排。以往办公室里没有配过副主任，都是由主任全权负责，现在经过局领导研究决定，提升庄志文为外贸局办公室副主任，行政级别属于正科，但实际工作的位置，已经成为副处，其他的行政手续从长计议。

以后办公室的工作从领导的角度来讲，算是加强了力量。王峰和蔼地微笑着，转过头对站在一旁的马必成说，以后小庄就是你的副手，你嘛，除了全面负责之外，侧重抓行政管理。小庄嘛，侧重管文秘这一块，这也是他的长项，正好发挥作用。

马必成连连点头，口中"是是是"地答应着，并说了很多领导决策英明之类的恭维话。庄志文坐在一旁，只感到这些话听着浑身不舒服，可看到王峰却在那里很惬意地听着，心里在想，可能他就愿意听这种话，看来这是人的通病，平常总是说忠言逆耳，看来这逆耳的话听着就是不舒服。

从局长办公室里出来，马必成拍着庄志文的肩膀，那种亲热劲儿，就像多年的战友和同学。马必成很亲密地对庄志文说，以后办公室这挂马车，就靠咱们两个人齐心协力拉起来了。我可告诉你呀，小老弟，你还年轻，前途不可限量，以后说不定还要请你多关照我呢。

哪里哪里，我还年轻，还得主任多帮助，以后我有什么地方做得不妥不周，还请主任及时给我指出来。我这人别的优点没有，有一点我还是具备的，那就是知错能改，庄志文很真诚地说。

回到办公室，马必成把全体人员召集起来，亲自传达了局领导对庄志文的任命，并一再解释说，局领导本来是打算亲自到办公室来宣布任命的，但是有件特殊的事，实在脱不开身，就委托他在这里宣布了。接着马必成又向全体办公室人员强调了今后要如何配合庄副主任的工作，要尊重庄副主任的领导云云。

庄志文坐在那里，只感到身体有些发轻，有些往上飘的感觉，这是他从来没有过的。再看一看平日里朝夕相处的同事，此刻看他的眼神都完全不一样了。每一个人脸上都堆着微笑，眼神里闪烁着敬佩的光芒，每一张脸上仿佛都写满了对上级任命的拥护和对庄志文这位新领导的服从。

庄志文这时在想，这种体会早就该有了，一直等到了今天，总算如愿以偿了。看来正像很多人所说的那样，当官真好。说穿了，现在我还只是一个副主任，还不算什么大官，等我日后真要是走到了更高的位置，那种成就感幸福感可能是今天的千百倍。

开过会之后，马必成就张罗着给庄志文调换办公室，又指挥人到商场去买大一点儿的写字台和书柜，说庄副主任是新官上任，一定要有一套新的装备，这样才和新气象是一致的。

庄志文站到一旁看着大家为他兴高采烈地忙活着，心里有些过意不去，也要伸手干点儿事情。胡文军赶紧说，庄副主任，你现在和以前不一样了。这种粗活由我们来干，你只要支支嘴就行了。

什么副主任副主任的，我还是我，大家可千万不要因为这个和我客气，以后大家还是喊我小庄吧。

那哪能呢？主任就是主任，在公共场合，直呼其名是不行的。再说了我们也得习惯这个，现在喊你主任，说不定哪天我们还要喊你处长局长呢！胡文军微笑着说。

大家也都异口同声地附和着，就是，就是。

当庄志文哼着小曲推开家门的时候，于梦莎早就把晚饭准备好了。一看家里的气氛庄志文便是一惊，就问于梦莎，今天是什么日子啊，不是年节，也不是什么纪念日，你这是搞的哪一出啊？

不仅做了丰盛的晚宴，于梦莎还特意化了淡妆，神采飞扬地对庄志文说，对咱们家来说今天可是比过年过节都重要得多，这一天你和我都等了挺多年了。怎么样，我的庄大主任，你看看今天我做的饭菜还和你的身份相匹配吧？

庄志文也异常兴奋，环视了整个房间，仿佛走进了一个梦幻的世界，其实屋子里并没有什么变化，只是以前没有心思仔细打量自己生活的这个环境，现在真是看什么都顺眼。

一向对父亲冷眼冷语的庄晓飞这时也从自己的房间走出来，柔声柔气地对庄志文说，祝贺你老爸，你没有让我和我妈失望。

听了女儿这句话，庄志文同于梦莎交换了一个眼神，庄志文向于梦莎很深情地点了点头，那意思当然看得懂，庄志文仿佛在说，这一切都是你的功劳。

一家三口人已经好长时间没有在这种和谐的气氛中共进晚餐了，席间谈论的都是高兴的事。庄志文也破例多喝了几杯酒，顿时更加兴奋起来，甚至开始有些得意忘形，说话的嗓门也大了不少：这么多年我总算熬出来了，平心而论，这个位置早该是我的了。你说说，我们外贸局这些年大材料都是谁写的，都是我亲自完成的，别人，根本不行。前面那几个主任一个一个的都是干不了正事的，但是有一个共同的特点，那就是围着领导转，把领导侍候得舒舒服服。他们也一个一个地高升，我这个真正出力的却一直被晾在一边。

你呀，我怎么说你，论才华你还是有一些的，可是光有才华行吗？连三岁孩子都会说那句话，说你行你就行，不行也行，说你不行就不行，行也不行。于梦莎摆出一种教训的架势，一边给庄志文夹菜一边说下去，论文笔论才华，你远远在我之上，可是论社会经验，论处世之道，你就差远了。这些东西合在一起才叫能力，你懂吗？

我懂，我敢不懂吗，我的夫人？

在心里一向对庄志文有些瞧不起的庄晓飞这一刻也举起酒杯，和庄志文碰了好几下，说，我老爸是大器晚成，以后的发展会比我妈强多了。

庄志文虽然喝多了一点儿酒，但还是能听得出来这娘儿俩唱的这出戏的真正目的，除了高兴以外，这里边还有一种希望，女人毕竟是女人，还是希望男人成为这个家庭真正的顶梁柱。

两个人都喝多了酒，但都异常兴奋，互相搀扶着走进了卧室。

酒劲儿、兴奋劲儿，再加上药劲儿，顿时烧得庄志文浑身燥热起来。当他在于梦莎的身体里不断抽动的时候，还不时地把那只软软的乳房叼在嘴里，使劲地吸吮着，就像一个贪吃的孩子。

　　于梦莎也像重新活了一次，狂热的劲头儿绝不比庄志文逊色。

　　急风暴雨渐渐平息之后，庄志文也完全清醒了，当他又清楚地看到于梦莎那只萎缩不堪的乳房的时候，所有高涨的情绪马上变得无影无踪了，也就在这时，另一个影子不由分说地闯进了他的脑海。

　　好像是很久以前的事了，甚至是上个世纪或者上一辈子的事，离现在是那样遥远，可是却又是那样清晰。

　　父亲庄大年一辈子都是那种与世无争的庄稼人，一年到头风里来雨里去，庄志文每次看见父亲的手，就会想起鲁迅小说《故乡》中闰土的形象。当年爷爷给父亲起这个名字的时候，满心希望生在大年初一的儿子，一生都会顺顺当当，都会荣华富贵。可是生在大年初一的父亲，一辈子的日子都过得紧紧巴巴。刚刚因为自己和柳叶谈了对象要有所转机的时候，自己又亲手把这唯一的机会给毁掉了。

　　经过柳叶不屈不挠的努力，柳成林对女儿和庄志文的事情终于点头了。详细过程柳叶虽然没有说，但是庄志文想象得出柳叶在背地里不知用多少泪水才动摇了柳成林原来的决心。

　　就在庄志文和柳叶越来越密切的时候，按照柳成林的想法，是要把女儿嫁给一个叫何远航的。虽然当时只是乡里的助理，但是何远航有一个特殊的家庭背景，他的一个叔叔在外省是一个厅级干部，而且上升的势头非常明显。背地里柳成林曾不止一次劝说着女儿，柳叶却死活不依，并倔强地说，我找的是爱人，又不是他的叔叔。再说了我看重的是人的才华，将来我们就靠自己的双手过我们自己的日子，别的什么都不靠。柳成林便大骂女儿不成熟，不懂得社会是怎么回事。在全乡上万人面前都可以说一不二的柳成林，对自己的女儿最后却无能为力了，只好认输，但是还是扔给了女儿一句话，你等着吧，有你后悔的那一天，有你想哭都找不到调的那一天。

只要能让我和庄志文在一起，我就不会哭，要找调的话那也是唱。柳叶故意用这些话气着柳成林。

当柳叶把这些过程简单地说给庄志文的时候，庄志文的心里充满了感动，一次又一次地对柳叶说着感激的话，说将来我一定对得起你这份苦心。

两个人订婚的仪式是在庄志文马上升入大学四年级的时候，在那个暑假两家人聚到一起，又请了一些亲朋好友，在柳成林的家里举行了一次隆重的订婚仪式，从此之后两个人的事情就由地下转为公开。

那个假期在庄志文的眼前，天也变得更蓝了，水也变得更清了，连鸟的叫声也更加悦耳了，他每一天都是乐呵呵地穿行在通往乡广播站的道路上。

村里的人对庄志文能够找上乡党委书记的女儿，都啧啧地赞叹着，见到庄大年时，都说他生了个有能耐有出息的好儿子。村长也主动跑到庄大年家，说你家包的那块地土质不太好，一年到头费了挺大劲，也打不了多少粮食，等明年开春给你换一块好的。

庄大年嘿嘿地乐着，两只手互相搓着，不知道说什么好。

庄志文的两个姐姐都嫁给了本村的农民，说是农民也不太确切，老大志娟找的是一个做买卖的，叫张泉水，究竟做什么买卖也没有一个定数。一会儿说卖服装，一会儿又说倒煤，用他自己的话说，那就是什么挣钱就干什么，把家里好几年攒的一点儿积蓄也拿出去到广州去跑买卖，钱没挣到多少，有时还会赔进去不少。为了这个庄志娟没少和张泉水吵架，可是怎么吵也不起作用，最后只好听之任之了。二姐庄志秀，找的那个李柱，到城里学了一段时间的厨师，现在正在乡里的一个小饭店打工。说将来有了本钱自己也要开一家小吃部什么的。因为有了庄志文和柳叶的这码事，两个姐姐也都欢天喜地，说这回可要借到老弟的光了。在这个靠山乡，那真是柳成林一跺脚四周都会发颤，还有什么事情会办不成？

庄志文一回到家，庄大年虽然没有什么话，但是行动却让庄志文感动万分了。只要一看见儿子回来了，就赶紧奔到里屋，掀开地上的那块砖，从里面把钱包拿出来，过一会儿保证会拎回来一条鱼或几斤肉。如果不是过年过节，在平时的日子里吃这些东西，在这个村子里是不多见的。两个姐姐一看到弟弟回来了，便软磨硬泡地求着庄志文想办法同柳成林说说，找银行的人贷点儿款。

一听这个话，庄志文便皱紧了眉头，不耐烦地说，咱们穷也该有个穷志气，干什么非要求别人？告诉你们吧，要求人你们去说，我可张不开那个嘴。

让庄志文想不到的是，大姐和二姐没过十天都把款贷出来了，说是他们自己去找银行说的，一听说是柳书记家的亲属，银行的人二话没说就给办了，每一家贷了两千元钱。

庄志文狠狠地瞪了两个姐姐一眼，用手指点着说，你们哪，真是不争气，这以后让我怎么跟柳叶说呢。

庄大年这时候也过来插了一句，说什么啊说？从银行贷款又不是不还，再说了，咱们以后和柳书记就是实在亲戚了。村长都跟我说了，明年开春要给咱家换块好地。

庄志文真是无话可说了，他觉得在这个家里几乎找不到能有共同语言的人了，真是没出息，成天就是过日子，真是没有见到大天。

整个假期，多数时间，庄志文是在乡广播站和柳叶一起度过的，有时帮柳叶改改广播稿，过得很充实。

这个夏天热得很，好长时间也没有下过一场透雨。快到九月份了，眼看着庄志文就要开学了，那天天阴沉得厉害，两个人忙完了广播站的事，柳叶很神秘地对庄志文说：

一会儿我领你到我们家去，有件好东西我要给你看看。

庄志文摇摇头，我可不去。

怎么，连好东西都不想看？柳叶眼睛瞪得老大。

不是不想看，我是怕看见你爸。

哈哈，柳叶忍不住大笑起来，我当是什么事呢，原来是女婿怕见老丈人，我爸有什么可怕的，他还能吃了你不成。

44

他倒不会吃我，可是不知怎么的，我只要一看见他心里就发毛。庄志文很诚实地说。

瞧你这个小胆，还是个男子汉大丈夫呢，告诉你吧，你的这个病我现在就有一剂特效药保证药到病除，柳叶趴在庄志文耳边悄声地说了几句，接着问，怎么样，这回还害怕吗？

要是那样的话，还行。庄志文说。

那个雨天的故事好像一下子变成了遥远的事情，可是在庄志文的生命里，那是一个不折不扣的转折点。

柳叶把庄志文领到家里后，就忙着让庄志文赶紧把淋湿的衣服换下来，自己也到里屋换了一件睡衣。等她从里屋出来时，一下子把庄志文看呆了，透过那层薄薄的有些半透明的轻纱，柳叶那曲线优美的胴体很朦胧很含蓄地展现在庄志文的面前。特别是那对儿高高耸起的乳房，是那么丰满、那么挺拔、那么诱人。这一刻，庄志文的七魂六魄都像被摄去了一般，只见他两只眼睛直勾勾地盯着柳叶的胸部，那目光里充满了欲望和贪婪。

你干吗这么看着我？柳叶好像从庄志文的眼神也看出了什么。

我、我还从来没有这么近地看过你。庄志文顿时红了脸，说出的话也有些言不由衷。

柳叶一步步靠近庄志文，看吧，让你看个够。

庄志文猛地抱住柳叶，拼命地亲吻着，然后把头深深地埋在那两个硕大的乳房中间，开始亲吻那两个让他感到销魂的乳房。

柳叶任凭庄志文这样亲着，觉得身体里也在产生着一种强烈的欲望。

庄志文此时就像一个饿得发疯的孩子，使劲地亲吻和吸吮着柳叶的乳房，直把柳叶亲得疼痛难忍。

当庄志文把柳叶抱到床上时，柳叶没做任何的反抗，就让庄志文顺利地进入了……

两个在这方面都没有任何经验的人，第一次做爱就那么成功，这简直就是一种奇迹，即使事过多年之后，庄志文还曾这样想过。

虽然当时时间并不是很久，可却都真正体会到了那种深入骨髓的快感。

庄志文感到生命和灵魂都在这一刻裂变了，当他大汗淋漓地结束了有生以来的第一次性爱之后，静静地躺在柳叶的身边就像一个大孩子，还把柳叶那丰满的乳房含在嘴里亲吻着……

外面的和屋里的狂风骤雨终于停了。

庄志文看到那洁白的床单上有几点鲜红的血迹，就像盛开的梅花，便问柳叶，这是怎么回事？

你是真呆呀，还是真不懂？柳叶一边吻着他一边娇嗔地说，我是把我的女儿身第一次献给了我所爱的男人，呆子，你一定要记住今天。

庄志文觉得周身又是一阵发热，眼睛里充满了泪水，一边吻着柳叶一边发着誓，从今以后，我时时都会把你放在我心中最重要最神圣的位置，你就是我全部的爱……

从那以后只要是天上有了乌云，地上有了雨水，庄志文总是能想起那个暑假，想起柳叶。

如果不是发生后来的故事，一切都像设想的那样，庄大年的家里肯定现在是另一番景象。后来为了庄志文和柳叶分手的事，庄大年把儿子骂得狗血喷头，只要是一想起来，就骂不绝口，说庄志文毁了这个家。

细想想，父亲骂得不是没有道理，在毕业前庄志文和柳叶最后分手之后，庄志文所承受的只是良心和道德的谴责，而他的家庭却经受着来自于四面八方舆论的压力，还有那难以承受的经济损失。村里已经把那块最好的地划给了庄大年家，马上就要种地了，村长铁青着脸找到庄大年，毫不客气地说，既然现在你已经不是柳书记的亲家了，那这块地也就不是你的了。庄大年为了这块地曾高兴得好几宿睡不着觉，在那之后又往这块地里洒了不止一次的汗水。每天天不亮就往那块地里跑，一干就是一整天，种了一辈子地的农民，对土地的这种感情，作为儿子的庄志文是很难理解的。但是不管怎么样，全村那块最好的地已经不属于他家了。就连从银行贷款的两个姐姐，也被银行的人催促再三，说如果不能按期还款，就把他家的房子充公作为抵押。

由人人羡慕到四面楚歌，庄大年家在半年之中经历了从天上到地下的巨大落差，他觉得由于儿子的忘恩负义自己在村人面前都抬不起头来。

对这一切庄志文并不完全知道，他毕业之后留在了城里，也是在那年寒假和于梦莎组建了家庭。

在后来的日子里，庄志文经常回忆起同柳叶分手时的情景，他虽然一次又一次地下着决心，但同时也是一次又一次地动摇过。每一次动摇都是由于柳叶这些年对他的种种好处，更重要的是这几年相处他觉得柳叶从外表到内心几乎是一个完美无缺的女人。找这样的女人做妻子，应该是他庄志文几辈子修来的福分。可是真要是这样，自己大学毕业之后便无法留在省城，最多只能回到河东县找一个什么工作，弄不好也可能回到靠山乡。这是庄志文所无法想象的生活，读了四年大学，他觉得自己的身上真是突然长出了翅膀，现在只有城里的这片天空才配得上自己的远大志向。如果回到乡村，非把自己憋死闷死不可，这是无论如何也不行的。庄志文在日记本上把匈牙利诗人裴多菲写的那首诗大胆地改了两个字，变成了这样：生命诚可贵，爱情价更高，若为事业故，二者皆可抛。

在庄志文心目中，大学毕业之后的事业比什么都重要，因为有了这样的起点，就是让他摘天上的星星他都会充满自信。

让庄志文做出最后决断的还有于梦莎猛烈的攻势，同窗四年，庄志文对于梦莎的印象说不上好也说不上坏，只是一般，只是觉得于梦莎是城里人，家庭条件不错。等到了最后一个学期开学之后他便收到了于梦莎写给他的第一封信。

那封信写得很长。从信中可以看出于梦莎对庄志文已经注意很久了，庄志文的一切情况她几乎都清楚，甚至包括和柳叶订婚的事。但是有一点她说的和庄志文的想法正好吻合了，那就是庄志文如果和她在一起的话，她就能靠在市财政局当处长的父亲把庄志文留在省城，并找到一个理想的工作。

这个砝码实在太重了，重得让庄志文最后完全忘记了道德和良心。也正是由于这个砝码，当庄志文面对柳叶滂沱的泪水时都没有动摇过决心。

那是一个春雨绵绵的下午，省城的上空阴沉沉的，人们在第一场春雨中感受着特有的喜悦。可是在校园外面的那棵大树下，庄志文和柳叶却经历了一次人世间真正的悲苦离别。

望着泣不成声的柳叶，庄志文反反复复说的只有一句话，请你理解我。

当他望着柳叶的背影渐渐消失在春雨之中，他的眼睛终于有些模糊了，但最后还是果断地擦了一把脸上的泪水和雨水，转身向于梦莎住的女生宿舍楼走去，因为于梦莎在那里等着他，等着他做最后的答复。

当三天之后父亲从家里赶到学校，站在校门口大骂他忘恩负义的时候，他两手抱着头蹲在路边，任凭父亲责骂。庄大年早就气得浑身发抖，这位忠厚的父亲还是第一次动手打儿子，尽管他知道这是大学校园的门口，也没给他留面子。

现在终于可以向家里报告喜讯了，说庄家的儿媳妇于梦莎第一次这么开通这么懂事，慷慨地把准备给女儿买琴的钱拿出来给家里种地用。不管怎么说，庄志文现在可以对家里人有所交代了，通过这件事也可以对家里说，自己找的妻子虽然是省城大干部家的女儿，可也是懂事理的。

庄志文甚至想象着父亲在收到这笔钱的时候该是怎样的表情，这无疑是雪中送炭。这一切都是因为自己政治地位的提高，现在他才更深地感受到，地位对一个男人是何等的重要，在社会上是如此，在家庭中也是如此。

我不仅要做一个真正的男人，还要当一个真正的英雄，就像岳父于在海那样，就像王峰那样，一个手势、一个眼神，都会给周围带来变化，庄志文在心里发着誓，你们等着吧，我庄志文会有那一天的！

6

这些天庄志文一直沉浸在空前的喜悦之中，在家里，于梦莎对他表现出了前所未有的温柔和体贴，就连女儿庄晓飞也显得乖巧懂事。在单位里，大家时时对他笑脸相迎，且态度虔诚毕恭毕敬，就连主任马必成也常常亲切地喊他庄主任。

对庄志文来说，这一天他盼了很久了。当他对这一切由满腔热情到渐渐地在残酷的现实面前有些绝望的时候，柳暗花明的转机又突然从天而降，他简直有些飘飘然了，觉得这一切都天经地义地属于他。他在心里不知把他最喜欢的李白的那两句诗默诵了多少遍：仰天大笑出门去，我辈岂是蓬蒿人。

胡文军更是表现得殷勤有加，时不时地跑进庄志文的办公室，没话找话地套近乎，问庄志文缺不缺什么东西。庄哥，咱们俩可算得上患难之交了，我早就看着你行，果不其然，真是让我说着了，你的才华和能力别说在办公室就是在咱们整个外贸局都是这个。

胡文军一边说着，一边比画着，那神情分明是在说，他早就有先见之明。如果说庄志文是一匹千里马的话，他胡文军就是响当当的伯乐。

庄志文从心里不愿意理他，可表面上还要尽量地敷衍着，便故作谦虚地说，哪里，哪里，领导上把这个担子压给我，我真还有些力不从心呢。

胡文军摆了摆手，我说庄哥呀，你快别逗了，你的那点儿底细我早就知道了。你在上大学的时候就发表过小说，那不就是才子吗？

我敢说，你要一直写下去，早就成了大作家，我没说错吧？

你小子消息还蛮灵通的，这事你是听谁说的？

你家嫂子在一次闲谈中说起来的，当时她还说这是你们谈对象的一个媒介，人家都是花为媒，或者是伞为媒，你们是文为媒，小说为媒。她说起那件事的时候，嘿，那真是绝了！当时她看了你那篇小说之后，真是被你迷住了，于是，她就开始向你发动攻势了。

如果不是胡文军说起来，庄志文似乎根本记不得自己曾经还发表过小说。

胡文军那一通连吹带捧的话，就像一团雾、一片云，把庄志文托到了半空中。

真像是一场梦啊……

带着柳叶给他的幸福与激情，庄志文回到学校就创作了一篇小说，题目叫《柳絮飘飞的季节》，他当时写得既激情四射，又才华横溢，一万多字的初稿他只用了两个晚上就写完了。他把这篇小说寄给了《南江文学》，因为当时编辑部压稿太多，又没有及时把采用稿通知单发出来，庄志文等了两个月也没有得到任何消息，就以为没有发表的可能了。

寒假时他也没有对柳叶说起这件事，他当时只想着最好能发表出来，给柳叶一个惊喜。既然是泥牛入海，他也就只好当什么也没写过，只能说明自己的才华还不够。

就在庄志文对那篇小说由昼思夜想渐渐地到全然忘却时，突然收到《南江文学》寄来的样刊和稿费，这是在他大学四年级最后一个假期之后刚开学的时候。

这篇小说的发表对庄志文来说真是至关重要的，虽然大家读的是大学中文专业，可在校期间真能发表一篇像样的文学作品，真算得上凤毛麟角了。

庄志文连做梦都想不到一篇小说会给他带来这么多东西，他至今还清楚地记得当时全班争相传阅那篇小说时的情景。胡文军有一点真是说对了，那就是在那篇小说发表之后不长的时间，于梦莎就向庄志文展开了攻势。当时班里正有一个也是家住省城的男生在追于梦莎，且大有志在必得之势。平时，庄志文对这位虽然长相平平却大有公主派头的于梦莎的印象谈不上好也说不上坏，只是觉得自己同她不是一路人，无论是家庭背景，还是兴趣爱好，都相差甚远。

当于梦莎拿着两张《庐山恋》的电影票来找庄志文时，别说是庄志文，就连庄志文同寝室的人都惊呆了。大家都有些不相信自己的眼睛和耳朵了，于梦莎却"咯咯"地乐了一会儿之后，也不管庄志文同不同意，就硬挽着庄志文的胳膊走出了屋子，身后留下一阵哄笑声。

那部电影正好符合于梦莎当时的心境，当庄志文被她绑架似的拉进电影院之后，电影刚一开演，于梦莎就把头靠在了庄志文的肩膀上，两只手也开始了动作。开始时，庄志文只像是木头人一般，任凭于梦莎摆布。

于梦莎手上的动作和电影中剧情的发展简直配合得天衣无缝，或紧紧地握一下庄志文的手，或轻轻地掐一把庄志文的胳膊，或用头蹭一蹭庄志文的肩部，或用脸贴一贴庄志文的前胸……

电影里的情节很精彩，可庄志文总是看不进去，只记得银幕上五颜六色的花花草草，和男女主人公的很多朦朦胧胧的情节。从庄志文和于梦莎走进电影院的那一刻起，庄志文就觉得自己有一种被绑架的感觉，渐渐地，他也适应了这种气氛，从完全被于梦莎所左右到现在开始思考一些事情。虽然同班四年，他和这位女同学说的话总共也不超过一百句，对于梦莎这次突然请他看电影，他只有感到吃惊和意外。现在他终于明白了，这位平时傲气十足的女同学，肯定对他有所企图有所想法。但是，自己和柳叶的事全班同学没有不知道的，虽然大家都开玩笑地称柳叶是他的表姐，可这个表姐完全是加引号的，所有人只是不捅破这层窗户纸罢了。不管在什么场合，只要大家提起庄志文的表姐，几乎所有的人都明白那便是庄志文的女朋友。难道这位于梦莎不知道，绝不可能。

那又是为什么呢，还没有来得及细想，庄志文就听于梦莎在耳边悄悄地对他说，一会儿看完电影我领你去一个地方，保证是你没去过的。

庄志文也说不上自己是点了头还是摇了头，还是觉得脑子木木的。

电影里的故事和生活中的情景总是有很大的反差，电影里还是风和日丽的庐山景色，等庄志文和于梦莎走出电影院的时候，街上已经下起了蒙蒙细雨。

事过很多年之后，庄志文还能想起那部电影和那场春雨，因为那个时刻成了他生命和爱情的真正意义上的里程碑。

办公室里依然是让庄志文感到非常惬意的气氛，他觉得大家看他的眼神都和以前不一样了，即使不说话，他从同事们的眼睛里也能看到那里仿佛写满了大家对他的尊敬和服从。

马必成主任对他越来越是恭敬有加。庄志文当然知道他这种行为的真正原因，嘴上不说，心里却在暗想，现在这种世态炎凉，让人在一夜之间什么都想开了，想透了，就是这么回事吧，这也算是一种生存的方式。

庄志文这些日子工作的劲头和以前也不一样了，以前一天干不完的事，现在他可以在几个小时完成得漂漂亮亮。这种人逢喜事精神爽的结果，不仅提高了工作效率，还最大程度地激发了他身上存在的被闲置已久的那些才华，就像夜空当中的火花在他的头脑中不断闪现，他似乎又有了一些创作冲动。他想写一首诗，或者写一篇小说，当年的那些经历让他重新雄心勃勃起来。现在街上不是正有一个人写的书很畅销吗？那个人也和自己的经历差不多，也是在机关里混，官职没有太大的发展，却在小说上搞出了名堂，这就是人们常说的东方不亮西方亮吧。

下午快下班时，马必成端着茶杯笑眯眯地走进庄志文的办公室。志文呀，今晚有空吧，我请你出去坐坐，咱们好好唠唠。

主任，干吗这么客气呀，要说请客也得我做东。庄志文态度十分真诚地说。

你就别争了，咱们就这样说定了，今天这个面子你就算给大哥一回，下次我再听你的。

一看马必成说得这样认真，庄志文便不再坚持了，那我就恭敬不如从命了。

好，我一会儿来叫你。马必成临出门时还回头对庄志文意味深长地笑了一下。

在庄志文的印象中，马必成如此态度他还是第一次看见，而且又是对自己的，庄志文坐在转椅上，思绪却飞到了很远的地方。那是他向往已久的，这种感觉真是太好了，而带来这一切美好感觉的，正是自己地位的变化，看起来做一个男人真得在仕途上有所长进。只有在这一刻，庄志文也多多少少地开始理解了同于梦莎结婚这么多年为什么没有使两个人的生活进入一种完美的状态。在平常的日子里，作为男人，作为丈夫找不到应有的自尊，而作为妻子的于梦莎更多的时候给予庄志文的也不是生活中的体贴和精神上的安慰，很多时候都是轻蔑和嘲讽。庄志文的自尊，这些年不知道被伤害了多少回，这使他在于梦莎面前感觉自己越来越矮了三分。说起来真怪，世间的事情就是这么有意思，仿佛在一夜之间这一切都改变了，原来自己的头顶还布满了阴云，一觉醒来，天空就变得阳光灿烂。庄志文想了想，不由得哼唱起来。

这家酒楼庄志文以前曾经来过，这是南江市一家档次最高的饭店。那次是外贸局宴请市里的领导，庄志文作为普通的工作人员到这里联系过。至于真正的宴席，那次他还没有资格参加。走进马必成事先安排好的这个包房，庄志文还是有些震惊了。他的第一个感觉就是，市场经济真好，有钱真好。

一看庄志文的表情，马必成心里就明白了七八分，虽然在城里也混了十几年，但毕竟还是农村出来的孩子，这种场面对于庄志文来说见得实在是太少了。而马必成对这样的场合和这样的事情早已经是司空见惯了，他很熟练地对服务小姐呼三喝四，这里的服务人员对马必成更是恭顺得很，看来他是这里的常客。

以前这里我没少来，但那都是陪领导，说得好听点儿，那是为了工作，不想来也得来。现在可不像当年了，人们现在把吃饭喝酒都看成了负担，没有办法，咱们就是干这项工作的。可是今天不一样了，我可是诚心诚意请你呀，老弟。

马必成端起茶杯浅浅地喝了一口，接着侃侃而谈道，怎么说呢，咱们在一起共事也有一段时间了，今天老哥我请你出来就是俩字：沟通。咱们在工作中是同事，我希望以后咱们就是朋友，就是兄弟。

庄志文明明知道马必成今天请他肯定要达到某种目的，但究竟是什么样的目的，到现在还是一头雾水，便愣愣地望着他。

我说老弟呀，我跟你说句到家的话吧，我比你整整大了八岁，现在不是常说吗，四十七八，准备回家。在机关里，在我这个位置上，又是这个岁数，你想想还有什么大的发展？我的意思已经跟王局长表达过了，以后办公室的工作就要把你推到第一线，让你多一些锻炼的机会。我嘛，在旁边给你支支招儿就行了。

那哪行，我可是经验不足，能力不够呀，庄志文连连摆着手。

什么行和不行的，领导说你行你就行，我觉得你的素质是不错的，再加上现在外部条件和环境又这么好，现在应该是你展翅高飞的时候了。

听话听音，庄志文到现在才多多少少明白了马必成今天请客的用意，但是现在还不能马上点破，他要等着马必成主动地把那层意思说出来。

当服务员把几样精美的菜肴端到桌子上，还有那瓶外国酒，庄志文显得有些局促不安起来，心里盘算着这桌饭的价钱。

马必成好像看出了庄志文的心思，笑着说，老弟呀，咱们今天没有外人，今天我请你从公从私都是应该的。这一阵子在工作中你也够累的，局里的几个大材料都是你点灯熬夜赶出来的，我也是借此机会表达一下我的感谢之意。再有呢，我也不瞒你，人生在世就是多一个朋友多条路，你这个朋友我是交定了。不是有那么一句话吗，朋友就是效益，朋友就是金钱。这话一点儿也不假。马必成说到这里，端起酒杯，来，咱们两个先干一杯。有了这杯酒垫底，咱们从今以后就是多个脑袋差个姓的兄弟了。

庄志文也满怀感动地端起酒杯，主任，大哥，既然你这么说了，我的心里只有感动和感激。来，以后有什么用得着我的尽管吩咐就是了。

痛快！马必成端起酒杯同庄志文手中的杯响亮地碰了一下，然后把杯中的酒一仰脖倒进了嘴里。

可能是喝得有些急了，再加上洋酒的劲儿大，顿时把马必成呛得满脸通红，赶紧喝了一口茶，然后又自我解嘲地说，咱们哥儿俩今天晚上算是土洋结合、中西合璧了。喝一口洋酒，又喝一口茶水，哈哈。

庄志文也把杯中的酒一饮而尽，情绪也受到了马必成的感染，拿过酒瓶为马必成又满满地斟上了一杯。马必成摆着手连笑道，人家品洋酒都是一小口一小口，咱们可倒好，还是中国人的脾气，感情深一口闷。

庄志文脸也红了，平时就没有多大的酒量，一大杯洋酒下肚之后，他就觉得全身的血往上涌，身体开始发热，情绪也顿时高涨起来，便比比画画地说，马大哥，以后只要不在办公室我就这么喊你，大哥，你看行吗？

马必成从桌子对面绕过来，坐在庄志文的侧面，抓住庄志文的右手紧紧地握了几下，又摇了几摇。那怎么不行？我要的就是这个。我马必成走南闯北，也算是在社会上混了大半辈子。这些年来，我也知道别人怎么在背后议论我。那有什么关系？也说不出我别的毛病，不就说我是马屁精吗，那有什么不好？你看那出电视剧里说得多好，英明盖世的乾隆皇帝不是也说过既需要刚直不阿的刘墉，也需要见风使舵的和珅吗？这说明什么？这说明存在就是合理的，不管是过去、现在和将来，人上一百，形形色色，社会分工就是这样。再说了，咱们做办公室工作的，就是领导的参谋助手，就是要管好领导生活和工作的，把领导这些事情管好了，这就是我们最大的功劳。你说是吧？再说从个人的角度来说，我不知道别人，就说我吧，也没有什么文凭，工作水平也就是这么回事，如果还在领导面前犯倔，那我能混到今天吗？说穿了，这也是一种生存的方式，不是有那么句话吗，叫什么来着？

理解万岁。庄志文接着话茬儿说。

对对，就是这么回事，咱们真是难得呀，知音呀，老弟，我算没看错你。你怎么对大哥理解得这样深呀，马必成又拉起庄志文的一只手连连地拍着说道。

在他们说话的过程中，服务人员早就退到了外面。马必成一看火候已经差不多了，便把脑袋向庄志文微微地探了一下，有些神秘地说，我说老弟呀，大哥有件事还得求你，不知你能不能帮这个忙。

大哥的事还用说求吗？你吩咐就是了，庄志文也很仗义地说。

那好，我就不拐弯抹角了。有机会时还想求你在你岳父面前为我美言几句。

听了马必成这句话，庄志文才彻底明白了马必成今天晚上这个举动的真实目的，但还是不露声色地说，我们家老爷子和咱们又不是一条战线的，他虽然也是个局级干部，可他毕竟不是咱们外贸部门的领导。我向他美言，对你能有什么直接的帮助吗？

你老弟不实在，还在大哥面前耍花枪。难道你不知道，你的泰山在不久的将来就会成为咱们南江市人大的领导。你知道人大是干什么的，是专门管干部的。不管是提拔谁，人大不画圈儿，就不好使。

庄志文摆着手，虽然听到了一些风声，可那还不知道是哪年哪月的事呢。

快了快了，我这可是绝密消息，这也叫先下手为强。你岳父的脾气我早就有所了解，如果他真是走到了咱们市人大主任或者副主任的位子上，咱们再去做工作，那就是正月十五贴对子——晚了半个月了。在这方面，必须打好提前量。

庄志文端起酒杯，对马必成似笑非笑地说，别人都说你鬼得很，今天我可是领教了。

这不叫鬼，这叫韬略。马必成也端起酒杯，很豪爽地说，来，咱们再碰一个。

7

借着酒劲，庄志文对马必成也说了很多掏心掏肺的话，一直到晚上十点多钟，两个人才互相搀扶着走出酒楼。

于梦莎还在客厅里等着庄志文，一看浑身酒气的庄志文终于回来了，就笑盈盈地迎上前去，帮着丈夫脱衣服。

庄志文一下子仰在了沙发上，嘴里喷着酒气大声地说，老婆，快给我沏杯好茶来，今天喝得真是痛快。

两个人结婚这么多年，以这样的口气对于梦莎说话，庄志文还是第一次。可能是应了那句话，酒壮尿人胆。

说完了这句话之后，庄志文真怕于梦莎不给这个面子，让他没有想到的是，于梦莎的表现远远超出了庄志文的期待。

来，我早就给你准备好了，于梦莎转身把一壶沏好的茶端了过来，又把一条热毛巾塞到了庄志文的手里，赶快擦擦脸，看你那脸红的，酒量不大，逞什么能？

庄志文听得出来于梦莎的话里虽然有嗔怪的意思，但多半是关心，便很感激地对妻子说，谢谢娘子。

去，喝点儿猫尿就学得油腔滑调，这主任当得够滋润的，现在饭局可比以前多多了，怎么，今天又是谁请的呀，还是你请别人呀？

马必成，就是我们的那个马主任，请我一个人，在咱们南江市那个最好的酒楼里，怎么样？以前人们不是说他马屁精净拍的是领导吗，今天他倒来拍我了。

于梦莎撇了撇嘴，你想得倒美，主任请副主任，我敢说，他必有企图。再说了，现在这个时候，人们都是无利不起早。他请你，你以为你那酒能白喝呀！我如果没猜错的话，他保证是醉翁之意不在酒。

庄志文身上的躁热还是没有丝毫的减退，一看妻子今天晚上情绪也很高涨，他胆子也变大了起来，顺手在于梦莎的脸上掐了一把，真是聪明，你现在是越来越聪明了，真不愧为我的夫人。

呸，你也够美的！我问你，还知道自己姓什么不？给你一个棒槌就当针（真）了。你也不撒泡尿照照自己，你的能水有多大。瞧你能的，有点儿不知天高地厚了，说你胖就喘起来了。不知怎么的，于梦莎的脸突然冷了起来，劈头盖脑地把这一大堆话扔给了还在那里飘飘然的庄志文。

庄志文被这些话一时噎得缓不过气来，两眼直勾勾地望着于梦莎，竟不知说什么好。

看什么看，不认识了？告诉你，马必成那点儿小心眼儿我都猜得出来，他请你，目的在我爸那里。

于梦莎说这番话的时候已经站起身来，在屋子中间来回走动着，那神采飞扬的气势，仿佛在指挥着千军万马。

虽然庄志文的酒劲没过，可他的心里清楚得很，他不由得暗暗叫苦，坏了，于梦莎的脾气又来了！最可怕的是这个女人不仅脾气坏，而且又绝顶聪明，再加上前两年的那个病，还有，我看她是提前到了更年期。

庄志文心里想的这些话，他无论如何也不敢说出来。

于梦莎没有注意庄志文的变化，还是在那里眉飞色舞地说着，你给我听好，不管什么马必成牛必成，不管谁请你，如果是绕着弯求我老爸的话，你可不要顺嘴胡答应。我老爸的脾气你是知道的，这么多年他管过咱们多少回，要不是看着你真是不行了，他也不会出这个面。还有，事情还不知道怎么样，现在这年头儿，什么事情别看是传得有鼻子有眼，到最后的时刻还可能出现变化。

我知道我知道，这我能不知道吗？庄志文连连地点着头，刚才进屋时的高涨情绪顿时低落下来。

从南方回来的人开始很恐惧地传着一个消息，说正有一种可怕的传染病从广东向内地蔓延开来。开始时人们还不太在意，但接二连三死了不少人，这才引起了有关部门的关注。一个专家把这种病定名为"非典"。

南江市距离这种疾病发生的地方还有很远，但是现在信息如此发达，再加上人们在道听途说中的添枝加叶，几天时间便把非典传得异常可怕。

你还没听说吗，听说南方的一个村子没剩下几个人。早晨一上班，胡文军便跑到庄志文的办公室悄悄地说，我给你买了几袋预防药，现在这种东西可是买不着呀。

庄志文一看胡文军递给他的塑料袋，虽然隔了好几层，但是还是看清了"板蓝根"几个字，便不以为然地说，不至于吧，再说了现在医学这么发达，一般的传染病都构不成太大的威胁。

这你就不懂了，我专门查了这方面的资料，有些传染病还是非常可怕的。这种东西一旦被传染上，那可就太危险了，最主要的是治这种疾病现在还没有最可靠的办法，因为以前从来没有见到过。我听有关专家介绍，如果研究出这方面的疫苗的话，最少得一两年时间，所以在这个时期，就必须靠自己了。胡文军说得满脸真诚，那神态分明在告诉庄志文，不是特殊的关系在这种时候绝不会把这种预防药送给他。

庄志文便站起身来，很感激地说，我真是太谢谢了，在这种时候你还能想到我，真是患难见真情呀。

看你说的，谁叫咱们是哥们儿呢，胡文军拍着胸脯说。

庄志文历来就看着胡文军不太顺眼，尤其是看不惯胡文军那张扯瞎话的嘴，不管什么消息到了他的嘴里，保证不出一天整个外贸大楼都会传遍了，而要干正事的时候，便两个也顶不上一个了。

心里虽然这样想，但表面上还要过得去，毕竟人家心里还是有咱们，庄志文望着胡文军的背影，在心里这样想。

胡文军走到门外又推门进来，拍着自己的头说，你看我这脑子，把一件大事给忘了，我姐要请请你。

你姐？你哪个姐，我怎么没听你说起过？

对了，我真还没有跟你说起过，就是大华服装公司的总经理胡文华呗，胡文军乐呵呵地说。

怎么，你们真是姐儿俩，怎么长得一点儿也不像？

我跟你说实话吧，我们也是刚刚认识一年多。在一次参加一个工地开工典礼的仪式上，我才认识我的这位大姐，因为赶得太巧了，都姓胡，她叫胡文华，我叫胡文军，你就看看这个寸劲儿。如果不知底细的人，都以为我们就是亲姐儿俩。说起来也挺怪，见了几次面之后，我们就真成了姐弟了。

噢，原来是这样，我说怎么呢，我只知道你家就你老哥一个，怎么突然间又蹦出个姐呀，不过你的这位大姐怎么想起请我了？

这个，保密。胡文军神秘地说，到时候定好了时间和地点，我再通知你，你可一定赏光呀。

当庄志文见到胡文华的时候，他觉得这位很有名气的服装公司的女老板在哪里好像见过，但怎么也想不起来。

我的大主任，你一定是觉得我大姐很面熟吧？胡文军在一旁插嘴说道，告诉你吧，我大姐可是咱们南江市的大明星，哪个月都得上两次电视。

看我这老弟说的，你姐有那么大的能耐吗？胡文华很谦和地对庄志文微微笑道，你别听我老弟瞎说，我也就是一个服装厂的小厂长，这年头儿都兴叫经理什么的，我也就顺了大溜。再说了现在市场经济，人家就认这个，我又能有什么办法？其实我觉得还是叫厂长更好。

60

看着这姐弟俩你一言我一语地说着，庄志文有些不好插言。今天虽然他是这次宴会的主宾，可是真不知道是什么原因，胡文军当时还是神秘兮兮地对他保密。

　　胡文华打扮入时，面部皮肤保养得也很好，看上去比实际年龄要小一些，但是岁月的痕迹还是在身体的其他部位显示出来了，比如举手投足时，比如走路时。虽然这些年庄志文一直在机关工作，但他毕竟是学文学的，又写过小说，对人的观察还是比较细致的。

　　一看今天晚上的场面，庄志文不由得想起了那次和马必成的聚会，规格绝不在那次之下，只是比那次多了一个人。但很明显，胡文军只是作为桥梁和纽带出现的，只有胡文军坐在中间一边热情地劝酒，一边主动地夹菜。因为有他在，很陌生的两个人的聚会也就不显得冷场了。

　　毕竟是在场面上混过来的人，胡文华很快地适应了这种气氛，便把话题引向了她想达到的那个路径。

　　这些年我也算在商海里游过泳的了，说起来自己也算是红旗下长大的，受的是传统教育，比你们多吃了几年咸盐，这思想观念要说改的话，比你们年轻人也困难得多。不过也过来了，现在不是有那么个词吗，叫阵痛，对了，我也是有过这种阵痛过程的人。

　　我说大姐呀，你比我们才大几岁呀？实际上现在人生理年龄往往是次要的，我看你有时比我们还年轻呢。胡文军三杯酒下肚之后，话就更多了，也不管胡文华说完没说完。

　　庄志文也笑着说，是啊，现在人们追求的是一种生命过程的质量。有的人在心理上是未老先衰，我有的时候就觉得我都快要退休了。

　　哪里，哪里，像你这样年富力强的干部，正应该是大展宏图的时候，我真羡慕你们呀，又年轻，又有学历，哪像我啊，出了几趟国，离开了翻译就成了瞎子和哑巴了，什么也不懂。

　　我们也差不多，当年在大学里学的那点儿外语早就就饭吃了。外语这东西必须有那个环境，不用就回生。庄志文笑着打着圆场。

你不要给我吃宽心丸了，我在这方面可是很自卑哟。有时需要写一个什么材料，愁得我好几天都吃不好饭。你知道吗，我读的第一部长篇小说就是苏联作家高尔基写的《母亲》，当时我崇拜得那简直是五体投地。我就开始做文学梦，梦想着将来自己也能成为一个作家。可是没承想，自己不是那块料，这不是，现在要让我写个发言稿，真是难死我了。

胡文华说这些话的时候，不停地喝着酒，马上就面若桃花了，眼睛里也闪烁着亮晶晶的东西。

这时，胡文军的手机响了，他便马上站起身来说去接个电话。几分钟之后回来对两个人说，大姐大哥，真是对不起，我有点儿急事必须马上赶过去，今天就失陪了。不过我的任务也完成了，大姐，你说呢？

你有事就快走吧，改天我再谢你。胡文华站起身来拍着胡文军的肩膀说。

三个人变成了两个人，气氛的微妙变化，两个人都心照不宣，但是因为已经交谈了一些话题，庄志文又不便马上离开，出于礼貌还得坐一会儿。他对这位女经理谈不上有好感，他从进屋的第一眼开始，直觉告诉他这位女人不属于他所要追求的那种。这些年同妻子的同床异梦使他不知多少次幻想着也有一个情人什么的，来弥补家庭和婚姻的不足，可是想归想，真正要做的时候他还是犹豫。再说了，用他自己的话说这种事情只能是可遇不可求，但不管怎么说，他非常相信自己的直觉，人们常常盼望能够天长地久，其实他往往相信的是那种一见钟情，他觉得就应该是那样。他读过很多中外名著，他甚至能把很多名著中的经典场面重新描绘出来。他常常很浪漫地想，自己也应该像小说中的主人公那样，轰轰烈烈地把爱情进行下去。

可能是酒精的作用，酒量不大的庄志文脸有些发烧，脑子也有些乱。

就在这时，一首优美的钢琴曲从大厅的中央传过来，一位身着黑色裙子的披着长发的女人正在弹着那架钢琴，那优美的曲调就像泉水一般从她修长的指间流淌出来。

在这一刻庄志文才真正体会到了音乐的魅力，那曲调让他在心里觉得一动一动的，再看看整个屋里的气氛，完全蒙上了一种很朦胧很含蓄的色彩。在优美的钢琴曲中，餐桌上的人都悄声地说着话，似在细语。

庄志文终于看清了，大厅里几乎所有的餐桌都是两个人，且多是一男一女。

再看看对面的那位胡文华，正醉眼蒙眬地望着他。

我早就听文军说起过你，说你是外贸局最有才的，是真正的才子，上大学时就写过小说。我就佩服你这样的人，现在我也是吃不愁穿不愁，可是怎么说呢，心里总是空落落的。

庄志文一看胡文华提起了这个话题，心里也一动，这可能是自己多年来在心灵深处隐藏的那个角落，由于长时间没有机会去掀动一下，早就有些麻木了。现在听胡文华这么一说，便也动情地说，是啊，人总是这样，尤其是现在。要让我说，什么是幸福？什么是美满？不在于吃什么穿什么，而在于一种感觉。什么是感觉？感觉就是精神，就是灵魂。精神空虚了，灵魂饥饿了，那才是人生最大的悲剧。

真是太深刻了，真是太精辟了！胡文华激动地站起身来，端起酒杯对庄志文动情地说，这样的话我可是等了多少年盼了多少年了，来，这真是咱们的缘分。

庄志文也有些激动，便把杯中的酒一口干掉了。

那天庄志文把胡文军送给他的板蓝根拿到家后，于梦莎便乐颠颠地冲了两包，说从现在开始要每一天喝上一两次，增强免疫力，还让庄志文托胡文军再多搞一些来，说这种药在市面上已经脱销了，就连消毒水也被大伙儿给抢光了。

庄志文倒有些不以为然，大大咧咧地说没那么厉害吧，再说了等那病毒从南方传到咱们这边，还不得一年半载。再说了，我就相信那句话，该河里死，井里保证死不了。

你就是典型的农民意识、典型的鼠目寸光。现在都什么时代了，飞机几个小时就横跨全国，那病毒说不定在一天之内就能飞到咱们南江市，你要是活够了你就不喝，我和孩子可要预防。还有，我明天还要回家去看看我爸我妈，让他们也早点儿准备些药。我昨天晚上可看电视了，北京都把市长和部长给撤了，你还不当回事！

我没说不当回事，那病毒谁也看不见摸不着，你防得过来吗？再说了，这么大的城市，这么多人口，要真正预防的话，比登天还难。就说你们文化局年年不知道搞多少次的扫黄吧，你扫净了吗？前两天我去商场，在那些卖音像的柜台前，嘿，好几十个女的见面就问，要不要生活片，带色的，你扫得过来吗？

那些咱们管不了，现在我就要管好这个家，你以后也少到外边的饭店去吃饭。现在看你是个人物了，什么猫戴帽子狗戴帽子都是朋友了，原来这些人怎么不理你，都四十多岁的人了，活得还这么幼稚！

又来了，我算服了你了，我听你的还不行吗？庄志文在于梦莎面前不得不又一次打出了白旗。

于梦莎像凯旋的将军一样，美滋滋地说，这还差不多。

8

这已经是于在海多年的习惯了，他在思考问题的时候总喜欢一个人静静地待着。每到这时，乔依琳也总是知趣地躲到一边，从不打扰他。

于在海一支接一支地抽着烟，把整个书房弄得乌烟瘴气的。在浓浓的烟雾里，于在海紧锁着眉头，想着近来发生的一切事情，这种感觉是他多年来的第一次。他这么多年对自己的一些事情的处理，就像他的名字一样，真像一条鱼游进了河里或者是海里，是那样游刃有余，左右逢源。其实他的文化程度并不高，他只上到高中二年

64

级，他家里就赶紧让他离开了学校，又张罗着把他的婚事办了。其实那时他几乎什么都不懂，刚刚离开学校，对社会上的事情还不是很清楚，便闷在家里看小说，倒是他的岳父为他的发展铺起了道路。回想起在仕途上最开始的那段路程，他从心里感谢乔依琳，这位比他还大两岁的妻子，在当时比他成熟多了。可能是受了父亲的影响，乔依琳看问题时总比于在海要深一些，但是她总觉得自己是个女人，在事业上发展终究是要靠男人。于是她不止一次地劝说着丈夫，沉迷在小说里的于在海终于被妻子劝得有些动心了，便去找了岳父的老战友，很快就当了一名干部，从那之后也就开始了他人生的真正起点。等他们的独生女于梦莎来到这个世界的时候，他这个刚满二十岁的父亲，还是个什么事都不太懂的愣小伙儿。可能是他具有这种天赋，怎样过日子就是到现在他几乎也是一窍不通，可是在事业上他很快就混明白了，就像人们常说的他具备了这方面的悟性。

走到今天也确实不容易，他常想自己退休之后一定要把自己的经历写成一本书。那里边的滋味真是太复杂了，酸甜苦辣什么都有，正是这些坎坎坷坷才使他一步一步成熟起来，他待过的几个单位，领导对他的工作没有不满意的。还有一点最重要，他可以使上上下下左左右右的人对他都提不出什么意见。就这样，他几乎是一步一个台阶走上来的。在他家里的书柜中，光各种荣誉证书就有两大摞，还有那么多奖章和奖杯。这些东西都记录着他是怎样在人际关系复杂的机关中走过来的，就是闭上眼睛他也能说得清每一个奖杯每一张证书所代表的故事。

于在海长长地出了一口气，心绪也从那漫无边际的回忆中回到了现实。一向遇事沉稳处变不惊的他，一想到眼前的事，便有些忧心忡忡起来。算起来自己在仕途上也是很顺利地走过了三十多个春秋，这种进步让周围的人没有不羡慕的。就是在妻子乔依琳的眼中，他也是那种带有飞跃性前进的男人。这可能和他接触社会的悟性有关，原来还对于在海在很多方面指指点点的妻子，在不长的时间就变了过来，对于在海工作上的事再也插不上言了。由于事业上的成功，于在海在家里的地位也不断地走到了如日中天的地步，乔依琳对他几乎达到了百依百顺的程度。因为在乔依琳的心目中，一个在外面把事业干得轰轰烈烈的男人，家庭就应该是他休息的港湾，因为自己的母亲在这方面就是名副其实的榜样。也不知道是家庭的影响，还是生理上的遗传，在这一点上乔依琳完全继承了母亲这种优秀的品质，家庭中的事情几乎不让于在海操一点儿心。而于在海在外面的事，如果是他本人不想说，乔依琳也从来不问。只有等到于在海觉得有的事情需要和妻子沟通的时候，乔依琳也总是知无不言，想办法帮助丈夫出谋划策。

夜已经很深了，于在海回到卧室的时候，乔依琳已经睡得很香了。但是她有一个习惯，只要身边有一点儿动静，她马上便能醒过来。乔依琳揉了揉惺忪的眼睛，问丈夫，这么晚了才睡？

于在海摇了摇头说，眼下有这么多的事，我真是有些睡不着，看来我今年有些不顺。你说南方那个非典闹得那么凶，按说和我也不会有什么关系，怎么赶得这么巧呢，早不有事晚不有事，偏偏在这种时候。

乔依琳笑了一下，这么多年你可是头一回，别想那么多。我相信你，用现在流行的话说，在咱们南江市还有你摆不平的事吗？

于在海叹了一口气，把被子一掀，钻进了被窝，接着说，我这种感觉不知道对不对。说不定今年还真是我的一道坎儿。

不会吧，你能有什么事？

你不知道呀，我心里清楚，要说这个事业上根本没有完人，我也不是生活在真空里。再说，这世道变得有时候你就是想做到洁身自好都很难，因为那样你在别人眼里就成了不能相信的人，大家都防着你，你说说那该怎么办？

于在海的话说得乔依琳一惊，转过头来问丈夫，别不是你真有什么事吧？

我的那个老战友给我打了两次电话，虽然没有说透，但是有一点是千真万确的，那就是有人在背后整我。我想了半天，把整我的人基本想了个差不多。因为我在平时工作中所能接触到的，或者说现在在地位上能够构成竞争或是威胁的，这个范围其实很小，而有的关系我也是最近才知道的。

你这都说的什么呀，说得我云里雾里的，根本听不明白。乔依琳起身倒了一杯水，递给于在海。

于在海喝了一口水，接着说下去，你认识检察院反贪局的那个姓汤的吗？

怎么不认识？不就是那个胖胖的，挺着个大肚子，听说和市里哪个领导还有点儿关系的那个人吗？

岂止是市里？这个人的背景可不一般，听说刚调到咱们省里的管常务的副省长是他的一个什么表哥，在这年头儿你想想有了这种关系，那还了得！

乔依琳还是不明白，那和你有什么关系？

那关系可大了，我就和你这么说吧，比如有一个位置，假如他也想坐到这个位置上，你说应该怎么办？

那人家有这样的关系，咱就不同人家争呗！乔依琳好像多少明白了一些，便猜测着问，别不是那个姓汤的也盯上了市人大主任那个位置吧，如果真是那样，你赶紧不要跟人家争了。

于在海转身把水杯放到了床头柜上，接着说，现在不是我和他争不争的问题。这种事你不明白呀，就是你不想争了，人家也觉得你是他的一种威胁，而且我身上可能也有了那么不大不小的把柄正好攥在了人家的手里。

你能有什么把柄，这么多年了，我还不知道你吗？就说咱们这个家吧，你当了这么多年领导，也没借上你什么光。你不是咱们南江市第一个获得省里廉政干部称号的人吗？还有咱们的女婿，如果你能说句话的话不早就上去了吗？你可倒好，就是说靠自己靠自己，怎么样，眼瞅着志文都四十岁的人了，也没有混出来。你说说，你还能有什么事？

这就是智者千虑必有一失，你还记得那次我出国的事吗？

怎么不记得，你们那次不是去了七八个人吗？一走就是二十多天，我的那条外国的丝巾不就是你那次买回来的吗？

于在海沉默了一会儿，又深深地叹了一口气，都怨我那天晚上多喝了两杯酒，迷迷糊糊地就跟着去了。现在看来可能是一种圈套，人家就是设计好了等着我往里钻呢。

到底是什么事，你能跟我说说吗？乔依琳试探着说。

那天我真是喝多了，咱们夫妻这么多年，你也应该知道我，我不是那种人呀。可是那几个人，你知道啤酒厂的那个老板吧，喝完了酒，他非拉我去赌场看看。我一想马上就要回家了，这澳门也不能白来一趟啊，到了这个地方怎么也得看一看，就跟着他进去了。我们几个人都觉得这不算什么大事，可是一坐下来就糟了，那天晚上我一下子就输了十多万元，自己兜里的那点儿钱全输光了不说，还从啤酒厂的那个经理那里拿了不少。

这个事你回来也没跟我说，到底借了人多少，还给他不就行了吗？

哪有那么简单啊，现在说啥都晚了，你知道吗，当时是拿了人家的钱，我又是主管部门的领导，这叫什么？这就叫受贿。还有，输了那么多钱不说，之后我们又去了那种不该去的地方。你想想这两条对我来说都是要命的事。

你们不是都去了吗？谁告谁啊，这就叫法不责众。乔依琳宽慰着于在海。

哪有那么简单呀，现在看来，他们几个人是事先就设计好的，我现在回想起来就是那么回事。算了吧，现在咱们说到天亮也解决不了什么问题，睡觉。于在海说完，抬手把床头灯关了。

春风得意的庄志文这几天在办公室里嘴里不时地哼着小曲，尽管他有些五音不正，但还是像捡了金元宝似的。因为他看着办公室里的人对他的态度全都是笑脸相迎，他在心里觉得好笑。你昨天是普通老百姓，谁都不会理你，今天把你提拔成了哪怕是芝麻绿豆那么大点儿官，你的周围就会围上来一大帮说好话的抬轿子的。现在谁都不说谁了，现在大家都这么做，觉得这样才是正常的。用马必成的话说，当下属的就要围着领导转，因为你的工作就是要为领导工作创造条件，这样领导才能抽出时间想大事办大事。用胡文军的话说，这就是生存的一种方式。

胡文军这些日子有事没事总爱往庄志文的办公室里跑，在那里一坐，就海阔天空地聊起来。他一看庄志文这些天精神状态极佳，往庄志文的办公室里跑的次数就更多了。

　　怎么样？我姐那个人还行吧。嘿嘿，我姐可说了，对你这个人看法真是不错。胡文军拿了一张报纸笑嘻嘻地在庄志文对面的桌子旁坐下来，小声地说，听我姐说，那天还没有唠够，等过两天她还要约你吃饭呢。对了，也可能是喝咖啡。

　　胡文军在说这番话的时候故意挤眉弄眼的，搞得庄志文心里有些不舒服。和他那个姐姐就刚见了一次面，再说了双方都是有家有口的，还能有什么事。让胡文军这么一渲染，好像真要有什么事似的，便有些不冷不热地说，我又不是什么大领导，对我看法好坏，又有什么用？再说了人家是咱们市有名的女企业家，我也就是一个小主任，还是副的，又办不了什么事，找我有什么用？

　　这你就不明白了吧，不是有那么句话吗，叫萝卜白菜各有所爱。你说我姐那个人吧，人家还缺钱吗？对了，也不缺权。那缺的是啥？用我姐的话说，缺的是品位。这年头儿人家那样的人，追求一种品位还真挺难得啊！要是我呀，我可不会像你这种态度。

　　你别把事情老往那方面去想，再说了，哪有你这样的弟弟，你姐姐要知道了，看她怎么收拾你。

　　胡文军乐呵呵地说，看你说的，我们又不是亲的，那不是碰巧了吗？说起来这也是缘分，可是这几年我同我的这位本家大姐交往过程中，她的心思我算摸得透透的了，她要找的正是你这种人。

　　胡文军的话说得庄志文有些无可奈何，便半开着玩笑说，你的这套言论如果让你的那个姐夫知道了，看他不把你的舌头割下来。

　　他们俩呀，我告诉你吧，早就"各自为政"了，再说了，这年头儿不就是兴这个吗？

　　庄志文听着他的这番话，心里一惊，现在怎么成了这种情况呢？想到这里，便对胡文军挥了挥手，赶快去忙你的吧，我这里有个材料还没写完呢。

　　胡文军临出门时还笑着对庄志文说，我的大主任，有了好事的时候可别忘了老弟呀。

从南方回来的人都惊恐地传说着那种叫非典的传染病的厉害，说什么地方死了多少人，还有什么地方被完全隔离起来。还有人说这种传染病是从动物身上传染过来的，说南方人什么都敢吃，这回吃出事来了吧。现在可好，别说南方的，就是北方的饭店也都冷清起来，很多饭店干脆关了门，向有关部门送上了停业的报告。

于梦莎这些日子也经常在庄志文的耳边唠叨，能推掉的应酬尽量推掉，饭店那种地方尽量不要去了。你没听人家说嘛，这种病传染得可快了，而且死亡率极高。

不用妻子说，庄志文这些日子本来就战战兢兢的。他家离单位虽然有好几公里，可是他已经不坐公共汽车了，宁可提前从家里早出发半个小时也要走着去。看到街上不少人都戴起了口罩，他也想戴，可是又怕人说三道四，说他胆小。再说了自己刚当了副主任，在这种时候就变成了惊弓之鸟，那不太缺乏男子气了吗？这些日子他也处在非常矛盾之中，虽然在路上并没有接触到什么东西，可到了办公楼以后，还是马上钻进卫生间，把手洗了一遍又一遍。不管谁请他去吃饭，都被他一一回绝了。

胡文军有些大大咧咧的，来找过他好几次，还说这种事情都是命，该在河里死，井里保证死不了。再说了，这种非典传染病如果要是老也不过劲儿，你还不交往了，那还能有朋友吗？

庄志文表面上只说以后再说吧，可心里却在想，先保住命再说。如果弄不好小命都丢了，还和谁去交往啊。

胡文华那天打来电话时，庄志文依然像以前那样推辞着，说现在尽量少上饭店。可是胡文华不容分说，说她已经找好了一个地方，不是饭店，是咖啡屋，而且那里的卫生条件是绝对有保证的，让庄志文一百个放心。听着电话里胡文华那种故意装出来的娇嗔的声音，庄志文只好答应了。

昨天庄志文还从报纸上看到了发表在《南江日报》上的一篇写胡文华的人物通讯，整整占了一版，大幅的照片，照片中笑容可掬的胡文华正向市长汇报着工作。庄志文看着那篇很有文采的文章，更觉得胡文华这个女人不一般，在短短的两三年时间里，就把一个效益很不好的小服装厂变成了一个产品能出口创汇的企业。这个女人确实不简单，让他有些不解的是，为什么胡文军拉他去见胡文华。听到胡文华来的电话，又联想起胡文军同他说的那些话，庄志文心里多少有了一些数。

庄志文特意对于梦莎撒了一个谎，说要在办公室里赶写一个材料，要晚一些回家。于梦莎在电话里告诉他，注意身体，因为传染病专找那些身体虚弱的人。庄志文嘴上说自己的抵抗力没问题，可心却在突突地跳个不停。这可能是他从小落下的一种毛病，因为生活之中很多时候需要他说谎，可说谎的同时他又有些害怕。每到这种时候，他的心里都是紧张而矛盾的。

9

于在海早上起来后，似乎还没有忘记头一天晚上的话题，但又觉得不便多说什么，在他心里已经明显地感觉到有些事情需要尽早做出安排。这么多年每到最关键的时刻，他都表现得冷静和谨慎。他不断地在心里告诫着自己，从最坏处着想，向最好处努力，不出事比什么都强，真要出了事也不至于晕头转向。

于在海一边喝着豆浆，一边对乔依琳说，这个周末让莎莎他们回来一趟，就说我有话要对他们说，再说飞飞也挺长时间没来了，就说我想她了。

乔依琳用惊奇的目光望着丈夫。她嘴上甚至想说今天太阳是不是从西边出来了，但一看于在海的脸色便把这样的玩笑话赶紧咽了回去，嘴上一迭声地答应着，行，行，我买点儿好菜。那天飞飞在电话里嚷嚷着，说好长时间都没有吃我给她做的糖醋里脊了。

于在海鼻子里哼哼着，站起身来拿起公文包。

71

望着于在海走出门的身影，乔依琳的心里不禁暗淡起来，想起昨天晚上两个人说的那些话，便有一种不祥的感觉笼罩在她的心头。

于在海出国路过澳门做的事她是第一次听说，虽然都是五十多岁的人了，可她听到这种事情的时候心里还不是个滋味。这些年她对丈夫还是非常了解的，于在海就是那种为了达到一种目的可以控制很多欲望甚至可以牺牲很多利益的人，万万没有想到，这次却在小小的河沟里要翻船了。说起来她当时也想埋怨丈夫几句，可是一看于在海那种神情，便什么话也说不出来了，因为这种时候如果再埋怨的话那只能是火上浇油。

在这些年和于在海相处过程中，乔依琳找到了自己在生活中的最佳位置，她的性格、她的修养，正好符合中国传统女人那种贤妻良母型的标准，在家里她很成功地扮演这样的角色。在于梦莎出嫁之前，于梦莎从小学到中学穿的很多衣服、裙子都出于乔依琳之手。那样式那颜色都让于梦莎的同伴们羡慕不已，都以为她在大商场买的呢。原来乔依琳并不怎么会做饭，她便买了很多关于烹饪方面的书籍，在家里细心地演练起来，时间不长，就连吃饭吃菜都非常挑剔的于在海都觉得在家里吃饭是最香的、最可口的。于梦莎不止一次地把同伴们请到家里让母亲做几样她爱吃的菜，然后在同学面前沾沾自喜地夸赞着母亲的好手艺，让那些同伴都感到既羡慕又忌妒。后来于梦莎和庄志文有了飞飞，这孩子总是埋怨于梦莎做饭做菜不好吃，说于梦莎没有把姥姥的本事继承过来。

乔依琳在心里盘算着周末的时候该做哪几样菜，这时她又想起于在海这两天的情绪，心里不由在想，这次让女儿女婿回来吃饭，肯定是丈夫有什么重要的事情，否则不会主动叫的。因为在于在海的心里，始终没有瞧得起庄志文。现在还记得当年女儿回家说要嫁给庄志文的时候，于在海铁青着脸说如果你要嫁给这样的男人，将来不会有你的好果子吃。当时乔依琳还有些不明白，倒是背地里问过两次，问得于在海实在有些不耐烦了，便说，我也说不出来什么根据，但是我相信我的眼力和感觉。我看那个庄志文面相卑琐，将来成不了什么大器。因为于梦莎当时要嫁给庄志文的决心可以算是谁都无法动摇的，搞得于在海也有些无可奈何，就勉强同意了这桩婚事。但是放下了那句话，他庄志文如果是个男人就自己闯出一摊事业，要想让我给他说话，他首先必须自己争气。

因为于在海有言在先，乔依琳这些年有多少次想在于在海面前为女婿说句话，这个念头动了不止一次，但话到嘴边又咽了回去。细想想，于在海确实是看对了。这一点后来于梦莎也和母亲说了好几次，后悔当初没有听爸爸的话。只是觉得庄志文是农村出来的，人比较老实。可是现在看来要想在这个社会上真正能够出人头地的话，还必须像父亲这样，心里要有韬略，还要有胆识。虽然作为独生女的于梦莎也想自己的男人能像父亲那样，靠自己的本事干成一番事业，可是庄志文偏偏不争气。渐渐地于梦莎在文化局不仅站稳了脚跟，而且在工作中也接触了很多领导，尤其是在领导层的又多是男性，她甚至时常把眼前的领导同她的丈夫相比，越比越让她失望，越比越觉得庄志文身上缺少男人最重要的东西。可是这种东西好像又是天生的，不可能从营养上或者是药品中补回来。平时说男人缺少骨气，你就是给他吃再多的钙片，天天给他煮大骨头吃，遇到了事情他还是不争气。可是现在要想重新选择的话已经不可能，尤其有了一个孩子，再说自己也马上快要四十岁了，这个年龄的女人根本没有重新选择的可能了。开始那些年因为这种心理不平衡，常常把他们那个小家吵得天翻地覆，可是不管怎么吵，也没有把庄志文身上缺少的东西吵回来。后来，于梦莎也只好认命，尤其是两年前得了乳腺癌之后，又切掉了一边的乳房，医生劝她在以后的日子里一定要往宽了想，如果保健工作做得好，再活三十年四十年和正常人一样都是完全可能的。但是不管怎么说，自己如果说以前还能打八十分的话，现在恐怕连及格的分数也没有了。再说了，什么事情都是辩证的，甘蔗没有两头甜，庄志文身上还是有很多优点的，并不是像原来所想的那样。于梦莎不断地在心里劝说着自己，走到今天这一步就要多看庄志文身上的好处，尽量帮庄志文在事业上有所成就，这才是自己所应该做的。

这些变化作为母亲的乔依琳当然再清楚不过了，为了这一点她曾不止一次地和于在海说过。但是这几年于在海好像心肠比原来更硬了，说什么也不想亲自出面帮庄志文。一直到前些日子，终于去找王峰说了那么一次，就给庄志文带来了这么大的转机，看来于在海的面子还是挺大的。

乔依琳一边准备着星期天要做的东西，一边在心里琢磨着，这个星期天在这个家里会发生什么样的事情呢。

路灯全都亮了起来，北方的城市依然是冷风遍地。如果在南方，这个季节早都是花红柳绿了，可在南江市人们还穿着厚厚的绒衣。庄志文把大衣领子立起来，遮挡着寒风，脚步匆匆地奔向胡文华和他约定的那个地方。

"梦岛咖啡屋"几个字被霓虹灯装饰得格外醒目。这个地方几年前庄志文曾来过一次，那是几个朋友喝完了酒之后，有人提议说市里新开了一家咖啡屋，很有档次，到这里来坐了一次。从那之后，别说是这家咖啡屋，就是这条街也再没有来过。

胡文华早就等在了那里，一看庄志文进来，便热情地挥着手，笑容异常灿烂。

就像受了胡文华那种情绪的感染，一走进这个咖啡屋，庄志文的心情也在瞬间愉快起来。

当服务生热情地帮庄志文把大衣挂好，又端上咖啡和点心之后，胡文华娇声柔气地对庄志文说，我的大主任，忙坏了吧，请你出来一趟真不容易哟。我都听文军说了，说你这些日子下班之后一分钟都不多待就往家里跑。怎么，要当模范丈夫呀？

哪是，庄志文端起咖啡喝了一口，这不都是让非典给闹的嘛。

哪有那么厉害，我就不怕。胡文华方才故意拿捏出来的那种声调此刻荡然无存了，很男子气地端起咖啡，来，咱们今天以咖啡代酒，先干一杯。

庄志文被她说得有些哭笑不得，但也只好响应着端起咖啡，嘴上说，人家都说以茶代酒，你还挺有创意的呢，来个以咖啡代酒。

胡文华笑笑，你知道我为什么约你到这个地方来吗？在你来说可能是一种平常的事情，可在我这儿可是我盼望了很久的事情。

庄志文有些诧异地望着胡文华，端起杯来慢慢地品着香气弥漫的咖啡，也品着胡文华方才说的这句话。

胡文华的眼睛里似乎在一瞬间燃起了一把火，她直视着庄志文，沿着自己的思路说下去。告诉你吧，这一天我足足等了有两三年了。这句话你可能不信，但是一会儿我跟你讲了你就知道了。

庄志文被胡文华说得一头雾水。

告诉你吧，那天我让文军找你吃饭，也是我早就筹划好的。其实我早就想认识你，但是一直没有机会。

我？我就是一个小秘书，现在当个主任还是副的；你可是咱们市里要风得风要雨得雨的女企业家呀，你怎么要约我这样的小人物呢？

这你就不懂了，我从小有一个爱好，那时候老师问大家将来想干什么，我每一次都回答说将来要当作家。上语文课的时候我总是觉得时间不够用，可是一到数学课外语课，那简直就是遭罪。我的作文常常成为班里的范文。胡文华说到这里故意停顿了一下，那时候老师都说我将来可能成为一个女作家。我当时别提心里多美了，可是后来的事情都是阴差阳错的，作家对我来说那也就是个梦想了。后来也就是我和胡文军认识之后，在他那里看到了一篇文章，对了，就是你在大学时候写的那篇小说，你知道吗，那篇小说可真是写到我心里去了。我一口气看了三遍，当时我就在心里告诉自己，这个人我一定要认识。

听着胡文华这些云里雾里的话，庄志文多少有些明白了，但还是有些不解，便说，我写的那篇东西，可不像你说的那样神，再说了，现在早已过了崇拜作家的年代了。

胡文华静静地望着庄志文，没有马上回答。

虽然庄志文低着头喝着咖啡，但是他还是能感觉到胡文华眼睛里的热度，便有些慌乱地掩饰着说，大姐，你这么看着我，别不是我说错了什么话吧？

胡文华终于笑出声来，你呀，还真是个可爱的书生，写得比谁都明白，可到了该明白的时候，怎么又糊涂了呢？你不是故意装出来的吧？

已经被胡文华的话逼得无路可退了，庄志文只好说，你的意思我真的不明白。

胡文华很自然地伸手在庄志文的手上轻轻地拍了一下，嗔怪着，你在那篇小说里把男女之情写得那么细腻那么感人，怎么，难道你真的不懂我的心？

庄志文也算是有过一些经历的男人了，更何况他读过那么多古今中外关于描写爱情的文学名著，从第一次和胡文华见面，虽然当时还有胡文军在场，但他还是能感觉到胡文华眼神里的一些东西。只是他觉得胡文华还不是他庄志文要找的那种女人，除了岁数大，他觉得胡文华身上还少了一些他所需要的东西，到底是什么，他也说不清。

听到胡文华已经把话说得这样直截了当，庄志文便故意把话岔开，我听说你和方局长可是咱们南江市有名的恩爱夫妻呀。

你是只知其一不知其二啊。

怎么会呢？虽然以前咱们没有接触，可我们却经常看见你们俩出双入对的，好不亲热啊，哈哈。庄志文笑着说。

那都是在演戏，演给你们这些不知道内情的人看的。胡文华喝了一口咖啡，接着说下去，告诉你吧，我们已经分开有三年了。

胡文华说这句话的时候显得异常平静，可庄志文听来却是很吃惊，便一个劲儿地摇着头说，我说胡大姐，你就别再跟我编故事了。

我哪有那样的心思呀？你还记得三年前那次服装厂改成服装公司的事吗？在咱们市里也引起了不少人的关注，你不会不知道。

多多少少听到一些，怎么，你们就是从那时候开始的？

胡文华点了点头，其实我也没有想到，结婚二十多年，我也觉得对我们家老方还是挺了解的。再说孩子都结婚了，不知怎么的，后来他那两次到南方去考察，回来我就觉得和以前不一样了。我也没往心里去，到了我们分手的那一天，其实说分手还不确切，就像你们看到的，就是我们两个人的君子协定吧，原来老方也是挺传统的。用他自己的话说，他最大的缺点就是在单位不善于团结女同志，除了我，别的女人他都不敢多看一眼。人这东西变得也是真快，跑了两趟南方，回来就跟我开着玩笑。当时我也没往心里去，他能说出那些话，语气里还满是羡慕的。现在这样的话谁都知道，可在当时我听着还真是挺新鲜。什么男人没小妌，活着真没劲；女人没情夫，活着不如猪。后来有人跟我说我们家老方在外面如何如何，我还不信。可说的人多了，人家说得有鼻子有眼的，不由得我不信。后来你猜怎么着，这也是我在外国电影里学的，就找了一个人，对了，就像外国雇的那种私人侦探，没出一个星期，就把证据拿到手了。其实从我当时的本愿来说我想证明他没事最好，可是谁想到在外面给那个女的买了一套房子，听说两个人好了挺长时间了，只把我蒙在鼓里。你想想，我们两个也算是在咱们市里有头有脸的人物了，当时把我气得真想和他大干一场。后来他倒是有这方面的思想准备，甚至把退路都想好了。他说这种事情早晚得让我知道，就像常说的那句话，纸包不住火。但是他说的那一件事让我不由得不为自己想想，他说如果把这件事闹出去，那咱们两个就没有办法在南江市待了，这么多年所有的努力也都白费了。他说他混到现在这个位置不容易，对了，他那个时候刚刚接任轻工局长，我还是下面服装厂的一个会计。他就让我提条件，说只要表面不离婚，什么条件都答应我。我整整想了三天，后来的情况你都知道了。

　　胡文华说得很平静，就像讲着别人的故事似的，但是说到后来，眼睛里还是溢满了泪水。庄志文赶紧拿过一片纸巾递给了她。胡文华一边擦着眼泪一边说，我们的这点儿家丑你是第一个知道的，这也是让你逼出来的。在人前人后你觉得我还挺风光，其实我可是一肚子苦水呀。

庄志文被胡文华说得一时不知如何作答，停了一会儿才说这种事情也要想开点儿，再说了像你这样的人，能把事业干到这种程度，已经很了不起了。天涯何处无芳草，世上的好人多着呢。

庄志文说完这句话，才觉得自己说得有些唐突了。

这句话在胡文华听来，那就是最悦耳的声音。刚刚流过泪的眼睛马上放出光来，定定地盯着庄志文的脸。这话让你说对了，可世间的好人成千上万，用一句文学书上的词儿怎么说的了？对了，那句话叫弱水三千，我只取一瓢饮。

如果说方才胡文华讲的家庭变故让庄志文着实地吃了一惊的话，那么现在听到胡文华说出这样一句古文典故来，更让庄志文对面前的这个女人不得不刮目相看了。看来你真是看了不少书，这句话你还记得。

胡文华笑笑，告诉你，你别把我看得太那个，有的书你可能都没看过。我问你英国那个有名的大作家，写的那本叫《查特莱夫人的情人》你知道我是在什么时候看的吗？现在算起来那都是十多年前的事了。在别人眼里我可能就是一个只知道挣钱的女老板，其实，怎么说呢，我的精神世界可并不是只用金钱所能代表的。听了我的这些故事，你也多少会明白为什么约你到这种地方来了吧。

庄志文一看话题已经谈到了这种程度，很明显，现在胡文华就是在等待他的一种态度，哪怕是一种暗示，但是庄志文现在还在犹豫。虽然他和于梦莎从结婚那天起并没有什么很深的感情，在他心里念念不忘的只是柳叶，特别是前些年，经常能梦见那个他生命中曾给他带来真正幸福和快乐的女人。这一点于梦莎也心明如镜，因为时间太久，柳叶的影子也慢慢地在庄志文的头脑中变得模糊起来，变得淡了。但是，一接触到这方面的话题，第一个闯进他脑海的依然是柳叶。

一看庄志文没有正面的表示，胡文华也显得不急不躁。她知道对庄志文还需要拿出一份耐心来，还需要让面前的这个男人更多地了解她。这么多年在男女之事上，她相信一条真理，那就是时间能改变一切。说起来她当年和方连升的婚姻就是这样。人们常追求那种让人怦然心动的一见钟情，可她和方连升却不是那样。她看到方连升的第一眼，她甚至在心里曾产生过这样的念头，这个男人不可能和我发生任何关系。但是后来在一起待的时间长了，很多东西都习惯了，明明是缺陷也慢慢地接受了。现在她要等待的是庄志文对她进一步的了解，她知道毕竟是四十多岁的人了，她要尽力创造这方面的机会，让他更深地了解自己。

两个人走出咖啡屋的时候，已经是星斗满天了。

回到家的时候，于梦莎已经睡着了。听见庄志文开门和关门的声音，于梦莎揉了揉眼睛，埋怨着说，我都跟你说过多少遍了，现在非典这么厉害，出去就赶紧回来。如果真是给传染上了，后悔就来不及了。

庄志文的情绪还沉浸在方才的咖啡屋里制造的气氛之中。这种时候他不想和妻子发生争吵，便说，我也想早点儿回来，可是那个材料我不赶紧赶出来，领导用的时候拿不出来还不得拿我是问呀。

我都给你们办公室打过电话了，说你一下班就走了，你说说，你说说，你写材料写到哪里去了？

这你是知道的，办公室的电话就是下班之后也有人往里打，刚有一点儿思路接一个电话就半天接不上茬，我就在招待所开了一个房间，谁也不让知道。庄志文一边脱衣服一边说。

算了，我就算相信你。对了，方才老太太来电话了，说让咱们星期天回去一趟。

这几天我整的那个材料正是关键的时候，要回去的话，说不定会耽误工夫的，庄志文有些不情愿地说。

我妈可都说了，这次让咱们回去可是我老爸的意思，你斟酌着办。

什么？是你爸让咱们回去，这可真是破天荒。庄志文感慨道，咱们俩认识都快二十年了，说句心里话，跨你们家的那个门槛我现在都打怵，尤其是你老爸的那张脸总那么阴沉沉的，我现在还怕他。

瞧你那点儿出息！他是老虎还能吃了你？再说了，他把他的宝贝闺女都嫁给了你，他就是再凶还能把你怎么样？你呀，身上缺的就是这个劲儿，什么时候你也能像我爸那样，家里家外都做一个顶天立地的男人。

我可做不来，这种东西不是想学就能学会的。再说了我是在那种家庭环境中长大的，告诉你吧，我身上的这点儿阳刚之气还是后来慢慢锻炼出来的。我家里就我这么一个男孩儿，小时候和我在一起玩儿的，除了我的两个姐姐，多数也是女孩儿。

你呀，也就是这副德行了！当初觉得你老实听话，现在这种东西已经不是优点了，恰恰是你致命的弱点。我早就看透了，你要想在事业上有大的发展的话，你还真得跟我老爸好好学学。该拍板时就拍板，那叫果断；该出手时就出手，那叫魄力。

你说得轻巧，谁不想有魄力？可是你给我地位给我权力呀。

算了吧，就你这样的，让你当市长也是个傀儡，我不和你啰唆了，赶紧睡觉吧。明天老太太还让咱们早点儿过去，说不定老爸要给做什么指示。

躺下之后，庄志文还是没有马上睡着。可能是方才在咖啡屋里一连喝了好几杯咖啡的缘故，他的眼前又出现了胡文华的影子。再明显不过了，胡文华对他的暗示已经非常明显了，只要他点个头，剩下的事情便顺理成章了。可是庄志文现在还不想走这一步，从小他就很自卑，生怕别人瞧不起，他就在心里憋了一股劲儿。将来上大学，然后争取当大官，真正混出个人样儿来，看谁还敢瞧不起我。可这么多年过来了，在家里在外面他都没有过上一天真正扬眉吐气的日子。为了留在城里，找个合适的工作，舍弃了柳叶，可是舍掉的东西永远地失去了，而真正想得到的东西也没有真正得到。用他自己的话说，自从结婚之后，他的身心就是在于梦莎的压迫之下时时忍受着煎熬。如果说来自于梦莎的压力开始减轻的话，那也是于

80

梦莎得了癌症，乳房做了侧切手术之后的事情。在单位里按照原来的设想，如果是五年一个台阶的话，现在也早应该是处级干部了。可是人家可能是两年三年就噔噔地上了新的台阶，他却在那里原地踏步，他心里真是急呀。这种时候他真是盼望岳父大人能站出来为他说句话，可嘴上说什么也不敢把这个请求说出来。曾在妻子面前含而不露地试探过几次，都被于梦莎给顶了回来，说我老爸的脾气我是最了解的，他能同意咱俩结婚就已经不错了。他明明白白地告诉过我，他绝不会为你工作上的事说一句话的。你如果是个男人，就干出一点儿争气的事，到时候我老爸会替你说话的。因为他说了话之后，你会给他争气不会让他丢面子。从那之后，庄志文再也不敢提这个话题了，他知道于家父女在骨子里还是瞧不起他这个农民的儿子。

现在终于可以挺直腰杆儿了，按说我现在还不算一个什么官，连个主任前面还得加个副字，可是这和原来就大不一样了，人们现在怎么都变得这么功利这么俗气了呢。难怪胡文军说这是人们生存的方式，而方式中最重要的一点就是给自己戴上一副假面具，向人们展示的时候多数不是自己最真实的想法。你心里想哭的时候，你的假面具必须做出笑的模样；你心里想怒的时候，你的假面具要时时很温和地面对着别人。这是一种矛盾，更是一种磨炼。当你磨炼得不感觉说假话心跳脸红的时候，说明你的功夫真正到家了。如果是那样，面对世间怎样的风雨，你都会应对自如了。

庄志文就这样两只眼睛瞪得大大的，想了很久很久，可能快到后半夜了，才迷迷糊糊地睡着了。

10

从一进门开始，庄志文就明显地感觉到这一次和往常不同。因为往常在他们进门的时候，岳父于在海是从来不会起身相迎的。今天却完全不一样了，平时那张阴沉沉的脸今天终于放晴了，还笑呵呵地接过庄志文手里拿的两瓶酒，甚至还说了一句客气的话——回自己的家，买这个干啥。

平平常常的一句话，居然说得庄志文心头一热，这可是从来没有过的。结婚这么多年，庄志文甚至无数次地羡慕别人翁婿之间的那种亲密劲儿。他觉得那种在别人来说都是普通的亲情，在他这里都是可望而不可即的事情。每次面对于在海的时候，庄志文觉得自己的舌头都有些僵硬，越这样想时便越紧张。他真恨自己不争气，甚至也偷偷地想过，如果不是因为和于梦莎的关系，他于在海是个男人，我庄志文也同样是，如果在另一种场合遇见了，他也不比我高贵到什么地方，我干吗在他面前觉得矮三分呢？想归想，可是一见了于在海还是觉得腿发软。即使逢年过节在家里喝酒的时候，庄志文也从来不敢贪杯，尽管岳母乔依琳很热情地劝他酒，说过年过节的，又没有外人，想喝的话就多喝几杯，可庄志文从来没有破这个戒。最多的时候也只能喝到自己酒量的七八分，他要留有充分的余地，把这个余地留给岳父。因为岳父常常在酒桌上要对他们夫妻俩的人生和事业耳提面命，而说出来的话也不像一个父亲对儿女，在庄志文听来多数时候就像一个领导在主席台上做着报告。

坐到沙发里，庄志文还在琢磨着岳父大人的这种变化。女儿庄晓飞一进门就嚷嚷着要用姥爷的电脑玩游戏，于在海在旁边居然乐呵呵地说，去吧，去吧，好不容易过个星期天，也让孩子放松放松。

平时对庄晓飞的学习抓得很紧的于梦莎一看老爸都发话了，便挥了挥手，去吧，但是只准你玩一个小时，然后赶快看英语。

望着乐颠颠的女儿跑进书房，庄志文站起身来对乔依琳说，还缺什么东西，我去买。

这是庄志文和于梦莎结婚以来到岳父家说得最多的一句话，每次来总是有一些东西没有置办全，于是乔依琳或是于梦莎就不断地指派庄志文去买这买那，庄志文就一次又一次满身是汗地往楼上扛饮料扛啤酒。

不用了不用了，昨天就准备好了，菜已经准备得差不多了，你就陪着你爸唠唠嗑吧。乔依琳笑着对女婿说，以前都是你来买东西，从今往后你们再回家就只管吃只管喝，什么活儿也不要干了。

听了岳母的话，庄志文的心头又一次滚过一排热浪。在农村时他就听说这样一句老话，叫姑爷进门，小鸡断魂。因为女婿到丈人家，那都是最受欢迎的上宾。可结婚这么多年他从来没有这种感觉，今天这种感觉终于盼到了。庄志文在心里暗想，看来人真得当官，当了官之后，别说是外面人，家里的人看你的眼神都不一样了。

庄志文和于在海两个人便坐在沙发上东一句西一句地说着话。于在海问起庄志文近来工作上的事情，庄志文很认真地汇报着，还特意说了不少感激岳父的话，说多亏了岳父找王峰说了话，这个副主任才轮到了自己的头上。

于在海摆了摆手，还是你自己努力的结果，你如果根本不行的话，谁说话都白搭。我听你们王局长说了，说你工作还是挺努力的。这是一个很好的起点，你也要珍惜这样的机会。现在机关人员太多，竞争也非常激烈，机会对每一个人来说都是非常宝贵的。这么多年我自己的体会是不要自己老在那里等机会，有些机会得靠自己去争取去创造，在条件不成熟的时候，或者说在自己各方面处于低谷的时候，除了要学会忍耐之外，还要记住两个字，那就是活动。

庄志文坐在旁边只有一个劲儿点头的份儿，嘴上是是是对对对地重复着，就像一个听话的小学生面对老师的训导一样。

于在海一看庄志文的表情，脸上便掠过了一丝不快的神情，但马上就过去了。如果放在以前，训斥的话马上就会脱口而出。现在他知道是需要调整对庄志文态度的时候了，便按照自己的思路接着说下去。你现在这样的岁数，走到这样的位置，不是早了，而是晚了。既然已经到了现在这种程度，还要创造机会，争取下一个台阶。我嘛，如果说起文化程度，比不了你，可是我抓住了每一次机会。不管怎么说，我现在也老了，将来这个家就指望着你了。

于在海的一席话说得庄志文既兴奋又紧张，一时不知道说什么才好。过了一会儿，他才搓着两只手说，爸，您还不老，再说您如果真是进了人大，真还能干好几年呢！退一步说，即使退休了，您也是咱们这个家的一棵大树，我们当小辈的可永远离不开您的照应。

　　于在海皱了一下眉，说，事情还难说，走一步看一步吧。现在这个社会，干什么都不容易呀。就说我吧，虽然这些年走得还算顺利，可是再往下走，说不定真还会有什么事。我听说咱们市里也有人盯上了那个位置，算了，我也想开了，就是现在让我退休也没什么了不起。就是进市人大，也就是干个三年五年的，没有什么意思。

　　庄志文抬起头来望着岳父满是沧桑的脸，只有在这一刻，他才真正感觉到于在海脸上原来的那种刚毅和自信一下子不见了，取而代之的是一种无奈。庄志文一时还不知道这种变化的根本原因，可在心里不由得叹息道，像岳父这样的人也有无可奈何的时候，看来岁月真是不饶人哪。

　　于在海心里怎么想的，现在庄志文还无法猜透，可是于在海心里是明明白白的。与其说今天是让女儿全家回来吃顿饭，还不如说是特意给这位他从来没有从心里满意过的女婿打个预防针。可现在又不能说得太透，他还要在庄志文面前保留一份尊严。

　　那顿饭也是少有的兴奋和热烈，不管是装出来的还是发自内心的，总之在庄志文的感觉里，觉得这次家宴真正像一家人在一起享受的一顿美餐。虽然岳母乔依琳作为家庭主妇早就是一流的，可在以前每到这种时候庄志文嘴里的味觉总是异常退化和迟钝。今天却非常敏感，趁着酒劲儿，把桌子上色香味俱全的佳肴一样一样地进行着点评和赞美，说得乔依琳嘴都合不拢，于梦莎也在旁边以鼓励的眼神望着他。

　　由于受到了这种气氛的感染，庄志文主动举起酒杯激动地说，以后就看我的吧！现在我表个态，在这个家里，我一定靠自己的努力，干出一番事业来，保证上对得起老，下对得起小。来，咱们干一杯。

这种举动如果放在以前，庄志文说什么也不敢。他说完这番话之后，偷偷地拿眼神打量着于在海。于在海也举起酒杯响应着，还说了一句很动情的话：对，以后咱们这个家就由志文来挑大梁了。

在回家的路上，庄志文一边在大街上快步地走着，一边操着五音不全的嗓子唱开了：今日痛饮庆功酒，壮志未酬誓不休……

第二天一上班，庄志文便接到家里打来的电话，电话那头是大姐庄志娟带着哭声对他说，你赶快想想办法，你大姐夫被抓起来了！

大姐，你别哭嘛，什么事呀，公安局凭什么抓他呀？庄志文急切地问。

说他骗了人家的钱，说是诈骗罪。

他不是跑南方做买卖吗，怎么还骗起人来了？你别着急，跟我细说说，现在他被关在哪里？

可不是，这你知道的。这几年他就一直在外面跑，做的什么买卖我也说不清。一会儿是服装，一会儿又是化妆品。原来也是咱们村子里挺老实的人，这几年我都听出来了，说话办事变得不着调了。我也劝过他多少回，可是他总是满身的理，说像我这样的人已经跟不上形势了。这不是，两个月前在村子里说他搞了一批什么药能挣大钱，让大伙儿集资。结果，人家交了好几万元，他把人家的钱给花了，药却没有影儿，你说这可咋办？

本来是挺高兴的，庄志文甚至还沉浸在胡文华请他喝咖啡、岳父请他吃家宴的那种喜悦之中。姐姐的电话却如一盆凉水，迎头浇了过来。在家里的两个姐姐中，他和大姐的感情要深一些。大姐比他整整大了八岁，是大姐把他从小带大的，吃什么都依着他。大姐结婚之后，还资助上大学的庄志文。庄志文甚至想将来如果真有那么一天，他一定想办法报答姐姐。

没想到却出了这样的事情，在家里人的眼中，庄志文是大学毕业生，是城里的干部，可在庄志文的心里，他非常明白自己现在所处的位置。他自己能办成什么事情，他心里最清楚。像大姐夫这样的事，对他来说简直是比登天还难。虽然说这种事情并不是铁板一块，但是退一万步说，最起码也得把骗人家的钱如数还上，这样在处理的时候可能会减轻一些。庄志文对自己家和大姐家的经济状况是心明如镜的，几万元钱对他们这样的家庭来说，那就是一座搬不动的大山哪。

庄志文在电话里不能把话说透，不管能办得怎么样，他知道自己是大姐心中唯一的希望，他不能让姐姐心里的这一点点希望之光破灭了。

庄志文一边劝解着宽慰着姐姐，一边在脑子里飞快地转动着：这个事情该怎么办？要想把大姐夫捞出来，离不开两个字，一个是权，一个是钱。

这两个字对庄志文来说，都有着异常遥远的距离。能够在县公安局说话顶事的那种权力别说是自己，就是岳父于在海也不一定行。要拿钱，除了把骗人家的钱还上，还要再拿出一些上下打点，这让我上哪儿去搞那么多钱呢？

胡文华，庄志文的脑子里突然跳出了这个名字，连他自己都感到一惊。这个念头一出现，他马上又告诫自己，尽量不能走这一步。如果是那样的话，我就违背了自己的意志，弄不好的话对我将来的发展也会带来不良的影响。可是除了这条路还有别的路可走吗，庄志文陷入了苦思冥想之中。

于在海近来的突然变化让乔依琳都感到异常震惊，她又不敢直接问于在海。因为这么多年，什么事情只有等到于在海想说的时候她才能听到。即使有时候是属于试探性的话语，都可能招来丈夫的训斥。在最开始的几年中，乔依琳这样的苦头没少吃，后来渐渐地她学乖了，丈夫不说的事情便从来不问了。由原来对工作上的事社会上的事还能说三言两语，变成了再也不管了。而于在海在后来的升迁过程中，遇到重大的事件，有时也想听听妻子的意见，每到这时，乔依琳就把自己的作用发挥得淋漓尽致。她知道应该珍惜这样的机会，而她说的话，或者出的主意，都是于在海最重要的参考。在这一点上，于在海感到心满意足。有时在社交场合借着酒劲常常对很多人夸赞自己的妻子，说乔依琳不仅是贤妻良母型的，不该参政的时候从不参政，该发表意见的时候那意见准能给你一些启发，说得周围的人都啧啧地赞叹着。

细心的乔依琳静静地观察着丈夫每一个微小的变化，凭她的感觉知道丈夫这几天肯定会和她说些什么。

果然不出乔依琳所料，于在海在吃完早点之后，像是随便说说，又像是早做了充分的准备，突然问道，你说庄志文这样的人将来能有什么大的造就吗？

乔依琳一时没有明白丈夫的话，便试探地回答说，你在这方面可是最有眼力的，当年莎莎在找他的时候你不就说过吗？

咳！于在海叹了一口气。现在是此一时，彼一时，《三国演义》书中不是有那么句话嘛，蜀中无大将，廖化做先锋。咱们就这么一个宝贝女儿，当初寻死觅活地非要嫁给这个庄志文。如果按照我的设想，她早就是另外一种情况了，现在我马上也要退休了，说不定还没等退休我就关照不了他们了。话又说回来，咱们当老人的也不能看着他们不管吧。

难道你说的那件事真的很严重吗？乔依琳问。

现在什么事情都在变化之中，但很多迹象表明，这个关口我如果能闯过去也算是万幸了，如果真的栽了，也是情理之中。我早就做好准备了。

尽管于在海说得有些不露声色，但是在乔依琳听来，这些话不亚于晴天霹雳，这是她在几十年中从来没有听说过的。因为在她眼中丈夫就是一座大山，现在这座山突然自己说可能要倒了，这怎么可能呢？在她生活的字典里，这座山早已是她全部的依靠、全部的寄托。她可以牺牲所有的一切，只有一个愿望，那就是能换来丈夫在事业上的成功。她又不是那种经常要在人前人后显示贵夫人风光的那种女人，她不想借助丈夫的光环来炫耀自己。她只想像一颗小星星一样躲在远处，丈夫就是那轮月亮，月亮越明亮的时候，她自然也就满身光彩。现在月亮可能会忽然暗淡下来，她也便惊慌得找不到自己的位置。但她转念又一想，丈夫在南江市也毕竟几十年了，上下左右的关系还是处理得很好，还取得过那么多荣誉，不管怎么说，没有功劳也算有苦劳吧。想到这里，乔依琳便搜肠刮肚地想出一些安慰的话，是说给丈夫的，当然也是说给她自己。

我看不会那么严重吧，不管怎么说，这么多年你也算是在南江市陪过了好几届市里领导，哪一届领导都对你看法不错，不至于卸完磨就杀驴吧。

这最后一句话乔依琳刚一出口，自己心里也觉得有些说得不吉利，便偷偷地望了一眼丈夫。

于在海倒没有在意，语气低沉地说，你行的时候周围的人没有说你不行的，一旦你出了事，你就看吧，用那句话说，叫什么来着，对了，作鸟兽散，用最普通的话说叫墙倒众人推。在这种时候如果不落井下石那就算好人了，这些年我什么看不透。

那你是真的想让庄志文撑起这个家？

是这个意思，不知道他行不行。走到这一步，也只有指望着他了，难道还有别的路可走吗？现在但愿我的这个准备是多余的，如果真到了那一天也不至于冷手抓热馒头。

听了丈夫的话，乔依琳深感事态的严重，但也同时感到来自丈夫的那种坚定和自信依然没有完全丧失。不说别的，就现在这种形势，如果放在别人那里可能早就惊慌失措了。现在丈夫还能想得那么远，没有完全乱了阵脚。真是可惜呀，如果像于在海这样的人有一个好的靠山或者背景的话，再加上个好的学历，早就应该有更高的位置了。

现在这种事情我们只能从最坏处着想，向最好处努力了。你心里知道就行，我可以把实际情况都告诉你，你也做到心里有数。那天我不是跟你说了吗，就是那次出国在澳门的事。现在我听到的消息真的是那个人在背后整我，目的也很明显，因为进人大的名额有限，我要是倒了，那么就轮到他了。

如果真要是那样的话，咱就不同人家争了，你干脆找市里领导谈谈，提前退休算了。这样人家也不会把你当成敌人了，大家都来个皆大欢喜，这样咱们也就不用担惊受怕了。

这一层我不是没有考虑过，但是我现在怕就怕既丢了西瓜，也丢芝麻，或者说是罗锅栽跟头——两头不着地，现在也只能是走一步看一步了。

于在海在说这些话的时候所表现出来的那种无奈，在乔依琳看来，简直无法相信。真没有想到这么一个男人，从来不服输不怕硬的男人，也有脆弱的一面。

乔依琳不知如何安慰丈夫，几十年来她在一帆风顺中习惯了那种太平日子，丈夫经常带给她的总是令她兴奋的消息。面对这突如其来的变故，她明显感觉到自己这方面的承受能力太差了，可是又不能完全表现出来。因为她知道丈夫这时候也需要安慰，便强作笑脸对于在海说，我想没事的，市里领导也会考虑你这么多年工作情况的。老于，你就放心吧。

但愿如此吧。于在海说完这句话站起身来走出门去。

11

庄志文试探着拿起电话，电话号码拨到一半又放下了，反反复复好几次，因为他知道对他来说找不出第二条出路。大姐的事让他感到既痛心疾首又有些爱莫能助。不管找到什么样的人，大姐夫张泉水的案子第一步只能是把骗来的钱全还给受害人，接下来再做一下检察院和法院的工作。可是这每一关都得钱，又不是一个小数目，靠自己显然是不行的。别说自己家里现在没有这个条件，即使是有，能拿出几万元去帮助大姐把这个案子摆平吗？这还不同于拿出钱来帮家里种地，种地来维持生活那毕竟是正事，这种时候即使向任何人求援也并不是什么丢人的事。可是大姐夫这件事就不同了，骗了人家的钱，胡吃海喝，说不定还干了很多见不得人的事，现在案子犯了。这种事情如果同妻子商量，连万分之一的可能性都没有，还会遭到于梦莎的一通讥讽。这几年虽然于梦莎的嘴不像前些年那么损了，如果放在以前，别说这样的事，就是庄志文说要把家里穿剩的衣物留给农村的亲戚，都会遭来于梦莎的一通奚落。说他永远改不掉一头高粱花子的习气，胸无大志永远干不成大事，如果不是在大学里读了几天书的话，也肯定是那种老婆孩子热炕头的农民。不行，这种事情不能和妻子说，再说了，这几年攒的那点儿家底儿即使全拿出来，也解决不了大问题。怎么办？庄志文真是被难住了。

刚才拨的那个电话号码就是胡文华的。拿起又放下，电话的听筒在庄志文看来，足有千斤重。他想自己毕竟是一个清高的文人，人家读我好多年前写的小说还在心里油然产生一种崇拜，自己在人家的心里是那样的高大，现在却马上张口求人家，这种话实在是有些说不出口。这些年来，为了顾全自己的面子，曾失去了很多宝贵的机会，现在很多事情他庄志文也看得明明白白，可是真正要做的时候，他就常常瞻前顾后的。

坐在电话机旁，庄志文足足又想了一个多小时，这一次他终于拨通了胡文华的电话。这种事情当然不能在电话里说得很明白，只是问胡文华晚上有没有时间，想约胡文华吃顿饭。庄志文说这些话的时候，那种吞吞吐吐的语气在胡文华听来，已经猜出了八九分。便很豪爽地回答着，我的大主任，什么有没有时间的，我不是早就跟你说过了吗？你只要是有时间的话，我的时间有的是。好了，你几点下班，我开车去接你。你请客，我花钱，怎么样，够意思吧？

放下电话，庄志文又细想起来，见了胡文华的面，借钱的事怎么开口说呢？

事情总是这样：没事的时候，就像是无风无雨的日子，让人既

90

兴奋不起来，也忧伤不到哪儿去；而很多事情常常就像是一团一团带雨的云，等它们一个一个汇聚在一起的时候，就有了雷声，就有了闪电，就有了滂沱大雨。

多事的春天。这几天对庄志文来说，真就好比夏天的雨季一样，想不到哪片云彩就给他带来一阵雷雨，让他有些猝不及防，惊慌失措。

刚放下打给胡文华的电话，他的电话铃声就响了，他拿起电话喂喂了好几声，电话那边终于有一个甜美的女人的声音传过来。这种声音宛如是一片彩霞，成了庄志文生命中遥不可及的事情，虽然好多年没有听过这种声音，可这彩霞般美好的声音已经在庄志文生命之中定格成了一种不可磨灭的印象。在这么多年的生活里，庄志文时常想起这种声音，每想一次他的心头仿佛都在滴血，甚至痛恨自己即使是这种念头都是不配，都是罪恶。

志文，你好吗？一晃快二十年了，还能听出我的声音吗？那个甜美的声音呼唤着陷入回忆之中的庄志文。

听得出听得出，庄志文一迭声地回答着，你是柳、柳叶、姐吧？真没有想到，你……能打电话……给我。

还没有交谈，庄志文胸膛里的那颗心几乎就要跳了出来，甚至都忘了向柳叶问好。倒是那边的柳叶口齿清晰地说着话，说她查了不少电话号码，终于找到了庄志文的办公室，说过几天可能要到南江市来一趟，到时候如果庄志文有时间的话还要约庄志文见一面。

究竟柳叶在电话里说了多少话，庄志文根本记不清了。他只知道柳叶要来到南江市，还没有忘了他，到时候还可能见上一面。庄志文放下电话的时候，他只觉得手心在出汗，这一瞬间的变故让庄志文百感交集。这么多年的人生之路一下子浓缩到了眼前，变得那么简单，那么一目了然，让他有一种突然间大彻大悟的感觉，他醒悟之后最深入骨髓的感觉就是彻底后悔了。

庄志文没有想到二十年后能接到柳叶主动打来的电话。从柳叶的话语中，庄志文丝毫听不出任何怨恨的语气。那是一种完全成熟女性的声音，那富有磁性的声音体现着一种博大和宽容。他恨不得马上能见到柳叶，可是又觉得自己没有脸面面对多年之后的柳叶。因为由于自己良知上的过错，甚至是一种不可宽恕的罪恶，给柳叶带去的伤害是致命的，而那种伤害对人的一生来说都是无法忘怀的。虽然在电话里庄志文丝毫感受不到那块历史伤疤的阵痛，可是庄志文知道，真要是站在柳叶的面前，即使柳叶一句怨恨的话都不说，他的良心也会受到人世间最严厉的审判。

所有的罪过都是我一个人犯下的，别说是苦酒，就是一杯毒酒我也应该喝下去。庄志文在心里默想着。

这个电话就是从天外飞来的陨石，带着风声砸在了庄志文记忆的深处。此刻，他的脑海里所有的东西都荡然无存了，只有一个人的影子在重叠着出现，那就是这些年来时时想起的柳叶。柳叶的面容一会儿是欢快的笑脸，一会儿又是悲伤地哭着，一会儿是满脸怒气，一会儿又是满脸慈爱。他想躲避这张面孔，他用双手捂住了自己的眼睛，可是在黑暗中柳叶的形象更加清晰了，他想逃，却迈不动步。

这种如梦如幻的感觉，让庄志文这个早晨彻底地失去了平衡。他要定下心来整理一下纷乱的思绪，柳叶，这个在他梦中不知道喊过多少遍的名字现在已经占据了庄志文全部的思路。

最让庄志文感到痛心的还是多年前那次让他灵魂时时受到煎熬的春天。也是这样的季节，春天都是给人带来希望的，可那个春天里庄志文带给柳叶的却是他亲手制造的苦难。当他在心里的天平上反复平衡之后，决定接受于梦莎，和柳叶分手。那天晚上在给柳叶写信的时候，庄志文的泪水还是浸透了信纸，他知道自己在同世界上最美好的东西分手。可是这一步他不能不走，因为这一步关系到他一生的前途和幸福。这就像他在农村的时候，柳叶只是在一个小小的船上，他和柳叶在一起，可以很容易地闻到两岸的花香，在日后所有的行程中都不会遇到冲天的大浪，用这只小船还可以打捞足够养家糊口的小鱼小虾。可是我庄志文心里还有远大的抱负呀，靠柳叶这只小船我无法实现远大的目标。而于梦莎所能给予他的正是那种可以扬帆远航的大船，那船上不仅有巨大的风帆，还有轰轰作响的马达。如果登上这种大船，便可以马上驶向广阔的海域。在那深不可测的海洋里可能没有小河岸边的鸟语花香，却能获得想都想不到的人生和事业的巨大而丰富的宝藏。两条船让他做着痛苦的选择，这时他甚至想起了匈牙利诗人裴多菲那首著名的诗，写的是为了爱情可以牺牲很多东西，为了自由可以牺牲生命。现在到了我为了事业牺牲爱情的时候，再说了我登上于梦莎这条大船，除了事业之外，不也能获得爱情吗？

经过几天几夜痛苦的思考之后，庄志文在写那封信的时候，尽管也有些肝肠寸断，但是他还是流着泪写完了，第二天就果断地把那封沾满了他泪痕的信投进了信箱。

从他把那封信投进信筒的那一刻，他感觉浑身上下都轻松起来，有一种要飞的感觉。他庆幸自己的感觉，甚至想到柳叶在读到这封信之后也不会怎么痛苦，甚至可以为庄志文的选择做出最宽容的理解。她不是总希望我能够有远大的前程吗？不是说为了爱我能够理解我所做的一切吗？现在正是为了这一切我才做出这样的决定，这一步肯定是走对了。等我将来实现了远大的目标之后，我可以为柳叶做任何事情，只要她还需要的话。

就在庄志文在心里不停地安慰着自己的时候，也就是寄给柳叶那封信投入信筒之后的一个星期，那天下午庄志文正在图书馆为自己赶写的毕业论文查阅资料，一个同学把他叫了出去，说有一个自称是庄志文父亲的人在大门口等他。

庄志文有些不相信，因为父亲连县城几乎都没有去过，怎么可能到省城来呢？不可能，可能是同学在和他开玩笑吧，可是他看同学满脸严肃的样子，又不像是在搞恶作剧，就问，那你说说那个老头儿长得是什么样？那个同学尽力忍住笑指点着庄志文，这种事情我会和你开玩笑吗？我告诉你吧，他长得太像你了，不，啊不对，应该说你长得太像他了，那眼睛那鼻子，怎么，你还让我再细说吗？

在庄志文的记忆里，别说是打，就是骂，父亲也没有过，而对两个姐姐就不一样了，常常是凶巴巴地训斥或者是怒骂。自从庄志文上了中学之后，因为要到离家十几里的镇里去读书，父亲那年春天把种地用的一件农具都卖了，就是为了给庄志文买一辆自行车，种地时只好花钱租别人家的农机具了。在上大学期间，每次回家父亲不管干了一天的活儿多累，也总是对着儿子笑呵呵的。虽然说不出来更多的话，可那慈眉善目的样子让庄志文心里总是热乎乎的。每到这时庄志文就默默地想，将来一定加倍努力，他有责任改变这个家庭的命运。

给柳叶寄信的事虽然在庄志文的心里还时常想起，但是三五天之后就渐渐地淡忘了，如同一片云被风一吹就不见踪影了。

当庄志文看到父亲那苍老的身影在校门外来回踱着步的时候，庄志文心里在想肯定是出了什么大事，要不父亲不会一个人来到这里，可是会有什么大事呢？

庄志文来不及细想，带着小跑来到了父亲面前。

庄大年铁青着脸，一把拉过庄志文，快步走到路边的一棵大树后面。

还没等庄志文说话，便看见庄大年浑身颤抖着。

啪啪，庄大年左右开弓抡圆了胳膊在庄志文的脸上打了两个响亮的耳光。顿时，打得庄志文两眼直冒金花，身体也歪了两歪，差一点儿跌倒在地上。

你个畜生，你个忘恩负义的东西！庄大年苍老的双眼就似燃烧的两团火，一脸的怒气，仿佛一座凶神般站在庄志文的面前。

庄志文被父亲打得完全蒙了，他一时想不起是因为什么事情，在嘴里这样说着，到底是出了什么事，您这样打我？

你问我，我倒要问问你！庄大年用手指点着儿子，说话时唾沫星子飞溅出来，你凭什么，凭什么给人家柳叶写了那样的信？你这个孽障，要活活地把我气死。

到这时庄志文才完全明白了父亲为什么赶了几百公里的路程，

94

在大学的校门口打了他这两个沉重的耳光。也就在这一瞬间，在庄志文的心里闪现出了一个念头，那就是对柳叶的埋怨。我信上不是写得很清楚了吗，你干吗还要拿着信到我家去闹呀，至于吗？可他嘴上却对父亲说，您这么大老远赶来，见面二话不说，就这么打我，您听我把话说明白，那时您要打要骂，我也认了。

看着儿子捂着脸站在自己面前，庄大年觉得有些心疼了，可是怒气还是没消。这个在田野里耕种了一辈子的农民，在他生命的字典里，诚实两个字在他看来那是和生命有着等同的意义。他一辈子没有做过任何一件对不起别人的事情，在靠山村不管大人孩子提起庄大年的时候，没有人不对他的诚实赞不绝口。说他总是为别人想，从来不和乡亲们计较，就是什么事吃了亏，也总是憨厚地宽容着别人。也就是这个在生命的历程中自然而然地用自己的行动维护着道德和荣誉的农民，当听到儿子做出这样背信弃义的事情，他甚至连家里的人都没有告诉，就买一张车票昼夜兼程地赶到了省城。他的目的只有一个，那就是要打醒做下蠢事的儿子，然后就是绑也要把庄志文绑回靠山村，然后让他和柳叶拜堂成亲。

庄志文这时终于明白父亲为什么来到省城在大学门前打他耳光了，虽然脸被父亲打得火辣辣地疼，但庄志文知道这里一分钟也不能停留，因为这时已经有很多路过的人都围了过来。

当庄志文哀求着把父亲拉到距离学校几百米之外的那片小树林时，庄志文"扑通"给父亲跪下了。爸，要打要骂全由您了，我知道我对不起柳叶，做的事太不是人了，可是没有办法。

庄大年呼呼地喘着粗气，嘴唇打着哆嗦，指点着跪在地上的儿子。我现在既不打你也不骂你，只问你一句话，你还能不能和柳叶好下去？

庄志文痛苦地摇了摇头，不，不能了。这件事我已经考虑再三了。爸，这关系到您儿子一辈子的前程呀！我也知道柳叶人好，她家比咱们家也不知要好出多少倍。可是她不能让我留在城里，更不能为我找一份好工作。

95

难道就非要留在城里不可吗？再说了就是回到乡下又有什么丢人的？如果你能回去，你这样的大学生还怕没有出头的那一天吗？你老丈人到咱们家都说好了，说他想办法给你在县里安排工作，这还不行吗？

县里，难道县里就是我的目标吗？我早就下决心一定要在省城站住脚。还有，我可不能像您那样一辈子顺着垄沟找豆包，那太没出息了。

一句话气得庄大年差一点儿又要动起手来，但是他还是强压怒火地忍住了。因为他知道即使把儿子打个半死，也不能从根本上解决问题，便说，你起来吧，要跪的话你也应该跪到柳叶面前。你知道吗？她肚子里可是怀了你的孩子。

什么，她怀孕了，我怎么不知道。庄志文一惊，但他马上又意识到这可能是父亲对他说的一句谎话，怎么可能呢？她可从来没跟我说过。

你个不要脸的东西，我真恨不得打死你！火气刚刚有些缓和的庄大年，现在又气得浑身发抖。事情你都做下了，难道人家黄花大闺女会随便说这种事情吗？好了，你就不要跟我说什么出息了，什么前程了，赶紧跟我回家，现在就把你们的事办了。

不行呀，爸，这也是我没有办法的事情。再说了，就是我真知道柳叶怀孕了，我也要和她分手。您回去就和她家人说吧，让她把孩子做掉吧，将来再找个好男人，说我这一辈子对不起她，如果我将来混出了人样儿，我会找机会向她赎罪的。

呸！就你这样的还能有什么大出息，做人总得讲良心。你知道吗，人家柳叶可是咱们方圆百十里的一朵花，要模样有模样，要人品没说的。再说，自从你们两个人的事情定下来之后，村子里早就把咱们家那块兔子都不拉屎的地给换了，这会多打多少粮食呀！庄大年苦口婆心地说着，在来省城的路上，这个在家里一天都说不上十句话的农民，搜肠刮肚地想着说服儿子的理由，说得是那样真诚而动情。

96

种地，就知道种地！您种了一辈子的地，又攒下了什么家底儿？我这样做也是为了将来我不种地，我的孩子也不种地，彻底脱离农村的苦海，我这样做真是没有办法呀。庄志文也试图说服父亲，爸，您想想，全家人这么多年省吃俭用地供我上大学，为的是啥，不就是为了将来我能够混出个人样儿吗？到时候把你们二老也接到城里，享享清福。如果我回到了乡下，和柳叶成家，日子也能过得比上不足比下有余，可是，可是我庄志文的大学就白上了，我的理想就没法实现了。

庄大年一看儿子也是满身的理由，知道要想说服儿子实在是不容易。可是他此次只身来到省城为的就是能够把儿子带回家去，虽然已经说得没有再多的理由了，可是他还想做最后的努力。志文呀，就算爸求你了，你想想你把人家闺女就这么给撂在了半道上，让人家怎么活呀？做人得讲良心，咱们家不图你将来高官厚禄，图的就是做人对得起天地良心。

爸，这年头儿谁还像您说的讲什么良心？良心能值多少钱一斤？跟您这么说吧，我已经铁了心了，别说是打是骂，除非您杀了我，我是不会跟您回去的。要说丧良心，我一辈子就丧这一次了。

庄大年痛苦地摇了摇头，他没有想到从小就事事听话的儿子这回却像中了魔一样让他有些不认识了。在来省城的路上，他甚至还蛮有信心地想着，这件事可能是儿子一时想不开，等我去了把道理跟他讲明白了，儿子一定会回心转意的。他没有想到儿子已经想了无数条理由，而且那心肠已经是铁石般的坚硬了。

太阳斜照在树林中，地上的青草已经绿了一片，软软的，庄志文走在上面甚至感觉非常新奇。庄大年这时候已经完全无可奈何了，叹着气，望着儿子说不出话来。

爸，您就回去吧，您再劝我三天三夜我也是这个说法。为了我一辈子的前途，您就成全我吧。

虽然庄志文想留父亲在省城里住上一夜，可是庄大年说什么也不干。他要连夜赶回去，就是现在赶不上火车了，就是住在车站的地上，也不到儿子那里去。

父亲回去之后，曾让二姐给庄志文写来了一封短信，庄志文能够感觉到那封信的分量。读着那样的信，庄志文的心头也在隐隐作痛。信上说柳成林又带着柳叶来到庄家找过一次，但是听庄大年说了到省城的经过之后，柳成林铁青着脸没有再说什么，第二天就带着柳叶到县城医院把孩子做掉了。没到一个星期，村主任就找到庄大年，说村里重新研究了，你家还是种原来的那块地吧。原来村里的人没有不羡慕老庄家的，庄大年平时走在路上也有很多人热情地打着招呼。可现在完全不同了，有些人甚至当着庄大年的面就吐口水，使庄大年没有脸面在乡亲们面前走来走去了。每一天到地里的时候总是选没有人走过的小路，看见迎面走过来的人也赶紧躲得远远的。两个姐姐也同样受到了弟弟的牵连，干活儿的时候，很多人也都对着她们指指点点。

在后来的日子里，庄志文也曾多次想到他做下的这件事带给柳叶的伤害，他们家在那个村子里，将被乡亲们怎样看轻啊。父亲一辈子是最顾脸面的，这回却让自己给丢尽了。可是什么事情有得就有失，为了我远大的前程，只好牺牲这些东西了。

在漫长的岁月中，庄志文就这样一次一次地在内心原谅着自己，为自己的选择寻找着最合理的解释。有人说他是现代陈世美也罢，说他是背信弃义也罢，他都觉得这些损失和他远大的人生目标相比都是次要的。甘蔗没有两头甜，为了最重要的而牺牲次要的，这是最明智的，将来人们会理解我。

庄志文同时也在默默地乞求着在这些损失之后能够得到他所期待的回报，尤其是和于梦莎结婚之后，他时时处处把面前的这个女人和柳叶做着比较，越比较越觉得自己为了心中的那个理想失去得太多了。他原来也曾设想过无数次，得出的答案让他都很乐观，他觉得虽然于梦莎长得不如柳叶，但是毕竟是大学生，又有着很好的家庭背景，可后来生活中的很多细节都让他感到失望。每一次和于梦莎为了生活琐事吵得不可开交时，庄志文便很自然地想到如果这时和柳叶在一起过日子，便不会是这种样子。

　　庄志文终于从沉痛的回忆中清醒过来，他甚至感到刚刚拿起的电话听筒还带着一种特殊的温度，那是来自柳叶那优美的声音。事情已经过去快二十年了，柳叶现在应该是什么样子，生活得还好吗？庄志文在心里不停地问着。这一切的答案马上就要知道了，那么柳叶这次要来省城还事先和自己通了电话，是不是她还想和自己再次见面，还没有忘了多年前的旧情啊。

　　想到这里，庄志文无声地笑了一下，顿时心跳也有些加快了。

12

　　下班之前胡文华给庄志文打来电话，说让庄志文从窗口往楼下看，停在路边的那辆白色宝马车就是她开来的。当庄志文站到窗口时，看到车窗外果然有一只手在挥动。

　　这时的庄志文满脑子还是柳叶的影子，现在来接他的这个女人虽然已经明确地表示了对他的好感，可是在他的脑海里怎么也留不下特别美好的印象。事情真是这样，总是这么捉弄人：表面上你觉得是最好的，它却让你失去另外一种东西，而不能让你感到心情振奋和愉悦的，却能在另外一个方面给你补偿。

　　庄志文想，这个简单的道理，柳叶和胡文华体现得最为明显。对了，当初还有妻子于梦莎，不也是在经过了自己反复地平衡利害得失之后所选择的吗？自己在失去的同时，为的是得到更多的补偿，可是真的得到了吗？这句话庄志文在心里不知问过自己多少次。

　　下班的铃声终于响了，庄志文脚步匆匆地走在所有人的最前面，钻进那辆宝马车之后，胡文华二话没说，一踩油门儿，那辆车便飞速地驶向前方。

　　咱们今天可说好了，是我有事情要求你，所以还是我请你。庄志文坐在车上，一边侧着脸望着胡文华开车时娴熟的动作，一边很认真地说。

胡文华咧嘴笑了一下，眼睛依然盯着前方，腾出换挡的右手拍了拍庄志文的左手。老弟呀，我不是也说好了嘛，今天是你请客，这个面子肯定会给你，但是地方归我选，吃什么喝什么也由我来定，最后你掏钱不就行了嘛！对了，我不要你掏多少钱，就一元。我听人家说了，在一个什么特殊的场合，好像还是为了一个什么带有国际性影响的官司，对了，还涉及什么民族的尊严，官司打赢之后就让对方赔偿一元钱。咱们今天也就照此办理，你用一元钱请我。

庄志文嘿嘿地笑了两声，笑得显然有些不自然，这怎么好意思呢？明明是我有事情要求你，才请你吃饭，反过来还是你请我，这怎么让我再好意思开口求你呢？

胡文华加大油门儿，车速更快了，路上的行人和路灯飞快抛向车后。庄志文本想提醒她把车子开得慢一些，可一看胡文华的表情，那是一种满脸成功的喜悦和惬意，而飞快的车速和那表情是最相匹配的。

很快汽车就开到了郊外，迅速地拐到了一片新开发的别墅区，在一幢三层小楼前停了下来。

这、这是什么地方？这也不是饭店呀。庄志文还是第一次来到这里，下车之后便指着面前的这幢小楼问胡文华。

胡文华神秘地摆了摆手，把食指放在嘴上嘘着，然后小声地说，你不要说话，你就跟我走就行了。

庄志文只好不作声了，跟在胡文华的身后，看胡文华掏出钥匙打开房门，又让庄志文心里一惊，刚想发问，胡文华还是向他摆了摆手说，你什么都不要问，所有的答案我一会儿全告诉你。

小楼里静悄悄的，所有大小的窗帘全都拉上了。胡文华伸手打开了棚顶灯，顿时大厅的棚顶就如绚烂的夜空一样，不仅有闪烁的星月，还有礼花般的霓虹灯。庄志文感觉自己走进了童话世界一般，眼睛顿时有些不够用似的。东瞧瞧西望望，嘴上还在赞叹着。

紧挨着客厅便是一间装饰豪华的餐厅，考究的长条桌上已经摆满了美酒佳肴。胡文华走过去，点亮了欧式烛台上的蜡烛，然后把餐厅里的电灯全关了。

　　整个餐厅顿时弥漫出一种特有的温馨，再加上桌子上色香味俱佳的菜肴扑鼻的浓香，庄志文还没有坐下便感觉嘴里在分泌着口水。他被胡文华像变魔术一般变出的这些东西完全给惊呆了，要不是方才胡文华有话在先，他现在要问的话实在太多了。

　　胡文华示意他坐下，又轻声柔气地说，现在我就回答你第一个问题，这里今天晚上就是咱俩的饭店。对了，咱俩即使吃到明天早上，也不会有任何一个人来到这里打扰咱们。我便是这个房子里的主人，用你们文人的话说，如果说这房子是一座宫殿的话，我就是这个宫殿的女王。

　　这，这么好的别墅，真是你的？你怎么从来没有提起过？庄志文眼睛直直地望着胡文华，他觉得面前的这个女人太不简单了，像在做梦，可是这分明是真的。你就看胡文华走进这屋子里的那表情那动作，如果不是回到了自己家，那绝对是不可能的。

　　我告诉你，你不要用这种眼神看着我，不就是普普通通的一套房子吗，对我来说，这是再平常不过的事了。怎么，你觉得很特别，或者你觉得我不可能有这样的房子？告诉你吧，你对我的了解还是太少了！胡文华一边笑着一边指点着傻傻愣愣的庄志文，又指了指桌子上的东西。这些东西都是从咱们市里最好的那家饭店拿来的，我可做不出来这么好的菜，我还没有那样的本事。其实很简单，只要有了钱，这些东西让它什么时候来就什么时候来，也就是一个电话，他们就会千恩万谢地像对待上帝一样对待你。

　　是呀是呀，庄志文一迭声地答应着，他恨不得马上坐下来，品尝面前的这些美味。胡文华就像看透了他的心思一样，对庄志文说，我光顾说话了，咱们现在先吃点菜，今天不是你请我吃饭喝酒吗，这个场合和这些东西就算我替你备下了，现在你就作为东道主来致开宴辞吧。

101

庄志文连连地搓着两只手，嘴上嗞嗞哈哈的，表情很复杂，有羡慕有赞赏，也有自卑。面对着这个比自己大不了几岁的女人，面对着比自己家里不知要好出多少倍的这幢房子，庄志文心里感到有些酸楚，同时也有些不甘，继而又萌生出些许的自傲。你有这些东西有什么了不起，不是还照样得请我吗？不是还照样对我接二连三地放电吗？我虽然没有这么好的条件，没有这么多的房产，可是我身上有金钱买不到的才华呀。

庄志文想到这里，笼罩在心头的自卑就像一团雾气飘散了，取而代之的是一脸的喜气。他尽力地控制着自己，端起酒杯对胡文华说，既然是晚宴，咱们还得按照宴会的程序办，还是先喝酒后吃菜，来，咱俩先干一杯。

胡文华嫣然一笑，也举起酒杯。我已经说了，今晚你是请客的主人，你说了算，来，干。

庄志文直觉得喝到嘴里的酒是那样的舒服，这种感觉是平生第一次。在迎来送往的各种场合好酒也曾喝过不少，可是喝的都不像这种感觉。就在他刚要发问的时候，胡文华又说话了，这种酒是我特意为你配制的，你三杯酒喝完之后，那感觉就更不一样了。

胡文华笑得有些神秘，庄志文来不及细想，虽然从进屋之后被这么多新奇的东西所吸引，但是他一刻也没有忘记今天晚上最重要的目的。

庄志文在举起第二杯酒的时候，有些激动地说，胡大姐，我在电话里已经说了，我这次找你真是有一件急事，这件事只有你能帮我。

胡文华端起酒杯，依然是笑容满面地说，我不也说过了嘛，只要我能办到的，一切都好办。你不用说出什么事，我已经就这么答应过了。我还是那句话，你的事就是我的事。来，咱们把这杯酒干了，你想办的事也就算办成了。对了，你可以把你要办的这件事的结果告诉我，至于过程你想说便说，不想说也可以。

庄志文眼睛里含着泪水把杯中的酒一饮而尽，放下酒杯说，真是太感谢了，说一个谢字我又觉得实在太轻了。如果我只说结果的话，那说明我们之间的心理和感情距离还太远了。既然大姐这样说了，我也就把你当成我的亲姐。今天这件事为的就是我家里那个亲大姐，从小，我从小是她带大的。我那个大姐比我大八岁，除了我妈，她是最疼我的人，从小就依着我护着我。我曾多次想过如果说我这一辈子还需要报答的话，除了父母就是我大姐。虽然我现在还不具备给她办成什么大事的条件，可是我想过了，只要我能办到的事就是头拱地我也要给她办到。

坐在对面的胡文华很认真地听着，满脸真诚地对庄志文说，你可真有福气，家里有那么好的一个大姐。我明白了，是她遇到了难事，需要你这位当老弟的帮帮她。

庄志文点了点头。你猜对了，这回我大姐她家的那块天塌下来了。说起来我大姐的命也真是够苦的，为了能让我上大学，她从我十几岁的时候在家里就省吃俭用给我攒钱。她出嫁的时候，连一身像样的衣服都没有买。我们农村讲究给姑娘陪嫁，她就对我妈说，把家里的那点儿钱留给我老弟将来上学用吧，穿什么样的衣服我也是人家的人。你想想，当时我还不能很深地理解这些话。后来我理解了，这就是我的大姐！她家这些年的日子也算过得可以，我姐夫原来做个小买卖，人也挺聪明，在我们那里也算是数得着的人。可是那小子不着调，后来到了南方去了几次，好的东西没学到，糟糕的毛病却学了一身。这不是，我姐刚打来电话说他犯了诈骗罪，被公安局给抓了起来。你说说，我姐有多难呀！他这个不长心的把骗的钱都吃喝嫖赌了，你说让我姐怎么办？

我明白了，老弟，你不用说了，现在你是想拿钱把你姐夫保出来。你就说吧，他到底骗了人家多少钱？胡文华很豪爽地问。

我姐在电话里说她也不太清楚，找上门来的债主手里拿的条子就有好几万，不知道还有没有没来的，我估计至少也得有四五万元。

这好办，不就是四五万块钱吗？包在我身上了。胡文华拿过酒瓶先给自己的酒杯倒满，又过来把庄志文的酒杯倒上酒。来，咱们干第三杯，这件事就算你办成了。不就是四五万块钱吗？你从这里出去的时候，我就把钱交给你，怎么样，你这大姐够意思吧？

够，太够意思了！庄志文激动地站起身来，他感觉有些站不稳，举杯的手也有些发抖。但脑子还非常清醒，只是嘴上说出来的话变得有些不那么顺溜了。来，大、大姐，今天、晚上我真是没有白来。如果你、你同意的话，我就认你当我的大姐，我这一辈子忘不了你，你是我的大恩人。

胡文华倒是显得异常镇定，脸上洋溢着红光，笑呵呵地对庄志文说，我就等着你这句话呢！来，咱们姐儿俩把这第三杯酒干了，从今往后，我还是那句话，你的事就是我的事。你知道我为什么对你这样吗？我自信我是看准了人的。你知道我做人的原则吗？叫有来不往非礼也。我知道你是一个重情重义的男人，你的事我会尽力来帮你。我如果将来遇到了什么难处，我相信你也不会站在一旁看热闹的。

那还用说，从今往后，你大姐说一，我绝不说二，你指东我绝不往西！庄志文用左手拍着胸脯，右手又把满满的一杯酒来了个底儿朝天。

就在庄志文和胡文华连连举杯的时候，一件意料之内的事情终于降临到于在海的家里。

虽然于在海早就做了最坏的思想准备，可是当他看到张迈走进他家的时候，还没有说什么事，他一看张迈的表情心里就明白了八九分。

说起他和张迈的相识相处，完全是一种偶然。五年前张迈还只是南江市检察院的一个普通科员的时候，张迈的妻子在路上遭遇车祸，从外地开会往回赶的于在海正好路过事发地点。他叫司机把浑身是血的伤员抬上车送到医院的时候，他也被弄得满身是血。当张迈满头是汗地跑到医院的时候，他以为是于在海的车撞伤了自己的妻子，是于在海的司机告诉了张迈事情的真相。当医生经过三个多小时的抢救之后，把他妻子推出来的时候，头上身上都裹着纱布的妻子还没有完全醒过来。医生告诉张迈，如果再晚送来半个小时，你的妻子就没命了。张迈当时对于在海真是千恩万谢，甚至要跪到地上给于在海磕头。于在海很大度地说，如果是别人遇到了这种事也会这么办的。再说咱们又都是南江市的人，虽然以前咱们不认识，人不亲土还亲，你赶紧去照看病人吧。一边说着一边把包里仅有的两千多元钱又掏给了张迈，说，这些钱你就应急用吧，就算我借给你的，现在一切为了病人。

正是这次对妻子的救命之恩，点燃了张迈心里对于在海的感恩之情。从那之后，每年逢年过节张迈夫妻都要拿着大包小包的礼品来感谢于在海。

完全是一种偶然的事件促成了两个人日后的交往，这真应了那句话，无心插柳柳成荫。就像上天注定一般，当五年之后告发于在海的信寄到南江市检察院的时候，也是张迈及时地告诉了于在海。

张迈一进屋，就神情紧张地对于在海说，老领导，这回、这回事情可能真的要麻烦了。检察院已经立案了，说不定这几天就会找你。我本想给你打个电话，可是，我估计你家的电话现在有可能被监听起来了。反正很多人都知道咱们有交往，我也就豁出去了，大不了他们把我开除了，没有什么了不起。

于在海毕竟是经过世面见过风雨的人，他紧紧地握着张迈的手，摇了两摇，感慨地说，患难见真情呀！你就别说了，我知道你在检察院的位置，你现在只是一个政研室的主任。你如果是检察长那什么都好说了，我于在海这辈子能交你这样的朋友我知足了。我还是那句话，天塌了有地接着，我于在海垮不了。只要有我三寸气在，我就会报答你。

张迈也激动地说，要说报答的话，我们家一辈子也报答不了你对我们的恩情。我也不傻，我知道这种时候来告诉你这件事对我可能意味着什么，可是我认了。别人说我没有原则也好，没有党性也好，怎么说我都认了，你的事我不能不管。你理解我，我能管的事

105

我一定尽百分之百的努力，可是我在检察院也是人微言轻，再说了，你的那个对手也太强了。你知道吗，就是我们检察长也不敢把你的案子压下来。因为那信上说得很厉害，说如果南江市不管的话，他就要捅到中纪委去。

于在海沉稳地点了点头，这个我知道，我早就准备好了。这样吧，我也不留你了。我家现在已经成了是非之地，你赶紧走。如果以后还需要有什么消息的话，你就不要直接来了，你直接去找我的女婿。对了，就是外贸局办公室的那个副主任庄志文。

张迈前脚刚刚迈出于在海的家门，乔依琳就带着哭腔对于在海说，这可怎么办呀，这不是要命吗？老头子呀，快拿个主意吧！

虽然在张迈面前还显得镇定自若的，可这时于在海也一屁股坐在沙发上，两只手撑在了头上，闷声闷气地说，现在说什么都晚了，这小子也太狠了，我真是没有想到呀。

那可怎么办呀？就你这样的年纪，如果给抓进去，蹲个十年八年的，那不得把老命都扔进去呀？乔依琳一边擦着眼泪一边说。

我看还不至于那么严重，还没有到那一步。我算了一下，那次在澳门的事总共也就是十几万元，咱们现在想办法把这个窟窿堵上。再拿出一笔钱上下打点一下，如果走对了路的话，也不一定能进去。我想了，双开可能是免不了了，判个缓刑也是有可能的。唉，真是一失足成千古恨！我谨慎了一辈子，就这一步走歪了，悔不当初呀。

望着丈夫用拳头砸着自己头的那种痛苦状，乔依琳的眼泪又来了。

于在海把腰间的那串钥匙摘下来，把其中一个钥匙卸下来，递给乔依琳说，我怕我走的时候来不及，我先把它交给你。这是我书房保险柜的钥匙，如果真到了那一步，你把保险柜打开，把里面那件东西拿出来，让庄志文把它换成钱。如果不是遇到了事，那件东西卖个百八十万都有可能。现在既然是急着用，但少说也能卖个四五十万，你们就看着办吧。

于在海说完这番话，又把拳头狠狠地砸在了沙发上。

106

13

庄志文刚睁眼时，还没有马上清醒过来，但他很快感觉到自己不是睡在家里。尤其是他看清了熟睡在身边的不是于梦莎而是胡文华时，他才彻底明白是怎么回事了，才隐隐约约记起了昨天晚上是怎样来到这里，又怎样同胡文华喝酒，再后来又怎样互相搀扶着走进楼上的卧室……

胡文华赤裸着身体还在熟睡着，两只胳膊很放荡地伸展出来。庄志文紧皱着眉头，赶紧穿上衣服，走过去把窗帘拉开一点儿。天已经亮了，小区里已经有人在走动。庄志文想，得赶紧离开这里，不然的话，让人知道就麻烦了。他现在还没有马上想起为什么跟胡文华走进这幢别墅，可能是酒精的作用，脑子现在还有些发晕，但是依然显得很亢奋。他望了一眼已经洗去了一脸化妆品的胡文华，那脸上所显现出来的苍老让庄志文此刻感到有些无法忍受。他在心里问自己，怎么居然能和这样的人在一起过了一夜？尽管胡文华这一阵子做出了多次的暗示，但是为什么才等到今天？哦，庄志文这时才想起来，是有求于这个女人，为了自己的大姐，才主动给胡文华打的电话，而这个结果也是情理之中的事情。

此刻的庄志文被一种少有的情绪和矛盾的心理所困扰着，可是他明白现在马上要让胡文华兑现昨天晚上许下的诺言。不管怎么说，大姐那边正等着这笔钱呢。

其实胡文华早就醒了，甚至醒得比庄志文还早。已经整整三年了，她和丈夫方连升分居之后，在这三年里从本质上说她没有和其他男人有过这样的接触。虽然在生意场上免不了必要的应酬，特别是一个女人，但是这么长时间她也并不是想为这个已经破碎的婚姻和家庭守身如玉，只是还没有找到合适的罢了。常常是她看中了对方，而对方却无意于她，当有的男人对她试探时，她对人家却毫无感觉。只是听到胡文军有一次提起她喜欢的那篇小说的作者居然是本市的一个人，还同胡文军在一个单位工作，便在心里油然产生了一种从未有过的冲动。尽管这时还没有和庄志文见过面，一种埋藏在心里多年的对文化人的有些说不清道不明的情愫瞬间在心里发酵起来，膨胀得她恨不能马上见到庄志文。等到胡文军把庄志文介绍给她的时候，储存在记忆里对那篇小说的好感马上转移到了一个活生生的人的身上，她恨不能马上和这个男人走在一起。可是她也毕竟是有过经历的人，知道这事情并不那么简单，更何况自己论年龄论相貌都不占什么优势。只是现在自己的名气和财富是能够利用的东西，而这种东西在庄志文那里能不能起到作用还是一个未知数。她知道这种东西只能随缘，欲速则不达，有些机会常常是在等待中出现的，所以既要积极争取还要耐心等待。经过几次试探之后，她明显地感觉到庄志文并没有像她那样燃烧起来，甚至连应有的温度都离期望的太远，也只能是普通的朋友而已。这些都是胡文华意料之中的事情，她知道人和人之间需要时间来缩短感情上的距离，而在这个时间她自信自己有能力把心里的期待变成一种现实。

胡文华万万没有想到这个机会来得这样突然、这样迅速，甚至超出她的想象。当庄志文给她打了电话之后，她的心顿时仿佛生出了一双翅膀，连走路也开始有一种要飞的感觉。她要充分利用这次机会，把这次机会真正变成她和庄志文两个人感情上的一座里程碑，或者是一个燃烧点。她的准备没有落空，一切都按照她事先设计好的那样，就连最细小的情节都如她心里想的那样。这三年的时间对胡文华来说就像是一个无边无际的黑夜，现在庄志文终于让这个漫漫长夜走到了尽头，给她带来了一种真正的生命的曙光。

胡文华长长地伸了一个懒腰，故作娇态地对庄志文说，时间还早，怎么你就起来了？

还早？你赶紧起来吧，一会儿路上的人多了，一看我从你这里出去，那就麻烦了。庄志文显然有些等得不耐烦了，可是他不能马

108

上离开。因为对庄志文来说他和胡文华的目的不同，他来这幢别墅的目的是为了拯救大姐那个濒临破碎的家庭，现在他要再拿出一点儿耐心来等待胡文华对他的承诺。

胡文华显得不急不躁，故意不马上起床穿衣服，甚至干脆把被子也掀开，让庄志文重新审视她的身体。庄志文现在已经没有昨天晚上的那种激情了，便催促她赶紧起来。

怎么，是不是吃到嘴了之后便觉得没滋味了？你们这些男人呀就是这个德行！胡文华指点着庄志文，你的那点儿心思我知道。你要是没有那件事情，你也不会对我这么主动。不过话又说回来，你们文人有的时候把什么自尊呀、清高呀看得比命都重。你能够做到这种程度，我看你还是不错的。最起码验证了两点，第一点你对我还是有点儿那个，第二点你还是一个知恩图报的人。为了你大姐的事你急成了那样，还算你有良心。

庄志文就等着这句话呢，便有些迫不及待地说，你既然知道我大姐那边都火上房了，那你就赶紧帮帮我吧。还是那句话，就算我借你的，我一定想办法早点儿把钱还给你。

看你说的，说着说着就见外了。我不说了吗，你的事就是我的事，更何况……更何况咱们昨晚……常言道一日夫妻百日恩，虽然这年头儿很多人把钱看得比什么都重要，可在我这里还是情义无价。好了，我也不让你等得不耐烦了。过来，扶我一把，我现在就给你拿支票。

听到这句话，庄志文心都觉得跳得急速起来，便赶紧走过去，半扶半抱地把胡文华从床上请了起来。

胡文华揉了揉眼睛，笑着对庄志文说，我相信你绝不是那种过河就拆桥的人。我的心你是明白的，钱现在对我来说，并没有那么重要。当然了，这对缺钱的人来说可能会说我站着说话不腰疼，饱汉不知饿汉饥。可是我告诉你吧，我就是没挣大钱的时候，我这个人对钱看得也不是那么重。我说你可能不信，将来你会知道我今天说的这些话全都是我的心里话。胡文华就这样一边说着一边从床头柜里把她那只精美的坤包拿了过来，打开之后取出一本支票，抬起头来问庄志文，五万够吗？不够再加两万。

够了，够了，这可真是救了我的急了，我可怎么感谢你呀？庄志文说得有些激动。

怎么感谢我你心里还不清楚吗？你别把我看得太世故了，好像我是在用钱买你的感情。可我不是那种人呢，我要的是真情。

庄志文忙不迭地连连点头。那是，那是，你的心我懂，我懂。你看我以后的行动吧！

胡文华被庄志文的窘态逗乐了，看看你，跟当年表决心似的，用不着，我这个人看准的人我能把心掏出来，对你就是这样。

庄志文拿着那张支票连早饭也没吃，就跑出了那个别墅区，到路上截了一辆出租车赶回了市里。

于梦莎在家里等着庄志文回来，她最愿意看的那部电视剧连播两集之后，还不见庄志文回来。打他的手机，一连好几次，那里边都是传来一个同样的很甜蜜的女声，你呼叫的用户已关机。

于梦莎有些焦躁不安起来。这倒不是不放心庄志文深夜不归，因为在十点钟的时候母亲来过电话，虽然没有说得很透，但是她明显地感觉到父亲的事要出麻烦了。在这样的时候，她希望庄志文能在身边，虽然她也知道庄志文遇到这种事情不一定能够起多大的作用，但毕竟有一个人可以商量。现在这种时候却还不回来，甚至把手机也关了，于梦莎只好耐着性子又把电视机里的频道拨了个遍。虽然也有一些她平时喜欢看的影视片，可是现在就是看不进去。

不知什么时候，于梦莎睡了过去，等她迷迷糊糊地睡了一觉之后，一看身边还是空空的。她打开床头灯，给庄志文又打了一次电话，回答的还是那个声音。她便把电话啪的一声扔在了一边，心里骂了一句，没事的时候天天在这张床上挺尸，现在有事了也不知死到哪里去了。在心里愤愤骂完这两句之后，连她自己都觉得这样的骂人话真是有些粗俗不堪了。自己也是一个大学毕业生，现在还是管着文化市场的副处级干部，不过她又一想，对庄志文这样的人，就得这样。你如果斯斯文文地跟他讲道理，很可能是对牛弹琴。

醒了之后就睡不着了，打电话又打不通，于梦莎很焦急地穿着睡衣在地上来回走着。她还不能把声音弄大，怕把睡在隔壁房间的女儿吵醒，不管怎么说，现在是全家围着孩子转，孩子才是家里最大的中心。她甚至想过，即使将来她和庄志文的感情彻底不行了，还有女儿在，女儿是她全部的寄托。

窗外渐渐亮了起来，在地上已经走累了的于梦莎，一屁股坐在沙发上。她在想庄志文这一夜究竟干什么去了，是赶写材料，还是陪客人喝酒喝多了睡在了什么地方，或者是和哪个女人在一起？这个念头一出现，于梦莎又马上否定了，不会，虽然这几年夫妻间的感情已经是越来越淡，可是还没有发现丈夫有这方面的迹象。还有一点，她了解庄志文，那就是庄志文把能往上升迁看得比命都重要，这个时候他绝不会因为感情而放弃了向上走的机会。这么些年她太了解庄志文了，不说别的，当年能和她走到一起，她已经了解了这个男人，为了他所谓的前程和事业能够牺牲其他所有东西。平心而论，自己远远不如庄志文乡下那个"表姐"柳叶，把那么好的女人扔了而和自己走在一起，这就说明了一切。

那干什么去了呢？于梦莎重新又躺在了床上，静静地望着天花板。现在事情都赶在了一起，庄志文虽然刚刚提了副主任，可是这边老爹的事情又出来了，真是没有想到呀。于在海在于梦莎的心目中几乎成了一个无所不能的神，从小到大在于梦莎的记忆里，于在海想办到的事情都一一地办到了。渐渐长大的于梦莎清楚地记得，父亲说的很多事情，当时她觉得根本办不到。可是父亲在很短的时间内就办到了，甚至很多时候还超出原来的预想。这回却出了这样的事情，而且是已经走到了快退休的时候，真是不值得呀，于梦莎在心里深深地为父亲惋惜着。

于梦莎这样想着想着时，天已大亮，她这才想起要赶紧给女儿做饭，便赶紧穿好衣服，冲进厨房忙碌起来。

一进办公大楼，庄志文就感觉到气氛有些不对，单位里一同走进这幢大楼上班的同事们看他的眼神似乎和以前有些不一样了。

庄志文来不及细想，他现在满脑子还是昨天晚上和胡文华的事。他在路上还细细地回味着和胡文华昨天晚上发生的事情，就像牛吃草之后反刍一般，还下意识地摸了摸自己手提包中的那张支票。这一切跟做梦似的，真没有想到这么容易这么简单。想着想着，庄志文有些飘飘然起来，自己原来还觉得天大的事情，没有想到凭着自己的魅力，一夜工夫压在心头的那座山不见了。这五万元钱交到大姐手里的时候，大姐该是怎样感激呀。

庄志文一边往办公室走，一边想象着他用胡文华给的这张支票拯救大姐家庭的情景。那么大的事情，自己却易如反掌地办到了。这说明了什么，这只能说明一个问题，那就是自己是成功人士？这个词儿现在在街面上很流行，当人们在提起某某某之后，而把这个称号送给那个人的时候，庄志文在心里常常羡慕着。羡慕之后便是不可名状的忌妒，甚至愤愤地想，他凭什么是成功人士！如果比才华比能力的话，我应该在他之上。老天也给我一个有背景的家庭的话，我早就不是今天这个样子了。

刚在办公桌前坐下来，马必成就走进来对庄志文说，你赶紧跟我到王局长那里去一趟，领导有重要的事情要对咱们交代。

什么事，老马？能不能先给我透个风。庄志文还沉浸在自己营造出来的那种所谓的成功的喜悦之中。在这种心情的支配下，他居然对自己的顶头上司在称呼的时候也去掉了官职，喊成了老马，他没有看清马必成今天早晨走进他办公室时脸上的那种公事公办的表情。他一听马必成没有作声，便侧过脸望了一眼马必成。他看到的是马必成那种藏而不露的庄重和严肃，就像是一道无解的数学题。马必成的脚步也比平时快了许多，他在长长的走廊里也没有回答刚才庄志文对他的问话。两个人走进电梯之后，马必成还是把嘴闭得严严的。庄志文这时才联想起刚才大家见到他时的表情，怎么今天外贸局的人都这么严肃呢？庄志文本想同马必成开一句不轻不重的玩笑，可是一看马必成两只眼睛只是盯着电梯门旁的显示器，便把到了嘴边的话又咽了回去。

王峰局长显然是在办公室里特意等着他俩，一看他俩进来之后，便面无表情地指了指屋子里的沙发。等庄志文和马必成坐下之后，王峰便瓮声瓮气地开腔了。事情是这样的，咱们市每年一次的国际旅游节和经贸洽谈会马上就要临近了，对咱们局来说是必须做好的工作。今年虽然有非典影响，但是咱们在准备的时候还必须按照高标准来准备。其他方面的工作我就不说了，现在就说一件事，就是这次经贸洽谈会的总体设想，你们在最短的时间内要拿出一份像样的材料。对了，昨天晚上我已经和马主任在电话里沟通了，想找你却打不通手机。王峰在说这句话的时候很不高兴地看了庄志文一眼。

庄志文小声地解释说，真是不巧，昨天晚上有个应酬，手机又没电了，不知道领导有事。

王峰把手一挥，有些不耐烦地说，好了，我昨天已经和你们主任商量过了，这次关于经贸洽谈会的行政准备工作就由马主任来牵头，我方才说的那个总体设想就由你执笔。对了，可以拿往届的材料进行参考，但是要有今年的新意，要有新举措。

可是，这种材料每年都是政研室的老吴写的，他对有关的政策法规，尤其是招商引资方面的事了解得比较透，怎么，今年，他……

王峰明白庄志文说的是什么意思，便打断了庄志文的话说，老吴前两天住院了，得的是急性胆囊炎，听说还要做手术。这样，咱们也不能等他出院了再准备吧。再说了，庄副主任，把这个任务交给你，也是我们领导上经过慎重考虑才决定的。你当副主任之后，很多人在背后都有不同意见，甚至在任命你的时候，领导层的意见都不够一致。这说明什么，我不说你也清楚。现在这件事对你来说也是一次很好的机会，你应该拿出一个像样的东西来证明自己，用老百姓的话说，是骡子是马拉出来遛遛。好了，事情就是这样，我给你们的时间就是这个数。王峰一边说着一边伸出一只手，张开五指比画了一下。

五天？庄志文觉得脑子嗡了一下。五天时间自己能拿出一个富有创新内容的经贸洽谈会的总体构想吗？他心里一点儿底都没有，可是王峰局长方才对他说的这番话却是明明白白的，那就是这个任务不仅要接过来，还要百分之百地干好，这是没有退路的事情。

当他和马必成走出局长办公室的时候，庄志文的心情突然轻松起来，方才还是乌云笼罩的，现在却变得晴空万里了。他在想，我庄志文等待的机会终于来了，别人不是对我有些不服气吗？有些知道内情的人甚至说凭着我老丈人和局长的关系我才当这个办公室的副主任。现在我要让大家看看，我庄志文是有真才实学的。我要搞出的东西一定会超过政研室的那个老吴，到时候我看谁还会说我不行？等着瞧吧！

回办公室的时候，不管是坐电梯还是在走廊上，马必成依然无话，这让庄志文有些诧异。他一时找不出恰当的理由来解释马必成今天早上的表情，一直等到庄志文坐在自己办公桌前，才有些恍然大悟，便一拍大腿，在心里叫喊起来。这个老马呀，一定是看局长把这个差事派给了我，怕我搞好了功高盖主。这老马也真是太没有胸怀了，前几天还跟我推杯换盏地表示，怎么现在又变成了武大郎开店呢？

不管他，这种机会我绝不能错过。我要让所有的人看看我庄志文是吃几碗干饭的，别说是个办公室的副主任，到时候就是给我一个副局长，我也能够拿得起放得下。

马必成回到自己的办公室，心里不禁暗笑起来。他笑庄志文还是太嫩了，太不识时务了。这明摆着的事情，庄志文能够当上这个办公室的副主任，完全是凭着他老丈人于在海的面子，这是有一次在酒桌上同王峰局长的交谈中才了解到这个情况的。他当然能够听得懂王峰的弦外之音。王峰之所以能够给于在海这么大的面子，主要有两点原因：第一点当年于在海提拔过王峰，第二点那就是于在

114

海很可能到市人大当主任，这样对王峰将来的发展又起着某种制约的作用。其实这两点外还是一点，那就是于在海在王峰这里还是有用的，王峰不得不给于在海这个面子。现在不同了，于在海马上要出事了，那么给于在海面子的这位局长大人恨不能马上斩断和于在海的所有瓜葛，那么靠于在海的面子才提起来的这位庄志文，就是这瓜葛中的一个活生生的人。全局上下都看得清清楚楚，这是连傻子都明白的事，庄志文却还被蒙在鼓里，还在自我感觉良好。

马必成端起茶杯浅浅地喝了一口，在心里嘿嘿地笑了一下。庄志文呀，这个材料你写得好，也是不好；你写得如果不好，那就是更不好。这回可用上了平时人们所说的那句话，叫武大郎服毒——喝也得死，不喝也得死。

马必成现在感觉最后悔的一件事就是自己还是有些不够沉稳，怎么庄志文当副主任就那么几天，自己就沉不住气了，主动找到那小子套近乎，让办公室的人都有些轻看了自己。现在我要想办法挽回这个局面，怎么挽回呢？我得好好地筹划一下。看起来还是王峰局长高明，设好了一个看似美丽的圈套，让你庄志文满怀欣喜地钻进去，然后那个圈套就在不知不觉中变成了一个绞索，然后让你窒息让你没命，我现在也得琢磨琢磨给庄志文准备一个什么样的圈套。

一直等到八点多钟，于梦莎才拨通了庄志文的手机，还没有等庄志文答话，于梦莎便劈头盖脑地发起火来。你说说，你昨天晚上怎么夜不归宿？居然在外面住了一夜！你知道吗，家里出了大事，找你又找不到，你说说你到底去干什么啦？

本来还喜气洋洋的庄志文，被于梦莎的一个电话给搅乱了，便对着手机喊了起来，我怎么知道家里出事？昨天晚上陪几个朋友吃饭，喝得有点儿高了，就在宾馆睡了。谁知道手机又没电了，再说了，我现在是副主任，这样的应酬少得了吗，你以为我还是以前的普通科员吗？

电话那头的于梦莎语气顿时缓和下来，人家不有事找你吗？再说了我还以为你出了什么事呢。

我能出什么事，出事也是好事。告诉你吧，我庄志文在南江市这个地面上就要有出头的日子了！庄志文对着手机又兴高采烈起来，现在我可不是从前了，一般的事我只要想办的话，告诉你吧，好使。你还急什么，等我回去再说吧。

那头的于梦莎一听一夜没有回家的丈夫突然变了一个人似的，好像什么事情都不在话下了。可是父亲于在海的事情他庄志文管得了吗？他能摆平吗？他小子也就是一个副主任，还是靠我爸的面子给他弄的。我老爸如果这次真的栽了，他庄志文恐怕哭都找不着调了。想到这里，便又提高了嗓门儿说，你是不是觉得姓什么都忘了，告诉你吧，你赶紧回来！这回如果弄不好的话，你那个小主任恐怕也干不长了。

庄志文顿时觉得脑子又嗡了一下。他想在电话问问清楚，可是那边于梦莎已经把电话挂断了。他便急不可待地又把电话打过去，可是听到的是忙音。

14

于在海和乔依琳整整一夜没睡，虽然要说的话早就说完了，要办的事早就商量好了，可是两个人还是大眼瞪小眼地没有睡意。这一夜对他们来说显得无比漫长，按照于在海的性格他恨不得天马上就亮起来，就是检察院的人站在门口他也会毫无惧色地跟着他们走。用他自己常说的那句话就是没事别惹事，有事别怕事。现在事情已经犯下了，当初也不是别人把自己绑去的，谁让自己背后没多长一只眼呢。如果要怪的话也怪自己无意中树起了一个敌人，真是人心险恶啊。现在说什么都晚了，都是自己聪明一世糊涂一时呀！

乔依琳太了解于在海了，她对丈夫没有说出一个字的埋怨话。

116

因为现在于在海比谁都后悔，你如果再说他，事情往往会走向反面。于在海就是这种性格：有了毛病只能是自己说出来，别人如果说的话，即使是天大的错误，他也会一辈到底永不回头。再说了事情已经出来了，又是官场上你争我斗人为的陷阱，谁能防得过来呀。现在只能乞求上苍保佑了。这一关能够平平安安地过去，即使将来丈夫不当官了，哪怕是削职为民回老家种地去，那也应该念阿弥陀佛了。

一看窗子微微地发亮了，乔依琳便起床了，说，反正我也睡不着了，你想吃什么，今天早晨正好有工夫，咱们改善改善伙食吧。对了，昨天我还买回一些瘦肉，我就给你包馄饨吧。

于在海感激地望望妻子，点了点头说，还是你想得周到，知道我愿意吃这一口。行吧，说不定以后再吃你包的馄饨还不容易了呢。

一句话把乔依琳的眼泪说了下来。

庄志文忙完了手头的工作，便赶紧给大姐庄志娟打通了电话，让她赶紧赶到南江市来把钱取回去，说自己实在是脱不开身，要不然就亲自把钱送过去了。庄志娟在那边还没有听完弟弟的话，便已经感激地泣不成声了，说弟弟救了他们全家。庄志文心头一热，对着话筒说，大姐，这一辈子除了咱妈就你和我最亲了，你的事我还能不管吗？你赶紧过来吧，不管怎么说，先把那个不争气的张泉水从里边整出来再说吧，等他出来后你看我怎么收拾他。

打完了电话庄志文便赶紧赶到了工商银行，当他把那张支票递进去之后，才知道又出了麻烦。银行的人说你这张支票还缺少一个财务章，根本取不出款。庄志文便赶紧用手机给胡文华打通了电话，胡文华在那边抱歉地对他解释说，老弟呀，你看看我这脑袋，昨天，昨天晚上咱们光顾忙了，你看看我也忘了跟你说那个财务章的事了。你别着急，你就在那里等着，我马上派会计带上财务章去给你办了。

当庄志文听到银行的人说这张支票不能取钱时，他的第一个感觉便是被胡文华给骗了，也就是人们常说的胡文华给他的是一张无法兑现的空头支票。保留在庄志文脑海中对胡文华的一些美好印象顷刻间便烟消云散了，他觉得这个女人耍了他玩了他，实在是可恨。给胡文华打完电话后，便又从心里觉得自己实在是太多疑了。胡文华也不像自己所想的那样，看来这个女人对自己还是真心的，便在那里神情自得地踱着步。

不到二十分钟，一位打扮入时的中年女性匆匆地走进来，在屋里巡视了一圈之后便直奔庄志文走了过来。您就是庄志文先生吧，我是胡总派来的会计。胡总都说了，真是不好意思，您快把支票给我吧，我马上把章盖上。

庄志文把那张支票递给女会计，女会计一边拿过支票审视着，一边拿着财务章往上盖，嘴上还一边说着，庄先生还有一个程序我跟您说了您可不要多想，是这样的，您这笔钱从银行提走之后，我们做财务的便需要做账。方才我已经跟胡总说过了，她本来要亲自写个条，我觉得既然这笔钱是借给您的，还是由取款人来写这张借据比较合适。虽然我们是民营企业，可是在财务管理上还是比较严格的。当然了，胡总一再交代，千万不要让您为难，您看……

现在摆在眼前的这个问题庄志文当然无法回避，只好说，还是应该我来写借据，这样对谁都好。说着便掏出笔在女会计准备好的那张借据上签上了自己的名字。

前后不到半个小时，一张借据，一个财务章，再加上庄志文的一个签名，一个简单的过程让庄志文对胡文华的感觉犹如过了一年的春夏秋冬。由原来的误解变成了理解，现在他的心里又有些不是滋味。这不明摆着的事情吗，自己不好意思让我写借条，却派了一个会计到我这里又说是财务制度。这不明摆着编了一个圈套让我往里钻吗。看来昨天晚上和今天早晨很豪爽仗义地对我说的那些话都是有水分的。庄志文想到这里，虽然手里已经把那五万元钱从银行取了出来，沉甸甸的，还从来没有一次拿过这样多的钱，但是在心里还是觉得有些那个。如果用一个比喻的说法，那就好比一次满桌子美味佳肴的宴会上，吃得正在尽兴时，突然在要吃的那盘菜上发现了一只苍蝇。

庄志文的心里便充满了矛盾，充满了对胡文华的疑惑。虽然现在这笔钱能够把大姐的事情解决了，可是这笔钱靠自己什么时候才能还得清呀。如果光靠我这点儿工资的话，三年五年也还不上。那个被抓进去的张泉水将来会有这个能力吗？别看他骗钱花钱一个顶好几个，可是真正凭着本事挣钱的话，那可能就难说了。但是自己不管到什么时候也不能向自己的亲姐姐逼债呀，这么一大笔钱自己不能跟于梦莎说。再说了，于梦莎在电话里不是说有大事吗，别不是岳父于在海的事情真的出了麻烦吧，那可是太可怕了。

庄志文怀着一颗忐忑的心又往单位走。他知道大姐最快也要晚上或者明天才能赶到，这段时间他还得赶紧开始琢磨王峰局长交给的那个任务。算起来五天时间拿出一个全新的经贸洽谈会的构想，这不是一件容易的事。同时这个机会对他来说，也不是一件容易的事情，只能成功不能失败。

坐在办公桌前的庄志文，尽管心里如长满了野草一般，但是他努力地告诫自己赶紧静下心来，要不然的话，失去了时间也便失去了机会。

他拿过近几年来南江市经贸洽谈会的文字材料，一份一份地翻阅起来，可是怎么也看不进去。那些材料就似长得异常相近的多胞胎，分不清大小长幼，更看不出各自的特点。庄志文心里有些着急，这怎么行，如果到时候拿不出像样的材料，王峰局长那一关是过不去的。这一刻，他的脑子里又出现了早晨王峰向他交代任务的那一幕。

胡文军怎么这两天不往他办公室里跑了呢？庄志文不知怎么想起了每一天都要跑到他办公室的那个快嘴快舌的人。胡文军在外贸局是那种典型的小广播式的人。他的各种消息多数时候比别人都来得快，只要他有了消息之后，传播得更快。只要他把自己手头的工作忙得差不多了，你就看他像一条到处乱钻的泥鳅一般，从这个屋到那个屋，用不了半天时间，一个小小的消息就能变成整座外贸大楼带有轰动性的新闻。有时庄志文甚至琢磨过这个人，觉得这样的人在机关里实在是不合适。如果自己是局长的话，说什么也不能让他在机关大楼里工作。这是以前庄志文经常想过的念头，现在不知怎么的，倒是觉得胡文军不是那么多余了，甚至觉得现在胡文军如果能带给他什么消息的话，哪怕是不怎么好的消息，也会对自己是一种填补。

正在想着时，庄志文看到一个熟悉的身影从他门口一闪而过，便赶紧喊了一声，胡文军！

胡文军一脸不自然的表情，站在庄志文办公室的门口，脸上完全没有往常的那种主动进来传播消息的神情，甚至站在那里也是因为庄志文喊了他一声，才不得不进来。

怎么，你小子这两天怎么不来了呢？是不是我这屋里挂了把杀人刀，还是我这屋里其他的什么东西影响了你？庄志文半开着玩笑，来，这两天没见你，还真是怪想的。怎么样，有什么新闻对我发布两条。

胡文军嘿嘿地笑了两声，那笑声也完全不像以前那么自然，似乎是硬挤出来的，便往前走了两步，但是没有坐下。我的大主任，看你想哪里去了，我这两天真是忙呀。这不是嘛，经贸洽谈会就要开始了，昨天咱们的马主任交给了我一项特殊任务。我这两天把这件事能够忙出个头绪，就算不错了。有什么事的话，过两天再说吧。

胡文军赶紧走出庄志文的办公室，那种来去匆匆的样子，细心的人完全可以看得出来，他就像躲避着一种什么东西，庄志文当然看不透这一层。

在马必成的办公室里，胡文军正兴高采烈地和他说着什么。两个人的神情很融洽，而且还用一些很含蓄的话语，又加了一些只有两个人才能看懂的手势。即使有第三个人在场，那个人也未必能够明白他们说的是什么事，指的是什么人。

听说你那个本家大姐还看好了那个人？

胡文军把嘴撇了一下，这就是萝卜白菜各有所爱。她如果是我亲姐的话，我说什么也不能让，就那样的人，胡文军一边说着一边往墙那边指了指，因为另一边是庄志文的办公室。靠的是什么，咱们谁都清楚，可是我姐说了她不图谁是当官的，也不图谁是有钱的，人家要的是品位。嘿嘿，这年头儿真是怪了，还居然有人追求起品位来。

马必成端起水杯喝了一口之后说，这就叫王八瞅绿豆——对上眼儿了。你呀也不要跟着瞎操心了，别干那种皇上不急太监急的操心的事了。在咱们办公室你的聪明劲儿、你的口才都是出类拔萃的。我觉得现在对你正是一个难得的时机，我来到办公室这段时间，对你这个人还算了解了一些。你这么年轻，好好干，有机会的时候，我会想着你的。

胡文军和马必成一边说着，一边把一个档案袋递给了马必成，这也是别人送给我的，我就来个借花献佛吧。

这是什么呀？在办公室里让别人看见了还以为你对我行贿呢。马必成半开着玩笑，但是还是把那个档案袋顺手放进了自己桌子旁的矮柜里。

也就是一包茶叶，什么好茶在我这里都一样。我早就听说了，在咱们南江市，你可是品茶品酒的高人，那个东西放在我那里真是白瞎了。再好的马也得给英雄骑，那么这包茶叶我觉得只有你马大哥才配喝。对了，我听我的那个朋友说，这包茶叶好像是一万多元钱。你看看我真是多嘴，什么样的茶叶你一喝不就明白了吗，还用得着我说吗？这张臭嘴，该打。

两个人就这样嘻嘻哈哈地说着话。

我听说那位的泰山东窗事发了，这回他恐怕也要受到牵连了。胡文军突然压低了声音对马必成说。

马必成点了点头，这也是意料之中的事。他在这里这么多年了，如果不是他的泰山说了一句话，恐怕他和你是一个样的。现在又到了他的十字路口，我看这回悬。

我明白了，现在对咱们来说，不管是那种看不见的非典也罢，还是看得见的单位里的人和事也罢，现在可是一个非常时期。我说这么一句话吧，在这个时期里我就听马大哥你的。我可知道你的来历，我算是跟定你了。

没说的，马必成豪爽地说。

于梦莎在家里早就成了热锅上的蚂蚁，一看实在等不及让庄志文回来一起同她回家了，便在桌子上给庄志文留了一张字条，说让他到家之后赶紧回家去。她说的这个家自然是指父亲于在海的家。

于梦莎走进家门一看，父亲和母亲两个人的表情并没有像她所想象的那样惨不忍睹，甚至还显得有些神态自若，便以为原来想到的事情已经过去了，便喜笑颜开地说，爸，是不是您的事已经多云转晴了？

于在海沉稳地说，你凭什么有这样的感觉呢？如果事情那么容易的话，那恐怕天底下便没有任何乱子了。

一句话又把刚刚飘到云端的于梦莎给推了下来，于梦莎便焦急地把脸转向乔依琳，妈，你倒是快说说，那件事究竟怎么样了？

还能怎么样，你爸已经做好了最坏的思想准备，就等着人家到咱们家来找他了。现在着急也没有用，我们两个人正在这里想呢。如果真到了那一步，看看能找到什么人吧。

这倒是件难事，如果要找的话，也得是级别很高的，说出一句话也得让南江不得不听的。

现在你才明白这个道理，人生在世谁都离不开各种关系。说穿了，你一个人在什么位置上，常常决定着你的社会关系层面是在什么位置上。如果你自己的那个结和你周围的连成一片又处在一个特殊的位置上，这个时候你个人的能力才华往往不是最主要的，因为你一个人身上常常联系着众多的利益。于在海坐在沙发里，就像一个老教授在进行哲学讨论一般，一字一板地说着。

于梦莎一时还没有完全理解父亲所说的这些话的意思，倒是乔依琳把话说得更加透彻了一些。你爸的这些感慨你还不明白吗，现在说这些可能也没有什么用了，可是如果当年你和那个姓陈的厅长的儿子结了婚的话，你爸别说是这么一点儿事，就是再大一些的事，也未必有什么了不起。

于梦莎终于明白了，因为那件她拒绝的婚事曾在很长一段时间里影响了她在父母跟前的亲情。尤其是父亲，说娇生惯养了她这么多年，到了最关键的时候没有听他的话，偏要找一个从农村出来的庄志文。现在说什么都晚了。后来她听说那位在省里工作的厅长调到了北京，他的儿子在京城开了一家大公司，挣了很多钱，甚至成了在全国都能排得上号的富翁。那些传闻曾像蜂子一般蜇得于梦莎的心头阵阵作痛，但是这种后悔的话她无处诉说，唯一出气的途径就是找碴儿同庄志文吵。吵的次数多了，她甚至都觉得烦了腻了，因为有一点她已经看透了，不管怎么吵，庄志文都不会出息到她所期待的那样。用一句最通俗的话说，姓庄的这小子从娘胎里爬出来就注定了这一辈子是一个没有大出息的货。

提起这件事，于梦莎心里不由得又着起了一把火，已经给庄志文打了电话，怎么到现在还不见人影呢？便对乔依琳说，庄志文没有来电话吧？他说没说什么时候能过来？我刚才出门时已经给他留了一张条，让他到家就赶紧过来。

乔依琳摇了摇头，有些无奈地说，他过不过来能有什么两样吗？如果他真有那么大能耐的话，他不过来我亲自去请去接也行呀。

虽然母亲的话并不很重，可是于梦莎听来还是觉得脸上有些发烧，便拿过电话又往庄志文的手机打了起来。

15

庄志文从一大堆材料中总算理出了大概的头绪，他有些兴奋，便马上拿起笔在一张稿纸上列起了提纲。他此刻的思路很活跃，有了一种创作的冲动。他觉得这次自己肯定能够大显身手，自己拿出的这个经贸洽谈会的规划一定能够得到王峰局长的赏识，甚至使今年南江市的经贸洽谈会出现新的收获，那样他庄志文的名字不仅在外贸局，在整个南江市都会异常响亮。

他飞快地在纸上写着，嘴角不时露出微笑，那是从心底流露出的一种难以掩饰的喜悦。

时间也过得飞快，他甚至完全忘记了自己身置何处，更忘记了这些天来身边的是是非非。他有了好多年前创作那篇小说时的那种特殊的感觉，觉得手里的那支笔是那样得心应手，写出的每个字都是那样鲜活生动。

不到两个小时，他便写下了几千字的草稿。他终于可以喘一口气了，他靠在椅背上长长地伸了一个懒腰。

庄志文猛然一看墙上的挂钟，时针已经指到晚上六点。这时他才猛然想起早晨妻子那个电话，现在一整天都过去了，方才手机也让他关了，也不知道妻子打没打过电话。想到这里，他把手机打开，一看通话记录的栏里，早就装满了妻子打过来的电话号码，便赶紧把电话打了过去。

电话刚一接通，庄志文便听见电话那头妻子怒不可遏的声音。你还知道往回打个电话，我以为你上天入地了，是市委书记或者市长找你谈话了吧？屁大点儿官，一个手机还说关就关，你是不是干什么见不得人的事，家里这边已经火上房了，你在那边却一声不吭。你说说，你想不想跟我过了？

庄志文被妻子这一通劈头盖脑的训斥给骂蒙了，一时答不上腔来，只是啊啊地在那里听着。等于梦莎骂得差不多了，才对着话筒说，我不是跟你说了吗，今天早晨局长向我交代了一项特殊任务，让我赶紧拿出一份特殊的材料。时间非常紧，这也是对我的一次考验，你说我现在该怎么办？

你庄志文能拿出什么样的材料，他王峰局长可能不知道，可我于梦莎却再知道不过了。你就是把自己关到月球上，你也拿不出什么像样的东西来。于梦莎怒气未消地说，你现在就不要跟我啰唆了，赶紧过来吧，有事情跟你商量。

庄志文赶到于在海家时，晚饭已经摆在了桌子上，女儿庄晓飞已经提前吃完饭到于在海的书房里去写作业了，剩下的几个大人还在饭桌上等着庄志文。

一看这个场面，庄志文便有些受宠若惊地说，饭好了你们就先吃呗，还等我干什么？

在庄志文的印象里，在岳父家能给他这种礼遇这还是第一次。每次来都不可能让别人等着他，多数时候都是他在厨房里忙进忙出的，而最后一个上桌的，那必然是于在海。今天这个情景使庄志文的心里不由得有些惊喜，惊喜之后他甚至感到一种骄傲，我庄志文在你们老于家也有今天了。

岳母乔依琳赶紧让庄志文坐下，还解释说，其实饭也刚刚做好，这不是一家人难得在一起吃顿晚饭，正好还有事情，咱们坐在一起一边吃一边商量。

坐在饭桌旁的于在海一直没有言语，这时便瓮声瓮气地说了一句，好了，还是先吃饭吧。

在于在海的心目中，他的这个女婿从来没有什么特殊的分量，别说在事业上，就是在家庭里他也成不了顶天立地的男人。平常的日子还好说，一旦有了风吹草动，最先惊慌失措的便是这样的货色，有的时候他可能还不如女人镇定。可是此一时彼一时，自己如果真的进去了，这个家里只有他是个男人，也不知道他的那个副主任还能不能当下去。可不管怎么说，这家里是小的小老的老，就是庄志文真是不争气，但也必须指望这个扶不起来的阿斗了。

于在海想到这里，便努力地让自己和颜悦色起来。我说志文呀，我的事可能你也都基本知道了，现在很多事已经和你妈都交代过了。如果真的到了那一天，这个家就交给你了。其实也没有什么大不了的，你的任务就是管好这个家，在有可能的情况下再上下疏通打点一下。具体的办法你们商量着办，如果需要钱的话，我已经跟你妈交代好了，你们就按照商量好的办。还有一点，这件事我本来不想说，但现在到这种时候了，如果不说的话恐怕将来就不好说了。你们记好，检察院政研室的那个张迈是你们唯一的依靠。这个人错不了，在以前我曾经听他说过，他的一个什么表叔在北京，具体是干什么我也没有细问。如果必要的时候，该花的钱一定不要少，实在不行就是去抬去借，也要把该疏通的关系疏通好。等我的事过去了，钱还不是人挣的吗？

于在海在饭桌上的这番话让全家人听来都颇受感动，这是从来没有过的。以前在这种场合于在海也从来没有说过带有商量和征求意见口气的话，他说的每句话在这个家庭就是圣旨，就是一句顶一万句。看来什么事情都在变，变得让庄志文感到有些吃惊，便偷偷地望了一眼岳父。他感到面前的于在海在这几天之中突然变得苍老起来，白头发比以前增加了许多。看来再顶天立地的英雄遇到难事的时候，也难以潇洒起来了。

庄志文这时在心里甚至有一种不可名状的窃喜，他感到岳父出事了自己才在这个家族里拥有了应有的地位。以前岳父从来不拿正眼瞧自己，现在却能这么语重心长地做了交代和嘱咐，看来家庭也是应了那句话，时势造英雄。

我庄志文成为真正的男人、真正的英雄的日子就要到了。在这个小家庭里，我的能力和才华根本施展不开，这个舞台也太小了。在单位里一个小小的办公室副主任在别人眼里还觉得是挺大的官，其实我自己从来没有满足过。凭我的本事，把整个外贸局交给我也完全不在话下。

饭桌上的庄志文有些想入非非了，要不是于梦莎用脚踢了他一下，他还会沿着自己的思路胡乱地想下去。现在他知道应该是他表态的时候了，便马上一脸虔诚地说，放心吧，我会按照您说的把一切事情办好。我在社会上也毕竟混了这么多年，该怎么办我会有主意的。

听着庄志文这几句表面上很诚恳其实又很空洞的话，于在海和

126

乔依琳没有说什么，倒是妻子于梦莎狠狠地瞪了丈夫一眼。

把那包巨款交给大姐庄志娟的时候，庄志娟擦着眼泪对弟弟说，我真是瞎了眼，嫁给了这么一个不争气的东西，看看，这是作的什么孽呀，给你添了这么大的乱子。

大姐，你就不要说这些了，你不是别人，是我的亲大姐，难道我能看着不管吗？你老弟现在混得还行，放心吧，回去先把这笔钱还给人家，这个官司不管在哪里打，道理都是一样的：杀人偿命，欠债还钱，把骗人家的钱赶紧一分不少地还给人家。如果不够的话你再赶紧给我来信儿，还有，还完钱之后还得想办法找一找人，能少判两年就少判两年，那种地方能少待一天就少待一天。

放心吧，我回去就是把房子卖了也不会再给你添麻烦了。可是，可是，我认识谁呀，我一个农村妇女，大字都识不了几个，我去找谁呀？这些日子都把咱爹咱妈急死了，可是老弟你是知道的，咱爹咱妈也只能是干着急。

庄志文点点头，这个我知道。你先回去，路上一定要注意安全。等我忙完这几天，我再回一趟家，到河东县找一找人。我听说，我听说柳叶的丈夫现在不是河东县的县长吗？

可不是，可是咱们还有什么脸去找人家呀？我早就听说了，人家柳叶现在的这个丈夫可是干得很好，那个姓何的他表叔是一个老大的干部，人家可是借老光了。

尽管庄志娟说得有些语无伦次，可是这些话语在庄志文听过之后，还是把一些信息很有条理地整理了出来，那就是柳叶现在已经进入到了一种良好的社会关系之中，而要在河东县把大姐夫张泉水真正从局子里保出来的话，能用到的关系恐怕就是柳叶了。

送走了大姐之后，庄志文没有目的地向前走着，心里认真地盘算起来：前几天柳叶来过电话，说要到南江市来一趟，如果真来的话，我一定求她把大姐的事给关照一下。柳叶那么善良，再说又是我求她，她一定会答应的。

那次挨了父亲两个耳光之后，庄志文心中有愧地想了很久，想得最多的是柳叶，甚至想到柳叶最后那种痛不欲生的情景。可是不管怎么想，和自己即将到手的位置和前途相比，他都觉得还不能够和柳叶走到一起。但是他在心里却时时盼望着柳叶能有一个好的归宿，甚至找到一个比自己强的男人，过上舒心的日子。

现在看来柳叶的情形要远远超出自己的想象。丈夫是县长，她本人也成了县里广播电视局的局长，还经常亲自主持节目。庄志文有时候在电视里还见过柳叶作为记者和主持人的形象，但是永远只能是望望而已，无法走近更无法交谈。他甚至觉得都没有脸面面对电视里的柳叶，尤其是在家里，在于梦莎在场的时候，一看到这样的节目便马上把电视节目调到别的频道。

如果自己站到柳叶面前，求她为自己的大姐说句话，她能答应吗？庄志文在心里问自己，她会的，庄志文很有把握地在心里回答自己的问话。

当庄志文把那份提纲变成规范文字之后，他自己一连读了三遍，觉得完全没有什么遗憾和漏洞的时候，便满怀信心地走向了王峰局长的办公室。他在心里算了一下，这是王峰交给他任务之后的第三天。

庄志文想，给五天时间，我只用了三天就超水平地提前完成任务了。你王峰局长这回该对我另眼相看了吧，这外贸局的大楼里的男女老少也该重新认识我庄志文了吧。哈哈，我总算熬出头了。

庄志文正是怀着这种从未有过的喜悦感和成就感敲响了王峰局长的办公室的门。他没有遇到他想象中的局长那张和善的脸，王峰依然面无表情地打着电话，一看庄志文拿着材料进来了，便公事公办地指了指办公桌，意思是你把材料放在这里。接着又挥了挥手，那意思再明显不过了，你的任务完成了，你赶紧离开这里。

庄志文有些不快地想，是不是有些太不客气了，没得到一句表扬的话，连个赞许的眼神都没有。不过这不要紧，等你看完了我的那份材料到时候你就会明白我庄志文的真实水平了，那时候你就会主动找我，把这次欠我的好听的话下次一起还给我吧。

庄志文想到这里，心情又愉快起来，哼着小曲回到了自己的办公室。

接到胡文华的电话，庄志文有些犹豫，但还是答应了。

这次是庄志文自己打车来到郊外那幢别墅的，本来胡文华还想来接他，是他怕被人看见。说还是我自己去吧，你的那台车太扎眼了。

胡文华便没有再坚持，说你下班就直接去吧，我先回去给你准备好吃好喝的，给你好好补养一下，晚上还要等着你出力呢。胡文华在说这些话的时候，在电话里还一边咯咯地笑着，笑得庄志文有些不好意思。胡文华在电话那边却大声地说，真是个书呆子，做都做了，说说怕什么的。

庄志文不愿同她说下去，赶紧把电话挂断了，并找借口说，马上要开会了。

胡文华没有跟他计较，她似乎看透了庄志文的心思。她不想让庄志文过于紧张和尴尬，一切都似乎在她的预料之中。她甚至常常和庄志文进行换位思考，觉得这个男人能做到这个样子已经相当不错了。她原来甚至想到庄志文会比现在还要胆小怕事，可最让她放心的是庄志文有求于她，而且这件事对庄志文来说又是那样的重要和迫切。而对她自己来说，对庄志文伸出援手，那是轻而易举的事情。她明白自己现在缺的是感情，又绝不缺少金钱，在这一点上她和庄志文正好形成了互补。这也是市场经济的特点，互通有无嘛。

胡文华把那笔款交给庄志文的时候，她也并不是完全放心的。虽然表面上对庄志文是那样的慷慨和仗义，但实际上她还是留了一手，而且这一手留得非常自然，让不太精通财务工作的庄志文深信不疑。

胡文华心中窃想，有了这件事，以后的事情就好办了，既然你欠我这样一大笔人情，也够你偿还一阵子的了，再说白纸黑字的借条上有你自己的签名，不怕你赖账。

事情完全是按照胡文华设计和预想的那样发展，虽然庄志文现在还不能非常大胆地和她交往，但是已经走出了第一步，一步和一百步性质是一样的。

当庄志文又一次来到那幢别墅时，变得比第一次冷静多了。走进门来之后，完全可以很客观很仔细地重新审视这套豪宅的角角落落，一边看他一边觉得自己有些自卑，自卑的同时甚至产生了一些愤恨，觉得这个世界是不公平的。面前的这个女人她凭什么拥有这一切，而我庄志文为了几万元钱居然要被迫地拜倒在这个女人的石榴裙下，不管是对金钱还是对女人我都应该有更大的占有权和支配权。

略施淡妆满面春风的胡文华身上系了一件很好看的围裙，笑盈盈地说，我的大主任，你还真是如约而至呀。怎么样，你的那份大作出炉了吧？

庄志文心不在焉地笑笑，初稿是写完了，也不知道领导满不满意，我自己感觉还不错。但是这种事情也很难说，我到外贸局这么多年，以前写得最多的是领导的讲话稿，这次也真是有些勉为其难了。不过我做了大量的案头准备工作，也把我这么多年的积累全都用上了，我也想搞得好一点儿，不为别的也为自己争一口气。

胡文华一看庄志文说话时的神情也感觉到这份东西庄志文是花了一些心血的，就说，今天晚上我特意做了几样有营养的菜，你这几天也累得够呛，今天晚上给你好好补一补。

庄志文的脸红了一下，坐在沙发上，从旁边的桌子上拿起一份当天的报纸，随便地翻看起来。

胡文华说，你先耐心地等一会儿，最多十五分钟，咱们就开饭。

接着，又听见厨房里锅碗瓢盆一阵乱响。庄志文斜眼向厨房方向望去，从半掩着的门看见胡文华的身影在厨房里忙碌着，便想，在外面把一个服装公司干得红红火火，回到家里也是一把手，说起来那个方连升也真是有福不会享，这样的女人也算是可以了。

庄志文正在那里胡思乱想，墙上的钟不紧不慢地走着，正像胡文华所说的那样，转眼间一桌丰盛的晚餐便摆了上来。

庄志文望着桌子上的饭菜，有些不相信地望了望胡文华。胡文华一边擦着额头上的汗一边指点着桌子上的菜说，你先尝尝，这可都是我亲手做出来的。我敢说，每一样都不比饭店的差。凡是吃过我炒菜的人，没有一个不说味道好的。你快点儿呀，我忙了这么半天了，你这当观众的也应该给我捧捧场了。

庄志文没有说什么，赶紧拿起一双筷子，在两样靠近的菜盘中夹了一点儿尝了一尝，一边夸张地吧嗒着嘴，一边赞扬着说，好吃，好吃，真看不出来，你确实有两下子。

胡文华也在对面的那把椅子上坐了下来。有两下子，我告诉你吧，三下子四下子我也有，不信你就等着瞧吧。

喝的还是第一次他们喝的那种酒，庄志文知道这种酒的功力，在举杯的时候有些犹豫。胡文华眯缝着眼睛望着他，早就把酒杯举了起来，怎么，我配的酒你喝着不舒服，你忘了那天晚上你喝完之后的事了？

舒服舒服，没忘没忘，庄志文连连地点着头，再也找不出别的话，把手中的那杯酒端起来一口干了下去。

对，就该这样，这才是北方男人的性格。胡文华赶紧又走过来为庄志文斟满了酒，我就喜欢这样的男人，不是有那么一句话吗，叫酒壮英雄胆。还有，你喝了我的这种酒，保证是喝一分酒能干出一分活儿，你要是喝到十分酒，哈哈，你就瞧好吧……

这种酒你是从哪儿买的？

买的，我告诉你吧，这种酒现在在哪儿你都买不到。胡文华沾沾自喜地说，这是我请一位老中医专门配制的，这可是他家的祖传秘方，男人喝了壮阳，女人喝了补阴，还没有任何副作用。用现在时髦的词儿说，就是绿色环保。

这酒有名儿吗？

131

有哇，胡文华举起酒杯晃动着，就叫胡氏春酒。

庄志文被胡文华说得一杯又一杯地喝下去，顿时便觉得身体轻了起来，比第一天来到这里的感觉还要厉害，便指着胡文华说，你这个胡大姐，是安着心要把我灌醉了，其实我喝酒没有那么大的量。不过，你这个酒真是喝着舒服。

喝着舒服你就多喝一点儿。你说，我安心让你喝醉了，你真是冤枉人哟！你都看见了，今天晚上我可是不比你少喝一杯，难道你连我都不如吗？

笑话，那怎么会呢？来，再给我倒满，我就不信这个邪了。庄志文一手拍着前胸，另一只手比比画画地说，今天晚上我保证让你知道我的酒量有多大，来，咱们不醉不散。

庄志文觉得这种酒在那方面的作用比于梦莎为他准备的药还大，几杯酒落肚之后，庄志文便有些感觉了，并越来越强，很快就撑不住了，把杯一放伸手把胡文华拉到怀里。

胡文华双手捧起庄志文那红里透紫的脸，故作娇嗔地说，瞧你，这么大个人了，怎么倒像个贪嘴的孩子。

胡文华本想留庄志文在别墅里过夜，可是到了半夜的时候庄志文的酒也基本醒了，一看墙上的电子表便忽地从床上爬起来。一边穿衣服一边说，我得回去了。这几天家里有事，上一次我都是撒了谎，我们家的那位好像是起了疑心，我不能在这里了。

胡文华也坐起身来，指点着庄志文说，你呀，也就是这样的胆，又想吃鱼，又怕被猫看见了。凭着这一点，你也干不成什么大事。

嘿嘿，庄志文自我解嘲地干笑了两声。这一点我知道，不是有那么句话吗，叫秀才造反十年不成，书看多了有的时候胆子反倒小了。你看看现在挣大钱的，很多时候和他们的学历正好成反比。对了，你可别多心，你是个例外，说真的，我真还是挺佩服你。

胡文华有些不屑地说，你说的是真话还是假话？不用你自己解释，我是半斤还是八两，我自己说也没用。好了，你赶紧回去吧，我真怕你回去跪在床头把膝盖磨坏了，就不敢再到我这里来了。

庄志文穿好衣服之后，便赶紧走出了那幢别墅。

于梦莎又是一连好几次给庄志文的手机打电话，正在因为没有打通而恼火着。这时，庄志文哗啦哗啦拿着钥匙打开了房门。你还知道回来呀，你心里还有这个家吗？你不要说又是上夜班整你的那个材料了，我都看见你们的马主任了，说你已经把那份材料交上去了。你说说，你还有什么借口？

一进屋，庄志文就被妻子这一通急风暴雨似的质问给弄蒙了。他没有想到于梦莎会把电话打到办公室，甚至还去找了马必成。想起马必成这几天对他那种不阴不阳的表情，知道不会为他遮掩，如果要混过这一关，只能找别的理由了。庄志文没有马上作声，一边脱衣服换鞋，一边搜肠刮肚地想着找出什么样的借口来骗过于梦莎。

你倒是说话呀，你的舌头被狗咬掉了？

我说的话你信吗？你说说，现在哪个干事业的男人能一下班就回家？八小时之外的交往对一个男人来说是非常重要的。不管怎么说，你也是有一定知识和阅历的女人，怎么也把自己混同于家庭妇女了呢？你没听说吗，在日本，如果男人晚上天天在家里守老婆的话，那会被妻子看不起。你可倒好，怎么也是这种层次和胸怀呢？

说完这番话，连庄志文自己都感到说得是那样振振有词，本来是理亏的事情，却被他说成了满身道理，好像是于梦莎做错了什么。

于梦莎面对庄志文的狡辩，有些不耐烦地说，就凭你，还干事业！我问你，你的事业在哪儿？你把别人给你创造的条件说成是自己干的，你的脸皮也太厚了吧。我看你的脸皮和城墙差不多，用机关枪打都打不透。

被妻子这一通抢白之后，庄志文也觉得这样争吵下去没有什么意思。再说了，刚在胡文华那里忙了大半夜，浑身像散了架子一样，便有些疲惫不堪地说，有什么话明天再说吧，我可要睡了。

你可给我听好，这几天家里的事情一件挨一件，特别是我爸的事，你也上上心，不求你别的，有可能的话，帮他打听打听消息。

于梦莎的口气明显地软了下来，她虽然知道面前的这个男人不能改变她父亲的现状，但是她毕竟还要把一些希望寄托在庄志文的身上。

我会的，你爸不就是我爸吗？庄志文一边往被窝里钻，一边说，我何尝不希望他平安地过了这一关！说句实在话，有了你爸这棵大树，咱俩在南江市就会舒服一点儿。你爸这棵树如果真的倒了，我看咱俩都得跟着吃苦。

算你还知道这个道理。于梦莎推了庄志文一把，看看你就这么躺下了，连脚也不洗。

16

当庄志文接到柳叶的电话时，顿时激动得心又狂跳起来。前几天那个电话曾让庄志文一连几天在半夜里醒来都想起柳叶，这几天接二连三地出事，柳叶的影子在庄志文的面前渐渐地远了，现在这个电话又把庄志文心头那刚刚平息的波澜震荡起来。

你快说说，你真的到了南江市吗，你现在在在哪里？哦，望江楼宾馆。好，好，我安排完工作就赶过去。庄志文对着话筒一迭声地说着。他没有想到柳叶真的来到了南江市，算起来两个人近二十年没有见面，相互的消息都是通过别人的只言片语才知道一些。每次回家的时候，庄志文都是来去匆匆，童年的伙伴和同村的乡亲，他几乎没有想见的。他认为那些人和自己没有共同语言，自己和他们说什么也就等于对牛弹琴。再说了这些人从穿着到说话，同自己简直不是一个档次上的。在靠山村这个地面上，他觉得唯一能同自己进行语言和感情交流的只有柳叶一个人。可是柳叶能见他吗？每到这种时候，庄志文想得最多的就是想见柳叶，又怕见到柳叶，他在想与怕的矛盾中一次次焦急度过。而对于柳叶的消息，他又不便主动向家里人打听。最多的时候还是二姐志秀告诉他的，说柳叶如何嫁给后来到这里工作的乡干部何远航，如何又调到县里工作了，又如何成了县里广播电视的主持人，现在又是河东县广播电视局的局长。还有柳叶的儿子正在上高中，是县重点中学的高才生。这一切消息对庄志文来说似乎是应该感到高兴的，可是他又觉得心里有些不是滋味，觉得这一切都应该是自己为柳叶创造的。甚至想到柳叶离开了自己之后，这么多年恐怕早就成了一个普普通通的农村妇女，没有想到她丈夫已经是一县之长。而她本人也是越来越风光，还经常在电视上露面，那言谈举止，那一颦一笑，都是那样的得体和自然，每一个细节都流露出成熟女性的美与高雅。在后来的日子里，庄志文在生活中常常不由自主地把自己的现状同柳叶相比，或者把于梦莎和柳叶放在一个天平上进行比较，越比越对于梦莎失去激情，越比越觉得自己在仕途上进步得太慢。每当想到这些时，他就觉得自己的心里像着了一团火，恨不能马上在一夜之间从天上掉下来一位救世主，轻而易举地改变他现在的境况和命运，那样他就可以重新以成功人士的身份站到柳叶面前。

此刻的庄志文在喜悦和焦急中又突然有了一丝丝欣喜，不管怎么说自己刚被任命为副主任。这样在见柳叶的时候，也算是过得去了，再说自己现在上升的势头也非常明显。因为自己毕竟是在省城，随着中国加入世贸组织，对外经济交往日益增多，外贸局的工作也越来越被各方面所重视了。如果自己再争取在最短的时间内能够上几个台阶的话，那么柳叶可能也会对自己刮目相看了，到那一天她也能更深地理解当年自己的良苦用心了。

柳叶来之前就打电话，现在刚到南江市又赶紧通知我，虽然好多年没有联系了，这样做只有一种解释，那就是她还没有忘了我，她心里的感情还在牵挂着我。庄志文放下电话之后，在心里美滋滋地这样想。因为柳叶当年就对他说过，我是她生命中最重要的人，甚至超过她的父母。虽然后来自己和她分手确实有些愧对于她，但是这么多年我在省城真正站住了脚，她会理解我的。其实我也做出了很大的牺牲，我是把爱留给了柳叶，在省城是憋足了一口气想在

135

事业上闯出一片天地来。

庄志文越想心里越兴奋，甚至把见面之后的很多细节都顺理成章地想象开来，想到见面之后柳叶会眼含热泪地扑到自己的怀里，然后久久地拥抱。不行，既然是这样，我就不能这么草率地去见柳叶，我应该给柳叶一个惊喜。

庄志文便大步流星地冲出外贸局的大楼，跑到路边钻进一辆出租车，直奔市里那家有名的美容美发厅。

当庄志文敲响望江楼柳叶住的房间的那扇门的时候，他听到里面那声清脆悦耳的答应声，便不由自主地按住胸口，庄志文自己都感觉到怀中那颗狂跳的心，脸上那种发热发涨的感觉。

门开了，庄志文顿觉眼前一亮，这似乎是在做梦，但分明是真实的，站在面前的柳叶和二十年前没有太大的区别。还是那双水灵灵的大眼睛，还是那张艳若桃花的面颊，如果说变化的话，那就是比当年更成熟更俊美了。

庄志文看得呆了，两眼直勾勾地盯着面前的这位好像在梦中相见的人。看到庄志文这样，柳叶嫣然一笑，怎么，不认识了？快进来吧。

柳叶明明是在距离庄志文不到二尺远的地方说的话，在庄志文听来却如是在云端传来的呼唤。他就像一个眼睛不够用的孩子走进了一个崭新的童话世界，跟着柳叶走进了房间。

这是望江楼宾馆最好的房间，里外套间，设施豪华而考究。虽然庄志文在省城待了二十多年了，这样的房间他还是第一次进来。以前他也曾来过这家五星级的宾馆，但多数时候只是在大厅里坐着。

柳叶的身材还是那样苗条，根本不像一个四十多岁的女人，无论从哪个角度看，不了解内情的人都不会看出她超过三十岁。从进屋之后，庄志文的眼睛就没有离开过柳叶。

柳叶笑盈盈地对庄志文说，怎么，咱们一晃快二十年没见了，这些年你还好吧，听说你当了办公室的副主任，恭喜你了。

柳叶的话说得庄志文有些兴奋和尴尬，因为他从柳叶的眼神里感到柳叶的话是真诚的。同时，也觉得自己当了个办公室的小头头儿，还是个副手，多年前就是为了事业和留在城里同面前的这个女人分手的，多年后的今天才混到了一个小小的副主任，真是有些惭愧。

柳叶显得异常宽容和大度，一边给庄志文拿着水果一边说，你的事情我多少也听说过一些。当年你的那封信真是让我痛不欲生，那你是知道的。当时我有多爱你，如果要论当时的条件，我可以找到比你更强的，可是当我把什么都给了你之后，却收到了你那样绝情的信。当时我真的不想活了，因为你在我的心里的影响太大了。在后来的一段日子里，我真是恨死你了，我恨不得能亲自咬你几口。再后来，也有了自己的事干，对了，也有了自己的家庭。怎么说呢，还可以吧。

庄志文原以为柳叶提起当年，会用最严厉的语言对他重新声讨一番，没有想到柳叶就这么轻描淡写地说几句。因为当年对柳叶的伤害确实是太深了，如果是记仇的话，今天见面最客气的做法也会把口水吐到他脸上。可是柳叶没有这样做，为什么没有这样做呢，是不是柳叶心里仍然装着他？

庄志文坐在沙发里仔细地观察着柳叶的一举一动。他看到柳叶的眉宇间没有一丝一毫的怨恨之气，她看自己的眼神也是那样善良而温暖。看了一会儿之后，庄志文觉得自己的判断是正确的，要不然柳叶二十年后还突然打来电话，来到南江市之后又特意约自己来见面干什么呀？

说一千道一万都是过去的事了，我还是忘不了咱们当年那段最美好的日子，不知道我在你心里还有没有什么分量？庄志文试探着问。

柳叶也坐在旁边的沙发上。你在我心里永远是一个抹不掉的印象，那可是我最宝贵的初恋呀。你在我生命中是给我留下刻骨铭心印象的第一个男人，从你身上我才真正懂得了我作为一个女人的大恨和大爱。不过，这些都已经成为历史了。我如果不从心里真正地宽恕你，我也不会和你见面的。说起来，这都是命运，都是缘分。

我、我心里却一刻也没有放下过你。你知道吗，这二十年来，我每一次想起你的名字心里都在滴血。有些情况你可能也知道了，我为了能留在省城，能在这里有更好的发展，才不得已写了那封信。可是你才是我最爱的女人，这么多年来对你的思念不是一天天在减弱，而是一天比一天强烈。你知道吗，我的这颗心还是属于你的。

柳叶感到庄志文那双眼睛在火辣辣地盯着自己，便站起身来，背对着庄志文，眼睛里的泪水不由自主地夺眶而出。多年前那些让她终生难忘的情景又浮现在眼前，为了这个男人她把作为一个女人一生中最宝贵的东西奉献出来，没有想到换回了满腔的苦水。那是一段怎样痛不欲生的岁月呀！

柳叶越想越百感交集，从桌子上拿过一片纸巾擦着泪水。

庄志文站起身来，走到柳叶身后，轻轻地把柳叶拥在怀里，安慰着说，都过去了，一切都过去了，让我们重新开始吧。

柳叶猛地回转身来，不是很重但是很坚决地推开了庄志文，对庄志文说，对不起，你可能误解了我的意思。我现在明确告诉你，爱也好，恨也好，对于我来说那已经是过去的事了！我现在生活得很好，我们不可能还有第二次开始。

那你、那你这次来，还打电话，我以为……庄志文把成句的话说得断断续续，但是柳叶心里却听得明明白白。这时柳叶已经恢复了常态，便很平静地对庄志文说，我现在告诉你，这些年来我也曾不止一次地想到过你，即使在我生活和事业非常顺利的时候也想到过你。不过现在我明确地告诉你，从现在开始，你在我的心里已经成了一个永远的句号。

不会的，我知道你，我了解你，你的心永远是属于我的。庄志文热烈地说着，重新又张开臂膀向柳叶走过来。

柳叶脸上出现了一丝怒意，指着旁边的沙发说，你赶紧坐下，如果你继续这样的话，那我只好请你出去了。

柳叶说这些话的时候，她看到庄志文那张平板的脸上出现了一种复杂的表情，好像满脸都画着问号，便觉得自己在这些年经常想起的这个男人太让自己失望了。在以前的日子里即使是丈夫何远航对她非常好的时候，她也还是时不时想起庄志文，甚至觉得庄志文大学毕业后经过这么多年的锻炼早已成为一个成熟坚毅的男人。没有想到这次见面刚刚几分钟的工夫，在心里留存的对庄志文的美好期待便被彻底地粉碎了。她甚至深深地庆幸这次来到南江市安排了一次这样见面的机会，如果没有这次见面的话，或许，这个男人可能还会在他们以后的日子里产生负面作用。

柳叶想到这里便坦诚地说，现在我要告诉你，第一，你在我心里如果说这么多年还能经常想起的话，那是以前的你。现在的你，对不起，我说得直白一些，你有些让我失望。第二，我现在告诉你，我这次来南江市为什么要和你见上一面，这一点，是我和丈夫商量的结果，他完全能够理解和接受我的想法。对了，我们这次是一起来的。他到城里办事，我呢，来参加一次全省广播电视会议。去年我做的一个电视节目，获了全省的金奖。第三，如果比较的话，我明确地告诉你，我现在的丈夫，也就是河东县的何远航县长，当然，他即使是一个普通的工人或农民，现在他在我眼里不知道要比你强多少倍。他马上就要回来了，因为方才我告诉他，我和你见面的时间只是一个小时。如果你不介意的话，今天晚上我们夫妻俩在这里做东请你们全家来吃一顿便饭，希望你本人和你爱人能够光临。

柳叶的这番不卑不亢却合情入理的话语在庄志文听来不亚于一次晴天霹雳，这是怎么也没有想到的。这次见面，与其说是二十年之后的又一次重逢，倒不如说是柳叶以自己现在的生活事业和重新获得的爱情在自己面前的一次真正的示威。现在全明白了，女人毕竟是女人。她看到的常常是眼皮子底下的那一点儿，她没有看出我庄志文身上还蕴藏着巨大的潜力。她嫁给了一个县长，好像是成了河东县的第一夫人就不得了了。县长算什么，他能有我有才华吗？县长的讲话稿都是秘书提前写好的，而我除了能写文章，能给领导写讲话稿之外，我还能写诗歌写小说，这一点是何远航累死都赶不上的。庄志文想到这里，似乎是在暗夜里又看到了一片曙光，便很自信地说，难道你们家的那位县长能和我相比吗？还有，如果说县长的话，全国全省有多少呀？可是我写的文章发在报刊上那可不是一个县长能办到的。我都想好了，今年年底，最晚明年上半年我的文学作品集就会出版，这在省里的机关干部中也是不多见的，给我写书序的那位大作家都说了，说我用不了多久就会成为咱们省乃至全国的文学新星。

望着庄志文那种沾沾自喜的表情，柳叶突然觉得面前的这个男人不仅有些可怜，而且有些可憎，甚至为自己产生了一丝庆幸，庆幸没有最终嫁给这个男人。这个男人根本不知道女人需要的是什么，他更不懂得人世间什么才是最值得珍惜的感情。别看他是大学毕业生，又在省城的大机关里混了这么多年，可叹呀，还是没有脱离开作为农民的那种意识。想到这里，柳叶站起身来，指了指墙上的电子表说，按照我们约定的时间，还有十分钟。在这十分钟里，我要简要地告诉你一件事，那就是我现在才真正地懂得了何远航作为一个男人是怎样的优秀。你知道吗，当年我嫁给他时，他也知道我和你之间的事情，甚至也知道我为你怀过孩子。但是他把二十年的爱变成了无声的阳光雨露，为我滋润和抚平了心头的伤口。我还可以告诉你，这次来见你就是他主动提出来的。他说我们两个人毕竟好过一场，既然有机会到省城来就应该见上一面。你知道吗，现在我才理解这叫什么，这叫男人的胸怀。你行吗？你肯定不行。还有你方才说到的你的那些才华，我还可以告诉你，那些东西对于我来说不像当年了。你写的一首歪诗或者一篇什么小说已不能让我茶饭不思，现在你到街上去看看，谁看你写的那种诗，自己还觉得满身才华，还觉得怀才不遇。我告诉你吧，像你这种人还缺少一个脱胎换骨的过程，你的可悲就是活在自己制造的世界里，总觉得社会埋没了你的才华。现在我要告诉你，你的那些不叫才华，充其量是小聪明，或者叫小摆设。

柳叶这一席心平气和的话语，在庄志文听来不亚于一篇声讨灵魂的檄文，让他进门之前的那种刚刚树立起来的自信彻底垮掉了。他顿时觉得自己在瞬间变得无比渺小起来，那种羞愧的心情就像人们常说的有个地缝都想钻进去。

走出宾馆房间的时候，庄志文知道晚上的宴请自己无论如何是没脸出席的。告别的时候，别说是热烈的拥抱，就连伸出手和柳叶握一握的勇气也都没有了。

17

失魂落魄的庄志文走出望江楼宾馆时，天上突然下起了淅淅沥沥的小雨。庄志文就像失去了知觉一样，不躲也不闪，只是毫无目的地走着。

庄志文走得有些踉踉跄跄，就似一个罪犯一般，穿过马路时，他甚至根本都不看亮起的红灯。一辆卡车在他面前两步远的地方来了个紧急刹车，司机把身子从车窗探出来，怒骂道，找死呀，你如果不想活，往别人的车下钻。

庄志文似乎没有听见似的，对着那司机还傻笑着摆手，因为他脑子里现在几乎是一片空白。和柳叶见面的结果，太出乎他的想象了，这真是一种上天入地的感觉。来之前他就像坐在彩虹飞架的云端一般，柳叶的一席话虽然不是急风暴雨，却把他打到了十八层地狱，让他感到从未有过的窒息。来之前还扬扬自得的他，想象着和柳叶见面时的激动情景，那应该是久别重逢的喜悦，就像牛郎织女相见时的那种激动。在他来说这一切都是顺理成章的，没有想到水到渠成的事情却变成了这种模样，太意外了。但是尽管短短的相见，柳叶在庄志文头脑中的印象并没有因为失望而消失，反而更加深刻了。二十年岁月的阳光雨露，使柳叶真正成为一个成熟的女人，那形象那气质比电视里见的更加楚楚动人。更没有想到的是，柳叶对现在的生活感到是那样的幸福和满足，更让庄志文无法忍受的是，

141

柳叶的言谈之中甚至无意流露出对庄志文的失望和轻蔑。

就这样走了一个多小时，庄志文渐渐清醒过来，抬头一看，他已经走到了郊区的一片菜地里，旁边种地的老农正用诧异的眼光望着他。他努力地辨别着方向和位置，马上又折转身往回走去。他要马上从同柳叶相见的尴尬心境中走出来，他甚至马上宽慰着自己说，你柳叶有什么了不起？你看不上我，还有人能看得上我。我就不信这个邪，凭我庄志文这样的形象和才华，身边还会缺少女人吗？想到这里，他甚至忘记了正在上班的时间。他只觉得现在应该找到一个能够安慰他的人，能够找回他自尊的人。很明显，在庄志文的记忆中现在只有一个人可以实现他的这个愿望，那就是胡文华。

庄志文几乎是迫不及待地打通了胡文华的手机，可是胡文华说自己正从外地往回赶，最快还要一个小时赶到南江市。庄志文急促地说，你赶快回来，我就在你家的那个小楼前面等你，越快越好。

胡文华在车上听到庄志文那种急不可待的声音觉得有些奇怪，估计一定是出了什么大事，便让司机加快速度往回赶。汽车在新修的柏油路面上风驰电掣起来，路边成排的杨树纷纷倒向后面，车窗旁带着嗖嗖的风声。

等胡文华赶到她那幢郊外的别墅时，远远地就看见庄志文在那幢小楼前来回地走着，胡文华便带着小跑迎上去。

庄志文就像一个又饥又渴的孩子，拉着胡文华赶紧跑进楼，几乎是冲进去的，喘着粗气去脱胡文华的衣服。这时胡文华才算明白了，便往外推着说，你这是怎么了，大白天的。

我不管，我不管，我现在就要你，快，快！庄志文涨红着脸说。

胡文华无可奈何地摇摇头，接着便顺从地脱衣服。

从胡文华的小楼里走出来之后，庄志文突然想起了一件大事，那就是原来他就想好的见到柳叶时让柳叶在何远航面前为大姐夫的事说说情。虽然从胡文华那里拿到的五万元钱已经被大姐拿回去了，虽然把诈骗的钱还给了受害人，但是张泉水的诈骗罪名是成立的，这无论如何也逃脱不了法律的惩罚。可是在量刑的时候还是有一定伸缩性的，在这种时候有人说句话那可就大不一样了。

　　本来想得好好的，等和柳叶见面之后，两个人重叙旧情、重温旧梦之后，再把大姐的事顺便地提一提。可是现在完全不可能了，自己还有脸面再去找柳叶吗？虽然柳叶代表丈夫热情地邀请自己全家晚上去吃饭，可是面对柳叶夫妇，自己的脸皮就是再厚也无法出席这次晚宴，但是大姐的事又不能不管，在河东县除了柳叶，再也找不到其他任何一个能替张泉水说话的人了。

　　思索再三，庄志文还是打通了柳叶房间的电话。柳叶在电话里依然是那样热情和大方，还在邀请他们全家到宾馆来吃饭。庄志文在电话里故意说了很多让人相信的理由，说于梦莎这几天没在家，自己又在赶写那份材料，已经好几天没有睡好觉了，局长正等着要，吃饭的事以后再说吧。再说了你们到了省城，我应该尽地主之谊，如果请客的话也应该我做东。说完了这些推辞的话之后，庄志文还是鼓起勇气把大姐家的那件事说了。

　　柳叶在电话里显得异常大度和仗义，满口答应着庄志文的要求。说这件事她已经知道了，就是庄志文不说，她也会尽力帮忙的。而且早就和丈夫说了，那个不争气的犯了诈骗罪的张泉水毕竟是庄志文的姐夫，如果在法律允许的范围内尽量从轻处理。听了柳叶的话，庄志文再三再四地感谢着，说将来自己回河东县的时候一定带着大姐全家登门道谢。

　　打完了那个电话之后，庄志文的心情好多了，甚至觉得柳叶还记着他们之间的那段感情，要不然的话怎么会帮这样的忙呢？方才在宾馆见面的时候，说出的那些不冷不热的话是不是柳叶故意装出来的。如果真是那样的话，将来还有和柳叶重逢或者是重叙旧情的时候。

　　满脑子胡思乱想的庄志文走回办公楼的时候，迎面正好看见马必成。马必成的脸色有些难看，对庄志文说，王局长都找你半天了，打你电话你又不接，怎么搞的，走的时候也不打个招呼。

　　庄志文尴尬地咧了咧嘴，解释说，方才我的手机正好没电了。我出去办了一件急事，便匆匆忙忙往回赶，没想到局长要找我，你

143

知道是什么事吗？

马必成摇摇头，局长找你的事我怎么能知道？我估计是好事吧，你去了不就知道了吗？

马必成的话让庄志文马上想起了那份交给王峰局长的材料，庄志文在心里认定着，对了，一定是局长把我那份整体构想看了，看完之后要接见我。他一定是被我的才华吸引住了，那么找我干什么呢？马必成不是说好事吗，看起来那份材料肯定打动了王局长。听说机关马上进行改革，我在这个时候风风光光地露了一把脸，看来好事真在前面等着我呢。

庄志文兴奋地快步走进大楼，当他走到王峰局长办公室门外的时候，他故意停下来，让自己的呼吸均匀一些，然后整了整衣领，拢了拢头发，又拿出纸巾在脸上擦了擦，便轻轻地敲响了王峰局长的门。

你看看吧，你写的什么东西？局长王峰一看庄志文进来，便满脸怒气地指着桌子上的那份材料说，我真是没有想到你在外贸局也算是干了挺长时间了，再说了，你把人家老吴写的那些材料也都找去了，你就是照葫芦画瓢，也应该搞得差不多呀！你看看，你这是搞的什么呀？

局长的一通劈头盖脑的话，让本来还是兴高采烈的庄志文顿时僵在了那里，停了半天才小声地说，我是想把今年经贸洽谈会的内容搞得新颖一些，所以提出了一些带有创新理念的举措，再说，这也是按照领导的意思办的，我想尽量把这份材料搞出点儿特色来。

王峰又抓起桌子上的那份材料，用眼睛扫了扫，然后又摔在桌子上，创新，特色，亏你还说得出！你看看你这里写的，真倒是挺创新，可是那些东西符合我们南江市的实际吗？你那些主意是从哪里搞来的，是你想出来的吗？我告诉你，我让你写的是南江市经贸洽谈会的构想，不是南方，更不是港台，你看看那里面写的，根本看不出南江市的特点。

我是在网上查了查，借鉴了一些南方，当然也包括海外经济发达地区搞的一些东西。我觉得咱们现在应该和国际接轨。庄志文既是为自己的那份材料找根据，也是在领导面前说明自己有超前的眼光。

好了，我今天为什么把你一个人找来，我想你也知道。我和你岳父是多年的关系了，你这次当副主任，平心而论，是你岳父说情的结果。我王峰也是血肉之躯，也有七情六欲。再说了，古人也讲，举贤不避亲，既然你具备了这方面的水平，重用你提拔你，从公从私都是应该的。可是你也知道，让你当副主任的事，咱们整个外贸局那么多双眼睛都在盯着我。我何尝不想让你利用这次机会真正搞出点儿名堂，这样我也好在大伙儿面前为你说话。你看看，这样的机会你是怎么利用的呢？你太让人失望了！方才我已经给你岳父打电话了，你岳父说得很实在，和我的想法正好一样。我看这样，这份材料你拿回去，改也不要改了，我还得赶紧安排别人另起炉灶。你也知道咱们机关马上进行改革了，改革的目的就是要推动事业的发展，就是要能者上庸者下。你自己回去也好好琢磨琢磨，你自己是能者还是庸者。这次改革机关要下去一批人，这个数量还不小，各个岗位也实行双向选择，公开聘任。咱们平时不是常说要公开公正和公平吗，这次我们领导也不好随便再说什么了。我跟你说这些话你应该明白，如果没有你岳父的那层关系，恐怕这些话我也不会说的……

是怎么走回自己的办公室的，庄志文似乎没有任何感觉，在这一天之中经历的事情，他真是有些无法承受了。这种感情和事业上的大起大落，让他的心理彻底失重了。

他两眼茫然地望着对面的墙，脑子里乱哄哄的。平时没有事的时候，似乎每天都是那样和风细雨的；现在真是有事了，家里外面全都是惊涛骇浪。一会儿把他推到了浪尖，一会儿又把他埋在了谷底，庄志文感觉自己马上就要崩溃了。

不知过了多久，他看见马必成走过来时，才木然地对马必成点了点头，说，马主任，你什么时候有时间的话，我想请你吃顿饭。

庄志文说这句话的时候，似乎是受着一种潜意识的支配。这种支配来自于方才在局长王峰办公室里发生的那一幕，现在已经把自己逼到了无路可退的地步。几天前马必成见到自己时还是满面春风称兄道弟的，现在却大不一样了，整天在自己面前绷着一张公事公办的脸，就像那脸上都写满了讲党性讲原则的话。庄志文觉得人这个东西真是怪极了，前几天马必成把我领到那家酒店推杯换盏的时候，那个亲热劲儿仿佛两个人真就是多个脑袋差个姓的兄弟，现在却形同路人了。这种变化当然是由于各种因素造成的，最重要的是岳父这个靠山可能马上变成了一座冰山。这就像西方人玩的多米诺骨牌，一个环节出了问题，便发生一连串的反应。因为岳父要出事了，王峰对自己的脸色也变了，接下来那马必成也好，胡文军也好，全都见风使舵了。

看来岳父这棵大树实在是太重要了。对了，岳父的事现在到底怎么样了？这两天光忙乎别的事了，倒忘了这个茬儿了。

庄志文终于在纷乱的思绪中抓住了最主要的，他为自己这个判断一阵暗喜。看来自己是属于能够干出一些大事的人，在这种情形下，我能一下子抓住主要矛盾和矛盾中的主要方面，看来我不是一般的人。

想到这里，庄志文赶紧把桌子上的东西收拾了一下，招呼也没打，便匆匆地走出了办公楼。

于梦莎没在家，庄志文一进门就看到门口的鞋架上有一张于梦莎留给他的字条，让他到家之后赶紧到岳父家去。

一推开于在海家的门，便有女人的哭声从里面传出来。庄志文连鞋都没有顾得上换，便直奔客厅走去，看到坐在沙发上的岳母和妻子正在擦着眼泪。一看这种情形，便急急地问，到底出了什么事？

还是乔依琳先止住了哭声，说，你爸被检察院"双规"了。

什么，是真的吗？庄志文直愣愣地站在那里，怎么这么快？

于梦莎抬起头来，两只眼睛死死地盯着庄志文，半晌才说，这有什么奇怪的，你不是早就知道吗？现在最要紧的是赶紧找人找关

146

系，现在该是你出力的时候了。

庄志文一屁股坐在沙发上，他觉得自己的身子顿时都软了下来，有气无力地说，我能有什么办法呀？再说，我能认识什么人呢？让我出别的力还差不多。

于梦莎轻蔑地望了丈夫一眼，亏你这种时候还说出这种不咸不淡的话！怎么，这些年来咱爸咱妈对你怎么样？现在家里出事了，你却这副德行，你拍拍自己的胸口想一想，你还有良心吗？

于梦莎的话有些激怒了庄志文，他想发作起来，可是一看家里已经这般光景，便把那口气忍了下来。但是还是生气地说，我和你讲不出理，要不问问妈，我说的是不是实话。

你们两个就不要吵了，还嫌家里不够乱呀？现在最要紧的是咱们赶紧商量商量去找什么人，怎么才能让你爸早一点儿出来。

提起这个话头儿，几个人马上又冷场了。因为在他们几个人所接触的社会圈子里，真正在这种时候还能为他们家的事挺身而出的人实在太少了，更何况这样的人也必须是那种在南江市说句话能够顶硬的人。

几个人绞尽脑汁地想了半天，结果除了叹气就是摇头，还是乔依琳最先想起了于在海曾经说过的，这种时候只能去找检察院政研室的张迈。但是这件事也非同小可，这种时候去找人家，不是明摆着给人家上眼药吗？

想了半天之后，庄志文终于充满豪气地说，这件事交给我。看来咱们家的电话和手机肯定都被监控起来了，我又不能直接去找他，我马上去买一部新手机，再给张迈打电话试一试。

一看也没有别的办法，乔依琳便点着头说，那你就赶紧跑一跑吧，要记住，千万要小心一点儿，弄不好还会给你爸加罪的。

当庄志文的身影又匆匆离开于在海家的时候，于梦莎终于觉得这次庄志文表现得还算不错。虽然能力差了一些，可是还能做一点儿力所能及的。看来这也是死马当活马医的事，现在只有病急乱投医了，也不知道哪片云彩有雨，只好先让他去试一试了。

于梦莎也是属于思维异常活跃的人，常常在一瞬间就会由这个极端跳到那个极端，方才还对丈夫感到些许满意的她，马上又觉得庄志文实在是有些不争气。如果庄志文这么多年在南江市混出个人样的话，还用得着去找别人吗？现在可倒好，大学毕业这么多年，级别还不如自己呢，到哪里说句话也都是人微言轻。现在这种社会一个男人手里没有权，腰里没有钱，到哪里就是一个栽。对这样的男人如果抱太大的希望，那我自己不是呆就是傻。

乔依琳说，我看你就别赶鸭子上架了，他有多大的能耐你还不知道吗？在这种时候，他能出力的地方也就是出去跑一跑联系个什么人的，要真正办好你爸的事，我和你爸想通了也商量好了，可能还得靠那件东西。

哪件东西？于梦莎望着母亲，她甚至觉得母亲是因为被突然的变故搞得有些神经错乱。

乔依琳从口袋里拿出一把钥匙，那件东西就在你爸的保险柜里，究竟是什么东西，我都不知道。他前两天才告诉我的，说一旦真的有事需要大笔花钱的话，就把那件东西拿出来找一个可靠的人出手，可能能卖几十万。

于梦莎睁大了双眼，当她听明白怎么回事的时候，便着急地说，那就赶紧拿出来看看吧，看看到底是什么东西，然后才好去找人呀。

娘儿俩走进于在海的书房，打开保险柜之后，看到靠里边的那个格里放着一个长方形的纸盒，纸盒里面是一幅带着轴的画。两个人轻轻地拿出来，铺展在写字台上。已经发黄的纸上画着山水，上面还盖了很多印章。毕竟于梦莎是管文化的，她端详了半天之后，才惊讶地说，这是一幅宋徽宗的山水画真迹，这可真是价值连城的宝物呀！

是吗？你爸这个人呀，藏得可真够严实的。我和他这么多年，他居然对我守口如瓶。如果不是这次出事的话，恐怕到死他都不会告诉我。

这时，于梦莎又发现那个纸盒里还有一张纸。她把那张纸打开之后，看到的是于在海写的一段话：

这是一幅宋代皇帝的名画，如果拿到市场的话，少说也应该在百万元以上。但是，这幅画是以前从南江大学教授家里弄出来的，我偷偷地把它藏了起来。如果一旦要出手的话，千万小心，因为弄不好的话会罪上加罪的，切记！

这个字条落款的时间是在半个月之前。

看来我爸早就有预感了，否则的话他不会写这张条的，于梦莎很有把握地判断着。

看来用这幅画上下疏通的话，钱是足够了。现在关键的关键就是把这张画卖给什么人才可靠，这可是冒风险的事。如果露了馅儿的话，虽然不至于掉脑袋，但是罪过肯定是不轻。

是呀，现在要走这一步的话，可真得加小心。我看还是等庄志文和张迈联系之后再说吧。乔依琳很谨慎地说，接着又把那幅画卷好装进盒子里，又放回保险柜里锁好。

18

庄志文用他新买的手机同张迈总算联系上了，张迈在电话里悄悄地说，现在我正在上班。这样吧，等晚上的时候我再跟你联系。

庄志文在焦灼不安地盼望着天黑下来，可是西边的那轮太阳就像故意和他作对一样，挂在那里纹丝不动。他从岳母和妻子的眼神中已经明显地感觉到对他的失望，这又是一件让他感到没有自尊的事情。那天在岳父家吃饭的时候，虽然岳父对自己说了那么多表示信任的话，自己也暗下决心，将来一旦遇到了什么事情，靠自己的努力把这个家撑起来。现在真到了这种时候，岳父已经进去了，自己成了这个家里唯一的男人。无论从哪个角度讲，为了这个家，自己也应该像个爷们儿。

虽然是意料之中的事，甚至也做了充分的思想准备，但是听说

149

岳父被抓进去的消息后，庄志文还是觉得心里像倒了一面墙一般，这面墙对他的影响太大了，也太直接了。他甚至马上想到了早晨王峰对他的态度，如果岳父不被抓起来，或者说还能在退休之前成为南江市的人大主任的话，他王峰还敢对自己这么不客气吗？再说，就是见风使舵的马必成胡文军之流，还不得乖乖地在我面前点头哈腰吗？现在可倒好，他们一定是听到什么风声。对，肯定是这样。

现在与其说想办法救于在海，还不如说是想办法改变自己的处境。对于这一点，庄志文是再清醒不过了。虽然他不知道检察院的那个张迈和岳父的关系密切到怎样一种程度，但是从岳母的言谈中觉得这个人可能是可靠的。他和张迈只是匆匆地见过两次，也没有做过什么像样的交谈，但是从表面上看，张迈是一个年轻老成的角色，那两片近视眼镜后面的眼睛似乎有着深藏不露的东西。庄志文曾听说过当年于在海救过张迈妻子的事情，不过现在这种时候，张迈能不能冒着风险进行道义上的回报，还很难说。因为这种事情对一个在检察院工作的人来说，说轻了是甘冒风险，说重了是知法犯法。

下班之后张迈打通了庄志文新换的这个手机，并约庄志文到郊区的一个很僻静的小茶馆里。

庄志文赶紧打了一辆车提前赶到那里，先订下了一个包间，让服务人员等张迈来了之后直接迎进这个房间。

一刻钟之后，张迈也急匆匆地赶到。等服务人员把茶水沏好之后转身走出房间，张迈走过去，把门轻轻关上，便开门见山地说，事情我都知道了，这个案子已经查挺长时间了。现在你岳父的事表面上是"双规"，实际上就是等着他主动交代问题，涉及的受贿金额比较大。但是就一次，你可能都知道了，就是那次出国路过澳门的时候，严重就严重在那次除了赌还有嫖。你岳父这个人精明了一辈子，就糊涂了那么一次，就被人给捅上去了。

庄志文很感动地点着头，小声地说，虽然咱们两个没有深处过，可是你和我岳父的关系我听说过，在这种时候你还能够来见我，我觉得你这个人真是太够意思了。

咱们现在就不要说什么客气话了，说实在的，我这个人也不是像你所想象的那么高尚那么仗义。说穿了，也是为了报恩，尤其是我们家的那位，在我旁边三天两头就念叨。说真的，我真的还盼着有什么事能够为我们制造回报救命之恩的机会。现在这种机会对我来说虽然不应该说是盼着来的，可是，怎么说呢，我就是冒着风险也会尽量把你岳父的事情办好的。

可是、可是你在检察院，能对这件事有大的影响吗？庄志文对张迈在检察院的位置自然是不放心的，但是把这种话说出来时他又觉得不知如何措辞。

张迈很轻松地笑了笑。这个我理解，凭我一个小小的政研室主任，我管不了这个案子。说得明白一点儿，根本都没有我发言的机会。我就是检察院的检察长我都不敢擅自做主，因为你岳父的案子很特别，有人在盯着他，弄不好的话还会捅到上面去。那样的话，谁都得吃不了兜着走。

张迈的一番话说得庄志文愈加忐忑不安起来，便说，那可怎么办呀，你虽然有这方面的心情，可是，可是……

你要说的话我理解。张迈轻轻地摆了一下手，我为什么方才说的还多少有些把握呢。我有一个特殊的关系，在北京，是我表叔，这件事在咱们南江市也没有几个人知道。就是我自己的事，我也不会给他添麻烦。可是这次我就是给他磕头作揖，我也要亲自去一趟，争取把你岳父的事情办好。

庄志文激动地站起身来，哎呀，那让我们全家怎么感谢你呀？

还说什么感谢的话，和当年你岳父救我妻子时相比，我今天这么做不是完全应该的吗？张迈故意轻描淡写地说。

庄志文连连地点着头，就是就是，你这个人可真是难得的好人，咱们真是相见恨晚。

两个人在茶馆里又坐了一会儿之后，便分头赶回市里。

听到庄志文带回来的消息，乔依琳和于梦莎自然是喜出望外。

看来真是应了那句话，车到山前必有路啊。乔依琳终于舒展开

151

紧锁了多日的眉头，对庄志文说，如果你爸的事真是有了转机的话，真是多亏了你和张迈了。

我可不算什么，要感谢的话，真要好好感谢人家张迈呀，我做什么都是应该的，常言说得好，一个女婿半个儿嘛。

庄志文在说这些话的时候，心里甚至隐约地感到有些沾沾自喜。同于梦莎结婚这么多年，在这个家里他一直感到活得很窝囊，似乎永远都需要他低着头走路，压低了声音说话。这回岳父出事了，他走进这个家的时候，便不再感到以前的那种压力，特别是不用再面对于在海那张永远阴沉沉的脸，更不用时时感到自己自卑和没有自尊。这个念头在他脑海中一出现，他开始对于在海被检察院"双规"的事感到有些幸灾乐祸了。如果没有这件事，那么在这个家里我永远是最下等的公民。现在不同了，现在我是这个家里唯一的男子汉，很多事情都需要我去亲自联和处理。这些当然都是原来计划好的，虽然自己在这个过程中不一定能起到特别关键的作用，但是自己的位置是无可取代的。想到这里庄志文又接着说，张迈真是很够意思，答应得很爽快。虽然他没有对他北京那个叔叔的情况说得很透，但是我能感觉到他的那个叔叔是很有能力和背景的，如果真能站出来说句话，我看我爸的事也就不算个什么事了。

那当然是再好不过了，可这个社会谁还会无利肯起早？虽然那个张迈是为了回报咱家对他家当年的那份情，可这次还是有区别的，毕竟不是张迈本人，我看咱们还得花一大笔钱。我可听说了，办这方面的事，不花点儿钱肯定不行，花少了也不行。于梦莎一边分析着一边说。

乔依琳也点点头说，是呀，你爸在家的时候也交代过，可是现在要是拿出一大笔钱的话，也只有那一条路了。可是要把那东西变成钱的话，还是有风险的。

于梦莎知道母亲指的是什么，便也忧心忡忡起来，沉思了一会儿说，现在咱们也没有别的路可走了。只有找到一个托底的人，把那件东西悄悄出手，宁可少卖一点儿钱，也不能出事。

庄志文在旁边看着那娘儿俩说着，并不明白究竟指的是什么，便也默不作声地坐在旁边看起了电视。乔依琳和于梦莎交换了一下眼色之后，乔依琳说，这件事也不是故意想瞒志文，其实我也是刚刚知道。这么多年你爸什么都告诉了我，只有对这件东西守口如瓶。如果不出这件事的话，可能还会瞒下去。

接着乔依琳就把那幅宋代皇帝的山水画的来历简要地对庄志文说了一遍。庄志文听过之后，觉得这幅画可能是救岳父最重的一个砝码，可是把这件来历不明的东西变成钱的话，这中间必须慎而又慎。要不然的话，画卖不出还会出事。

几个人很快统一了思路，但又被另外一个问题所困扰，那就是这件东西怎样才能万无一失地出手。因为在此之前谁都没有经历过这方面的事情，虽然于梦莎是管理文化市场的干部，但平时最多也就是查封个非法读物或者盗版光盘什么的，真正要把这么重要的历史文物进行变卖还是从来没有接触过。

几个人都绞尽脑汁地想着找什么样的人，一时都没有想出办法，但是这件事又迫在眉睫。因为时间越长，关在里面的于在海就会心里越没底，外面的人也会更加着急。

乔依琳方才脸上洋溢出来的喜色又变得无影无踪了，坐在那里叹着气，于梦莎想安慰几句，又一时找不出恰当的话来。

卖画的事，还是我来想想办法吧。庄志文像下了决心似的说。

你有这方面的门路吗？于梦莎侧过脸问庄志文，你可千万要小心，别好事办不成，把坏事倒引到身上。

你放心吧，我又不是三岁的孩子。庄志文蛮有把握地说，这件事我也知道是非同小可，我办的时候一定要细心再细心。但是你们得给我一个底数，就是这件东西要卖多少钱。

现在这种时候，咱也不图别的了，只要能把你爸的事办好，让他早点儿回家就行了。我估算了一下，除了还清他原来受贿的那些，再就是上下疏通关系，怎么也不能低于四五十万。当然了，如果能多卖一些那就更好，我们办事的时候手头也能宽裕一些，这样把握也就能更大一些。

听着岳母的话，庄志文点着头说，我明白了，我现在就想办法

153

出去联系。到时候人家可能要看货，我的意思到时候不能把人领到这里来。这个期间检察院的人肯定会对咱们这里采取措施的。

还是志文想得周到，这些年，真是对你锻炼不小。乔依琳尽量找出一些让庄志文听了舒服的话，她知道庄志文这么多年在这个家里始终没有取得应有的地位，现在应该对他好一些。

走出于在海的家，庄志文便给胡文华打通了电话，说要到别墅里见见面。

胡文华在电话里说自己正在开一个很重要的会议，让庄志文先到别墅里去等她。因为在此之前胡文华已经把别墅的钥匙交给了庄志文，说这个会实在是脱不开身，散会就马上赶回去。

再也不像第一次走进这幢别墅兴奋和紧张的心情了，现在来到这里，庄志文似乎有了一种回家的感觉，甚至觉得这幢小楼就像他自己的一样，他可以很随便地到处走走。这种主人的感觉让他有了一种作为男人很少有的成就感，这是多少年来他所追求的一种境界。

从他在于在海家里答应找一找那幅画的买主时，庄志文便有了这个念头。因为在他接触的人中，能够很有把握办这件事的只有胡文华一个人。虽然他现在还不了解胡文华对这件事的真实态度，但是他觉得最起码可以试一试。

庄志文很悠闲地打开电视，在本市的新闻中又看到了市里领导到胡文华的服装公司视察的情景。电视里的胡文华显得神态自若，在市领导面前很有分寸地举止言谈，看得庄志文有些两眼发直。在平时的接触中，还没有觉得胡文华具备这方面的才能。现在看来，她能在几年时间里把一个小小的服装厂变成了南江市的利税大户，产品还打到了国外，这说明这个女人确实不是等闲之辈，看来将来这个女人可能成为我仕途中的另一种希望。

听见门响，庄志文知道胡文华回来了，便赶紧起身迎了上去。

胡文华脱下大衣，便匆匆走到饮水机旁，一边喝水一边说，你给我打电话的时候，我正在讲话。今天也真是赶巧了，没有你那个电话，上午的会最少还要再开一个小时。开完会我至少也该出席午宴，可是真是没有办法，谁让你的电话催得那么急呢。

望着胡文华那火辣辣的眼神，庄志文有些心动。他虽然没有把方才看电视的感觉马上告诉胡文华，但是他今天看胡文华的感觉似乎和平常有些不一样了。究竟是什么不一样，他自己也有些说不清。

虽然心里焦急，但是庄志文还不敢马上把他今天来找胡文华的目的一下子说得很清楚。他还需要试探一下，他也怕把事情搞糟。

我有一件事，也是一个朋友托我办的，不知道你有没有这方面的兴趣。

胡文华没有马上回答，但是眼睛里画满了问号。那意思在问，你要说的是什么事，我感不感兴趣，你先得把事情说明白呀。

庄志文有些吞吞吐吐地说，事情是这样的，怎么说呢，我觉得这是一件好事。现在人不都讲究投资吗，其中投资的一个很好的途径就是收藏文物，这东西弄好了是升值的。我有一个朋友有一件好东西，不知道你想不想要？

胡文华面无表情地说，这种东西我以前没搞过，我怕上当。隔行如隔山，真要是花了我一大堆心血钱，买回来的是一个赝品，那我可就完了。不过，你觉得是好事，还能想到我，也算你心里有我。

其实我也不太懂，但是这不怕，你如果感兴趣的话，请专家鉴定呀。万无一失了，咱们再下决心。庄志文尽量做着工作，他觉得这件事如果通过自己的努力促成的话，那边可以对岳父家有个交代，这边也可以对胡文华有一个回报。因为岳父那件东西急于出手，在价格上肯定会让到最大的限度。

余钱我手里现在还有一点儿，但是那是准备扩大再生产用的。现在出口的订单已经接了好几个，我准备再上几台好机器。你说的这件事要是做的话，进设备可能就要往后拖一拖了。

最后的决心当然要由你自己下，我这里只是觉得这个机会最好还是抓住。可以这么打算，咱们可以请最权威的专家好好地鉴定一番，然后再以最低的价格把它弄到手。这样即使是不长期保存的话，咱们转手之后还可以挣一大笔钱。

没有想到你还挺有经营的头脑，好吧，我同意试一试。你说的那个朋友的文物到底是件什么东西？

是一幅名画，宋代的，听说是宋徽宗的，很值钱的。虽然我对画并不太了解，但是这个亡国之君作的画，在收藏界都是属于难得的珍宝。

倒是可以考虑一下。这样吧，我先想办法请个专家，然后约个地点，先鉴定一下，然后再决定我是不是买了它。胡文华这样说的时候，眼睛却一直盯着庄志文。她在琢磨这件事究竟和庄志文有多大的关系。

庄志文被胡文华看得心里有些发毛，便故意掩饰着说，你别这样看着我，我明白地告诉你，这件事虽然和我有关系，但是我绝不是为了什么好处。

你让我猜猜，你也不要紧张，如果我没猜错的话，这件东西是不是和你岳父于在海有关？胡文华指点着庄志文，就像把一切看透了似的。

庄志文没有想到胡文华把话说得这样直截了当，但是他一看已经无法隐瞒下去了，便索性很痛快地说，就算你猜对了。但是我要告诉你，这件事你可千万保密。不管买卖成不成，千万别把这件事泄露出去。我岳父这不是出事了嘛，要不然也不会急着把这件东西出手。

这个我明白，你对我还不放心吗？告诉你，今天从你一提起这个话头，我就感觉到了。我理解你的心情和处境，这么多年你在你岳父家始终抬不起头来，再说了人家在难处，咱们就是不帮忙，也不能落井下石吧。人得讲良心，不管怎么说你也是于在海这么多年的姑爷呀。

听着胡文华说得如此动情入理，庄志文都感到心头一热，觉得这个女人有着一般女人所不具备的胸怀和气度。他原以为胡文华有了和自己的那层关系之后，便自然地成了于梦莎的情敌，现在于梦莎的老爹出事了，她不应该非常高兴吗？

一看庄志文默不作声，胡文华便拍了拍庄志文肩膀说，老弟呀，这件事就看在你的面子上，如果价格不是差得太多的话，我保证把它买过来，也是给你个面子。

庄志文很感激地说，那你真是太理解我了，不管成不成，你的这份情我领了。

听说你们机关最近要进行改革了，怎么样，还能往上升一升吗？谈完了上面那件事，胡文华把话锋一转，问道。

现在还很难说。提起这个话茬儿，庄志文满脸的喜色顿时无影无踪了，把头深深地低下去，闷声闷气地说。

算了，别想那些让人心烦的事了。走，咱们上楼去。胡文华搂着庄志文的头，像哄小孩似的说，我好好安慰安慰你，一切有我哪。

庄志文知道上楼干什么，便推开胡文华，我现在实在没有那个情绪。

胡文华本来很高涨的情绪顿时受到了影响，有些不快地说，怎么，你高兴了想要就要，不高兴了，就不管别人的感受了？

我真是没那个心情，你不要强人所难好不好？庄志文也把脖子一梗说。

好，你不是说没情绪吗，我这就让你来情绪！胡文华起身走向吧台，给庄志文倒了一大杯她早就准备好的特制酒。你赶紧喝下去，我保证你五分钟就来劲儿。

不行，我今天真的不行。庄志文这时心里猛然有了要被胡文华强暴的感觉。

怎么，还让我来求你不成？胡文华的脸也冷了下来。我可告诉你，你的事儿我可都答应了。我的这点儿要求你就看着办吧，我先上楼了，来不来由你。

被晾在客厅的庄志文僵在了那里，这时他的心里有一百个不愿意。可有一点他是清楚的，那就是他如果不喝了酒赶紧上楼去完成任务，他要办的事都得泡汤。

庄志文抓起那杯酒一口灌了下去，接着又倒了一杯，也一饮而尽。

19

要不是接到大姐志娟的电话，庄志文早把张泉水的事忘到了九霄云外。志娟在电话里说，这次的事如果没有柳叶帮忙的话，你大姐夫少说也要给判个三年五载的，弄不好十年八年也说不定。

庄志文试探地问，这些都是柳叶跟你说的吗？

人家才不是那种人，我是听别人说的，要说这个柳叶也真是个天底下难找的好人。你们俩都断了那么多年了，再说又是你对不起人家，要是放在别人身上，可能是巴不得咱们家出事呢。

事情最后的结果出来了吗？庄志文有意要把话岔开，他不想总是围着柳叶说事，对于这个名字，近来他既想听到，又怕听到。特别是那次在望江楼宾馆的见面，更使庄志文有了刻骨铭心的记忆，在那一刻他才真正地体会到了从天上到地下的感觉。在此之前，他在心里不知有多少次和柳叶的丈夫何远航进行着比较。何远航他并不认识，只是听说他的一个什么叔叔从外省调到这个省来工作，何远航也从此平步青云。庄志文在心里便有一百个不服气，这算什么能耐，还不是得靠有权有势的亲属在那里关照吗？我庄志文如果不是农民的儿子，也有一个当省长或者市长的老爹什么的，我恐怕早就上去了，要比你何远航强百倍。这种在心里的暗暗较劲，支撑着庄志文心里的那点儿可怜的自尊和自傲。等到和柳叶见面之后，尤其是从柳叶的嘴里说出她对何远航那么多赞美的话，庄志文的心里顿时像倒了五味瓶，说不清到底是什么滋味。在那之后，他也几次想起这件事，最后越想越觉得自卑。说穿了，他和何远航的比较和较量，其实都是给一个人看的，那就是柳叶，也只有柳叶一个人才是他们暗暗较劲的唯一的裁判。庄志文也正是带着这种心理从开始的漠不关心到后来的有意查询，甚至那天他抽空还去了一趟市里的图书馆，把近几年《南江日报》上发表的关于河东县的文章全都查了个遍。这时他才真正知道了自己根本不是何远航的对手，也明白了一个道理，那就是何远航即使没有那个当大官的叔叔，也一样能够干得不错。因为何远航从当镇长的那天起，就为他所在的乡镇干了很多好事实事。特别是后来当了副县长之后，他主抓牧业，使河东县真正成了一个远近闻名靠养奶牛发家的牧业大县，老百姓的人均收入也在连年提高。从那些报纸的文章和照片中，庄志文看到一个事实，由于何远航个人的努力，为他家乡所带来的变化是有目共睹的。从这些文章还可以看出，何远航又是一个不愿意宣传自己的人，但是谁都能看得到，河东县的变化是和他的名字连在一起的。

面对大姐夫张泉水出事之后柳叶所给予的帮助，庄志文更加了解了柳叶和何远航的气度和胸怀。这件事如果颠倒过来的话，他曾扪心自问自己能不能做到人家这样，他对自己没有那么多的自信。

和大姐通话后，庄志文便想，有机会回河东县一定去好好地感谢柳叶和何远航，这个念头是他发自内心的。不管怎么说，当年曾和柳叶有过那么多美好的往事，柳叶能够靠自己走到今天，我应该为她感到高兴。

这样想着时，庄志文也感到自己的心里开始亮堂起来了。

这些天乔依琳和于梦莎早已经愁得茶饭不思了，两三天已经没有进过厨房了。庄志文曾经去过两次，可是又不知道用什么方式来安慰她们。现在最要紧的就是找人疏通关系，让于在海的事情早点儿了结。如果这样拖下去的话，里面的人不一定有多大的事，外面的人恐怕也要急出事来。

当庄志文再次同胡文华说起那幅画的事的时候，胡文华答应得非常爽快。我不是说了嘛，这件事我完全是看你的面子。但是，你也应该理解我，我的那笔钱也是来之不易的，也是我一把血一把汗地干出来的。再说了，你是知道的，我是准备用那笔钱购买设备扩大生产。不是有那么句话嘛，叫在商言商，我是商人，我就应该讲利益讲回报。这笔投资看在你的面子上我可以做，但是我要做得有把握。你就是不跟我说起这件事，我还得问你呢。我已经请好了专家，你看看什么时间在什么地点，把那件东西拿来我们看一下。

庄志文没有想到胡文华早就做好了准备，但是让他担心的事情也同时出现了，便有些不安地问，我朋友的那件东西，对了，你已经知道了，就是我岳父收藏的那件东西可是要绝对保密的，你请的那位专家可靠吗？

你就放心吧，我办事保证是板上钉钉的。我就这么跟你说吧，你岳父的那件东西如果是赝品，那专家保不保密都是无所谓的，如果是真品，我早就用钱把他的嘴封住了，我敢保证他不会随便说出去一个字的。胡文华说得非常自信而有把握。

庄志文便乐呵呵地说，这我就放心了，这样吧，我赶紧同我岳母商量，当然是越快越好，因为现在正等米下锅呢。

两个人谈完了这件事之后，胡文华又问起了庄志文机关改革的事，提起这个话题，庄志文本来还挺高涨的情绪，顿时低落下来。上次我不是跟你说了吗，现在还很难说，特别是我岳父给抓进去了，我算看明白了，有我岳父那棵大树在，谁都得高看我一眼。现在就不同了，谁都敢在我身上使坏，你是知道的。

看来你还是进步了，因为你想明白了。胡文华半是安慰半是玩笑地说，我以为你是一个永远长不大的孩子呢。现在看来你还是进步了，既然你已经看到了这一层，为什么不想一想换一种活法。

庄志文一惊，你说什么？让我换一种活法，那应该是什么样的活法，你能说得具体一点儿吗？

胡文华用一个手指点着庄志文的脑门儿，半嗔半怪地说，你真是一会儿糊涂一会儿明白。现在中国已经加入世贸，正在大踏步地向民营化私有化经济迈进。你就看看你吧，在机关里混了这么多年，还不是磨道驴听喝吗？不管干什么事都要上下左右看明白，你说你累不累？就这样，你每个月不就是挣那么一脚踢不倒的几个钱吗？你没听说那么句话吗，叫好汉不挣有数的钱。

你说得轻巧，站着说话不腰疼。庄志文被胡文华这种带着嘲讽和奚落的话语激怒了，便有些不高兴地说，我何尝不想把一座金山背回来，可是那是可能的吗？我也想能当一个自己说了算、那种一呼百应的有权有势的人，可是你知道要达到这样的目标该有多难吗？

胡文华一脸的不屑，撇了撇嘴说，你不要以为我在说风凉话。我不往远了说，就说我吧，现在在咱们南江市，别说是那些小官，就是市长市委书记到了我那里不也是一番好好好地称赞吗？

庄志文心里一沉，他觉得胡文华今天是有意让他难堪，这不是明摆着的事儿吗？你胡文华利用丈夫的权势，把一个服装厂轻而易举地弄到手，我庄志文行吗，我上哪里能遇到这样的好事？

胡文华虽然看着庄志文在那里默不作声，但是似乎听见了庄志文心里这些没有说出来的话，便直截了当地说，你别在心里七个不服八个不忿的。你知道我这三年是怎么走过来的吗？那个服装厂我刚接手的时候，除了那个厂房和那些破机器，账面上一分钱都没有，还欠了职工好几万元。现在我把那个服装厂搞得早已脱胎换骨地变了样，你别以为我捡了一个什么大便宜。话说回来，这一步也是方连升逼出来的。如果他是好样的，我何尝不想当一个贤妻良母式的人。我明白中国男人的心思，对那种在外面风风火火的女人，多数时候是口头上赞扬，骨子里反感。我算看透了，这就是中国男人的胸怀，多数男人容不了女人的成功。你别傻愣愣地看着我，你也是那样的货色。

一看胡文华把话说得像一把锋利的刀，让庄志文感到无法躲藏，便含含糊糊地说，你真是够厉害的，好像钻到了人家肚子里。

哈哈，胡文华笑得很放肆，指点庄志文说，你的那点儿小心眼儿我早就看透了！你承认也好，不承认也罢。但是，我要告诉你，咱们俩既然已经是走到了这一步，我真是从心里想帮一帮你。不过，我可不是有意要伤你男子汉的自尊。你可以回去仔细地想一想，如果真在机关里混不下去了，你可以考虑到我这里来，我可以把总经理的位置让给你。但是咱们有言在先，你必须先代理几个月的副总经理。因为我要考察你两点，第一点看你适不适合做这样的工作，第二点那就是看你对我是不是真心的。

庄志文嘿嘿一乐，你还替我想得挺周到呢！不过现在还没有到那一步，我毕竟在外贸局也算是老资格了，我就不信他们能随便地把我一脚踢出来。不是改革吗？改革不是主张能者上、庸者下吗？必要的时候我可以同他们较量一番。

怎么，你还以为你自己是能者呀？胡文华问这句话的时候，那表情很复杂。

机关的改革已经开始拿到日程上来了，这些日子办公室里的人表面还是按部就班地工作着，可是谁的心里都像揣着一只小兔子一般，都在以各种方式为自己想着办法，或者是选择着退路。

那份改革方案放到庄志文桌子上的时候，庄志文便迫不及待地翻阅起来。他要对照那方案上的条条，再根据自己的情况来判定下一步该怎样走。

庄志文越看越觉得心里发虚，似乎那方案中的每一条都像跟他过不去似的，他心里真的着了慌。自己大学毕业之后，在这个机关里待的时间最长，现在真要是到了那一步的话，搞得自己没地方待，除了丢人现眼，还能找到我自己的真正退路吗？因为方案上写得明明白白，在改革中要实行双向选择，那些落选的只有两条出路：一个是到相关的企业去，一个是在家待岗，一边等待分配工作，一边在职培训和学习。这两条路在庄志文看来都是他极不情愿的，那么就必须用最大的努力使自己能够留下来。庄志文在想着这个念头的时候，他已经完全不对自己当办公室副主任抱什么希望了，因为做副主任期间一次最关键的考验他没有经受住，或者说他失去了一次最宝贵的机会，那份南江市经贸洽谈会总体设想的材料是后来马必成和胡文军几个人重新搞出来的。这再明显不过了，本应该是庄志文写出来的东西，却被领导枪毙了，而别人又另起炉灶，完成了领导安排的任务。不管怎么说，人家后来搞出的那个方案领导接受了，王峰还在一次会上提出了表扬。

一想到这些，庄志文的心里便觉得空落落的，再仔细琢磨琢磨近来办公室里几个人的情况，他更加感到心里没底。在他的办公室里再也看不见胡文军出入的身影，倒是经常能看见胡文军在马必成的办公室里谈笑风生。每次和马必成见面的时候，马必成的表情又总是怪怪的，既不说咸也不说淡，这让庄志文觉得更加摸不着头脑。

胡文华找的那个专家在南江市那家最有名的宾馆里住了下来。胡文华甚至没有告诉庄志文是从哪里请来的专家，只是告诉庄志文赶紧把那件东西送到宾馆里来。庄志文得到消息之后，便回家赶紧同乔依琳母女俩商量，最后同意由庄志文亲自拿着东西到专家那里鉴定，并委托庄志文全权处理这件事。

得到了岳母如此的信任，庄志文有些踌躇满志，便乐颠颠地把那幅宋代的名画包了又包裹了又裹，用一个很精美的皮箱提到了宾馆。

一进门，庄志文就看见胡文华正陪着一位白发苍苍的老者在那里聊天。他知道这就是被胡文华请来鉴定文物的专家，便上前简单地打了招呼之后，就把那件名画展示开来。

屋子里静悄悄的，几个人喘气的声音都互相听得见。老专家拿出放大镜，在那幅画前仔仔细细地观看起来，那幅画其实并不很大，但是专家却认认真真地看了将近半个小时。

老专家看完之后，轻轻地把放大镜放在一边，又摘下眼镜，揉了揉眼睛。庄志文甚至感觉不到老专家看完之后该做出怎样的评价，他的心仿佛提到了嗓子眼儿。自己在这方面是一个文盲，真的假的全看不懂，当他把脸侧过去望着胡文华的时候，胡文华也是面无表情。

等了半天，庄志文还是得不到任何信息，还是胡文华首先打破了沉默，走过来对庄志文小声说，你先把东西拿回去，再等我电话，成与不成都在今天定下来。

庄志文只好把东西重新装好，默不作声地把那件东西又拿回了家。

一看庄志文出去了，胡文华便站起身来走到门口把门悄悄地反锁上，又走回来对老专家说，王老，现在我就听您一句话。

老专家坐在沙发里，表情严肃地喝了一口茶，然后把杯子慢慢地放在茶几上，清了清嗓子说，你可以下决心了。

那您是说，那幅画是真的？

老专家深深地点了点头，千真万确。不过，这幅画我好像在哪里见过，一时想不起来，没有想到在这里看到了。但是我要告诉你，这件东西如果我现在要有这方面的经济能力的话，我会毫不犹豫地买下来。这可是一件稀世珍品呀。

胡文华努力地控制着心头的喜悦，又接着问，王老，那您看这幅画应该值多少钱？

稀世珍宝，价值连城，这不是能用多少钱能够说明得了的。老专家深深地感叹着。

胡文华笑了笑，让声音变得既柔和又甜美，走过去挽着老专家的胳膊摇晃道，王老，我可是最信得过您的。我这么老远把您从北京请来，为的就是给我交个底。我在这方面可是一窍不通呀，虽然您说它价值连城，可是您不告诉我一个准数的话，我心里没底呀。

老专家笑了笑，你说的我理解。要让我看，少说也应该是这个数，老专家一边说着一边伸出了两个指头。

二十万？

不不，你说的那个数后面至少要加一个零。我还可以告诉你，当然了咱们不能那么干，如果这件东西拿到国外的话，少说也能值这个数，老专家又伸出了一个指头。

您说在国内的市场它的价值最少是二百万，要拿到国外的话能达到上千万？胡文华笑眯眯地望着老专家。

专家点点头，没有说话。

胡文华走过去，从自己的手提包里拿出一个信封，里面装得鼓鼓的，她递给老专家，我能把您请来，我感到非常荣幸，这是一点儿小意思，就算表达我的一份心意吧。

老专家摆着手，认真地推辞着，我可不是为了钱才来的。凭着咱们这么多年的交情，你父亲曾经帮过我的大忙，现在我到这里来，就帮你对那幅画把把关，怎么能够接受你这么多的酬劳呢？

不多不多，区区三万块钱，如果您不收的话，我会寝食不安的。

再说了，我方才不是跟您说了吗，我是商人，我是作为投资才买这幅画的。如果我认为价格涨到合适的价位的时候，我就会出手的。如果真要是像您说的，将来卖个好价钱，我还会另有谢意的。

既然你这么说了，那我就恭敬不如从命了。这件事我明白它的利害关系，我也不便在这里久留。你在办这件事的时候也千万要小心。

这个我明白，您放心吧，这样吧，这次我就不多留您在这里玩儿了。将来有机会我请您出国去旅游，现在我就安排人把您送到机场，机票已经给您买好了。胡文华说得干脆利落。

老专家满意地笑笑，真是年轻呀，办起事情既周到又有气魄。

庄志文又把那幅画拿出来的时候，一看到乔依琳和于梦莎脸上焦急的表情，便摇摇头说，专家已经鉴定完了，可是没有说明任何结果，人家买家说要打电话联系。

那得赶快呀，咱们正是等着这笔钱往出救你爸呢。乔依琳焦急地说。

于梦莎走过来把那个箱子又拿进书房，回到客厅坐在沙发上望着庄志文说，那个买主说没说什么时候来电话。

庄志文摇摇头，这个很难说，因为咱们都是外行。假如那个专家要是鉴定出来说咱们这个东西是假的，即使来了电话不也等于没来吗？

听着庄志文这么说，于梦莎狠狠地瞪了他一眼，又从牙缝里挤出来一句，真是狗嘴里吐不出象牙，在这种时候你就不能说点儿好听的？

庄志文自知失言，便自我解嘲地说，我这不也是说着玩吗？再说了，咱爸怎么会把一件假的东西放在家里这么多年呢？我敢肯定，肯定是真迹。

于梦莎脸上的怒气还是没有消退，站起身来走到母亲身边对乔依琳说，妈，你也别太着急了，现在咱们只能是耐心地等待，不过我估计时间不会太长。对了，志文，你说没说要快点儿呀？

说了，我怎么会不说呢？我还说如果成交的话必须要现金，因为要拿支票的话我怕出事。

于梦莎这回才感觉到庄志文这件事办得还算周到，就说，这么多年就这件事你办得还算像个人样儿。

庄志文一脸委屈相，你也太小看我了，难道这么多年我就办了这么一件事？

乔依琳这时走过来对庄志文说，志文呀，这事真是辛苦你了，你知道，你爸在里面正在度日如年，我和梦莎又不便于出面。你虽然也算是家里人，但毕竟还稍稍地有那么一点儿区别，你这个人办事又很谨慎，这件事就让你多费心了。

岳母的话说得庄志文有些激动，便赶紧说，妈，看您说到哪里去了，这件小事不是我应该做的吗？再说了，家里出了这么大的事，我也帮不上什么大忙。如果这件事办成了，我爸能早点儿出来，对于咱们这个家那不是天大的好事吗？

我听说机关要改革了，我们文化局昨天就把文件发下来了，你们外贸局怎么样了？于梦莎突然问庄志文。

方案也发下来了，可能这几天就要开始了。一提起机关改革的事，庄志文的心里又有些烦躁起来，他的心里正为这件事七上八下呢。现在岳父在里面不仅对他的事帮不了任何忙，而且还极有可能起到负面作用。因为他隐隐约约地感到局长王峰那双眼睛后面的内容，上次的材料如果是岳父没有出事的话，王峰说话的时候便不会那么不客气。现在这两件事便不可分割地连到一起。想到这里就对于梦莎说，我听说我们的那个王局长当年是咱爸的老部下，是咱爸一手提拔起来的人，现在怎么也变得这样了？

咳！还没等于梦莎说话，坐在一旁的乔依琳便接过庄志文的话头说，现在是此一时彼一时，提不了当年了，还说那个干啥？当年他在你爸手下当科长的时候，哪个星期都得往咱们家跑两趟。那个时候你们不常回家，没有碰见过他。你们回来一次就拿走了那些大包小包吃的用的，知道吗，那都是那个王峰送的。那小子当年真是太会来事了！你爸那个人你们也知道，讲了一辈子原则，除了王峰，

166

这么多年没有第二个人敢往咱们家送东西。可是不知怎么搞的，你爸就瞅着那个王峰顺眼，什么话都跟他说，什么事都交给他去办。没有想到这才几年呀，人家在官场上就如鱼得水了，现在也是南江市数得着的人物了。现在这种时候，人家还会和咱们搅在一起吗？人家巴不得压根儿就同咱们没关系呢。

于梦莎咬牙切齿地说，这年头儿我看交什么都不能交人，还不如养一条狗，你喂它一点儿好东西，它就永远朝你摇尾巴。

乔依琳也感叹道，要不怎么说人心难测呢。

20

胡文华给庄志文打电话的时候，已经是晚上十点多钟了。整整一个白天，庄志文都在焦急不安地等着这个电话。

胡文华在电话里说得极其简单，说专家已经得出结论，说那件东西属于真迹，价格也说了，让庄志文同岳母商量一下，她出的价只有四十万。

庄志文并不了解胡文华和专家的交往，又觉得电话里不便于说得更多，就说，我赶紧到你那里去，你等着我。放下电话之后，就对于梦莎说，那头儿已经来信儿了，我现在得马上过去。

于梦莎躺在被窝里问，方才我听电话里的声音好像是个女的，你别不是深更半夜的以那件事为借口去和什么人幽会吧？

庄志文摊开两手，真是好心不得好报！为了你爸的事，我这几天腿都跑细了，你却在这里说着这样的话！算了，我现在就给人家回话，说那件东西不卖了，要不你们再另请高明吧。

庄志文一边说着又一边把刚刚穿上的衣服脱下来。于梦莎赶紧阻止道，我不是跟你闹着玩吗？你赶快去吧，把价格定下来，然后再赶紧到咱妈那里去回话。你可记好了，可千万别出事！

庄志文又重新穿好衣服，蛮有把握地说，夫人，你就把心放在

167

肚子里吧，你就等着我的好消息吧。

庄志文打车赶到郊区别墅的时候，胡文华正坐在客厅里等着他，身上穿着半透明的睡衣，很懒散地歪在那里。一看庄志文进来，便起身走到吧台给庄志文倒了一杯酒，又把自己手里的那杯也添了一点点，然后递给庄志文说，怎么样，咱们先干一杯，预祝这次买卖成功。

庄志文有些不甘心地说，你方才在电话里说的那个价格是不是太低了？

你呀，真是不懂我的心呀！端着酒杯的胡文华又往前凑了两步，身体几乎挨到了庄志文的身上。这件事如果不看在你的面子上，别说是四十万，就是十四万我也不会买呀。对别人那个东西可能是个宝贝，对我来说，和一张废纸没啥区别。我把买设备的钱用来买那件东西，然后再放在柜子里，既不顶吃又不能顶喝，我这样做，我为的是谁呀？

庄志文接过酒杯，嘿嘿地干笑了两声。我不是早就感谢过你了吗，你不懂我更不懂，可是你不是请专家来了吗？专家对价格肯定比咱们要知道得多，难道他就没给你交个底？

给了，我明告诉你，我跟你说的那个价格就是专家给我的最高限。如果说低限的话，我觉得对不起咱俩的感情。不管怎么说，你还是那个家庭里的成员，所以我真是看你的面子，你知道我对你的感情可是一点儿不掺假的。

庄志文一扬手把杯里的酒一饮而尽，然后很豪爽地说，行，就按你说的办。不过我回去还要跟我岳母通个气，我现在也算是一手托两家，一边是我妻子家，一边是你这里。你说我的心应该向着哪边呀？

那还用说吗？胡文华又把庄志文的空酒杯里倒上了酒，我知道你和那个于梦莎并不幸福，你那个老丈人即使将来出来了，还能为你遮风挡雨吗？我告诉你，于在海就是出来，你也借不上什么光了。所以，我告诉你，你庄志文如果还想有一个充满光明的未来的话，你知道在南江市将来你应该靠谁。

168

一杯酒下肚，再加上胡文华这些火辣辣的话，撩拨得庄志文心头暖洋洋的，便往胡文华身边靠了靠说，我明白你的意思。人心都是肉长的，你对我怎么样，这里有数。庄志文一边说着一边拍拍自己的胸脯。

既然你这么说了，你投之以李，我就该报之以桃。这样吧，咱们把这件事办成了，除了我方才说的那个价格之外，你不是为了你大姐的事从我这里借了五万元钱吗，那笔钱就算我送给你了。明天我就让会计把你那张借条拿出来。

你说的是真的吗？庄志文有些不敢相信自己的眼睛和耳朵，他没有想到那块压在自己心头的大石头就这么轻而易举地被搬开了。这些日子他时常想起他从胡文华那里借的五万元钱，这个数目对庄志文来说就好比一座山让他有些透不过气来。

难道我说的话还有假吗，我啥时候骗过你了？来，咱们把杯中的酒干了，这件事就算定下来了。

庄志文赶紧拿起酒杯，同胡文华响亮地碰了一下。

机关改革动员大会上，局长王峰讲得慷慨激昂，说这些年外贸局的工作和以前相比已经明显地退步了，或者说现在已经远远不能适应市场经济的发展需要了，现在到了非改不可的时候了。尤其是机关，人浮于事，没有工作效率，是需要马上改正的。机关精简不仅能够节省大笔人员开支，还能最大限度地调动工作人员的积极性。但是改革就是要涉及每一个人的切身利益，对很多人来说改革是一场不流血的战争。改革之中的阵痛是难免的，希望所有的同志都要正确对待改革。改革的方案已经发给各个部门几天了，大家对改革的方案都表示了空前的热情，这就说明我们的改革势在必行。我坚信这次改革给外贸局带来的将是更大的发展，同时对我们每一个人都是一次新的机遇和挑战。当然我们的改革就是要本着公开公正和公平的原则，绝不搞暗箱操作，把所有的事情都摆到桌面上来，就要让大家面对面地兵选将，将选兵。按照我们预订的名额，肯定有落选的，落选的同志也应该正确对待，并争取早日找到自己最合适的岗位。

坐在会场里，庄志文前后左右地仔细地观察着人们的表情。他看了半天也看不出个所以然来，但是有一点是千真万确的，那就是不仅是办公室的几个人，就是机关里其他的人对他的表情也完全和以前不一样了。

王峰在台上讲得唾沫星子乱飞，有几次马必成带着头鼓起了掌。

庄志文侧过脸望了望马必成。马必成的身边坐着胡文军，两个人望着台上，脸上的表情就像是马上出征的战士，正听着首长的动员令，心头正抑制着激动和兴奋。只等一声令下，他们便马上跃出战壕，冲向前方。

庄志文坐在那里，浑身都觉得不自在。他这时感到周围人的目光都变得那样陌生而无情，而这些人望着主席台上的局长的时候，那目光全都是柔情似水，就像台上的领导能马上决定他们每一个人的命运。看到这里，庄志文不禁有些愤愤然起来。散会之后，他感觉应该马上有所行动了，因为现在正是决定自己命运的时候了。

他站在王峰办公室的门口，来回徘徊了好几遍，最后终于鼓起勇气敲响了那扇对他来说无比森严的门。王峰对他还算客气，但是还没等庄志文说明来意，就说，你是为咱们机关马上要进行的改革的事来的吧？从我个人的感情来说，我肯定想帮你。你是知道的，我和你岳父是多年的老关系了，虽然他现在出了事，可我绝不是现用现交的那种人。但是话又说回来，这次改革是动真格的，绝不是摆摆样子走走过场。全局上下都在看着我，我如果不能一碗水端平的话，那么外贸局的改革就是失败的。这个时候我不可能违背改革的原则来进行个人感情的培植，我想这一点你应该理解。还有，我对你也应该说是有着良苦用心的，前些日子我让你搞的那个材料实际上就是在给你提供一次机会，这可是一次能让你在外贸局露脸的好时机，可是你倒好，你看看你搞的那是个什么材料啊，我想帮你，我都没法说话啊。

虽然王峰没有把话说绝，但庄志文明显地感觉到王峰的这扇门已经开始对他关闭了。尽管表面的话说得冠冕堂皇，但实际骨子里他是怎么想的庄志文一清二楚。可是这层纸是说什么也不能捅破的，大家都心照不宣，又不可能完全说出来，事情就是这样。

走出王峰的办公室，庄志文彻底感到问题的严重了，现在唯一的希望就是能在办公室里站下。再明显不过了，办公室是马必成说了算，按照改革的方案，主任有权聘任副主任，如果马必成继续当主任的话，他还能继续聘他吗？这是问题的关键，对，他要马上找马必成做做工作。

抱着这一线希望走进马必成的办公室，庄志文就像是一个溺水的人，终于看到了一线生机，看到了不远处就是岸边，便不顾一切地向前游去。一进屋，正好看见马必成和胡文军两个人在说说笑笑。

看到两个人在一起，庄志文不觉心头一沉，但还是硬着头皮对马必成说，马主任，我想和你说件事。

等胡文军走出那间屋子后，庄志文走过去给马必成倒了一杯水，态度十分诚恳地说，马主任，我也就开门见山了。如果你有时间的话，今天晚上我想和你聚一聚，没有别的，这不马上要进行改革了嘛，我想咱们两个应该坐下来好好唠一唠。

马必成正在翻看着一份文件，在庄志文说话倒水的时候，他甚至头都没有抬。一听说庄志文要找他单独谈话，便说，其实在哪里谈都一样。现在这次改革咱们都是一样的，你跟我谈，我又找谁谈？老弟，我跟你说一句掏心窝的话吧，咱们都好自为之吧。

马主任，咱们可是曾经有言在先的。你忘了，我刚接副主任的时候，你还请我到那个大酒店喝过一次酒。不管怎么说，也应该让我有一次回敬的机会吧。怎么，连这个面子都不给？

庄志文鼓足了勇气，尽量把话说得不卑不亢。马必成哈哈干笑了两声，老弟呀，看你想到哪里去了，我是那种人吗？但是，我这个人有一点你可能还不太了解。我信那句话，那就是在事业中建立友谊，友谊也应该通过事业来培养。你和我毕竟在一个办公室里工作了这么长时间，你对我也是很支持的，但是这次改革我个人体会真是到了硬碰硬的时候，必须拿出足够有说服力的材料来证明自己。其实我也感到很有压力，人家局领导能不能再聘我当这个主任还是两说着的事。我呢，如果能够继续在这个位置上干下去的话，当然也需要一个好帮手。但是我今天把话也干脆挑明了，上次王局长真是用心良苦地给你创造了一次机会，你却没有很好地珍惜，这当然怨不了别人。你知道吗，你搞的那个设想被领导否决之后，倒是胡文军主动请缨，把那份总体构想在很短的时间里就搞出来了。我也是刚拿到手，这是征求意见稿。不过局领导看过之后都很满意，你也拿去看看。

马必成一边说着，一边把一份打印好的南江市经贸洽谈会总体设想的材料递给了庄志文。庄志文没有翻看，就感觉这份材料很有分量，少说也有二三十页，便有些不相信地说，这真是胡文军自己搞的吗？

马必成不高兴地望着庄志文，怎么，不是他搞的又是谁？不要把自己想得比谁都强！我当老大哥的送给你一句忠告：谦虚永远是美德。

尽管庄志文还是再三再四地邀请马必成下班之后出去坐一坐，但是马必成最后还是没有答应，说这两天实在是太忙，以后有机会再说吧。

回到自己的办公室，庄志文开始认真地阅读胡文军亲手起草的这份材料，他越看越不敢相信自己的眼睛，难道这就是平时只会说嘴不会动手的胡文军搞出来的材料吗？这就是那个在领导面前只擅长逢迎拍马，而在工作中从来没有什么创新和成绩的胡文军吗？在他手里的这份材料让庄志文感到震惊，整个构想，从宏观到微观，都写得细致而又有创新意识，就是在语言的组织上也非常精辟而生动，这怎么能是胡文军写出来的东西呢，根本不可能！

庄志文对这份材料既感到心服口服，又觉得难以相信。如果这份材料在局领导那里得到认可的话，那胡文军在外贸局的威望就会大大提高。换句话说，胡文军这次也真是赶到了点子上。再明显不过了，正在改革的时候，他把这么一个材料拿出来，这不是明摆着在向我庄志文示威吗？示威之后的结果只有一个，那就是取而代之。

庄志文感到心头一阵发紧，回想起在动员会上胡文军的表情和眼神，真是没有想到，平时天天往自己办公室里跑的胡文军，现在却成了自己最强有力的对手。很明显，现在是僧多粥少的时候，位置是有限的，多出来这么多人，现在只能是有你无我。

庄志文陷入了深深的苦恼之中，他甚至已经预感到这次改革将会给他带来什么。从各方面的信息可以看出，他这个副主任是根本当不下去了。即便继续留在办公室里，当一个普通的科员恐怕也不容易了，真没有想到事情变化得这么快！如果不是这样，王峰就不会把话说得那样死，马必成也就不会把门关得那样紧。现在恐怕没有更好的路可走了，实在不行我就在外贸局破釜沉舟地干一次。那改革方案上不是写了吗，根据机关所设的职位，所有的人都可以自愿报名，经过资格审查之后都可以登台演讲。对，我就给他来一个一步到位。我这回还不报受聘副主任了呢，我干脆直接报名当主任，就和你马必成真刀真枪地干一场。就是不行的话，也显示一下我庄志文的胆量和骨气。

有了这个念头，庄志文心头觉得敞亮了许多。管他呢，干过这一场之后，成了那是意外之喜，不成的话，不是还有胡文华的公司可以去吗？

晚上下班之后，还是在马必成当初请庄志文的那家酒楼，还是那张桌子，现在却是马必成和胡文军两个人在那里对饮起来。

老弟呀，真是看不出，真是真人不露相，你这两把刷子我怎么以前没有发现呢？马必成热情地跟胡文军碰着杯，比比画画地说。你知道吗，王局长看了你写的那个方案之后，还一个劲儿地问我，为什么以前没有给胡文军这样的机会，这不是埋没人才吗？说起来我这当大哥的真是有责任呀，怎么样，这次通过改革我看你可以跟有些人争一争了。

胡文军顿时两眼发亮，既然马大哥这么看得起我，我也想在这次机关改革中发挥一点儿作用。我在外贸局也干了好几年，对办公室的业务也算有所了解。这次如果你马大哥还能继续当主任的话，我就跟定你了，给你当个副手，跟别人争我可能还不具备条件，就

173

他庄志文我真是不服气。他凭什么，不就凭他是一个大学毕业生吗？那算什么，我也函授本科毕业。原来他倚仗着他老丈人，现在他老丈人也被抓进去了。我这次就是要和他争一争那个副主任，马大哥，你说行吗？

马必成已经喝得红光满面，那怎么不行？你知道吗，今天开完会之后庄志文就想晚上请我吃饭，都被我一口回绝了，而是答应了你老弟。这说明什么，这就说明我对你的感情。咱们现在就达成这样一个君子协议，你在下面帮我做做工作，我只要能够继续当这办公室主任的话，副主任的位置除了你不可能给别人。

行，我听你马大哥的。来，预祝咱们成功！胡文军把酒杯高高举起，同马必成的酒杯很清脆地撞了一下，然后一饮而尽。

当两个人走出那家酒楼的时候，又相互说着很多知心话，就像多年不见面的亲兄弟重逢一样，有着说不完的话，就连门口的迎宾小姐也对他们两个感到很惊奇。

把马必成送回家之后，胡文军又让出租车拐到了一家商场的门口，在里面又买了两条中华烟和两瓶五粮液，又把一个厚厚的信封装在了那个礼品袋中，然后又打了一辆车，向江边那片新落成的住宅小区驶去。

等胡文军回到家的时候，已经快半夜了。他的那位在机关食堂当会计的妻子已经睡了一觉了，一看胡文军那种兴奋的表情，就说，事情都办好了吗？

胡文军走到桌子边拿起一杯凉开水咕咚咕咚地灌下去，然后把嘴巴一抹说，全部拿下，什么马必成，什么王峰，通通不在话下。

那你写的那份材料他们没有发现什么破绽吗？

怎么可能呢，这件事我可是做得严丝合缝，保证一点儿问题都没有。我已经和那位教授交代明白了，他帮我写的东西不要对任何人说，你想想就那份材料我可是花了两千元钱的。

胡文军的妻子指点着丈夫说，你呀，鬼主意就是多，我真是服了你，这样的招法亏你想得出来！如果将来人家领导真让你拿出一个什么像样的材料的话，我看你怎么办。

那还不好办？这年头儿就是有钱能使鬼推磨，只要我钱出到了，我让他咋写就咋写。那些文人别看他们平时那种穷酸的傲气样儿，一见了钱也是那副德行。什么不为五斗米折腰，他到了等米下锅的时候，别说是折腰，让他下跪都成。你就等着吧，用不了几天，你就成了副主任的夫人了。胡文军一边说着一边哼起了一首小曲，二郎腿跷得高高的，俨然已经成了一个了不起的大人物。

21

当张迈从北京回来之后，乔依琳的脸上终于开始放晴了，因为这次张迈到北京解决了大问题。虽然过程和细节张迈并没有同他们讲，但是她能感觉到这次张迈是出了大力的，并按照张迈所安排的，把有关的事情赶紧着手办好。

张迈走后，乔依琳便赶紧同女儿女婿商量，说刚刚卖画得的四十万元钱现在该是用得着的时候了。检察院已经基本查清了于在海在出国路过澳门时参与赌博嫖娼等所花的受贿的金额将近三十万，乔依琳便准备把三十万元直接交给检察院，剩余的十万元交给张迈。尽管张迈百般推辞，乔依琳说因为到北京办事，绝不能空着手，这十万元钱你给你那位叔叔买一件像样的礼物，就算是你的心意。至于具体怎么办，你就决定吧。

一幅画卖得的钱分成了两份，这回乔依琳总算是有些放心了，高兴地想丈夫于在海出来的日子肯定是指日可待了。

全家人自然也都非常高兴，只是于梦莎还有些不放心地说，不会咱们拿出去了钱又不给咱们办事吧。

我看不会，张迈不是那种人。再说了，你爸当年救过他妻子的命，他的心就是再黑也不会在这种时候落井下石吧。听说他在北京的那位亲属说话非常管事，好像和咱们市里的黄书记都很熟。

听着乔依琳说了这番话，庄志文觉得心头一亮，这真是太巧了。

张迈居然能有这样的好亲戚，如果自己也能够靠上去的话，别说是在外贸局当个小小的主任，就是当局长当市长也都不在话下了。自己也真是生不逢时，不仅时间生错了，也生错了地方，生错了家庭。如果我自己也能有这样一个好亲属的话，还用得着当年和柳叶分手憋憋屈屈做倒插门的女婿才能留在省城吗？真是太亏了！不过这件事也给自己提供了一次机会，这个张迈我要好好利用一下。如果可能的话，我让他在他的那个叔叔面前说说情，在南江市没有合适的位置的话，我干脆就进北京。

想到这里，庄志文居然控制不住心头的喜悦，抿着嘴乐了起来，乐得旁边的于梦莎有些摸不清头脑，问他，你乐什么呀？

庄志文赶紧掩饰着，这还用问吗，事情办得差不多了，咱爸快从里面出来了，这还不值得乐吗？

不对，你乐的时候有些怪怪的。于梦莎两眼盯着丈夫，她不想继续追问下去，因为庄志文这个人她太了解了。他经常愿意在别人面前耍一些小聪明，又总以为别人不知道，其实他的那点儿小招法用不了多久就会很拙劣地暴露出来。

等再次和胡文华见面的时候，庄志文有些不甘心地问，上次那幅画我估计绝不是那个价钱，你别不是跟我也打了一个大埋伏吧。

胡文华顿时虎起脸，两只眼睛怒视着他。你这人也太没良心了，我明明是帮着你，也帮着你们全家。你却狗咬吕洞宾，不识好人心！我要知道你这样的话，我才不会帮你呢。

庄志文尴尬地笑了两声，扳过胡文华的肩膀说，我不是和你闹着玩儿吗，看看，你倒当真了。

胡文华转过身来，推了庄志文一把，你别嘴上说得好听，你的那点儿小心眼儿别当我不知道。我告诉你吧，在这件事上你也该知足了。你看看，你做得多好呀，那句话怎么说来着，叫快刀打豆腐——四面见光。那边你用那幅画卖的钱救了你老丈人，这边你又把借的五万元钱平了账，你还想怎么着？

庄志文被胡文华说得一言不发，半晌才说，我不是在关心你吗？

你找的那个专家说这幅画将来能升值呀，因为咱们都是外行，只能听专家的。

胡文华一听庄志文说这番话，便看透了庄志文的心思，就眯缝着眼睛静静地看着庄志文。咱们两个已经走到了这一步，你说话的时候就不要跟我兜圈子了，你是怎么想的你就直接说出来。撇开感情，我这个人我自己认为还是不笨的。我有一个体会，我不妨说给你听听，你可别生气，我认为世界上最愚蠢的人就是在聪明人面前耍小聪明。

庄志文脸腾地红了，看你说到哪里去了，我可不是在你面前耍小聪明，我只是觉得你花了这么一大笔钱，也应该是一笔不小的投资了。如果将来能升值的话，那不是更好吗？

胡文华不想对庄志文再穷追猛打了，便微笑着说，你说的这个我能理解，专家也跟我介绍了，如果不出现特殊情况的话，这个东西作为投资是可行的，将来也可能升值。但是你听好了，这只是从理论讲是可能，但是这种可能变成现实只有一条途径，那就是市场。市场是瞬息万变的，谁能知道将来是能升值还是会贬值呀。好了咱们先不说这个，你们机关改革的事进行得怎么样了？如果要是在外贸局真是混不下去了，那天我说的话可是当真的，你可以考虑考虑。如果那样的话，咱们就可以名正言顺地在一起了，也用不着这么偷偷摸摸的了。

现在还没有到那一步，实在不行再说吧。

怎么，你把我这里当成了实在不行才来的地方呀，真是好心不得好报！我告诉你吧，咱们南江市政府机关的人想到我这里来的都排成了一大队，要不信，将来我调进来两个你瞧瞧。

我信，我信。庄志文表面在连连点头，心里却在想，我也算一个堂堂男子汉，真要是到了那一步，一个女的成了我的顶头上司，成了我的老板，我还会有好日子过吗？我男子汉的自尊心往哪里放呀？

就在第二天，庄志文打通了张迈的电话。张迈说他现在正在北京，马上就会赶回南江市，如果不出变化的话，就坐今天下午的航班赶回去。

庄志文显得异常兴奋，说这次真要好好感谢张迈，还说下午亲自到机场去接他。

这是庄志文第一次到机场接人，他还特意买了一束鲜花，在那里已经等了一个多小时，因为他怕去晚了接不到人，当他从远处看见张迈走过来时，便高声地打着招呼。

在从机场回市里的路上，因为有出租司机在场，两个人不便把话说得很明白，但是张迈已经把信息传递给了庄志文，让庄志文放心。

这一次真是太辛苦你了，我已经在酒店订好了饭，今天晚上我就代表我们全家给你接风洗尘，庄志文说得热情而认真。

张迈摆着手说，干吗这么客气呀，又不是外人，有什么话将来在家里咱们一边喝着茶一边就可以说了。

那可不一样，这次你可是进京办事，再说了，我还有事要跟你谈。庄志文趴在张迈的耳边小声地说着。

既然这样，那我就听你安排了。张迈也很爽快地答应着。

王峰把马必成叫到办公室，两个人谈得很投机。

在王峰的心目中，马必成只是他王峰在官场上交往的一个重要的砝码，因为往外贸局安排马必成的人，是本市的副市长。这当然是王峰求之不得的事情，马必成对王峰只字不提这方面的事，王峰当然也就佯装不知。

两个心照不宣的人坐在一起筹划着这次机关改革的具体方式，王峰带有征求意见的口气对马必成说，这次我准备提你当外贸局的副局长，当然了主管咱们机关的行政工作。现在我要和你商量一下，就是你的那个位置是你先兼着，等一等再说，还是直接就安排一个合适的人。

听到王峰的话，马必成显得很激动。尽管这一天他已经等得很久了，但毕竟马上要变成现实了，因为他的年龄已经不容许再拖延下去了。如果现在能够升一格的话，那么他在外贸局的领导班子中还能干两届，这七八年的时间对他可是非常宝贵的。

我听领导的安排，如果让我先兼着这个主任的话也行，如果找到合适的人选，那么就把这个位置交给那个人。马必成把话说得前后关门。

王峰笑了一下，我这也是代表局领导在征求你的意见，假如你不兼任的话，你看在你们办公室里，有谁可以接替这项工作?

马必成抬起头来仔细地望着王峰脸上每一个细小的表情的变化，可是他在那张含蓄的脸上找不出任何答案，便试探着说，办公室的工作很多时候都是直接面对局领导的，虽然我在那里当主任，其实其他人的工作局领导也都是心中有数的。

王峰用手指着马必成终于笑出声来，你呀，真是一只老狐狸，又把球踢给了我。现在我跟你说实话吧，我们已经研究过了，办公室的事就你全权做主了，是你兼任还是安排别人，主要听你的意见。当然了，这一切都是以利于工作为前提的。

马必成站起身来，很真诚地说，感谢局领导对我的信任，我会慎重考虑的。

在预订这桌饭的时候，庄志文就感觉到自己囊中羞涩的滋味。当服务小姐把那份印制精美的菜谱拿给他的时候，他看得有些呆住了。尽管大饭店也曾进过多次，但多数时候都是自己陪着客人来的，花钱都是公家签字，用不着自己掏腰包，这次请张迈吃饭就不同了。现在办公室里所有的开支都是马必成一支笔，而且近来又一再强调压缩开支，在这种时候如果拿一张几百甚至上千元的饭费单，不用说别人，就是马必成那里也通不过。

庄志文庆幸在同胡文华的交往中没有花什么钱，多数时候又是胡文华招待他，很多礼物都是胡文华给他买的。虽然当时觉得有些难为情，但是事情过后他又想，还是我庄志文有本事，找到个女强人当情人，不仅省了钱，还挺风光的。

他的手心感到一阵出汗，另一只手还下意识地摸了摸自己的口

179

袋。他知道那里装了不到一千元钱，便咬着牙指了指菜单上几样菜，大致估算了一下，可能不会超过八百元。

当他和张迈走进那间布置典雅的餐厅时，两个服务员正垂手侍立，桌子上那几样压桌小菜已经摆在那里。庄志文对张迈说，你此次进京真是劳苦功高，我方才已经打电话把喜讯告诉她们娘儿俩了。她们非常高兴，委托我多敬你两杯酒。

张迈摘下眼镜，在镜片上哈了一口气，一边擦着一边很诚恳地说，都是一家人，看你们还这么客气。这也算给了我一次机会，说句通俗一点儿的话，这次也是给我们叔侄之间增进了一次感情。说真的，我平时都很打怵进我叔叔家的这个大门，我叔那个人可是个讲原则的老革命，你拿不拿东西他都不会说什么。你要如果拿多了，他还得收拾你。可是我婶子那人就不一样了，势利得很。再说当了官太太这么多年了，怎么说呢，反正我是觉得不愿意去。

庄志文一看菜已上全，便对旁边的服务员说，你们先下去吧，一会儿有事再叫你们。

庄志文给张迈亲自斟满了一杯酒，然后恭恭敬敬地举到张迈面前，满脸真诚地说，咱们以前只是认识，这次通过我岳父的事，咱们才加深了了解。我觉得你这个人太好了，在当今社会中，能认识你这样的人，也是我庄志文的福气。

张迈接过酒杯，也真诚地说，你说得太客气了，其实我没有你说的那样好。但是我做人有一条最基本的原则，那就是知恩图报。更何况当年你岳父给予我们的是救命的大恩，这次也是给我创造了一次回报的机会。你以后就不要这么客气了。

那怎么行？庄志文显得很固执，你这个人我算交定了，更何况将来我可能还会有事要麻烦你。常言道，多一个朋友多条路。现在的社会我觉得更得多交朋友，不知道什么时候可能就会用得上。就说我吧，可能真会有事要求你呢。

张迈把杯中的酒喝了一小口，然后轻轻地放下，其实我不是那种能力很强又八面玲珑的人，更何况我这个人平时很低调的，不愿意干显山露水的事。

庄志文竖起大拇指，这就是真人不露相。我就喜欢你这样的人，到了真正想办事的时候，一点儿也不含糊。不像有些人，没事的时候瞎咋呼，真到有事的时候就傻了。

　　张迈很谦和地笑了笑，其实我是个再普通不过的人，如果你真有什么事需要我帮忙的话，我一定会尽力的。

　　我就等着你这句话呢。来，咱们先把杯中的酒干了。庄志文一边说着一边把酒杯端起来，干了这杯酒，我就把我想说的事告诉你，能不能办都无所谓。当然了如果有可能的话，我当然希望能够借你的一臂之力。

　　两个人把杯中的酒同时一饮而尽。

　　庄志文用餐巾纸擦了一下嘴巴，一边往杯里倒酒一边说，眼下正是机关改革，这你是知道的。我这个人从大学毕业之后在机关也混了这么多年，可是总不见有什么起色。我是想如果你能够出面和我们领导或者市里的领导打个招呼，我想改变一下现在的处境。我自己感觉在机关工作，还是比较适应的，现在也具备了独当一面的实力，只是苦于没有机会。

　　张迈听明白了庄志文表达的意思，两眼望着酒杯陷入了沉思。

　　一看张迈不说话，庄志文觉得有门儿，便继续说，这回给我岳父办事我才知道了你的实力。我想就我这点儿事对你来说那真是小菜一碟，再说了，有你北京叔叔的那个面子，你找到咱们市里哪个领导，他能不给一个面子？

　　张迈摇了摇头没有说话。

　　庄志文看着张迈那种欲言又止的表情，这个你放心，我庄志文也是重感情的人。我和你有一点是相同的，那就在为人处世方面，我抱定的原则就是你敬我一尺，我敬你一丈。如果你真能帮我这个忙的话，我保证会以我的方式做出你满意的回报。

　　张迈终于开口了。你误解了我的意思，我跟你说实话吧，方才我说的是真话。我不仅对我自己是很低调的，就是我的社会关系在咱们南江市也基本没有人知道。你知道这是为什么吗？第一，我觉得一个人要想在事业上有所成功，干出点儿让人佩服的事情来，不

181

能光依赖社会关系；第二，我叔叔那个人我是非常了解的，如果是我求他办这方面的事，他不仅要把我骂得狗血喷头，而且他也不会帮任何忙。我实在是太了解他了，我叔叔真是让我很佩服。你可能要问，这次给你岳父办的事他怎么能点头呢，我现在告诉你，当年他就了解你岳父救我爱人的事情，这次也是我亲自登门相求，就差一点儿给他跪下磕头了。我说得实实在在，他真是被我这种报恩的感情打动了。但是，他也没有放弃原则，他给咱们市领导打的那个电话我就在旁边听着。他是这样说的，在政策和法律允许的范围内，如果能够关照一下就关照一下；如果不行，千万不要为难。就是这样一个电话，这么多年在我的记忆中他是第一次。我也知道他打这个电话的分量，因为只要他打了电话，我明白南江市的领导就会尽量给予关照。

张迈说到这里，停了一下，静静地望着庄志文，然后说，你想想，这样的事情我还会找他第二次吗？再说了，咱们现在还算年轻，又有学历，又有一定的工作能力，干吗还要通过这样的关系去想办法呢？我说的话你别误解，真的，这是我的心里话。我现在跟你说一句最实际的话，在这件事之前，咱们市里的黄书记也不知道北京那个大干部是我的叔叔，这次事情实在是没有办法。但是今天也算我求你了，这件事情到此为止，你也千万不要和任何人提起。我只是一个小人物，没有什么了不得的。如果这件事传扬出去，对咱们市里的领导，对我那在北京工作的叔叔都是非常不利的。

我明白，你放心吧。听了张迈的话，庄志文的心里感到一阵冰冷，刚刚在眼前燃起的希望之火，转眼间就熄灭了。他实在有些不甘心，甚至有些后悔今天的事情办得有些唐突，自己掏腰包花了上千元请的这次客看来不会有什么结果。但是庄志文没有彻底死心，他想，这次不行还有下次，也许这个张迈对我这个人不放心，所以来个深藏不露。有了这层关系，将来我再下点儿功夫，或许还能用得上。

两个人没有顺着方才的话题再说下去，而是你一杯我一杯地互相劝着酒，说一些很动感情的话，两个人都觉得通过这次吃饭加深了了解。

22

穿着胡文华刚给他买的衣服，便觉得浑身有些不自在，尽管都是流行的名牌，但是接二连三地接受一个女人给自己买的东西让庄志文的心里有些不适应。他不由得想起了曹禺剧本中的那个被阔太太养着的面首，觉得自己不该走到这一步。可是强硬推辞的话，又恐驳了胡文华的面子，便一再地说，咱们交往这么长的时间，我也没有给你买一件像样的礼物，你却对我这么好，真是有些过意不去。

胡文华却宽厚地笑笑说，你的那点儿工资还要养家糊口呢。有你这句话，我就心领了。钱算个什么东西，生不带来死不带去。现在我有条件，就花我的。再说了，这些东西也算我表达感情的一种方式。虽然我的这些做法在你的眼里可能显得有些俗气，不像你们文人送个花呀朵呀的那么浪漫，可有一点我是认定了，我们都这个年龄了，活得应该真实一些、实际一些。

听了胡文华的话，庄志文一个劲儿地点头。他在心里感到很感激，可是又觉得自己很自卑，便发誓似的说，我就不信，我庄志文能一辈子这个样子。等我将来混好了，我会加倍地报答你。

胡文华笑笑，她不想反驳庄志文的话，但是她心里也非常清楚面前这个男人对自己的诺言究竟有没有实现的能力。这一点胡文华早就想开了，庄志文在她的眼里只是一个普通的男人而已，是那种有些文人的情调，却缺少社会能力的那种。如果是那种各方面都很强的男人，像自己的丈夫那类的人，还会对她好吗？这些日子她似乎更了解庄志文了，她觉得这类男人才是她需要的。因为自己的事业完全可以由自己独立来完成，这个男人只能成为她生活中的一种调剂、一种空白的补充。除此之外，别无他用。

胡文华不想挑明这一层，表面上她要做得让庄志文很感激，让

183

庄志文感到他是胡文华生活中很重要的那部分。胡文华知道，这类男人除了能力差之外，却有着很强的自尊心，而且那自尊心常常表现在一些小事情上。男人的自尊心要是表现在大的事情上，那才是可怕的，因为那样的自尊心很可能变成坚忍不拔的毅力和永不服输的自信。庄志文身上不具备这样的自尊，他只配在小的事情上显示那种很可怜的男人的自尊。既然这样，我就想办法满足他这方面。

庄志文完全成了被胡文华玩弄于股掌之上的小玩物，而这一点庄志文丝毫没有觉察，偏偏生活在自己制造的一种自我满足之中。

于梦莎看到丈夫穿着名牌服装回到家里，便有些诧异地说，这套衣服是什么时候买的，你怎么能够花这么多钱买这么贵重的东西？

庄志文马上把早就想好了的理由告诉妻子，这是下面一个企业的老板送的，说是给他们做做广告，说我们外贸局的人接触外面的人多。

于梦莎显然不太相信庄志文说的这些话，便说，以前我只听说电视台的节目主持人什么的才穿这种企业赞助的衣服，或者是什么电视剧的演员才有。你算什么呀，一个机关的小干部，又不是什么大领导，我不信。

庄志文自我解嘲地干笑两声，然后认真地说，信不信由你。当然了，这可不是我们机关每一个人都有的。他们要搞一个招商引资的策划，那个材料就是我帮着整的，人家也是为了表达谢意吧。

那你说说，是哪个老板这么大方？于梦莎依然穷追不舍。

就是、就是那个大华服装公司。庄志文没有想到妻子会打破砂锅问到底，所以回答的时候有些吞吞吐吐。

我知道，就是那个在咱们市里挺爱出风头的女老板，她丈夫不就是轻工局的那个方连升吗？我可告诉你，你可要离那个女人远一点儿！于梦莎两只眼睛瞪得溜圆。

为什么？别把人家都说成洪水猛兽，你看看人家那个服装公司办的，可是咱们市里的利税大户，三天两头儿就上电视和报纸。庄志文尽力地说服着于梦莎。

我说的就是这个，有些情况我可能比你还了解，但是我不想说得太明白，我只告诉你，离那个女人远一点儿，要不然的话，将来你会后悔的。

别搞得草木皆兵，你们女人哪，都是小心眼儿，你是不是觉得你丈夫太有魅力了，出去和那个女老板接触你有些不放心呀？庄志文想用这句玩笑调解一下气氛，也放松一下两个人紧张的谈话氛围。

去，就你那样的，也不搬块豆饼照照自己。原来我还以为你能有点儿出息，便不顾家里的反对，死心塌地地嫁给了你。要知道你这个熊样，哼，我才不会走那一步呢！如果说这一辈子我要后悔的话，就是后悔当初我没听我老爹的话。要不然的话我现在早进京了，用不着跟你在这里遭这样的罪了。

于梦莎的一席话明显地让庄志文有些感到失去了自尊，便怒火中烧地说，你要觉得后悔现在也不晚！但是我告诉你，我庄志文也是条顶天立地的汉子，这回我就要让你们看看，我究竟是个什么样的人！

于梦莎就像不认识庄志文似的，故作惊讶地说，哎呀，真还看不出来，在咱们家里还有这么一个大人物，我真是有眼无珠！

你也不用冷嘲热讽，用不了几天，你就会知道我方才说的话，告诉你，这回我是下定决心了，我非要同他们好好较量一番不可，不就是改革吗，谁怕谁呀？

于梦莎听明白了庄志文的话，便走过来劝解着说，你可要想明白了，现在的改革可不像你想的那么简单。你不是在大学里早就学过吗？人是什么，人是社会关系的总和。你看看你有什么样的社会关系？你有什么样的家庭背景？你如果要听我的话，别管他什么改革呀竞争呀，你就给我消消停停地一步一个脚印地往前走，别为自己树立对立面，更不要把自己当成别人的靶子。如果真是闹到了那一步，有你后悔的日子。

庄志文咬牙切齿地说，我就不信那个邪了，我都憋憋屈屈地活了快二十年了，再活二十年我就退休了。你就等着瞧好吧。庄志文说完，便一转身走进了书房。

你知道吗，我的大主任，这可是绝密消息。

胡文军神神秘秘地对马必成说，真是人心难测呀，你听了可能都不会相信。

文军呀，你这个人什么都好，就是有时候故意大惊小怪。你说说，你听到了什么消息，对我难道你还有什么保密的吗？马必成放下手里的报纸，面对着胡文军问道。

胡文军趴在马必成的耳边悄声地说，这可是我刚听说的，你知道吗，咱们的那位庄副主任这次已经报名了，要竞争外贸局的主任。

马必成乐了，我当是什么事呢，这不是好事吗？这就说明咱们外贸局的改革到位了，大家改革的热情被调动起来了，这不是一件天大的好事吗？

我的亲大哥，你就别和我打哈哈了，这不明摆着的事嘛，他庄志文这不是要和你摆擂台吗？说穿了，咱们外贸局办公室的主任只有一个人，不是你就是他。这不明摆着要跟你争这个位置吗？

哈哈，马必成爽朗地大笑起来。我说文军呀，你还是太年轻了。告诉你吧，既然是改革，就应该调动大家的积极性。如果一个位置报名的就是一个人，那还有啥意思？只有在竞争中才能发现人才，这不是我们改革的目的吗？

一通大话把胡文军说得一头雾水，他原以为把这个消息告诉马必成时，马必成会对他大加赞赏，最起码也能觉得两个人关系又往前迈了一大步。没想到马必成想得是这样开通，居然讲起了大道理。

还是胡文军年轻脑子灵，这个弯儿他马上就转过来了。还是马必成有城府，他听到庄志文和他争主任的位置，心里早就着了火，可表面上却显得这么神情自若。这就是马必成的成熟和自信，这样的人才是最可怕的，幸亏自己没有像庄志文那样傻。在办公室必须维护马必成，而且这个人能力很大，说不定这次还有可能升到局领导的位置。想到这里，便无限真诚地对马必成说，我的主任大哥，我不管别人和你怎么争，我胡文军永远是你手下的小兵。你指东，我绝不往西；你叫我打狗，我绝不去骂鸡。在咱们办公室里，我就听主任你的。将来如果有一天你成了局领导，我也保证步步跟着你。

听着胡文军的话，马必成觉得心里很舒服，便拍拍胡文军的肩膀说，放心吧，老弟，在事业中风雨同舟的哥们儿，我才会和他在生活中同甘共苦。不管我马必成走到什么位置，我这个人都会把哥们儿的感情放在这里。马必成一边说着一边拍拍自己的胸口。

对着镜子，庄志文把连夜写成的那份竞选演说稿大声地念了三遍，一边拿着笔修改着不顺口的地方，一边望着镜子里自己的表情，有时还用手在脸部的某个位置往上提提或者往下拉拉，设计着发言时的表情变化。

当他报名竞选外贸局办公室主任的时候，主管这次竞聘改革的副局长很高兴地鼓励着他说，年轻人就该这样，趁着改革的时候，把自己的想法说出来，这样改革才有生气，将来咱们外贸局的工作才会有大的发展。

庄志文心里美滋滋的，他觉得自己这一次决心是下对了。如果自己还是默不作声的话，别人就会小瞧我。现在我就让大伙儿见识见识，不凭别的，就凭我在演讲稿里写到的那些想法和措施，就够马必成和胡文军他们想上三天三夜都赶不上的。

看着丈夫对着镜子在那里发神经，于梦莎也没有兴趣和他争吵，便不冷不热地说，你不要抱太大的希望，那样的话将来你的失望更大。

庄志文斜了妻子一眼，指点着于梦莎说，我马上就要出征作战了，你不说给我鼓鼓劲儿，还在这里泼冷水，有你这样的吗？我如果真是把那个主任位置拿到了手，我看你还说什么？

于梦莎也斜着眼睛望了庄志文一眼，就凭你，我送给你一句话，你可要听好了。

什么话，我洗耳恭听。

你可千万不要闹个偷鸡不成，倒蚀一把米。于梦莎一字一顿地说。

庄志文把手一挥，谢谢你的忠告，但是我相信你的预言会破产的。你就等着听我的好消息吧！

187

听着于梦莎出去时的关门声，庄志文再望望镜子里的自己，觉得那副表情有些滑稽，便又重新认真地准备起来。

把自己要竞聘办公室主任的想法同胡文华说了之后，胡文华也有些不放心地说，这件事是领导的意思还是你自己的意思？

当然是我自己的，我作为一名党员，一名在机关工作多年的干部，对改革也应该有一个起码的认识和热情吧，这还用领导安排吗？我按照改革方案上的条件，反反复复地进行了比较和衡量，我觉得自己能胜任这个岗位。

幼稚，当胡文华说出这两个字的时候，心里对面前这个男人便有了更深一层的认识。她没有想到这个在机关里已经工作了快二十年的男人对社会怎么还认识得如此肤浅，但是这样的人往往还有一个致命的弱点，那就是常常生活在自己制造的氛围之中，这种时候不管是谁提出反对意见，他的头都会摇得跟拨浪鼓一样。这种人只有撞到了南墙上，撞得头破血流的时候才会知道疼。想到这里胡文华又接着说，既然你已经想好了，不让你试一试你也不会死心的。我还是那句话，成了更好，不成我的公司给你留了一个位置。

庄志文不想让胡文华的承诺动摇自己的决心，便很坚决地说，现在我不想听你说这样的话，现在真是到了我庄志文破釜沉舟、背水一战的时候了，我就是拼个头破血流，也要上去同他们较量一番。

说完这些话，庄志文顿时都感觉自己底气又足了不少。这些日子里他一次又一次地想，这明明是自己拿着鸡蛋往石头上撞，可是现在也只有这一条路了，因为各方面的条件和因素逼着自己走这一步。如果于在海不出事的话，还能在王峰面前帮自己做做工作；如果王峰交办的那个材料自己能写得让领导满意的话，如果自己那天能够把张迈那个堡垒攻下来的话，这一个一个的"如果"，假如只有一个变成了现实，我也用不着这样单枪匹马地披挂上阵了。这几天在上下班的时候，他已经从同事们的眼睛里读到了一些东西，虽然不是很明确，但是他深深感到了这次改革之中自己的处境会越来越艰难。如果打着白旗对马必成等人始终俯首称臣的话，再三表示一

188

定效忠他马某人的话，可能也会有一线转机，可是那种希望太小，因为于在海在这架天平上的这个砝码已经不存在了，马必成其实也是在按照王峰的眼色行事。

对，就这样干下去了，庄志文在心里给自己打着气，并期盼着，如果真的出现奇迹呢，那不是更好吗？

有关部门已经传出消息，于在海的问题已经基本查清，因为能够及时退赔所受贿的赃款，且认罪态度较好，检察机关准备免予起诉，但毕竟受贿数额巨大，开除党籍和撤销职务是在所难免了。

听到这个消息之后，乔依琳已经有些喜出望外了，赶紧给女儿拨通了电话，乐颠颠地告诉了这个让她高兴的消息。于梦莎在电话里却情绪低落地说，这有什么高兴的呀，我爸这一辈子不是完了吗？你知道对他来说，这比什么都惨。

我才不管那些呢，只要他能平平安安地回家了，我什么也不要了！乔依琳依然很满足地说。

于梦莎却为父亲在那里抱着不平，没有想到我爸自律了一辈子，这一步不慎却落得个身败名裂。

乔依琳安慰着女儿说，你就别说那些气话了，谁让你爸撞到枪口上了呢？说起来现在我什么都不信，就信命了。

我跟你说不清，信什么命呀！我爸如果再加点儿小心，别树那个政敌，再安安稳稳地干两年，在退休之前到人大或者政协再干几年，退休了也是市级的待遇，那和现在能比吗？再说了，他这样，我们脸上也无光呀。

还说那些干啥，现在事情都到了这一步，我想这件事对你爸的打击也实在太大了。他可是要强了一辈子的人，没有想到老了老了还出这么一件事。

于梦莎在和母亲通话的时候，其实想得最多的并不是父亲和母亲，而是她自己。从小到大父亲在她的心目中就是一面旗帜，或者一棵大树，她完全是靠着父亲的这种影响成长起来的。后来参加工作之后，当同事们谈起于在海三个字的时候，她从那些敬佩的话语

189

和眼神中感到父亲还在直接地影响着她的工作和生活。不说别的，当年庄志文大学毕业之后，如果不是父亲，那个满脑子高粱花子的乡下人能留在省城吗？退一步说，如果不是因为父亲当时的职务和权力，庄志文也不会和他的那位表姐柳叶分手，也不会后来和她组成一个家庭。

由父亲想到自己，再想到丈夫庄志文，一个不祥的兆头在于梦莎的心里猛然地出现了。她太了解庄志文了，这么多年他忍气吞声地和自己生活在一起，等的盼的就是能够借助父亲的影响来实现他人生的大抱负。现在父亲的影响已经不存在了，如果说有影响的话，将来那只能是负面的影响，庄志文对这个家庭还会像以前那样吗？虽然两个人在一起已经走过了这么多年，女儿庄晓飞也都上中学了，可是父亲的这次变故，会不会影响庄志文和她之间的这个家庭关系呢？

于梦莎想到这里，心里不由得一沉。

晚上庄志文回来的时候，脸上挂着笑，让于梦莎一看便有些不舒服，便明知故问地说，我的大英雄，是不是你们外贸局的改革大会开完了，你那份对着镜子练出来的演讲在会上引起了轰动，你也把主任的位置弄到手了吧。

庄志文被这劈头盖脑的阴阳怪气的话搞得顿时没有了兴致，便说，你不要用这种口气跟我说话！告诉你，现在我庄志文是成功是失败可都是凭着我个人的努力，我也不依靠什么人给我撑腰打气。

于梦莎当然不会忍受庄志文的这些话。说得倒好听！现在你是觉得我爸用不上了，你才说这种没良心的话，当初你是怎么求我来着，说你出身太低微了，需要有一个好的家庭背景。因为你的出身埋没了你的才华和能力，要借助我们的家庭和影响你就能干出一番事业。可是这么多年你干出的事业在哪儿？就是那个可怜巴巴的副主任还是我爸出面说情才给你的，现在你却人五人六地说要靠自己。就你那两下子，谁不知道谁呀？

于梦莎的这一通抢白立刻点燃了庄志文心中的怒火。告诉你吧，

190

我这一辈子做得最后悔的一件事就是认识你并和你结婚。我真是瞎了眼，觉得像你这样的家庭能够给我带来点儿好运。没有想到，一点儿好光没借着。现在可倒好，平时净给我上课的老爷子也成了阶下囚，这么多年我如果就靠自己奋斗的话，我早就上去了。现在我告诉你，你们老于家在我的眼里还不如我们老庄家呢。

于梦莎气得浑身发抖，指着庄志文说，你这个没良心的，你是个典型的过河拆桥的小人！我当初可真是瞎了眼，居然看上了你这样的货色！告诉你，这些年不是因为孩子，我早就和你分手了！你不要以为我是个女人，又得了那么重的一场病，我活得比你明白。别人我比不了，不管是在事业上，还是在其他方面，我永远在你之上。

你还不是借着你老爹的光，现在你可没这么幸运了。告诉你吧，我还敢在机关改革的时候，亲自上阵搏一搏，你敢吗？谅你没有那个胆量和水平。

你的胆子是不小，可是你胆子再大，把事情干成了再吹。现在就把牛皮吹得这么响，是不是有点儿早了？我站在旁边看着你，看着你是怎样走上那个主任位置的。你如果真到了那一天，我保证把电视台的都请来，让你好好风光风光。

你就等着瞧吧。庄志文凶巴巴地说。

23

第二天就是外贸局改革竞聘的日子。庄志文特意起了个大早，对着镜子又把准备好了的演讲稿大声地演习了一遍，又把胡文华送给他的那套西服喷了一些水熨了一熨，然后配上一条鲜艳的领带，把有些蓬乱的头发又好好地整理了一下，擦了一点儿发胶。再看看镜子里的自己，觉得真是像那句话讲的，人靠衣服马靠鞍，确实是不一样啊，便满意地对着镜子点了点头。

躺在被窝里的于梦莎对庄志文这一系列举动不以为然，甚至还有些反感。因为她非常明白机关的改革究竟是怎么回事，像庄志文现在的条件，就自我感觉良好地要和人家去争一争，那结果是可想而知的，失败是必然的。但是庄志文现在已经有些走火入魔了，肯定不会听她的劝说，于梦莎也没有和他继续争吵的兴趣了，就由他去吧。

庄志文是提前一个多小时走进外贸局大楼的，他要在登台之前再好好准备一下，尽量做到万无一失。这也是他在机关工作了这么多年第一次参加这样的竞聘，他知道自己的这次出征带着很悲壮的色彩。他何尝不明白自己能不能争到那个位置，但是他不想坐以待毙，他要尽自己所能为自己争回一些面子。即使这次失败之后，在外贸局待不下去了，他也应该通过这次努力为自己留下一些好名声，让人们日后再谈起他庄志文的时候，都能觉得他是一条汉子，是一个真正的男人。

想到这些，他感到有些惬意，甚至为自己的举动感到有些骄傲。

当办公楼走廊上响起纷乱的脚步声时，庄志文起身把办公室的门打开一些，一边拿起报纸随便地翻看着，一边留心外面的动静。

从远处就可以听见马必成和胡文军的说笑声，说的是什么听不清，但庄志文能够感觉到两个人的谈话很融洽，便在心里觉得不是滋味，甚至有些仇恨的苗头在瞬间滋长出来。这真是两个见风使舵的东西，尤其是那个胡文军，以前总是在我面前摇尾乞怜。现在可倒好，走到我办公室门口，不仅不进来，反而加快了脚步。

昨天在走廊上他听见两个人也在议论这次机关改革的事，听见其中一个人说，办公室的胡文军这次报名要竞聘副主任。这个信息虽然对庄志文来说感觉是情理之中的，但是听到了之后还是觉得有些愤怒。这是明摆着的事情，这就好比餐桌上只有一碗粥，而这碗粥正是摆在他庄志文眼前，现在胡文军却伸长胳膊要把这碗粥抢过去。这是无论如何也难以容忍的，虽然这碗粥并不是什么山珍海味，可毕竟眼下是属于他庄志文的。

由胡文军又想到了马必成，这些日子从马必成的神态和表情中庄志文可以推断这次马必成可能又会春风得意了，最起码在办公室主任的位置上继续干下去不会有太大问题，弄好了还可能再往上升一升。我现在报的是竞争主任，不知道马必成知不知道这件事，他一定会知道的。那他知道了该怎么想呢，一定也和我对胡文军的想法是一样的，但是现在已经顾不了那么多了，现在是箭在弦上不能不发了。

竞聘大会显得很隆重，参加竞聘的人都做了充分的准备，每一份演讲稿都写得很细致、很周到。如果不是因为有时间限制，有的人可能会讲上一个小时半个小时的。庄志文一边听着台上人的发言，一边把自己的演讲稿拿出来看了又看，论文采，论气魄，论声势，这些登台发表演说的人哪一个也不如我。庄志文在心里暗暗地品评着，并拿眼睛不露声色地观察着旁边人的表情变化，心里在想，一会儿你们就看到谁是咱们外贸局的才子了。

参加竞聘外贸局办公室主任的只有两个人，就是现在的主任马必成和副主任庄志文。两个人分别上台进行演讲，马必成在先，庄志文在后。庄志文的演讲慷慨激昂，声情并茂。演讲稿写得有气势、有条理，有很多段落庄志文根本不用看稿，完全可以做到倒背如流。有时干脆把演讲稿往桌子上一放，面对着台下的听众开始演说起来。

庄志文显得很自信，用眼睛瞧着下面那一张张表情复杂的脸，从那几声自发的掌声中庄志文可以感觉到自己的演讲稿写得很生动。马必成的演讲和自己相比就逊色得多了，他讲的那些都是老一套，一点儿新意也没有。

走下主席台的庄志文故意在最前排的一个空座上坐下来，他显得神态自若，因为他对自己的表现非常满意。自己暗暗地想，即使这次落选，我庄志文在外贸局这次亮相也是成功的。我要给人们一个永久的印象，甚至我让人们觉得我庄志文如果不能当上这个主任的话，让大家都觉得这是不公平的。

坐在第二排的马必成和胡文军紧挨着，听了庄志文的演讲之后，胡文军趴在马必成的耳边悄悄地耳语着，马必成脸上显露出一种特殊的表情。

报名参加竞聘的人纷纷上台演讲之后，接着由参会的人进行无记名投票式的评分。每一张纸上都印好了竞聘者的姓名，在后面的空格上让人们选择对这个人的评价，或者优秀或者良好，或者称职或者不称职。庄志文毫不犹豫地在自己名字后面的优秀栏里放上了一个大大的对号。

竞聘大会结束之后，还要进行综合情况的了解，领导再根据各方面的情况进行评定，然后再公布最后的结果。

从会场往外走的时候，庄志文身边的两个年岁比较大的人在小声地议论着，其实谁在哪个职位上领导早就定好了。今天的这个阵势只不过是走走过场罢了，其实什么事早就内定了。另一个说，是呀，如果把这个也当成真事的话，那不是冒傻气吗？

庄志文用眼睛斜看了那两个人一眼，那两个人便加快了脚步。

回到自己的办公室，静静地听着从外面传来的脚步声和谈话声，方才在竞聘大会上急风暴雨式的场面已经过去了，现在庄志文的心里感到了一种前所未有的孤独和寂寞。现在想找一个人说说心里的想法和感受都成了一件难事，如果在以前，胡文军早就跑进了自己的办公室，你就是挡他都挡不住。现在肯定是在马必成的办公室里，两个人不知道怎么议论呢。

最让庄志文难以忍受的是，胡文军那样的人居然也报名竞聘办公室的副主任。演讲稿还写得挺长，分析了办公室副主任岗位的现状和将来，如果自己走到这个岗位上应该怎么干，写得有理有据，不由得让庄志文感到有些惊奇。凭着对胡文军的了解，他根本写不出这样的演讲稿，可是人家毕竟拿着讲稿站在台上说着自己的构想和决心，谁也没有证据说这是别人为他写的。

方才胡文军在台上演讲的时候，为胡文军鼓掌次数最多的是马必成。庄志文曾偷偷地看了马必成一眼，马必成望着台上胡文军的表情，那完全是一种赞赏和信任的目光。

自己精心准备的演讲稿总算在会上亮相了，可是最后的结果要由领导来定，想到这一层，庄志文心里渐渐地凉了下来，方才在会场里的那份热情渐渐地冷却下来。尤其是听到王峰局长在竞聘会上的总结讲话，虽然很笼统很概括，但是让庄志文能够感觉到是对自己不利的。

昨天张迈打来电话，说如果事情按照预想的发展的话，这几天于在海便可能回家了。但是现在的于在海对自己这次竞聘还能起到什么作用吗？一个被开除党籍撤销职务的人，他说话还有人听吗？别看那个王峰表面上标榜着自己如何如何重感情，可实际上这些日子里他早把于在海当年培养他提拔他的恩情忘掉了，要不然的话他也不该对我那样。

庄志文重新整理好桌子上的东西，他甚至很悲凉地想，这间办公室和这张桌子，可能我也用不长了，它该换新主人了。

从检察院回到家里的于在海仿佛变了一个人似的，当庄志文和于梦莎听到了这个消息之后，便赶紧领着女儿去了岳父家。

虽然只有短短的半个月时间，但是于在海苍老和憔悴的程度就像多了十岁。脸上的皱纹多了几倍甚至十几倍，原来一头浓密的黑发，现在也有些花白了，一种真正的老态几乎从全身的每一个细胞中释放出来。

于梦莎一看父亲成了这样，便扑到于在海的怀里哭了起来。于在海倒是显得很坚强，依然是满脸的倔强，用手轻轻地拍着于梦莎的后背，好了好了，我这不是出来了吗，一切都过去了。

庄志文本想上前寒暄安慰几句，可是一时又想不出合适的话语。一回想起这些年来于在海在自己面前那种不可一世的样子，再看看眼前这位岳父大人这种虎落平川的惨象，庄志文甚至有些幸灾乐祸起来，心里在说，你不是瞧不起我吗？怎么样，你现在还不如我呢！

再看看趴在于在海怀里的于梦莎，骄傲公主的派头早就无影无踪了。虽然现在也是一个处级干部，可是于在海在她的心目中时时刻刻是一座大山。工作这么多年，遇到什么事情时，多数时候不是跟庄志文商量，而是回到家里向父亲请教，然后再按照于在海给她想出的办法去处理问题。这种从感情到思想的完全依赖，使于梦莎对于在海走到这一步显得不胜悲伤。换句话说，她更是为自己将来

195

在工作中缺少了这座可以依靠的大山而感到悲伤，因为她太了解父亲了，以父亲的性格，他绝不会在南江市继续住下来的。

庄志文倒是没有马上想到这一层，他心里还在琢磨着自己在外贸局这次竞聘能不能成功，而问题的关键正是那个局长王峰。现在岳父毕竟出来了，对自己来说这也是一个很关键的时刻。如果王峰还顾及这么多年老感情的话，在这个时候于在海再给王峰打个电话说说情，自己的事情或许还会出现转机。

正是由于有了这个念头，方才在路上庄志文特意跑进商店买了几瓶岳父爱喝的酒。现在该到了他表达自己心情的时候了，便把那几瓶酒放在桌子上说，爸，这么多年我一直非常钦佩您。虽然这次受了一些磨难，但是您一直是我心目中的榜样。您在咱们南江市的影响也不会因为出了这件事而消失的，特别是我们外贸局的那个王局长，前几天还在念叨你。

于在海坐在沙发上，伸手示意庄志文也坐在旁边，然后语调不高地说，在咱们上次全家人聚会的时候，我不是都说过了吗，以后的路就靠你们自己走。这次我的事谁都不怨，就怨我自己。如果说后悔的话，我真是后悔自己在这个时候犯了这样的错误。如果再年轻十年二十年的话，或许还有回头的机会，现在连这样的机会也没有了。至于说到别人，我不敢抱任何希望。比如咱们家吧，以前我在位的时候，他们对咱们是什么样，和我出了事之后他们态度的变化，你们仔细比较一下就会明白的。说到你，志文呀，我还是那句话，路靠自己走。你们那个王峰我是了解的，这也是进去这半个月经常想起的一件事。世间的人，尤其是男人，分为这样几种类型，如果要归类的话，我和王峰可能是一类。在自己的前途和个人感情发生矛盾的时候，他肯定选择的是前者，我说的这些话你能听明白吗？

有些明白，庄志文似懂非懂地点点头。可是，可是他真好几次说起你。我想，我想这次我们刚刚开完了竞聘大会，我报的是竞聘办公室主任，现在就等着领导最后的研究结果了。

于在海下意识地噢了一声，眉头便紧皱了一下，有些无奈地说，

196

你的意思我明白。电话我可以打一个，可是据我的推测，我出面帮你说这个情，和我不出面不会有任何区别。现在和以前已经有了本质的区别，说得严重一些，即使王峰欣赏你的才华和能力，他现在敢不敢用你都是一个问题。

于在海的几句话说得庄志文的心里凉透了。但是他还不能在这个时候发作，他要死撑下去。上次在竞聘大会上，别人说我不知天高地厚也好，说我胆大妄为也好，反正我在会上是把炮放出去了。用不用我是他们的事，我说不说出来是我的事。我在这个家里低眉顺眼忍气吞声这么多年，现在也该到了我直直腰的时候了。

庄志文想到这里，便不卑不亢地说，我也是这个意思。打不打电话，说不说情都没有太大关系。我是靠自己的本事在外贸局干了这么多年，我自信不管走到哪里，我都会是一个真正的男人。

于在海又皱了皱眉，神情有些黯然，抬起头来望了望女儿。于梦莎这时走过来说话了，你那两下子别当谁不知道，不说别的，你现在当的那个副主任，是因为谁才当上的，你自己不是不清楚。也好，这回可真要靠你自己的本事了，但是有一点你听明白了，你现在的这件事，我们可能帮不上什么大忙。但是我们从心里可都希望你好，你真要如愿了，说不定我们也会跟着借光呢。

庄志文狠狠地瞪了于梦莎一眼，便不再作声了。

回到家里，庄志文的情绪一直调整不过来。于梦莎说，瞧你那个样儿，到我家看我爸，你那张脸却从来也没开过晴，就像我们家欠了你似的，你别当谁看不出来。

庄志文也很生气，我告诉你，从今往后，不管在咱们这个小家，还是回你妈家，你都给我客气点儿，我受你们老于家压迫的日子到头了。

哎哟，真看不出来呀，这一不小心在什么地方真冒出来一个男子汉呢！呸，小人，当年你是怎么说的？你瞅瞅每次到我们家，特别是在我爸面前，你看看你那个点头哈腰的样子。现在一看我爸不行了，你就想自己这回可成了人物了。我告诉你吧，就你这样浅薄的人，别说我爸现在不好帮你，就是能帮，你也死了这份心吧。

算了吧，你爸那两下子这么多年我也领教了。再说了，他对我的前程想过多少，这么些年还不是靠我自己一步一步走上来的。现在可倒好，好光借不到，坏光可能想离都离不开了。

庄志文满口怨气地说着，于梦莎自然听不下去，便毫不留情地反击着。你别说得那么没良心，告诉你吧，别说当年你留在省城的事，就是后来你在报社也好，到外贸局也好，人家还不都是看着我老爹面子。你看看你现在，真是鼠目寸光，表面上我老爹可能很多事情不便于直接出面了，可是你知道吗，在南江市和他交往很深的人又有多少。这些人虽然表面上不可能和以前一样了，可我爸要是真的喊一嗓子，我告诉你吧，也够你跑上一年的了。

听了于梦莎的话，庄志文抬起头来一看妻子的表情是非常认真的，便仔细地琢磨起这些话，甚至开始后悔自己方才把话说得太绝了。也倒是，于在海在南江市生活工作了几十年，从他手底下被提拔起来的领导就有一二十个。这些人能不对于在海感恩戴德吗？虽然现在于在海犯事了，可是这些人当中一定还会有为于在海办事的。

都怪自己没有想到这一层，庄志文在心里暗暗地后悔着，可是又没有别的办法，但是从这一刻起他便下决心不和于梦莎争吵，他不想把最后的一线希望也给毁掉了。

躺下后，庄志文感到于梦莎的手伸了过来，就有些不情愿地说，这些天搞得我心烦意乱的，哪有这份闲心呀？

怎么，你是不是在外面有人了？到家就装熊了，快点儿吃药，多吃点儿，人家今天就想要嘛。于梦莎嘴上说着，手在下面不停地动作。

真是拿你没办法，这种事是能勉强的吗？庄志文虽然是这样说，但还是起来摸出药吃下去，他知道今天晚上不把"公粮"交上，于梦莎这一关是过不去的。

你呀，真是迂腐，别看你写文章一个顶俩，到了关键的时候，你还是不成熟呀。庄志文和胡文华在别墅的卧室里亲热了一阵之后，

198

胡文华指点着庄志文说，这不明摆着的事吗？领导上没有事先找你谈话，没有指定让你报哪个岗位，那是什么意思，就凭你一篇演讲稿，人家就能把主任的位置送给你，你也太天真了。

庄志文不服气地把脖子一梗，你别在那里教训我，我不走这一步又能怎么样，难道就伸着脖子任人宰割吗？

瞧你说的，至于那么严重吗？亏你在机关里混了这么多年，你知道领导最烦什么样的人吗？我告诉你，大多数领导他不烦无能的人，更不烦溜须拍马的人。他们烦就烦像你这样的，有点儿小才华却自以为是的人。你瞪什么眼睛，为什么他们烦你这样的人，因为你这样的人让人不放心，有的时候还可能成为刺儿头。

你别说得那么吓人，这么多年我在机关也在时时刻刻听从领导。这次不是被形势逼的嘛，庄志文继续为自己申辩着，我这次真是没有退路可走呀。

胡文华沉思了一会儿，也好，像你这样的人，仗着自己有点儿文采，经常会拿自己的这点长处去比别人的短处，便为自己抱不平，觉得是怀才不遇。这次你在会上为自己出一口气也好，成了更好，不成了我不是给你准备着退路吗？

一看胡文华又把话题引到了这上面，庄志文便顺势问道，你以前说的话算数吗？如果那边真的没有我的位置，你会把总经理的位置给我吗？

胡文华定定地看了庄志文一会儿，然后很认真地说，我说的话肯定算数。但是咱们得有言在先，别到时候你说我朝令夕改。你要是真想到我这里来的话，我早就想好了，总经理的位置我还不能马上给你。虽然咱们在感情上已经不分你我，可是你毕竟对公司的业务不熟悉，我给你半年到一年时间，让你代理公司的副总经理。半年或者一年之后，你熟悉了，完全可以挑得起这份担子了，我再彻底放手。

那你给我多少月薪或者年薪呀，告诉你，我这个打工仔如果工资太低的话我可不干。

胡文华伸出两个手指在庄志文的脸上掐了一下，笑着说，瞧你的小心眼儿，我能亏了你吗？不管是月薪还是年薪，我保证让你满意。月薪三千怎么样？要是年薪的话，第一年四到五万，干好了可以到六万。

你说的是真的吗？你可不要糊弄我呀。庄志文一边追问一边在心里盘算着，胡文华给我的这个工钱可是我现在工资的五六倍呀！如果我再从边边角角的地方搞一点儿的话，一年弄个十万八万是完全可能的。想到这里，庄志文便有些担心地问，你方才说的这个到时候可不能变卦呀，因为那边的退路堵死了，你这边就必须说话算数。

你就放心吧，难道咱俩这么长时间，你还不了解我这个人吗？别说这么一点儿小事，就是比这个再大一些，我都会说话算数的。我虽然是个商人，但是我觉得情义无价。就你这个条件，如果是别人的话，别说是到我这里来当副总，就当一个普通的工作人员我也不会要的。

一句话便说得庄志文有些不快，那你的意思是有些可怜我了。如果那样的话，我说什么也不去。

哟，还挺有男子汉的气概呢，我这不是跟你说着玩儿吗？可是你想呀，现在社会上不是有一个说法吗，叫情商。我之所以同意让你来，你熟不熟悉业务那是第二位。因为我了解咱们两个人的感情，所以我信任你，这可是多少钱买不来的呀。再说了，公司越发展越大，我就是浑身是铁能打多少钉呀。你过来可以帮帮我，你办事我放心，总比别人要强吧。还有，那是将来的事，我都想了，如果你真心爱我的话，将来咱们如果从形式到内容都走到了一起，这公司不就成了咱们两个人的了吗？还分什么你我，我可以把股份给你百分之二十百分之三十的，我说的可是真的。

走一步算一步吧，现在外贸局那边不是还没有告诉我彻底不行吗？你这边的条件我可以认真地考虑考虑。我现在可是脚踩两只船，这两只船对我来说，条件都不错。但是听了你方才说的，我也想通了，如果那边说个不字的话，我就彻底到你这条船上来。

孺子可教也！胡文华拍着庄志文的脑门说。

24

　　走进王峰的办公室，庄志文还是有些紧张，从接到王峰电话的那一刻起，他便在心里不停地盘算着，虽然领导对这次竞聘的结果没有公布，但是在此之前找我单独谈话，究竟是凶是吉，真是难以预料。

　　全局在会上发表竞聘演说的有好几十人，作为一局之长的王峰肯定不会把所有的人都找来谈一次话。今天专门找我，这又是为什么呢？

　　庄志文陷入了沉思，最后他想的结果是有可能王峰欣赏他在大会上的演讲，可能会重用他，或者是安排他在外贸局另外一些处室当负责人。如果不是这样的结果，那他还找我谈话干什么？有了这个念头之后，庄志文控制不住内心的喜悦，便在办公室里来回地走着，想着在王峰面前说些什么。

　　王峰在办公室里满脸堆笑地迎接着他，又是让座又是倒茶，让庄志文感到有些受宠若惊，赶紧站起身来把水杯恭恭敬敬地接过来。

　　王峰微笑着对庄志文说，这次机关改革你能够勇敢地站出来参加竞聘，这说明你对咱们外贸局的改革有着清醒的认识，能够积极投身改革的洪流。这就说明你是有责任心的，是想通过自己的努力使外贸局的事业锦上添花。这一点我们领导是非常赞赏的。

　　听着局长的表扬，庄志文感到浑身发热，不停地搓着两只手，感谢局领导对我的肯定。我在外贸局工作了这么多年，以实际行动支持改革也是我的愿望和义务。

　　但是改革也是有风险的。这不仅是对整体的事业而言，也同时是对个人的利益而言。说到底，改革是什么，改革就是权力和利益的再分配。当然了，这种分配也就是要最大限度地调动大多数人的积极性，要彻底改掉机关的衙门作风，彻底解决人浮于事办事效率低的问题。这次改革之后机关要精简人员百分之四十，换句话说十个人之中就有四个人调离机关。就是这一点，对我这个当局长的就是一个不小的压力呀，志文，你说呢？

庄志文一看局长对他这样客气，便赶紧点头，是呀是呀，我能理解。

你可能心里有些纳闷，咱们机关参加竞聘的这么多人，我今天却单独找你谈话。我这个人你是了解的，这也是我多年一贯的特点，我这个人特别恋旧，总忘不了老感情。我听说你岳父回家了，昨天我特意打了电话，他也特意说了你的事，所以我今天把你找来。最起码你是我手下的工作人员，你岳父不管到什么时候都是我的老领导，虽然他犯过错误，但是功是功过是过，我不能忘记以前对我的好处，所以不管怎么说我对他也得有一个说法吧。

听了王峰的话，庄志文心里猛地震动了一下。他没有想到于在海这么快就把自己的事同王峰打了招呼，虽然他们说的具体内容现在无从知道，可是毕竟把自己的事放在心上了，看来这老头子还挺够意思。

王峰继续说下去，当然了，我是讲感情的人。同时呢，我又是一个部门的负责人，又是一局之长，如果只讲感情不讲原则的话，那上级党委也不会把这么大的部门交给我。所以我今天找你来，就是先跟你打个招呼，最后如果实现了你的愿望，就加倍努力工作，如果暂时不能实现，也相信你能够正确对待。

听了王峰后面的话，庄志文才似乎弄懂了今天局长为什么找他来，但是还是有些侥幸地问，局长能不能现在就跟我透露一下，我一定正确对待，这样我也好对我岳父说明白。

庄志文这时再一次把于在海抬出来，目的再明显不过了，那就是给王峰施加一点儿压力。但是王峰似乎早就准备好了，便呵呵地笑了两声说，你的这个要求我现在办不到。你想想，当整体思路没有出来之时，或者说班子研究的结果还没有出来之时，我就随便说随便许愿的话，那咱们外贸局不就乱套了吗？那还叫什么改革？好了，你先回去吧，耐心地等待消息，时间不会太长，也就两三天吧。

走出王峰的办公室，庄志文的心里什么滋味都有。他重新回忆着方才王峰说过的每一句话，从刚进门时过分的热情，到后来的看似讲感情实际上更是在讲原则的一席话，庄志文心里不禁连连叫苦。

这天晚上，气氛和以前有着明显的区别，平时在全家人面前总是摆出满身威严的于在海，现在判若两人，对来到这里吃晚饭的庄志文一家表现出了少有的热情和和蔼。简单的饭菜，让庄志文感到这个家庭完全和以前不一样了。这一切变化都因为于在海这次发生的事情，看来人在官场，这种大起大落给家庭造成的影响实在是太直接了。

尽管乔依琳绞尽脑汁地在餐桌上调节着气氛，并拿出了保存多年的好酒，但是于在海还是没有多喝。吃饭快结束的时候，于在海终于开腔了，他两只眼睛只是盯着饭桌上的饭菜，而不看任何人，但是说出来的话明显是给于梦莎和庄志文听的。

我和你妈都商量过了，南江市我们不准备待下去了，打算过段时间就搬回老家去。

怎么，真的要走啊？于梦莎有些不解地问，在咱们南江市你也待了这么多年了，熟人又这么多，出了事怕什么，咱们也不求谁，你回山东老家又能有几个认识的人？再说了我们又在这里。于梦莎一边说着一边望着父亲。

我看也是，可是我劝了多少回了，他还是不想在这里待，说连门都不想出，怕见到熟人没有面子。乔依琳很明显是站在女儿一边，但是从她的言谈和表情中可以看出她对于在海的决定是无力改变的。

一直没有说话的庄志文拿过酒瓶给于在海的杯里倒了一点儿酒，很动感情地说，爸，我能理解你的决定。在咱们南江市你和普通老百姓不一样，走到哪里都有很多人认识你。现在不同了，可是我也同意梦莎的想法，你走了之后我们将来怎么办？我们是你看着长大的，这么多年，你这棵大树都成了我们的精神支柱。这回一走就这么远，我们全家都会很想念你们的。

我这也是没有办法呀，如果还有一点儿退路的话，我也不会走这一步。于在海满脸忧伤地说，不过不是有那么句话吗，叫人挪活，树挪死，换一个环境心情或许能好一些，要在这里继续待下去，我非得憋屈死不可。

庄志文默默地点点头。于在海的举动在他的意料之中，但是没想到事情发生得这样快。看来这条路彻底不行了，再想让岳父出面为自己说句话已经不可能了。别说是相隔几千里，就是于在海从岗位上一退下来，原来是朋友的也未必是朋友了。

这天的晚饭大家吃得心里都没有任何滋味，都觉得这像最后的晚餐。

吃饭的时候，庄晓飞也非常知趣地不言不语，只是拿眼睛一会儿望望这个，一会儿又望望那个。倒是乔依琳有些舍不得地说，晓飞呀，以后放假了千万别忘了到山东来看我们呀，那里比这里好玩多了，气候也好。

庄晓飞点点头，很痛快地答应着，我会去的。我一定每个假期都去你们那里。对了，将来我就考那里的大学。

乔依琳摸着庄晓飞的脑袋，夸赞着说，晓飞越来越懂事了。

于在海草草地吃了几口饭，便把饭碗一推说，你们慢慢吃吧，便起身进了书房。

乔依琳满脸愁苦地说，你们都看见了，你爸这次回来之后就跟变了一个人似的。原来在家里话就少，现在干脆就不说了。我看他这样下去的话，会出大问题的。如果能回老家换换环境，对他可能有点儿好处。

于梦莎听到这里，便无奈地说，那也只好这样了。

外贸局的改革终于有了结果，也像那天动员大会一样，机关全体工作人员都到会议室里。所不同的是那天是竞聘演说大会，而今天则是公布竞聘的结果，涉及每一个人切身的利益，所以出席大会的人数比那天还多。开会之前会场里乱糟糟的，人们都在不停地议论着，猜测着。

庄志文特意坐在后排的一个角落里，他知道今天会上宣布的结果对他将意味着什么。

会场里所有的人都显得兴奋而紧张，不少人很大声地同别人打着招呼，很夸张地显示着热情。这和平时见面时相比是完全不同的，让人感觉到现在人们的关系仿佛一下子拉近了。

庄志文无心观察别人，他对自己的处境明显地感到了不安。但是在公布结果之前，他的心里似乎还保存着一线希望。他希望领导在公布名单的时候给他带来一次意外之喜，他甚至觉得既然王峰已经说过了于在海给他打过电话，不看僧面看佛面，总得讲点儿交情吧。

他就这样一会儿绝望一会儿又充满希望地等待着。

真正到了结果揭晓的时刻了，整个会场顿时安静下来。人们的脖子比平时都伸长了好几寸，都是一种表情，半张着嘴，两眼盯着主席台，生怕台上的领导说过的话被自己一不小心给漏掉了。

大会由王峰局长亲自主持并讲了一席话，不外乎对这次改革的成果给予了很高的评价，说全局上下都能正确对待这次改革，并积极投身其中，等等。

由主管政研工作的副局长最后宣布，机关各处室工作人员竞聘的结果。全局上上下下闹哄了这么多天，等待的就是这一刻。而不少人又不知道这次命运如何，便死死地盯着前面，有的人甚至还拿出一个小本子准备做记录。

这次改革的力度超出以往任何一次。外贸局机关原来近二百人，这次最后只剩下一百二十人，也就是有百分之四十的人将离开这幢大楼。去向早已经定好了，那就是一部分直接到企业去，另一部分在家待岗。

当那位副局长念到办公室组成人员时，庄志文顿时感觉嗓子有些发干，便不停地往下咽着口水，下意识地把身体坐直了一些。他本想站起来，但是又怕别人说他沉不住气，便仔细地听着一个一个名字。

那每一个名字对庄志文来说都如铁锤一般砸在他的心上，有些是意料之中的，有些是意料之外的。

马必成被宣布继续兼任办公室主任。在这时局长王峰插话说，这次改革马必成主任已经成为咱们局领导班子成员，具体的分工主要是主管行政工作的副局长。但是考虑到咱们外贸局办公室的特殊情况，他办公室主任一职还要再兼任一段时间，什么时候手下的人真正成熟了，可以胜任了，他再交班。

胡文军成了办公室的副主任，其他办公室人员还有几个留任的。

一直等到办公室工作人员的组成名单念过之后，已经念到其他处室，庄志文还是没有听到自己的名字。他的心彻底凉了，知道等待自己的便是回家待岗。他心里顿时感到有一种不可名状的情绪，是委屈，是愤怒，是不甘，好像什么都有。

他庆幸自己坐在了会场的最后一排，他趁着大伙儿不注意，便悄悄地从后门溜了出来。他不想和大家一起出来，更不想看见马必成胡文军等人那种胜利者满脸挂笑的神情，他要赶紧离开这个让他尴尬难堪的地方。

外面的阳光很灿烂，是这个春天里少有的。路上的车辆很少，因为非典的影响很多人已经不出门了，街上的很多饭店都挂起了停业的牌子。

走在这样灿烂的阳光里，庄志文的心情和天气正好相反，他漫无目的地向前走着。他甚至不知自己要到哪里去，等他抬起头来，一看已到江边。

这条江他已经很少来了，江边新建的公园焕然一新，但是在庄志文的眼里已经毫无生机。看到江边三三两两的人在散步，庄志文索性在一条长椅上坐下来，他要整理一下被早晨的大会搅乱了的思绪。

江风吹来，浪花不断地翻涌起来，哗啦哗啦地拍打着岸边，庄志文的心里也像被一种无名的东西撞击着。在这座城市转眼已近二十年了，没有想到今天却被这座城市抛弃了。原来觉得自己大学毕业之后留在省城工作，是彻底摆脱了农村的人，现在看来自己这么多年就像一株没有扎下根的庄稼，可是有这样的结果又能怪谁呢？

庄志文感觉到每幢楼房和每个路口的面目都顿时狰狞起来，都对他张牙舞爪，就像要把他赶到江里一般，他感到浑身有些发冷，便从长椅上站起来，转身往回走。

不行，我不能这样认输，我奋斗这么多年才在这座城市站稳了脚跟，我不能这样轻易地撤出去。如果那样的话，这么多年我算是白干了。庄志文在心里愤怒地喊道。

这是一条很繁华的商业街，街道两边全都是各式各样的商场和宾馆。从大橱窗里可以看到很多漂亮的服装，这个景象让庄志文心里有了一种别样的感觉。突然想起了一件事，方才从会场里出来一路走到江边，怎么就没有想起来呢？胡文华不是为自己准备了一条退路嘛，我干吗非要在外贸局的一棵树上吊死？此处不养爷，自有养爷处。对，找胡文华去。

打通胡文华的电话，那边的胡文华似乎知道庄志文要说什么，便笑着对着电话说，你不用说我都知道。你现在就过来吧，办公室都给你准备好了，就等着你来走马上任了。

这天早晨前后不过两个小时，又让庄志文在情绪上经受了一次真正的大起大落。外贸局那边毫不留情地把他扫地出门，而胡文华这边又满怀热情地许以高位。看来我庄志文在社会上还是有点儿人缘，算没有白混。外贸局这次被刷下来的八十多人中，我庄志文可能是第一个走到理想岗位的人。

放下给胡文华打的电话，庄志文便忙不迭地打了一辆车，他恨不得马上赶到大华服装公司，赶到那边为他刚刚布置好的办公室里，然后坐在宽宽大大的老板台旁，体验一下成功人士的那种感觉。

这一刻他真是从心里对胡文华产生了感激之情，这个时候如果不是胡文华伸出这只热情的手，他庄志文在这座城市里真不知道该怎样混下去，难道自己也学着岳父回老家种地不成？

是胡文华给了我这条非常体面的退路，虽然说是个代理副总经理，可是绝不会比办公室副主任的位置差，说不定经济收入要比原来的那个岗位多得多。我以前真是糊涂哇，放着一座金山不去开采，却死盯着一个臭水泡子，想在那里捞大鱼，真是太糊涂了！现在这次改革也算是给我创造了一次改变命运的机会，从这一点看我应该感谢王峰马必成这些人。

坐在出租车里的庄志文感觉自己的心情和外面的阳光一样灿烂了。眼看着就要到大华服装公司了,他下意识地整了整自己的衣服。因为自己这次来和以前不同,这次要让人们看到大华服装公司的副总经理是什么样的气质和派头。

胡文华在门口等着他,眼神里流露着热情,身边还站了几个人。这回是很认真地做着介绍,旁边一个四十多岁的有些秃顶的男人上前自我介绍道,庄总,我是办公室的主任,我姓王。胡总早就给您安排好了,二楼挨着胡总的办公室就是您的办公室。现在我就领您到办公室看看吧,看看还缺什么,您尽管吩咐,我马上去办。

庄志文没有想到事情来得这样突然,便侧过脸望了望胡文华。胡文华倒显得若无其事,似乎这一切早就在她意料之中。

在那间宽敞的办公室里,足有三米长的大写字台摆在屋子中央,豪华的沙发和书架把这间办公室装扮得格外气派,那个王主任很殷勤地向庄志文介绍着。

一起走进来的胡文华指了指老板桌旁的那个大转椅说,我的庄副总,现在就请你坐上去感受感受吧。哈哈,别不好意思,看看和你们外贸局你原来坐的那把椅子相比哪个更舒服。

庄志文就像一个刚入学的孩子一样,兴奋而紧张地坐在那把大转椅上,然后轻轻地摇晃着身体。心里在说,是不一样。企业和机关真是不一样,在机关别说是我小小的副主任,就是王峰局长的办公室也没有这样的条件呢。想到这里,庄志文很真诚地对胡文华说,胡总,真是太感谢了,想得这样周到。

胡文华笑着摆了摆手,这算什么,你以前不是专门要看局长和办公室主任的眼色行事吗?现在我给你翻过来,以后你有什么事,就可以直接让这位王主任去办。我想他会非常高兴地听从你的领导的,你说呢,老王?

那是那是,以后庄总说的话,就和您胡总说的话一样,在我这里都是圣旨。那位秃头王主任把头点得像鸡啄米。

办公室里只剩下了庄志文和胡文华两个人。胡文华走过来轻轻地拍了一下庄志文的肩膀说，怎么样，庄老弟，你大姐够意思吧？你知道吗，我本想组织办公室的人给你搞个欢迎仪式，再摆一桌酒席给你接接风压压惊，我怕你不同意。

庄志文很感激地说，还是你想得周到，你要那样搞的话，我倒觉得不舒服。那边人家都不要我了，你这里再搞出这么大的动静，我觉得可能还是带有讽刺意味呢。再说了，你的这个公司和我的又有什么区别？我来到这里，也就是回家，回自己的家，还搞什么欢迎仪式呀，那不是太见外了吗？

行，你们文人有时候就是假斯文，还想满足虚荣心，还想摆清高。怎么说你呢，说多了可能你又要生气了。好了，一会儿我就把公司的人召集起来，把你隆重地介绍给大家。从今天开始，你就是我这里的代理副总经理了。

听到代理两个字，庄志文心里掠过了一丝不快，但是这已经是两个人商量好的事情，也不便马上表露出来。心里在说，我要靠自己的努力，不仅要把这代理两个字拿掉，而且要争取早点儿把前面那个副字拿掉。别看我在外贸局没混明白，到了你这个企业，对我来说，那就是小菜一碟。

庄志文的这个自信来自于他对胡文华的了解和这么多年他在外贸局工作的经历，在他的心目中，很多企业充其量也就是个大一点儿的家庭作坊。花点儿钱雇几个人，然后再把产品打到市场去或者销到国外去，比起每天点灯熬油赶写的那些大材料不是容易得太多了吗？

胡文华望着庄志文的神情，似笑非笑地摇摇头。我可告诉你，现在你在我这里可是一人之下，几百人之上，公司的业务你要尽快熟悉起来，必要的时候，我可要给你压担子，而且还要把你放出去，好好闯荡一番。

放心吧，没问题，庄志文很爽快地回答着。

25

回到办公室里办交接的时候，胡文军显得有些尴尬，对庄志文说，庄副主任，如果我有你那样的水平和能力，对了，还得有你那样的门路的话，我才不干这个副主任呢，现在你可是一步登天了。

庄志文嘴角撇了一下，带着讥讽的口吻说，我的胡大主任，你的话是不是说反了？你还管我叫副主任，这不讽刺我吗？再说了，我已经被外贸局扫地出门了，你在这里却说我一步登天了，是不是有点儿站着说话不腰疼？是不是有点儿像《红楼梦》里说的那两句？

哪两句，你说明白一点儿。胡文军追着问。

庄志文头也不抬，把自己的东西三下五除二地装进了一个旅行袋里，把钥匙也扔给了胡文军。接着，这里以后就是你的地盘了。怎么，那两句不知道，我告诉你吧，上一句是子系中山狼，下一句你自己去看书吧。

看书？我哪有那么多工夫！《红楼梦》的电影和电视剧我倒看过，怎么不记得还有这么两句。

庄志文努力地憋住笑，看来局领导真是瞎了眼，连《红楼梦》都没读过的人居然能写出那么像模像样的材料，那怎么可能呢？你们也不看看这个胡文军每天都干些什么，居然聘他当办公室的副主任，这不是天大的笑话吗？

向王峰告别的时候，王峰显得有些不好意思，但是很快便笑呵呵地说，小庄呀，这一步你算走对了，说不定这才是你的最佳选择。以后有本事的人不是在机关，而是在企业。我相信你会干好的，我们等着你的好消息。也给这次调整下来的人做个榜样，让他们看看，我们小庄能做到的，他们也应该做得到。

走出王峰的办公室，庄志文心里在愤愤地骂，说得好听，到现在了还跟我说这些言不由衷的话。你等着吧，如果我庄志文真是混出了名堂，将来有跟你们算账的时候。

拿着自己从办公室里拿回的东西，坐在出租车上，一边往家里走一边给于梦莎打通了电话，说自己是如何从外贸局下来的，又如何成了大华服装公司的副总经理。把两件事放到一起说，庄志文显得兴高采烈，让人一点儿也听不出今天早晨的那种沮丧情绪。

对于庄志文前一个结果，于梦莎是意料之中的，也做好了足够的思想准备，甚至还想到如果实在不行，就把庄志文介绍到文化局下属的一个书店里找个事情做。前两天她已经和书店的那个张经理打了个招呼，只说是自己的一个熟人，那个张经理答应得也很痛快，说是你的朋友那还有什么说的，到我这里在营业部或者是采购部当个副主任什么的，如果干好了将来接我的班都是可以的。当时于梦莎便觉得能为丈夫找到一条退路还是很有成就的，因为这么多年别说是庄志文，就是自己的工作也都是靠老爹的影响。现在靠自己，没有想到一出马就这么成功。她真正感觉到了权力的重要性，那个贼眉鼠眼的张经理为什么答应得如此痛快，还不是我手里的这点儿权力能管着他。他当然知道不敢得罪我，如果他给我安排了一个人，以后他不就是胆子更大了吗？对于庄志文这么快就自己找到了出路，于梦莎没有想到，而且感到特别的意外和突然。

于梦莎有些等不及地在电话里问庄志文，大华服装公司就是那个姓胡的女人的公司吧，你的那身衣服不就是她给买的吗？这次你就这么毫不费力地到那里当了副总经理，你说实话，你们是不是有什么事啊？

庄志文矢口否认，看你想哪儿去了，我们能有什么事？原来也只是认识，后来我不是帮着他们企业搞了几份材料吗？她挺佩服我的，说她那里就缺像我这样的人。以前就跟我说过，只是我没答应，这次不是已经走到了这一步吗，我如果不去的话，我还能干什么去？

那行吧。于梦莎有些不快地说，其实你的事我早就给你留心了，你也不问问人家。好了，既然你能够一下子当上副总经理，这回你的虚荣心也可以得到满足了。人家不是欣赏你的才华吗，那你就好好干吧。

庄志文说，这不是一步一步赶出来的嘛，你别听说是个女老板就把话说得酸酸的。

呸！你以为你是谁呀，我吃你的醋，做梦去吧。于梦莎说完，啪的一声把电话挂断了。

在胡文华的办公室里，庄志文眼睛似乎又不够用了，这间办公室比他的那间足足大了两倍。真是不比不知道，胡文华的这间办公室里几乎所有的东西都要比他的那间屋里的东西高出很多档次，庄志文这里看看那里摸摸。胡文华坐在老板椅上笑眯眯地说，怎么，是不是心理不平衡呀？你只要好好干，把咱们公司搞好了，将来咱们两个把办公室换一下都行呀。你别以为我说的是假话，你知道吗，我刚接那间小服装厂时，别说是这屋里的东西，办公室里就连一张像样的桌子都没有。现在这里的东西每一样都是我一把泪和一把汗挣出来的。

庄志文自然能听明白胡文华这些话的弦外之音，便有些不服气地说，我会以我工作的成绩来证明的，摆在我办公室里的那些东西就算是我欠公司的。如果我将来干不好，那些东西你都可以收回去，或者现在我给公司里打个欠条都行。

你呀，怎么又耍起小孩子脾气了，这不是在公司嘛，虽然我是董事长，可是公司也有公司的规矩。再说了，咱们俩现在不是地下工作者吗？如果将来有一天什么都公开了，什么你的我的，咱俩把那堵墙推了，就坐在一间办公室里，或者干脆你坐在我这里，我出去给你跑业务。

几句话把庄志文说得心里热乎乎的，他觉着很舒坦，便走过去坐在胡文华桌子对面的沙发上，半开着玩笑说，我的胡大董事长，我现在正式向你报到，就请给我分配工作吧。

胡文华也显得一本正经，伸手把桌子边上的一个文件夹拿过来，从里面拿出一张已经打印好了的文字材料递给庄志文，说，这是你同公司的协议，换句话说，也是你在大华服装公司拥有的权利和应尽的义务。你先看一看，如果有什么不妥之处，咱们可以商量；如果你觉得这样办可以，咱们就在上面签个字。

庄志文没想到胡文华会有这一手，一边接材料一边用很陌生的眼神望着胡文华。

我方才不是说了嘛，这是在公司，公司里就有公司的规矩。如果在咱们家，还用得着这个吗？胡文华笑着说，这也是做给别人看的，我不想我的人在公司里让人说成是吃闲饭的却混了个高位置，说心里话我真希望你在公司里干出点儿名堂来，给你自己也给我争口气。

一看胡文华把话说到了这种程度，庄志文便默不作声了，仔细地看着那份文字材料，上面列了不少条款，多数是庄志文已经知道的，比如职务、工作的范围，还有年薪等等。他原来不知道的实际上也是这份材料的重点所在，那就是胡文华对他的约定。比如那份材料上用文字是这样表述的：副总经理在代理期间以及以后，必须对公司董事会认真负责，忠于职守，遇到重大开支必须取得董事长和总经理的同意，对于公司里人事和财务的管理，也必须经由董事长和总经理同意。

看着这些文字，庄志文一下子就明白了，这些虽然在条款上都显得有理有据，而且是合情合理的，但是庄志文毕竟是写了十多年的材料，对文字表达的东西显得异常敏感。说穿了，这份东西是胡文华对他的一个约束，那就是在感情上要求庄志文不能有二心，在经济上又不给庄志文什么权力。

庄志文对那段文字足足地看了三遍以上，胡文华一看庄志文沉默不语，便没话找话地说，不是有那么句话吗，叫亲兄弟明算账。咱们也是先小人后君子，其实如果从感情上说，根本不用这些东西，可是方才我不是都说了吗，我想你会理解的。

庄志文虽然眼睛还盯着那份材料，可是心里已经折腾了好几个个儿。看来这个女人真是不一般，我要是和她斗的话还真得多长点儿心眼儿，现在是人在屋檐下不得不低头哇，谁让我来端人家的饭碗呢？如果换位思考的话，我可能也会这样做的。再说人家这么大一个企业，对我这个不熟悉业务的人，做一些规定和约束，也是合理的。可是她这样白纸黑字地逼我签城下之盟，这不是让我难堪吗？想到这里，庄志文心里刚刚晴朗的天空又有些阴云密布了，但是他知道自己现在没有别的出路，只好把牙一咬，我同意，我签字。

这些日子，于梦莎正处在一种前所未有的焦虑之中。一边是父亲出事，虽然现在已经安全回老家，但毕竟削职为民风光不再了；另一边是丈夫下岗，虽然马上又有了新的工作，还当上了一家服装公司的副总经理，可凭着女人的敏感，她感觉到这件事对她并不利。从丈夫穿着那个姓胡的女人给买的名牌西服，到现在丈夫又到她公司去上班，这些日子于梦莎曾不露声色地从侧面了解胡文华的情况，越了解便越不放心起来。

庄志文倒是显得兴高采烈，根本没有人们常见的那种失去原有职位的失落感，而是有了一种新的精神面貌，出来进去更加讲究穿着打扮和仪表了，似乎他和以前完全不一样了。于梦莎便半是玩笑半是讥讽地说，没有想到你这个农民的儿子怎么突然之间就想开了，忘了你常挂在嘴边上的艰苦朴素、勤俭持家了吗？庄志文不屑一顾地说，现在鸟枪换炮了，以前的理论自然就不实用了。再说了我现在是公司的副总经理，迎来送往都是场面上的事，见到的又都是有头有脸的人，我可是代表公司的形象，再穿得穷嗖嗖的，是会影响公司的形象和生意的。

一看庄志文说得振振有词，于梦莎说，哟，真看不出来，一夜之间便成了腰缠万贯的大老板！我倒要问问你，你这个大公司的副总，月薪是多少，年薪又是几何，还有你本人在公司里占有多少股份呀？

提起这个话题，庄志文便有些喜忧参半，但还是不甘示弱地说，如果单说月薪的话，最低三千元。要算年薪，每年四万五万可能都打不住，还有奖金呢。至于说到公司的股份，你也别激我，将来我想会有的，你不信咱们就走着瞧！

于梦莎故意装出了满脸的认真，我信，我信，对你我啥时候不信了。不过我可要提醒你，你的那个老板我听说可是一个不简单的

214

女人，你可要好好表现呀。

庄志文没有听出妻子的话里有话，还是美滋滋地说，这是自然的，在公司里从本质上说我还是一个高级打工仔。可是，我可是一人之下，几百人之上，比在外贸局强多了。在原来的那个机关里，我得整天寻思着领导的心情和脸色，谁都不敢得罪，谁我都惹不起。现在可不用了，我走进公司有那么多人对我点头哈腰，这种感觉可是从来没有的。

这么说，你倒是自我感觉良好呀。于梦莎没有心思和他继续说下去，便不冷不热地说，我还得劝你一句，你也是四十岁的人了，你是一个有老婆有孩子有家庭的男人，办什么事情都要拍拍这里想一想。于梦莎用手拍了拍自己的胸口。

放心吧，我庄志文是一个有责任感的男子汉，不用你来提醒。

两个人又说起于梦莎的父母要回山东老家的事，庄志文显得无所谓，说，回不回去是他们自己的事，咱们也管不了。

于梦莎白了丈夫一眼，怎么，是不是看我爸现在不行了，没有利用价值了，你就来个事不关己不闻不问了。

庄志文不服气地说，在你们老于家这些年来有什么时候想起听我的想法，不管什么事情，我倒是想闻想问，可是我有那个资格吗？

你不要没良心，这些年我们家是对得起你的。如果没我们家，你能有今天吗？于梦莎一脸的怒气。

庄志文两手抱拳，向于梦莎摇了摇，我的姑奶奶，我不跟你争了，我服了还不行吗？我庄志文永远感不完你们老于家的恩，呸！我如果当年不走这一步的话，说不定我在下面早就干出名堂了。

就凭你，做梦去吧。于梦莎轻蔑地说。

当天晚上庄志文真是做了一个很长的梦，梦见自己好像是大学毕业之后真的回到了河东县，梦里还有一个同柳叶结婚的热闹场面。又过了若干年之后，他干得非常出色，一路平步青云，一直当到了县委书记、地委书记，坐着名牌轿车，吃着高档饭店。特别是柳叶，光彩照人，走在路上所有的男人都用色眯眯的眼睛望着柳叶，又都用忌妒的眼神盯着庄志文。庄志文走到哪里都像一个凯旋的将军，鲜花和掌声始终围绕着他，高兴得他止不住乐出声来。

你干什么，人家睡得熟熟的，你深更半夜的笑得那么大声？睡在一旁的于梦莎生气地说。

庄志文打了一个哈欠，我方才做了一个梦，梦见的都是好事。

于梦莎没有心思和他说下去，一侧身，给了庄志文一个后背。

庄志文望着窗外闪烁的灯火，睡意越来越浅了，方才在梦里梦到的情形还是那样清晰地在眼前展现着。这几年他经常在夜里做梦，但都是乱糟糟的，早晨醒来时再想梦见的是什么便早就记不清了。这回不一样了，就同看电影似的。

这梦对我将意味着什么呢？人家都说梦是反的，如果真是那样的话，是不是又要轮到我庄志文倒霉了？想到这里，庄志文在心里不免生出一些焦虑来。

管他呢，现在我已经被下放到企业了，还能有什么更不好的命运？再说了，命运不能靠上天，也不能靠别人，它就在我自己的手里。凭我现在的能力和才华，从今往后的日子只能一步一步往高处走。

庄志文终于又满足地睡着了。

按照胡文华交给庄志文的工作任务，他这个公司的副总经理，主管全公司的宣传和对外联系，以前这些事情都是由办公室那个秃顶的王主任负责的。

庄志文没有想到胡文华让他做的是这些事情，便有些不甘心地说，我一个堂堂的副总经理，就交给我这点儿事情，是不是有点儿高射炮打蚊子？再说了整这些东西在机关里我已经腻烦透了，到了你这里还干这些！我一个副总经理，也不能总在外围给你打下手，我虽然不懂生产技术，可是行政管理、市场营销这些东西我从理论上都是可以的，就缺少实践了，我觉得在公司里你应该给我提供这样的机会。

胡文华眯缝着眼睛静静地瞧着庄志文，一时还把握不定她面前的这个男人说这话的真实含意，他是真想干点儿实事，还是另有所图，便说，这个好商量，如果你把这些事情做好了，还有剩余的时间和精力的话，当然我也想让你参与公司的具体业务。以前大事都是我一个人往外跑，这回你来了，必要的时候也可以出去闯一闯，别说你这么一个大人物到了我这里屈才了。

庄志文一看胡文华同意了他的要求，便嬉皮笑脸地说，这还差不多，够哥们儿意思。

胡文华却很认真地说，咱们可有言在先，咱们两个也不必老把哥们儿意思挂在口头上。我肯定不管到什么时候对你都是够意思的，我也希望你用你的实际行动对我对公司够意思。

庄志文用手把胸脯拍得嘭嘭直响。你就放心吧，你就把眼睛瞪得大大的瞧着我吧！

我会的。胡文华收起了笑容，一脸严肃地说。

这些日子于梦莎明显地感觉到庄志文晚上都是很晚回家，每个星期还有两三天晚上根本不回家。而庄志文的解释是说刚到公司很多业务还不熟悉，这些日子公司的事情又实在太多，不加班加点根本做不好。再说了企业和机关不一样，机关里只负责八小时在办公室里坐板凳，到了企业就大不一样了。你知道人家客户什么时候来，人家来了就是上帝，就得陪好人家，让人家满意。所以陪客人去喝酒去唱歌，甚至包括去洗桑拿去打麻将，这都是公司领导人很重要的工作内容，没有这些企业能有效益吗？

于梦莎抢白着庄志文说，你别拿这些话来唬我，我心里明白着呢。

你明白什么，你明白了还问我。庄志文虽然心里发虚，可是嘴还很硬。

于梦莎知道自己如果手里拿不到能说服人的证据，庄志文是不会服输的，就这样和他争下去也没有多大意思，便摆着手说，我劝你好自为之，还是那句话，你不要忘了这个家。你除了是我的丈夫，你还是庄晓飞的父亲。

这个不用你提醒，庄志文说得底气很足。

刚到公司，收发室的那个老头儿便热情地喊住庄志文，庄副总，这里有一封从外贸局转过来的信，好像是你家乡来的。

庄志文拿过信封一看，就知道这封信是二姐志秀写来的。

信上说，大姐夫张泉水由于及时还清了诈骗得来的钱，认罪态度较好，当然最重要的是，柳叶的丈夫当时的河东县县长何远航说了情，只判了一年。一年时间还是不长的，一转眼就到了，大姐一家人都非常感激，还说将来庄志文回家时要陪着他们去亲自登门道谢。信里写到父亲家虽然用庄志文寄去的钱把地勉强种上，可是眼看着小苗长齐之后，就需要买农药化肥什么的，现在家里又拿不出这笔钱来。虽然没有直接说让庄志文解决这笔费用，可庄志文觉得这正是二姐写这封信的主要目的。

上次拿钱的事，于梦莎表现出了少有的大度，这次肯定不行。因为现在她也处在低谷之中，再想从于梦莎的手里拿出几千元钱给家里买农药化肥那根本是不可能的事。

庄志文把那封信叠好了放在衣袋里，这封信对他来说就是一个烫手的山芋，想吃吃不了，想扔扔不掉。大姐的事好歹是从胡文华那里借了一笔钱，又通过卖岳父的那幅画把那笔账算平了，但是那个该死的张泉水出来，我还要跟他算清这笔账。如果有条件的话，将来他还得把五万元钱还给我。

可眼下这件事该怎么办？于梦莎那边是不行，那么剩下的就只有胡文华了。身上穿着人家给买的衣服，刚到公司上班才这么几天，就张嘴再朝人家借钱，庄志文心里觉得实在是张不开嘴。

真是天无绝人之路，就在庄志文正为家里急需的那笔钱而感到焦灼不安的时候，公司的会计拿着一个信封走进了他的办公室。庄副总，这是公司上半年发的奖金，胡总说您虽然刚刚来，但是也应该有一份。这是您作为公司副总经理的那一份，一共五千元，您数一数。

庄志文努力地掩饰着内心的激动和喜悦，故意装得很平淡地说，这真是受之有愧却之不恭，请你转告胡总，就说我愧领了。你既然都数过了，我还数什么，你去忙吧。

手里拿着那个厚厚的信封，心里的滋味却很复杂：在机关这么多年，从来都没有一次得到过这么多的奖金，看来这一步是走对了。但是如果胡文华和自己不是这种关系，即使是在公司当了副总经理，这笔奖金也是和自己无缘的。平心而论，自己还没有给公司做出任何贡献，就享受了公司的胜利果实，虽然钱这种东西不咬手，可是庄志文的心里却感到了一丝的愧疚，同时也对胡文华萌生了更多的感激之情。

这个女人实在是不一般，她的手腕也和普通的女人不同，是一个干大事的人，庄志文在心里品评着胡文华。通过这件小事他感到胡文华这几年把一个小小的服装厂发展成远近闻名的大公司，这本身就是一种能力的证明。还有，现在胡文华的公司是有些非同凡响的经济实力的，这些日子庄志文虽然没有机会查看公司的日常经营和固定资产的账目，但是他能感觉到这家公司的业务量能达到什么程度。他在心里默算了一下纯盈利的比例，看来每一年的纯盈利都应该达到二百万元以上，这样看来胡文华可真算得上南江市地地道道的富婆了。

还是我庄志文命好，鬼使神差地让我和胡文华认识了，交往了，虽然这些日子多多少少在心里有了一种被胡文华豢养的感觉，可是现在我毕竟是公司的副总经理。既然企业有这么好的效益，我这当副总经理的理所当然地应该得到丰厚的回报。想到这里，庄志文嘴角向上一翘，不出声地乐了一下。

26

于在海和乔依琳终于决定马上搬回老家居住了。这几天已经把家里的东西整理好了，说要回到老家买一所靠近海边的房子，这样一来可以省钱，二来出门方便。虽然在城里已经住惯了楼房的乔依琳心里有些不快，但还是没有办法，因为于在海决定的事那是不容商量的。

听说于在海要把现有的这幢大房子留给于梦莎，庄志文便在心里打鼓。如果真是这样的话，这个房子已经办了产权，如果真是把这幢房子归到了于梦莎和他的头上的话，将来出手少说也应该是四五十万，这可是一笔不小的财产。

于梦莎却对庄志文说，按照咱爸咱妈的意思，是想把这幢房子给咱们。可是我不同意，因为他们干了一辈子，也就剩下这幢房子了，他们将来养老靠什么？虽然有咱们，可是要让我说，谁有不如自己有。我都和爸妈说了，这个房子我先给他们管着，或者是卖给别人，或者是出租，钱都归他们。

一听妻子这样说，又是当着于在海夫妇的面，庄志文心里有一百个不痛快，可是嘴上只好大度地说，这件事你做得对，我也是这样想的。再说了，咱们还年轻，咱们将来就靠自己的双手来创造自己的生活。这不是嘛，你们看我到这个公司才几天呀，就发给了我三千元奖金。

于梦莎眼睛一亮，你才上班几天呀，这怎么可能？

谁不说呢，可人家胡总说，我既然赶上了，也就有我一份。人家企业效益好，再就是这钱怎样分，人家老板一个人就说了算了，用不着跟谁商量。我现在才真正体会到在企业干比在机关强多了。

于梦莎有些半信半疑，但是当着父母的面不好说什么。

回家的路上庄志文悄悄地问于梦莎，你真想把那幢房子出租或者出卖呀？

怎么，方才你不是挺赞成的吗？

庄志文吞吞吐吐地说，方才、方才不是在你爸你妈家里吗？我现在想呀，我呢，也算一个公司里的副总经理；你呢，也算是文化局里有头有脸的领导。你看咱们住的那个房子，不仅面积小，格局还不好，大天白日，进屋还要打灯。将来我们家的客人会逐渐多起来的，那样的房子和我们的身份是不是不相配呀？

哦，我明白了，你是想等爸妈走了之后，咱们搬过来，这幢大房子和你的身份就相配了。于梦莎说这些话的时候显得很平静。

我是这样想的，这不是和你商量嘛。庄志文尽量把话说得温和一些，当然了，行不行这件事就凭你一句话。

你呀，永远改不了农民的习气。于梦莎指点着庄志文说。

庄志文不服气地说，你以后少在我面前提农民两个字，农民怎么了？没有农民城里人吃什么？你别忘了中国是农业大国，城市这才是多少年的事呀。如果往前追的话，谁家的老祖宗都是农民！

咱俩说的是两回事，我可没有瞧不起农民的意思。可是有一点你怎么否定也是否定不了的，那就是存在决定意识，你不觉得你在农村生活了那么多年之后，到城里用了多年时间也没有彻底地改掉那种原有的习气和意识吗？我说的就是这个。

这是两个人结婚这么多年经常探讨和争论的话题，也是这么多年于梦莎和她的家庭表现出来的有些瞧不起庄志文的根本原因。因为于梦莎以前就多次说过，在她的眼里，并不是根据一个男人能挣多少钱来衡量这个男人是不是有能力有水平，有的时候正是通过这个男人的举止言谈所表现出来的品位。

于梦莎自己也没有想到，这么多年她都没有让庄志文改掉她不能容忍的毛病。

别墅里的灯光显得很别致，胡文华在白天时就把房间和餐厅布置好了，还特意订做了一个大蛋糕。

屋子里只剩下了她和庄志文两个人，就像是一对真正的夫妻一样。胡文华抑制不住心头的喜悦，亲自起身把两只酒杯都倒满了酒，对庄志文说，今天是我的生日，难道你就不想对我说点儿什么吗？

庄志文也激动地端起酒杯，我想说的话实在太多了，真是有千言万语。可是话到嘴边又不知道先说哪句好了。好，就先祝你生日快乐，希望以后每年的今天你都这么快乐、这么年轻、这么美丽。

胡文华的眼睛顿时有亮晶晶的东西在闪烁，把杯里的酒一扬手干了下去，然后说，以前都是别人给我过生日。对了，这两年都是我出钱找了一大帮人，热热闹闹的。当然，公司里的人，特别是那几个平时关系不错的，也都想借此机会表示表示。可是我对他们早就有言在先，谁要给我送钱送礼物，我马上就炒谁的鱿鱼，因为我知道我不缺这个。

真没想到，原来我只以为你是一个生意场上的老板，没有想到你还挺有人情味的呢。庄志文说得很真诚。

这话说得还算到位，我自己的优缺点我比谁都清楚，因为我每天要做的除了工作之外，还有一件事，这也是我把公司办到今天的一个绝招儿，或者叫法宝，你想不想听听？

我洗耳恭听，你说吧。庄志文亲自为胡文华的杯里倒上了酒。

这件事就是我每天回来之后，都要想一想我今天在公司里做的事情哪些是对的，哪些还需要改正。特别是我在处理人际关系的时候，我把一天中办的事情，进行换位思考，为对方设身处地地想。如果我做得过了火，我第二天便找机会把头一天过火的地方补救回来。这样做的结果是让大家和我不隔心，我一个人的精力毕竟是有限的，我不可能面面俱到。这么大的公司，我更不可能事必躬亲，所以我必须用自己的真诚和信誉来培养我们公司的骨干，也可以叫核心人物。我今天把这些话告诉你，你应该明白我是什么意思吧。

庄志文很感激地说，我懂，这也是你给我上的一课，谢谢你对我的信任，还是那句话，你看我以后的行动吧。

你自然和别人不一样了，这个不说你也知道。还有这件事在我心里也装了挺长时间了，总想找个机会跟你说一说。今天就借着我生日的机会，也借着方才喝的这两杯酒，把我的心里话告诉你。

胡文华说完这些话，并没有马上说下去。她在等着庄志文反馈给她的信息，哪怕是一句高兴的话，或者是脸上一个细微的表情。

庄志文想，她要说的是什么事呢，对我来说这件事将是一种怎样的结果呢？但是应该是好事，便很激动地说，我愿意听你说，其实你也用不着等到今天。因为我知道你要说的这件事，肯定和我们两个人的感情有关。庄志文故意把感情两个字说得很重。

胡文华默默地点点头，但是这件事对你和我都不是一件小事，或许还会波及别人，所以这件事对你和我来说，都不是轻而易举的。

可是这件事如果我要不说的话，我有时晚上都睡不好觉，所以今天我就索性跟你说了吧。那就是我现在就准备和方连升离婚，我不想让自己的后半生陪伴那个名存实亡的婚约了。如果那张纸已经不再具有实质内容的话，那就像一张已经无法履行的合同一般，那就是废纸。如果一纸婚约真要是爱情的证明的话，或者是一种法律上的文书的话，我希望将来的那张填上咱们两个人的名字。

胡文华说的这件事是庄志文没有想到的，便脱口而出说，咱们以前可不是这样说的，怎么，你现在改主意了？

胡文华又喝了一大口酒，把酒杯放下说，是的，咱们原来是说过要保持对方家庭的稳定。可是现在我想明白了，我也是一个女人，如果我是一条小船的话，我想我应该有一个名副其实的停泊的港湾。我仔细地想过了，现在不是以前了，一提起离婚来周围的人都七嘴八舌的。现在咱们虽然还没有开通到有些人那样，把多离几次婚、多换几个丈夫或者妻子看成是很荣耀的事情，可是我真的不想为那个已经死亡的婚姻殉葬。现在，我的钱已经足够花了，我现在的条件就是市长都比不了。我还缺什么？我就缺一个真正家庭的温暖。还有，那就是感情上的寄托。我不想成为那种表面上风风光光可以经常在公众场合露面的企业家，而背地里为了寻求感情而需要隐姓埋名，或者偷偷摸摸。我做事情就喜欢名正言顺、大张旗鼓。

这个问题对庄志文来说真是太突然太意外了，他显然没有思想准备，这个时候也不可能把结果告诉胡文华，就说这件事我得好好想一想。虽然我和于梦莎这些年过得并不是太和谐太幸福，可是我们毕竟在一起生活了这么长时间，还有了孩子。

胡文华说，这个我能理解，我何尝不是那样啊？这件事我也不想逼你，因为那样做的话不是我的风格。但是我要把我的想法，或者说我给你的条件告诉你，你在考虑这件事的时候可以作为一个参考的依据。

怎么，还有条件？庄志文端起酒杯，有意把心里的话说得瞒天过海。我这个人可是容易上当的，你可不要用海市蜃楼或者是纸上谈兵的东西来让我望梅止渴呀，我可是经不住那种诱惑的。

胡文华笑着说，真不愧为是个舞文弄墨的，一句话就用了好几个成语，把我都说晕了。我虽然说不出那么多文词儿来，但是我要跟你说的条件却是实实在在的。趁着咱俩都没喝多，我现在就跟你说明白了：第一，如果真走到了那一步，我就把公司总经理的位置交给你。至于说谁是公司的法人代表，都可以商量。如果没有那一步，你只能是代理副总经理，干好了把代理俩字拿掉，但不可能成为法人代表。第二，真是做到了我说的那样，我可以把公司百分之二十到百分之三十的股份转到你的名下，让你这一辈子都花不了用不完。当然了，我说的这个是最低数。

庄志文没有马上回答，刚喝的两杯酒现在也开始起作用了，酒劲儿呼呼地往上涌。方才胡文华说的这两点，有的是他意料之中的，有的是他没有想到的，尤其是第二点。

胡文华不露声色地望着对面的庄志文，我方才说的这些可不是借着酒劲儿乱说的。你可以冷静地考虑考虑，然后把结果早点儿告诉我。但是这件事可以从长计议，因为我知道这件事不那么简单，因为这意味着从形式到法律解散两个家庭，再重新组成一个另外的家庭，涉及的人不止咱们两个人。所以咱们做这件事的时候都要权衡利害，但是我自己的事我可以做主，我和方连升肯定要在最近把这件事办了。我也不想让那张纸来束缚他了，人家那个女的连孩子都给他生出来了，总得让人家有个名分吧！我这边也想开了，你可听好了，将来你要是不同意的话，我方才说的那个第二条，也有可能是另外一个人的了，到时候你可不要后悔呀。

这又是一个让庄志文没有想到。他没有想到胡文华最后说出这样的话，这表面上看似玩笑，但实质上是极有可能发生的。可是他又不好马上表露出来，他还想在胡文华面前保留一点儿男人起码的自尊，便挥挥手很大度地说，那个没关系，如果真到了那一天，你们办事的时候可别忘了请我喝喜酒呀！对了，胡大姐，我现在倒想问一句，在你的心里，我的那个姐夫的人选有了吗？

胡文华被他逗乐了，还行，还挺幽默，我就喜欢有幽默感的男人。不过我方才说的可是真的，你也不要跟我故意打哈哈，等你酒醒了，好好考虑考虑，别到时候你说我没有告诉你。

庄志文用一双醉眼望着灯光下的胡文华，他看到胡文华虽然喝得脸上红扑扑的，但是那眼神却是认真的坚定的。

于在海和乔依琳从南江市搬回山东老家了，临走时把房子的钥匙交给了女儿于梦莎，说或租或卖由她决定。

庄志文把岳父岳母送上车后，在回家的路上，再一次提出原来的想法，这次于梦莎并没有表现出特殊的反感，但是也没有点头，说她要考虑考虑再说，说父母回老家如果住不惯的话可能还会搬回来，所以这套房子还是要放一放再说。

凭着老爷子的性格，据我的推测，即使在老家住不惯，他们也宁可搬到别处去，说什么也不会再回南江市的。庄志文蛮有把握地说。

于梦莎没有接他的话茬儿，继续往前走了几步。

庄志文有些着急地说，是什么打算你倒是说一声，我不是和你说了嘛，现在我也是一个大公司的领导，说不定什么时候公司就要给我配专车了。我过几天还得托熟人给我弄一本驾照，到时候你说我把车开回来，咱家门口别说是像样的车库，连个车位都没有。

真看不出来，这么几天就土包子开花了。我怎么就不信呢，你如果有这样的水平，外贸局那些人真是瞎了眼。于梦莎回过头来盯着丈夫说，我真是弄不懂，你到底给大华公司做出了什么样的特殊贡献，值得人家给你这样优厚的待遇。

嘿嘿，庄志文干笑了两声，这就说明你老公还是有水平的，只不过是以前没有遇到伯乐。现在人家老板赏识我器重我，等过几天我写的那篇东西再发出来，到时你看吧，最起码在南江市会引起不小的轰动。

你那两把刷子我还不知道吗，于梦莎说，你写的东西总是虚的多实的少，以前写的领导讲话什么的，要让我说，很多都可以归到假大空那一类。现在你宣传企业的时候，尽量悠着点儿，别吹得太狠了。

这你就不懂了。庄志文沾沾自喜地说，现在都讲究的是包装，个人也好，企业也好，你不吹谁知道，你看看电视里的广告，都吹得神乎其神，现在不是以前了，现在是吹捧与自我吹捧相结合，你不吹别人就不知道。

如果不是货真价实的，总有吹爆的那一天。于梦莎说。

庄志文一看把话扯远了，就赶紧说，咱们还是商量商量搬到老爷子那套房子吧。再说了，搬到那里晓飞上学不是也离得近一些吗？

你说的这个倒是一个理由，以前我怎么没有想到这一层，但是晓飞马上就要考高中了，高中上哪里上去还说不定呢。

庄志文一看有门儿，便赶紧接着说，我早就想好了，离老爷子家最近的那所市重点不是挺好吗？我看就让晓飞到那个学校去，我还特意打听了，那所高中这几年升学率在咱们全市都是数得着的。

于梦莎被庄志文说得果然有些活心了，可是又犹豫地说，如果晓飞的成绩不够上那所学校呢？

庄志文很自信地说，这还不容易吗，也就是交点儿钱的事，这样不是一举多得吗？晓飞上学近了，咱们的居住环境也改善了，再把咱们原来住的那套房子出租，租金就给你家老爷子，这不是方方面面都觉得挺好吗？

于梦莎虽然没有答话，但是心里觉得庄志文说得还算合情合理。

27

那篇通讯整整地占了《南江日报》的一整版，还配发了胡文华在生产车间的照片，洋洋洒洒足有七八千字。报纸出来那天，庄志文特意安排办公室的王主任到报刊门市部买了五百份报纸，说要给全公司的人每个人发一份，剩下的就赠给来公司参观的客人。

胡文华拿着那篇通讯乐得嘴都合不拢了。她再一次看到了庄志文在这方面的才华，很多事情经过庄志文的整理加工都写得很生动很精彩，那些事情都是她自己做过的，可是现在自己看着这些文字，都有些陌生了。心里在想，这个庄志文还是真有两下子，他能把人吹得晕乎乎的。虽然谁都能看出那些话是在人为地拔高，却让人感到很舒服。

庄志文写完那篇通讯，并没有署自己真实的名字。因为他觉得那样做显得太露骨了，就随便写了一个叫文壮的名字，也就是把他的名字取两头的字又倒过来，又把庄改成了谐音的壮字。这些知道内情的人一看就明白，但是又显得有些含蓄，他自己也感到这是来到大华服装公司第一次真正的亮相。

按照惯例，像这么大篇幅的文章在报纸上发出来，不是极特殊的情况，企业都要拿出一笔很可观的赞助。但是那位报社的副主编正是那位秃头王主任的大学同学，经过双方再三地讨价还价，最后同意大华服装公司以实物代替赞助费，对报社的几个领导量身定做了几套西服，这样也算是各得其所皆大欢喜。胡文华既省了钱又出了名，一个劲儿地夸庄志文不仅文章写得好，事情也办得漂亮。

志文呀，当年我是看到了你在大学时写的那篇小说才想认识你的，没有想到这么多年之后你居然也成了我们公司的一员，还亲自动笔把我的事写成了这么大的文章。现在我也想开了，虽然这篇文章是写我个人的，可我本人是代表大华公司的，无论从公从私讲你这篇文章都挺及时。

庄志文被胡文华说得有些飘飘然了，这还有什么说的，我来到这里不发挥点儿作用，也对不起你给我的待遇呀。再说了，咱们认识的时间虽然还不长，可是我敢说，要是写你的话，没有能够比得了我的，因为我对你是最了解的。

胡文华一看屋里没有人，上去在庄志文的胳膊上掐了一把，亏你说得出。

两个人嘻嘻哈哈地笑了一阵，这时那个王主任从门口路过，庄志文便把他喊了过来，对胡文华说，这次的事多亏了王主任前前后后地张罗，又赶上他的同学在那里当头儿，所以事情才办得这么顺利。

秃头王主任很谦逊地笑着，连连地摆着手，都是庄副总安排得好。胡总，这回我算是服了，咱们企业正缺像庄副总这样的能人。这篇东西一发出来，我马上就听到了很大的反响，都说胡总是咱们南江市的女能人，原来不太认识的都打来了电话。

胡文华满脸堆笑地说，好，好，这件事多亏你们俩了，我心里已经有数了，将来会给你们记上一功的。

忙完了那篇通讯的事，回到办公室刚坐下，庄志文就接到了二姐志秀打来的电话，说志文寄给家里的钱已经收到了。这正是在节骨眼儿上，这笔钱真是解决了大问题，农药化肥全解决了，咱爹还说等秋天丰收了，一定把这笔钱再还给你。

庄志文在电话里推辞道，都是家里的事，还还什么？你告诉咱爹，就说我这些年也很少回家，因为我的事，咱们家原来的那块好地也没有种下去，现在这点儿小忙我还是有能力帮的。

电话那边的志秀听到弟弟说这些话，也很感动，又突然想起了一件事，就小声地说，你听说了吗，柳叶那两口子又升了。

庄志文一时没有弄懂二姐说的这句话，什么，他们不是已经有一个孩子了吗，这么大岁数了还要了第二胎？

电话那边的志秀咯咯地乐起来，你说的是啥呀，我说的是人家那两口子又升官了，而且是两口子一起升的！啧啧，真是的，人家真是有福呀。

河东县那么大的地方，他们再升还能升到哪里去？庄志文有些不解地说。

庄志秀一听弟弟真不知道这件事，便接着说下去。那当然了，可是除了河东县不是还有地区吗，那何远航现在已经是咱们地区的副书记了。人家柳叶也是河东县县委常委、宣传部长了。对了，听说还兼任着电视局的局长，可风光了。

放下了电话，庄志文陷入了沉思。

他从外贸局在改革中被出局，多亏胡文华给他兜着，虽然在企业里头三脚还算踢得不错，待遇也比原来高得多，可是庄志文的心里还是觉得挺别扭。自己正是走麦城的时候，人家那边却是升官发财，真是没有想到，事情又赶得这样巧，是自己的命不好，还是柳叶离开了自己因祸得福呢？

对这些东西，庄志文自己也想不明白，无意间他的情绪由方才的欢天喜地到现在的心乱如麻。

庄志文呆呆地望着墙上的挂表，脑子里突然翻腾出古往今来很多伟人名人说过的关于时间的名言警句。转眼自己走到了不惑之年，现在是要官没当上，要发财发不了。在这南江市虽然还算过得去，但是自己还无法跻身上流社会，这同原来自己奋斗的目标相比真是相差十万八千里。可是自己这二十年来也一直在努力呀，究竟是哪个环节出了毛病，是自己的才华不够，还是自己的能力不强，还是自己的社会关系不到位？

庄志文最后得出了答案，那就是自己还是出身太贫寒，又没有可以利用的社会关系。虽然岳父在南江市也算是显赫一时的人物，可是有权的时候没有沾上什么光，现在出事了却跑得远远的，就更借不到什么好光了。想到这里，庄志文心头又重新燃起怨恨之火，觉得自己这一生错就错在了娶于梦莎这一步。当初自己明知道会失去很多，但当时也觉得能够得到更多，现在看来是自己打错了算盘。

难道我就要在这一棵树上吊死吗？我现在才四十岁，以后还有几十年的路要走，难道我就甘心这样平庸活下去吗？不行，那同死了没什么两样儿。庄志文在心里愤怒地喊道，我就不信，我庄志文活不出个人样来。

如果真是按照胡文华所设计的那样，我一下子就可以成为大华公司的大股东，一夜之间我就可以成为百万富翁。这可是一条天下难找的捷径呀。

这条路于梦莎会答应吗？她肯定不会。再说了还有孩子，女儿晓飞也不会同意自己走这条路的，这是一个难题。

要不是又有电话打进来，庄志文还会这么无边无际地想下去。

庄志文拿着一份刚刚起草的关于产品宣传的策划书走向胡文华

的办公室，刚要伸手敲那扇半掩着的门，便听见里面传来胡文华打电话的声音。

哦，是王教授呀，你好，什么？你说的是上次你来鉴定的那幅画。对了，现在是在我手上，我可是按照您的意见把它留下来的。我可是一个地地道道的外行呀，什么？有一个港商对那幅画感兴趣，出不出手我现在还没有考虑过。您不是说那件东西能升值吗？什么？他愿意出三百万？这个数我可以考虑一下。

庄志文扬起的手顿时僵在了半空，他的大脑顿时感到一片空白，甚至忘了要到胡文华办公室里做什么，便返身又回到了自己的办公室。

方才胡文华在电话里说的话，他听得真真切切，他没有想到那幅胡文华只出了四十万元的画转眼间就增值了六七倍，这钱来得也太容易了！这简直是做梦都不敢想的事。

这接二连三的消息把庄志文搞得有些晕头转向了，而且这些好事都是别人的，除了升官就是发财，唯独没有自己的事。庄志文在心里感到不服气，这命运也真是太不公平了，人家的好事一个接一个，我却一步一个跟头，这世道太不公平了！就凭我这样的才华和能力，老天爷真是不长眼呢。

这些天庄志文留心观察了大华服装公司的基本情况，在心里估算了一下这个公司的固定资产总值最起码也应该在一千万元以上。这样算来如果真如胡文华说的那样，把百分之二十到三十的股份给我，那可就是二三百万元，就是我后半生什么都不干也够了，这可是我一直干到死也挣不来那么多的钱呀。

如果说柳叶夫妇升官的消息让庄志文感到了一次刺激的话，方才又无意间发现了胡文华刚买的那幅画涨了六七倍的价钱，这对庄志文来说就不仅是刺激了，简直是一种打击。在这样的打击下，他原来还有些犹豫的想法现在终于坚定了。对，我要马上同于梦莎摊牌。于梦莎这些日子也明显地感到了庄志文的变化，从衣着打扮到言谈举止，甚至又听说了庄志文同那个姓胡的女人的一些风言风语。虽然也曾敲打过庄志文几次，可是庄志文都矢口否认。

于梦莎坚信这样一句话，那就是无风不起浪。现在种种迹象都表明了丈夫同那个女人关系不一般。这件事如果放在几年前，按照于梦莎的脾气，早就把庄志文闹得鸡犬不宁焦头烂额了。可是现在不行了，因为于梦莎也感到自己在家里主宰一切的资本渐渐地少了，甚至少得是这样突然、这样彻底。一是自己的家庭由原来不仅是依靠而且可以在人前人后进行炫耀，现在变成了生怕别人问到自己那个不争气的老爹。再就是自己毕竟是四十岁的女人，现在人们都说四十岁的男人是一朵花，四十岁的女人是豆腐渣。不仅如此，三年前又因为患乳腺癌做了乳房侧切的手术，这对一直骄横跋扈的于梦莎来说简直是致使的打击，当时她甚至想到了死。可是毕竟放不下自己的孩子，还听人说只要治疗得好，乳腺癌这种病手术之后可以活几十年，根本不算个什么事。但是，这些变化也渐渐地改变了于梦莎。现在看到丈夫一步一步和自己离远了，和别的女人走近了，尽管在心里早已火冒三丈，但还不能随便发泄出来。她在一本杂志上看到，如果一个女人遇到了这方面的问题，一定要冷静。最蠢的办法是闹是逼，那只能使已经濒临破碎的家庭早日崩溃。于是于梦莎表面上强忍着心头的怒火，在家里也尽量地对丈夫多一些温柔和体贴，觉得庄志文慢慢地会回心转意的。

　　但庄志文的想法和于梦莎大不相同，于梦莎在努力维护着一个普通家庭的稳定，庄志文却要打碎这种稳定来换取他的可观的财富，而且这种决心已经悄悄地下定了。

　　蒙在鼓里的于梦莎依然像往常那样生活着，甚至也渐渐地接受了庄志文的想法，那就是搬到父母的那套房子里，再把房子重新布置一番，让那个爱虚荣的丈夫满足一回，再就是女儿晓飞上学也比以前离家要近多了。

　　庄志文本想找胡文华就那幅画的事谈一谈，但是考虑再三他还是决定先忍一忍。因为这件事如果谈不好的话，会惹怒胡文华的，那样的话原来设计好的方案也会落空的。

　　庄志文在心里想着回家怎样同妻子开口，当然除了于梦莎之外还有女儿，这也是一道关口。虽然现在的孩子都和以前的孩子大不一样了，都想得很开放，但毕竟是一个完整的家庭宣告解体，女儿能够想得通吗？还是走一步看一步吧，反正他的决心是下了。

庄志文把手头的工作安排好之后，又同办公室的王主任说一声，说有件事要提前回去处理一下。

这也算是破天荒了，在回家时路过的超市，庄志文买了不少蔬菜和肉食，还买了一瓶果酒，他要回去亲自下厨做一顿饭，然后同于梦莎好好谈一谈。

胡文华正在想着那幅画是出手还是不出手，她也没有想到那幅画在这么短时间里就翻了这么多番，这个价钱实在是太诱人了。当时她真想对着话筒表示自己同意，可是她马上又冷静了，越是在这种时候，越要沉得住气。

王教授的这个电话让胡文华第一次认识到了收藏文物真是一个不错的投资途径，这也算是歪打正着的一次，真是有福之人不用忙。这笔钱简直就是送上门来的，而且又是这个庄志文搭的桥牵的线。

看完了那篇通讯之后，胡文华觉得庄志文还是有利用价值的，毕竟是在机关里混了好多年，又是搞文字出身，写起文章来真是比企业的那些人高出了一大截。看来这样的人还是有用的，再说了自己也确实需要这样的一个男人在身边。

那天同庄志文说的那个条件，他肯定会动心的。因为那个条件对他肯定有着难以抗拒的诱惑力，但是动心之后他会变成决心吗？胡文华在心里重新掂量着这件事。

胡文华曾多次对庄志文的家庭和婚姻状况进行过仔细的研究，尤其是庄志文那种迫不及待想升官发财的性格，这也是庄志文性格中最大的弱点。她知道要完全俘虏这个男人的话必须抓住他的这个弱点。庄志文在机关里靠着一点儿死工资，生活虽然过得去，但毕竟还算紧巴巴的，要想把这件事情办成，必要的时候我还得给他烧一把火。

胡文华在心里这样琢磨着。

于梦莎一进屋，便感到了今天家里的气氛和往常不一样，但看看那间被烟雾笼罩的厨房和厨房里庄志文忙碌的身影，不由得心头一热。这可是很少见的，便大声嚷嚷道，是不是今天的太阳从西边出来了，真是新鲜事呀。我们的庄副总经理亲自下厨炒菜啦。

系着围裙的庄志文拉开厨房的门对着于梦莎笑了一笑，虽然笑得有些勉强。

时间还早，庄晓飞还没有回来。庄志文对于梦莎说，今天这顿饭全都由我代劳吧。你在那里看看报纸看看电视都行，今天不用你伸手。

于梦莎嘻嘻地笑着，这倒是不错。难得你有这样的心情，那我就恭敬不如从命了。她一边这样说着，一边走到沙发那边坐下来看起了电视。

电视里正播放着一部韩国的电视剧，是描写爱情的，年轻漂亮的男男女女在电视剧里爱得死去活来。以前于梦莎对这样的电视剧并不感兴趣，可是今天她倒觉得能看出一些兴趣来，就没有马上换频道。

庄志文在厨房里把锅碗瓢盆搞得叮当乱响，旁边还摆了一本烹调方面的书，一边做着菜一边还要看一看上面的操作规程。

在厨房里正儿八经地做上一顿饭菜对他来说还是第一次。他做着做着便觉得于梦莎虽然平时脾气有些暴烈，性格有些跋扈，可是从结婚到现在，厨房这块阵地她一下坚守了十多年。天天如此，顿顿如此，就凭这一点，也真是难为她了。

想到这里，庄志文不由得动了恻隐之心。

坐在外面的于梦莎自然不知道厨房里庄志文的想法，还在很专注地看着电视。剧情在不断发展着，虽然那情节有些是她意料之中的，甚至平时在市场收回的那些非法光碟，比这个电视剧要精彩得多，但是今天总觉得和平时不一样。

庄志文忙得一头汗，终于在女儿庄晓飞进门的时候把这顿丰盛的晚餐做完了。

哎呀，今天是什么日子呀，搞了这么多好吃的？庄晓飞一进门，看到餐桌上摆着丰盛的菜肴就大呼小叫起来。

从厨房里端着鱼出来的庄志文笑呵呵地说，今天不是年也不是节，就是你老爸想露一手。

在女儿庄晓飞的心目中，庄志文的形象不算很高大，威信也在于梦莎之下。从小于梦莎对她潜移默化的教导和影响，使她在心里觉得如果是男人的话就应该像外公那样，办什么事都干净利落，那才算有胸怀有气魄。可是自从外公出事之后，庄晓飞觉得心里的这种崇拜一下子就变形了。她真不知道人这东西怎么这么复杂，一会儿是天堂上，一会儿是地狱里，她真的有些闹不清这些情况是怎么发生的。

庄志文今天的举动还是让庄晓飞在心里对他产生了一次少有的好感，便很配合地冲到桌子旁拿起筷子尝了一口菜，然后喊了一声，味道好极了。

电视剧终于播到了那一集的末尾，开始播放广告的时候，于梦莎很惬意地站起身来，走向餐桌，还一边说着，今天我们也当一回不劳而获的人，品尝品尝你爸的劳动果实。

庄志文一边擦着头上的汗，一边解下围裙，又拿起酒瓶在三只杯里都分别倒上了酒。

一家三口人坐在餐桌旁，脸上都显现出少有的和睦的微笑。

庄志文举起酒杯，他觉得要说的话真有些不知道从哪里开始，便一咬牙说，今天我是第一次下厨房，真正体会了在厨房里劳动的不容易。来，我们一家人先干一杯。

于梦莎和庄晓飞也举起了酒杯。

几杯酒下肚之后，庄志文便觉得脸上有些发热，虽然这些日子经常在胡文华那里喝酒，酒量也比以前提高了不少，可是他在心里不断地提醒着自己，今天可不能喝多了，别忘了谈正事。

庄志文要说的话题自然要避开女儿，便自然地放慢了速度，海阔天空地谈起了一些别的。于梦莎一看庄志文今天有这样高的兴致，便也和他高谈阔论起来，甚至还说到了十多年前两个人大学毕业之后在一起的很多有趣的事情。

庄晓飞下桌之后，庄志文告诉女儿，你先回自己的屋写作业吧，我们还要喝几杯。

听见庄志文这样说，于梦莎似乎有了某种警觉。从她今天一进屋，到现在，她回想起庄志文在这个晚上的言谈举止，这种同平时的巨大反差让于梦莎脑子里画满了问号，便直截了当地问，你是不是有什么事呀？

庄志文没有想到于梦莎会主动发问，竟一时感到语塞了。

一看庄志文的表情，于梦莎进一步证实了自己的想法，就说，你也别故作深沉了，有什么话你就痛痛快快地说出来，你这样犹抱琵琶半遮面我看着倒难受。

庄志文像终于下定了决心一样，又望了望女儿房间的那扇门，把声调放低一些说，那我可要说了。

于梦莎把杯里的酒一口喝干了，别卖关子了，你就说吧。

胡文华在别墅里正对着那幅画静静地出神，她拿着放大镜也学着专家的样子在那里看了起来。

教授在电话里说的那个价钱让她既大惑不解，又惊喜万分。这不就是一张八九百年前的纸，被那个时候的皇上画上了一些山水和花草，怎么放到现在就能卖这么多钱呢？

仔仔细细地在画上看了半天，她也没有看出个所以然来，便索性仰在沙发上。

她庆幸自己这几年真是好运不断，办什么事都非常顺。这让她不由得想起去年到南方去旅游的时候，在峨眉山的一座寺院里抽的那个签，那个长着很长眉毛的老和尚曾摇头晃脑地对自己说，这几年是好运不断，不仅是发财，在其他方面也都会不断遇到好事，可以说是事事如愿。让她把握住机会。

当时她也没有对自己抽的那个签和老和尚说的话太在意，现在想来可真是有些巧合。这好事你不去找它，它都会找上门来。对了，我要按照老和尚说的话做，把握住机会，过了这个村可能就没有这个店了。对，现在对我来说，一个是这笔意外之财，一个是庄志文这个人。

对前一个发财的机会胡文华觉得这是水到渠成的事，因为这个电话让她感到她手里的这幅画即使现在不出手，将来还会有更可观的价钱；可是庄志文这个人她到现在还不能百分之百地确定，因为和这个男人交往的时间毕竟还太短。这些年在商场上看商人还是很准，可是庄志文是从机关里混过来的，又略通文墨，有点儿才气，我是不是让他的小才华迷住了双眼。看来有这种可能，我可不能大意失了荆州。我也毕竟是往五十奔的人了，可不能像小青年那样，一动感情什么也不顾。如果那样的话，闹不好自己会伤心不说，还会被别人笑话。

想到这里，胡文华自言自语道，我还得找机会考验考验他。

28

夜已经很深了，庄志文觉得该到说正题的时候了。从晚饭开始，他就在不停地琢磨着这件事该从什么地方开口。但是一看时间都这么晚了，再不说的话今天就没机会了，自己也白费心机准备了这么多吃的和喝的。

我想跟你说一件事。庄志文故意干咳了两声，然后又故意停顿了一下。

于梦莎很平静地说，我早就知道你有事情要说。你今天做的这一切让我都感到非常反常，看来你这葫芦里究竟卖的什么药，也该让我知道了。

你看我这个人怎么样？庄志文说。

我看你这个人不怎么样。于梦莎有些开玩笑似的说，原来我还觉得你在咱们班男同学当中是不错的，会干成一点儿事，可是这么多年你还是让人失望啊。

庄志文叹了一口气，深有同感地说，我也是这样看的。可这么多年，想干成一点儿事的念头在我的心里从来就没有断过。可是不管怎么想，老天爷就是不成全我。

于梦莎端起桌子上的饮料喝了一口，接着说，你就不要怨天尤人了，还是自己的能力不强，还是应该从自己的主观上找原因。

庄志文有些不服气地说，我也这样想过，要说论能力论才华我丝毫不比别人差，可是不管怎么折腾，还是一事无成，你说这事怪不怪？

于梦莎白了庄志文一眼，怪不怪是你自己的事，我又没说你什么。你也不要上那么大的火，咱们也到这个岁数了，一切都顺其自然吧。再说了你现在不是也混得不错吗？不是也一不小心成了一个公司的副总了吗？

庄志文没有高兴的表情，还不是给人家打工的？对了，咱们还是说方才的话题吧，你还记得抗战时期有人提出过一个理论吗？

于梦莎不解地说，你这云山雾罩地又说起了什么抗战，那段时间有多少被别人说过的理论，我不知道你说的是哪一条。

就是日本鬼子最凶的时候，有些人表面上顺从了日本人，当了伪军，到大反攻的时候再里应外合，就是那个理论。庄志文说得有些吞吞吐吐。

呸！于梦莎很轻蔑地说，什么理论，那不就是汉奸理论吗？不就是卖国理论吗？当时还美其名曰叫曲线救国。

庄志文赶紧说，对，就是那个理论！虽然那个理论被唾弃，可是我倒是觉得在生活中可以用一下，最起码这理论中的有些东西还是有参考价值的。

于梦莎终于有些沉不住气了，便直截了当地说，你的包子皮不要太厚了，里面到底是什么馅儿你就抖搂出来吧。

庄志文故意坐直了一下，两眼盯着于梦莎说，现在我有了一次曲线救家的机会，不知道你能不能同意？

于梦莎一时没有反应过来，什么，曲线救家，你是不是和日本鬼子有什么联系了，也想当汉奸？对了，是不是想向日本人出卖什么情报呀？

　　庄志文被于梦莎这一连串的问号问得有些忍不住笑，便说，你都想哪儿去了？我方才不是说了嘛，只是想借那个理论的有用的内容用一下，其实这事和日本人一点儿关系都没有。

　　那你就快说吧。于梦莎抢过话头说，你不要再转弯抹角了，我听着着急。

　　好，我现在就说最实质的内容。庄志文下了很大决心似的，继续说下去，你看我这么多年总想在事业上干出点儿成就来，可是人家不承认。我是一个男人，事业上不能让你感到骄傲，这么多年我对家庭的贡献也不大，眼看着孩子过几年就要上大学了，那可是一笔不小的费用。再说了咱们现在吃的用的玩的也都停留在低水平上，就更不用说像人家那样每年都安排一次两次旅游，或者到外国去逛一逛，这些东西都需要钱。现在正好有一次机会，但不是直接的，而是需要稍稍拐那么一个弯儿。

　　于梦莎显得有些迫不及待了，不要拐弯了，你赶快直接说吧。

　　行，我现在就告诉你。庄志文端起酒杯喝了一口，接着说下去，你是知道的。那个胡文华的公司实力很强，她对我最近表示出那么点儿意思。你别着急，是这样的：我对她并没有什么特殊的看法，但是总不能限制人家喜欢我吧。也是人家主动提出来的，说如果我和你离婚了，再和她结婚，她可以把公司的股份转到我名下百分之二十到百分之三十。我粗略地算了一下，那可是二三百万元呢。

　　于梦莎还没等庄志文说完，就明白怎么回事了，气得手和嘴唇都在打哆嗦。

　　你别着急，我这不是跟你商量嘛。庄志文把早就准备好的话和盘托出，我是这样想的，咱俩先来个假离婚，等我把那笔钱搞到了手，我再和她拜拜，然后我再……

　　住口！于梦莎怒不可遏地站起身来，指着庄志文的鼻子说，亏你想出这样的主意，你还是个人吗？哦，你和我说的那个曲线曲线的，原来是这么回事儿，庄志文呀，你真不是个男人！

　　庄志文却很平静，分辩着说，你别急嘛，你听我慢慢解释。其实我这样做还不是为了这个家，你想想那可是二三百万元呢！我要是按部就班地这样工作下去，得多少年才能挣那么多的钱呀，这不是一条最好的捷径吗？

于梦莎怒气未消，言辞也更加激烈，庄志文呀，这么多年我怎么没有看透你。你的灵魂居然是这么肮脏，居然想出这样的办法，还一口一个为了这个家。你想过没有，就是按照你这个办法做了，钱你也搞到手了，你的良心能安吗？将来还让我们如何面对世人，你这个当爹的在女儿面前还怎么抬得起头来？

庄志文一脸的无辜和无奈，摊开双手说，这是没有办法的办法嘛。再说了，这年头良心值多少钱一斤，过自己的好日子，还顾别人说什么。

于梦莎说，你不要脸我们还要呢，你说一句痛快话，这件事你是不是一定要做？

我这不是跟你商量嘛。当然了，你如果有更好的主意能让咱们得到更多的钱，也可以按照你说的办。庄志文故意来了个以退为进，以守为攻。

亏你说得出，谁不想挣钱？可是君子爱财取之有道，挣钱也应该挣干净钱。我原来是虚荣一些，可是这些年我也想开了，能过得去，比上不足比下有余，过老百姓平常日子有什么不好的？

庄志文又往自己的酒杯里倒了一些酒，喝了一大口，说，这样过下去我可不甘心，作为一个男人，我的压力是最大的。再说了，这个机会也不是什么人都能遇上的。

于梦莎渐渐地冷静下来，这么说，你是真的铁了心了？

庄志文没有作声，但是表情告诉于梦莎这是真的。

好，你庄志文有种，这回我算明白了，你这样的人压根儿就不配和我组成一个家庭。我可以成全你，别看我是四十岁的女人，又做过大手术，说不定哪一天就一命呜呼了，可是我不指望你。还有，晓飞我是管定了，她将来认不认你这个爹那是她的事。但是我要把丑话说在前头，不管你的曲线也好直线也好，哪怕你将来有个金山，我也不稀罕，你也不要再想着回这个家的门。

庄志文似乎受了天大的委屈。你真是误解了我的意思，我如果不为这个家，我能想出这个办法吗？你想想，和你分手，我肯定非常痛心。还有，和一个我不怎么爱的女人在一起，我得做出多大的牺牲啊！

听着庄志文的话，于梦莎甚至感到有些哭笑不得。这一刻她也更清楚地看到了面前这个男人的灵魂是这么的丑陋，让她感到悔恨不已，怎么能和这样的男人厮守了那么多年？想到这里，便把酒瓶子拿过来，咕咚咕咚地往自己的酒杯里倒满了酒，然后一大口喝了进去，一边抹着嘴边滴下来的酒一边说，这回我算看透你了。你口口声声说为了家，还要做出什么牺牲，我现在就告诉你，不管你表面说得怎样好听，你骨子里是自私的。你是天底下最自私的男人，你的心里只有一个人，你装不下第二个人。

庄志文一时没有弄懂于梦莎的意思，一个人？不会的。我的心里可是装了很多人。

我告诉你。于梦莎这时已经变得异常冷静，语调也缓慢下来，把话说得抑扬顿挫，你心里连父母儿女这些最亲的人都装不下，因为那里的位置太小了，只装得下一个人，那就是你自己。

这真是天大的冤枉，我明明是为别人着想，你却偏偏这样说。

你是不是还不服气，我现在就告诉你，而且这可都是你自己做过的事情。于梦莎说着，还一个一个地扳着手指，我只拣大的说，第一次，你的自私表现在柳叶身上。你和柳叶好，开始可能出于真爱，可是当你面对能不能留到省城、能不能找到好工作的时候，你那个真爱就变成了真自私了。接下来的事我不说你也知道，那就是你想利用我和我的家庭，这次自私你也得逞了，让你留在省城，还找到了挺体面的工作。现在一看我老爸不行了，不能为你升官发财铺路搭桥了，你便想抓住另一根稻草。对了，不能说是稻草，应该叫救生圈，这就是你的那个胡老板。你又想利用她对你的喜欢，让你得到一笔财富。你别摆手，也别摇头，这些话一点儿都不冤枉你。到现在为止，为了你的自私，不是你做出牺牲，是三个女人在为你牺牲。三个女人呀，她们都爱过你，可是你这样的鸟男人是怎么样对待她们的呢？当着面的时候，你可以甜哥哥蜜姐姐地海誓山盟，可一旦和你的升官发财梦比起来，她们就变得微不足道了。她们才是真正的受害者！

听着于梦莎这样分析着诉说着，庄志文第一次感觉到了自己的灵魂有被宰割的那种疼痛。于梦莎的话，也让庄志文自己感到有些震惊。她分析得确实有道理，这些事情都是我自己做的，以前我却没有意识到，可是现在说什么都晚了。再说了这年头什么品德高尚呀、什么襟怀坦荡呀、什么满身正气呀，又能值几个钱？人们看重的还是那实实在在的东西。

于梦莎一看庄志文被说得不吱声了，以为自己的话打动了面前的这个男人，就把语气稍稍缓和了一些说，我说的这些你可以好好想一想。当然了，你这个人也不是一无是处，还是有一些优点的。比如，你的良知还没有完全泯灭，多多少少还有那么一点儿小才华。要不然的话也不会有我们这几个傻女人走到你的身边，可是你应该拍拍良心想一想，你这样做道德吗？

平时听惯了于梦莎慷慨激昂的质问，或者是毫不留情的责骂，第一次面对妻子如此精辟而又不失人情味的分析。庄志文一时答不上话来，停了半天才说，酒劲上来了，我的头有些发晕。好吧，我是得好好想一想。

嘴上说着要好好想一想，庄志文这时脑子确实是乱极了，尤其是让于梦莎这一通数落，他真的感到大脑一片空白，便推开酒杯，踉跄地走到沙发前，身子一歪便倒了下去。

于梦莎也喝了不少酒，但此刻她脑子依然很清醒，方才她和庄志文说过的话她全都记得清清楚楚。望着在沙发上已经昏睡过去的丈夫，于梦莎心中突然有了一种特殊的感觉。她觉得这个男人突然陌生起来，就像不认识似的，甚至从来没有见过面，她甚至不相信自己和这个男人居然在一起生活了整整十多年。想起十多年前的自己，那时骄傲得简直像个公主，虽然自己的长相并算不上班里一流的，但是自己的家庭条件在当时是任何一个女同学都比不了的。再加上父亲的权势，想接近自己大学毕业留在省城的男同学也并不是庄志文一个人，直接或者间接向她表示好感的就有好几个。特别是在大学毕业前夕，她先后收到了三四封男同学的求爱信。但这时她已经同庄志文秘密地开始了，当时她心里已经装不下别人了。她也知道这几位追求者在很大程度上是看重了她的家庭背景，这对一个从农村考入大学的人来说，这个客观条件实在是太重要了。这时的于梦莎完全占据了主动的位置，就看她把手中的这个绣球抛给谁了，谁就是这时的幸运儿。当她和庄志文的关系在全班公开后，那几位追求者在毕业晚会的时候带着玩笑的口吻还说起过这件事，甚至忌妒庄志文这小子太走运了。因为娶到了于梦莎就等于留在了省城，这种一步登天的好事只属于庄志文一个人。事情果然像预想的那样，那些从农村或者县城考到这所大学的同学，除了庄志文之外，全都回到了自己的家乡。当然，后来有人经过自己的努力考取了研究生，还有两个人现在已经出国了。想起这段往事，于梦莎开始悔恨了，开始恨自己看错了人。这么多年才真正了解庄志文到底是个什么样的人，方才在酒桌上对庄志文的分析，其实于梦莎在自己心里也并没有做出多么充分的准备，完全是脱口而出的。说完那段话于梦莎自己都感到吃了一惊，她为自己说的这些话感到害怕，害怕自己和这样的男人生活了十多年。

望着如死狗一般呼呼入睡的庄志文，于梦莎感到一阵反胃，便跑到卫生间对着水池呕了几口，然后又漱漱口，回到了客厅。

于梦莎的思路还是没有离开今天晚上的事情，现在她完全想通了，即使庄志文还想和她过下去，也是不可能的了。想到这里，于梦莎的心头滚过一阵悲凉，倒不是因为要失去眼前的这个男人，她是为自己的命运感到悲哀。这十多年走过的路正好应了老百姓常说的那句话，男怕入错行，女怕嫁错郎。当时家里根本不同意这桩婚事，特别是父亲，一辈子看人从没看走眼过。这种对庄志文的评价经过多年生活的验证，证明父亲是对的，都怨自己当时执迷不悟，甚至闹到了要同家庭决裂的地步，想起这些，真是后悔不已。

于梦莎已经没有心思把餐桌上的东西再收拾整理好，就到卫生间去洗了洗，便回到卧室把门关上。

望着漆黑的四壁，于梦莎眼睛依然睁得很大，想睡也睡不着，脑子里还是不断出现这些年来一个又一个的生活画面。庄志文的形象一会儿变得很亲近，一会儿又变得很遥远。

于梦莎伸手打亮了床头灯，望了一眼放在桌子上的一家三口人的照片，特别是庄晓飞笑得异常甜蜜，脸上充满了幸福的喜悦。于梦莎久久地凝视着，深深地叹着气，她和庄志文走到这一步，已经到了难以挽回的地步，但是孩子毕竟是无辜的，她不该承受因为婚姻的悲剧所带来的痛苦，可这也是没有办法的事情。

于梦莎想着想着，心头百感交集，禁不住眼泪流了下来。

半夜时，庄志文终于醒了。他的第一个感觉就是不知自己睡在哪里，他在沙发上躺了几分钟之后才渐渐地回忆起夜里所发生的事情。

他坐起身来，望着餐桌旁昏黄的灯光，桌子上的残羹剩饭依然摆在那里。庄志文在心里对自己说，这可真是一次名副其实的最后的晚餐哪。现在他的心里依然充满了矛盾，尽管已经把话说出来了，也遭到了妻子毫不留情的痛斥，这一切都在他的意料之中，凭着于梦莎一贯的性格，庄志文都做好了要挨于梦莎几个耳光的思想准备。但是于梦莎没有打他，说出来的话却比耳光更让庄志文感到难堪，从妻子的那番话里，庄志文感到了自己灵魂的丑恶。可是他无法把握和改变自己，在这时他也更深地理解了小说中的人物并不是作家随便编造的，因为生活里就是这样。甚至他还想到就是最成功的小说家也难以写出人世间的微妙和复杂。就说自己吧，现在所想的其实自己也说不清。下了无数次决心终于把同于梦莎分手的意思表达清楚了，自己也知道这么做的目的是很明确的，那就是通过和胡文华结婚使自己拥有一笔可观的财富，向世间证明自己是一个成功的男人。现在这段路程已经走了一大半，只要于梦莎点头，接下来的事情便顺理成章了。可现在又分明地感到心中充满了新的迷茫，细想想，人这东西真怪呀，有时自己都说不清自己是怎么回事。

庄志文眯缝着惺忪的眼睛，望着灯光下的盘盘碗碗。他这时突然有了一种朦朦胧胧的感觉，桌子上的那些餐具和食物突然变成了金光灿灿的元宝，是那样诱人，让他垂涎欲滴。

这一刻庄志文再次庆幸终于把离婚的事情说清楚了。和于梦莎过了这么多年没滋没味的生活，自己刚毕业时正是风华正茂的年龄，那时候满心都是希望和理想，就等着于梦莎和她的家人帮自己把眼前的路铺平修好，然后自己就可以像一架新型飞机一样展翅高飞了。没有想到现实和自己的向往相差了十万八千里，如今自己已到不惑之年，事业一无所成，家庭也是平平常常。手里要权力没权力，要金钱没金钱，凭着自己的才华，实在是太屈了。

庄志文在心里为自己抱着不平，喊着冤枉，同时又庆幸自己遇到了胡文华。这真是天无绝人之路，是这个女人给他又带来了一次柳暗花明的惊喜。现在这种时候，权力都是暂时的，只有金钱才是永久的。只要是想开了，手里有了财富那才是可以享用一生的。这些年自己完全是走了一个怪圈，让自己的思想和意识陷入一个不能自拔的误区，宝贵的年华和美好的青春就这么白白浪费了，浪费得无声无息、无影无踪。自己怎么糊涂到这种程度，居然甘愿和于梦莎这样的女人过了这么多年平庸的日子。这几年虽然好了很多，但是回想起前些年，受着于梦莎那种精神的折磨实在是苦不堪言，如今想起来那段日子简直就是精神地狱。现在好了，你这个不可一世的女王也快变成丑陋不堪的老太婆了，看你还有什么可骄傲的？我庄志文走出这一步照样是一朵鲜花，可你于梦莎就惨了。你就是找，也肯定找不到像我这样的。

庄志文突然感到口渴，拿过水杯倒了一些凉开水，便咕咚咕咚地灌下去。他顿时感到浑身畅快，脑子也清爽了许多。

庄志文这时听到低低的哭声从卧室方向传过来，他侧耳听听，又听不见了，他本想走进卧室看个究竟，或者用好言对于梦莎安慰几句，但是他还是忍住了。

我不能心太软，如果那样的话，所有的努力都会前功尽弃的。不是有那么句话吗，很多的胜利或者成功常常都在于再坚持一下的努力之中。我得坚持住，既然把话说出去了，凭着于梦莎的性格，她对我绝不会死缠滥打的。时间虽然可以改变很多的东西，但是对于梦莎的性格庄志文实在是太了解了，即使打掉牙往肚子咽，于梦莎也绝不会说软话对他乞求的。

庄志文心头一阵暗喜，现在我不怕你于梦莎硬到底，其实我就盼着你这样。你要像别的女人那样哭哭啼啼地求我，我的决心还不好下了呢。这样也好，咱们好聚好散，毕竟咱们还有一个孩子，这种责任我不会放弃的。将来你于梦莎真要是求到我用到我的时候，我不会袖手旁观的。退一万步说，我还是孩子的父亲，我们还曾经是大学同班同学，还有那就是人们常说的一日夫妻百日恩。虽然我今天走出这一步是迫不得已，但是如果将来有可能的话我会对你进行补偿的。

这样想着时，一股困意袭来，庄志文又往沙发上一躺，很快便呼呼睡着了。

于梦莎几乎一夜没睡，并不是她不想睡，而是根本睡不着。这些年她虽然也经历了很多事情，但庄志文提出要和她离婚的这个想法，她确实一点儿思想准备都没有。当她真正看清了庄志文这个男人之后，对于离婚和分手她已经没有什么留恋可言了。但毕竟不像其他事情，十几年时间，加起来那可是太多的日日夜夜，这么长时间就是一块冰也早就化成了水，就是一块石头也有了温度，即使养的小猫小狗也有了难舍难离的感情，更何况是两个活生生的人。

早晨起来时，她看到庄志文依然躺在沙发上，心里便一阵烦躁，早饭也没有吃，便匆匆赶往单位。

29

走进胡文华的办公室，庄志文看到胡文华满面春风的样子，便不冷不热地问，我的大老板，又遇到什么喜事了，看把你高兴的！

你看看吧，难道这不是喜事吗？胡文华一边说着，一边从抽屉里拿出来一个小蓝本扔到了庄志文的面前。

庄志文拿过那个小本一看，是胡文华的离婚证，心里便明白了，刚要张嘴说点儿什么，又把话咽了回去。

我可是说话算话，你那边进行得怎么样？胡文华已经在脸上收起了方才的笑容，换上了一副公事公办的口气说。

我，我已经同她谈了，就等她点头了。

胡文华在手里来回翻弄着那个蓝色的离婚证，微微皱起眉头说，光谈谈可不行，还要快点儿办。我不是同你说了嘛，这个小本子我一旦拿到了手，我可就是一个自由的人了。我可不是吓唬你，哪天我一高兴嫁给了别人，你可不要后悔呀。

看你说的，别吓唬我，这点儿自信我还有。再说了，你也不是那种脚踩两只船的人呀。庄志文嬉皮笑脸地说，就凭我和你，那才叫郎才女貌，要是换了别人能这么般配吗？

胡文华撇撇嘴说，你别贫嘴了，我说的可是正经事。我可不能在这里傻老婆等茶汉子，你要是下不了决心，你早点儿告诉我。

庄志文一看胡文华的神情，知道这个女人来了认真劲儿，便也赶紧绷起脸说，我会抓紧的，我会抓紧的。但是这种事情和你们不一样，你们都冷战好几年了，你们的这个本儿领与不领没有太大区别。我们可是不一样，不管怎么说，对于我们来说这件事还是很突然，特别是对我们家那位。

胡文华嘴里哟了一声，接着便不无醋意地说，我可把话都给你说明白了。你要是下不了决心，非要吃着碗里的看着盆里的，可没有那么便宜的事。甘蔗没有两头儿甜，现在到了你该舍去一头儿的时候了。

我会的我会的。庄志文连连地说。

这还差不多，这样吧，这几天你就集中精力办这件事，公司的事情你就先交给办公室老王吧。他办不了的，先放几天再说。

走出胡文华的办公室，庄志文才彻底感到需要马上了结同于梦莎的这桩婚姻。胡文华这样的女人，她不会拿着这样的事跟我打哈哈的。现在已经到这种地步了，我绝不能功亏一篑，现在我要好好想一想怎样才能加快这件事的进度。

于梦莎推开房门时，庄志文已经把晚饭做好了，那表情就像头一天晚上什么事情都没有发生过一样。但是于梦莎心里却明白得很，因为她知道庄志文在头一天晚上说的事情是经过深思熟虑的，现在他所做的一切只有一个目的，那就是等待着她早些点头。

庄志文从妻子的脸上找不出答案来，就更加着急了，但是还不能表现得太明显，因为他怕于梦莎抓住这一点，对他进行戏弄。这些年在这方面他曾吃过妻子无数次的亏，每一次都是使庄志文既闹了笑话又丢了面子。以前那些事情都属于夫妻之间的小打小闹，或者如一条小河里的波澜和浪花一样，回忆起来还多少有些情趣。可是现在不一样了，这回可是真刀真枪了。对，在这最后的时刻我要利用于梦莎性格中的弱点，用激将法逼得她无路可退，她就会爽快地答应了，这样我也不用低三下四地求她了。

两个人还像头一天晚上那样，进入正题之前都喝了两杯酒。

庄志文终于忍不住开口了，昨天晚上说的事你是怎么想的？

于梦莎又把两个酒杯里倒满了酒，端起来小小地喝了一口，她并不急于回答，只是两眼静静地望着庄志文。

庄志文便按照自己早就想好的方式进行着，要走出这一步，我也是没有办法，但是我知道你一直比我强，如果咱俩调个个儿的话，我便不会提出这件事。这些年你的事业干得比我成功，在生活能力方面也远远超过我，所以这个家有我和无我区别并不大。

于梦莎也开口了，这话你说得还算客观。但有一点你给我听清了，你不用利用我性格中的特点，用什么激将法，更不用你求我。这种事情我已经冷静地想过了，我可以答应你的要求，但是有条件的。

那好说，你快说说，都是啥条件？庄志文忙不迭地问。

于梦莎笑了笑，看你急的，至于吗？

庄志文很尴尬地笑了笑，我不是急，我只是想知道你究竟是怎么想的。

于梦莎指了指庄志文面前的那个酒杯说，先把杯里的酒喝了，拿出点儿男子汉的气度和雅量来，别急得跟热锅上的蚂蚁似的，你喝完了酒，咱们再说下面的事。

庄志文端起酒来，一扬手便来了个底朝天。

于梦莎嘴角往上翘了翘，很轻蔑地笑了笑说，这个镜头你还像一个男人，可是这种时刻在你身上实在是太少了，而且是想听我的条件你才这么表现的。

庄志文拿过一片餐巾纸擦了擦额头的汗，没笑挤笑地嘿嘿两声。咱们在一起这么多年，你早就把我看透了。我心里怎么想就是不说也躲不过你，算了，你就别卖关子了。

于梦莎很爽快地说，好，我现在就告诉你。你要离开这个家可以，但是在财产的分割上我希望你像一个男人，具体的方式你可以自己说。

庄志文以为于梦莎要说出他难以接受的苛刻条件，没有想到事情就这么简单，便把胸脯一拍说，我都想过了，房子和家里的所有财产我都不要，都留给你和孩子。还有，不管我们怎么分怎么离，孩子也是我的孩子，我不会忘记做父亲的责任。从咱们分开的那天起，我就每个月把孩子的抚养费送来，具体的数字你来定。

于梦莎满意地点点头，还行。咱们结婚这么多年，这一次你表现得还真不错。你知道吗，你身上缺的就是这个。如果这些年你始终这样的话，咱们恐怕现在早就走到了更高的层次上了。

庄志文有些不懂地摇摇头。

这有什么不懂的？你想呀，你如果在事业上在生活中活得都像一个顶天立地的男子汉的话，我父亲早就想办法帮你忙儿了，你会走到今天这一步吗？不过，现在还说这些干什么？但是有一点，你瞒不了我，你告诉我，你的这种胸怀或者气度是谁给你打的气？

庄志文笑着指了指于梦莎，真是什么都瞒不过你！其实按照我自己的想法除了房子之外我还真有点儿想分一些咱们家里的东西或者是存款，是人家胡文华让我这么说的。

听了庄志文的话，于梦莎心头滚过了一阵说不出来的滋味，面

248

前的这个男人在最后的一刻所表现出来的那点儿闪闪发光的东西，还是别人给他的。和这样的男人继续走下去，还会有什么意思呢？

庄志文一看于梦莎沉思不语，便说，你是不是对咱们的这个婚姻还有些舍不得呀？

于梦莎冷笑了一声，走到这一步还谈什么舍得舍不得，既然你已经急不可待了，我看明天咱们就去把手续办了，省得你那里急得抓耳挠腮的。只是还有一件，这种事情必须同孩子说清楚，你看是咱们两个人同她说，还是你自己同她说，还是我同她讲。

我看还是你跟她说，我怕，我怕我说了她会恨我。庄志文带着哀求的口气说，你在跟她说的时候别把我这个当父亲的说得太坏，给我留点儿做父亲的面子。

于梦莎很宽容地笑了笑，哪能呢，我怎么会那样说？我会对她说你庄志文是世界上最好的父亲。

如果不是喝了酒，听了于梦莎这样说庄志文那张脸肯定会红到脖子根。他听出了于梦莎话里的讽刺滋味，便赶紧说，我可算不上最好的父亲，可也不是最坏的，如果孩子能给我个四六开我就满足了。

孩子怎么开不关我的事，你既然为了那笔别人许给你的财富离开了这个家，我想孩子将来对你会有一个公正评价的，说不定将来有一天她会兴高采烈地到你那里去继承你那百万富翁或者千万富翁的财产呢。

庄志文木木地点着头。那是后话，那是后话。

胡文华对庄志文在离婚问题上所表现出来的积极态度非常满意，当庄志文也拿到那个和她同样的小蓝本的时候，两个人在别墅里举行了庆祝晚餐。

心情和气氛和两天前大不一样了，如果说在家里给于梦莎准备那桌晚餐时是自己小有心机专门设计的话，那么现在这一切都用不着了。脸上的笑容也完全是发自内心的，特别是胡文华，亲自扎着围裙在厨房忙活着。

庄志文完全以男主人的身份跷着二郎腿坐在沙发上，这时他用眼睛打量着这幢别墅的时候感觉和以前都大不相同了，觉得这屋子里的一砖一瓦一花一草都非常亲切，仿佛瞬间这些东西都和自己的生命连在了一起。他望着那盆开得异常旺盛的鲜花，感到每一朵都在笑容满面地对他说，欢迎你，男主人。

手里拿着报纸却一行也没有看下去，这种感觉真好。庄志文在心里反复地念叨着，从今以后我再来到这里就可以光明正大的，甚至找个机会我可以对周围的邻居明确地表示我才是这个别墅的男主人。我相信那个时候这些邻居的眼光肯定和现在不一样了。

哈哈，庄志文禁不住乐出声来。

胡文华端着一盘做好的鱼从厨房走出来，听见庄志文的笑声，就问，你哈哈笑啥呢？

庄志文赶紧指了指电视里的画面说，我在笑他，你看那个小丑演得多逗呀。

自从庄志文走后，于梦莎就陷入了一种前所未有的痛苦和矛盾之中。

她白天上班时也像丢了魂似的，总是拿东忘西的。晚上回到家里什么也不想干，常常是往沙发上一歪便不想动了。她试图从庄志文留给她的阴影中走出来，心里想得明明白白，但做起来就不是那么回事了。她努力想把那个和她生活了快二十年的男人忘掉，可庄志文的影子在她的眼前却越来越清晰。在平时的日子里，有时一见到庄志文心里就烦得不行，现在真正分开了，却让她心里感到那个位置显得空荡荡的。她也知道庄志文作为一个丈夫和一个父亲都不是优秀的，甚至都是不称职不合格的，可十多年的生活已经形成了一种很自然的惯性，于梦莎知道自己正被这种惯性推着不由自主地往前走。但是有一点她更清楚，她和庄志文的缘分已经断了，这个家也从此变得残缺不全了。今后的生活只有靠她自己去填补去编织了，不管是甘甜还是苦涩都由她一个人来品尝。她在心里一遍又一遍地告诫着自己，忘掉从前，赶紧开始新的生活。

这几天她偶尔也照照镜子，对脸上那越来越多的皱纹感伤不已。

以前并没有发现自己是这样的，可能是并不太注意自己的外表。这种下意识的举动她自己也不明白为什么，等她静下来的时候，她才知道作为一个正常的女人，就应该有一个完整的家庭，自己在事业上即使干得再出色，也不应该缺少家庭的温暖，尤其是来自丈夫的呵护。前些年由于自己性格的弱点，不管什么时候都是那样暴烈、那样不容人，可她骨子里依然觉得自己还是一个典型的女人，希望生活中有一棵能为她遮风挡雨的大树，她也能如小鸟一样绕着那棵大树飞来飞去。和她生活了这么多年的庄志文从来不是这样的大树，她作为女人也从来没有感受到自己可以小鸟依人般地在男人的呵护下撒撒娇。很多事情甚至还得她充当男人的角色，使她原来那种不服输不怕硬的性格里面又多了一些男人的粗野，这个家庭也渐渐地在这种不平衡中失去了正常家庭所应该有的那种快乐和温馨。现在一切都是昨天的故事了，苦的也好甜的也好，这一页都翻过去了。

于梦莎努力地从低沉的情绪中调整着自己，她知道这样下去是不行的，除了自己之外身边还有一个女儿需要她照顾。想起女儿，于梦莎的身上顿时充满了力量，她赶紧从沙发上站起来，快步向厨房走去。

这些日子庄晓飞突然变得懂事起来，这一点于梦莎感觉特别明显，这孩子简直就像变了另一个人。以前学习总是需要别人督促，现在完全不用这些了。不仅在学习上主动踏实了，而且还力所能及地帮着于梦莎做一些家务。于梦莎虽然嘴上不说，但是心里却感到由于自己和庄志文的这场变故，反而使孩子突然长大了。

晚上菜饭虽然简单，但是庄晓飞却吃得异常香甜。于梦莎知道是懂事的孩子想安慰她，故意装给她看的，便眼中含泪地说，以后你想吃什么，尽管跟妈妈说。你什么也不要想，心里只记住两个字，那就是学习。

庄晓飞认真地点点头，妈，我懂，你放心吧，我会给你争气的。

于梦莎满意地望着女儿，伸出一只手慈爱地在女儿的头上摸了摸，然后又轻轻地叹了一口气。

庄晓飞放下饭碗，走过来坐在于梦莎身边，对于梦莎说，妈，我早就想明白了。我爸那样的男人，压根儿就配不上你，你也别为了他太难受了。

于梦莎勉强地笑了笑，我不会的。你爸那样的人，说心里话，我早就失望了，可我们毕竟在一起生活了那么多年，还有了你。

庄晓飞摇摇头，很愤慨地说，我现在虽然年龄还小，可我什么都懂。你也想开一点儿，要是我呀，我早就不要他了。男人就应该有能力有责任感，如果没有了这些，就不配有女人爱他。

于梦莎吃惊地望着女儿，有些不相信这样的话是从十几岁的孩子嘴里说出来的，就说，大人的事你不要管。有些事情你现在还不明白，等你长大了就会明白的。

我现在就长大了，你们大人别总以为我们什么都不懂，其实我就是不说罢了。庄晓飞倔强地摇着头，我将来可不能找像我爸那样的男人，要找的话也应该是那种能干事业敢于负责的人。

于梦莎叹了一口气说，以后咱们俩就别说这些了，你想多了会影响你学习的。

不会的，我已经给我爷爷和姑姑写了一封信，我不能让我爸就这样一拍屁股就走了，最起码也应该让家里人知道他们的儿子和弟弟是一个什么样的人。

于梦莎瞪了女儿一眼，你这孩子呀，写信怎么也不和我说一声？

庄晓飞不服气地说，这是我自己的事，我过几天还要给我爸写一封。别看你们当时跟我谈的时候，我没有什么反应，可我心里要说的话还多着呢。我也得让他知道知道，别以为当爹的拿几个钱就行了。

于梦莎望着女儿摇了摇头，心里在说，现在的孩子可真是不一样了，真是人小鬼大。

30

　　菜还没有全部做好，庄志文就一个人坐在桌旁拿起筷子品尝起来，一边吃还一边嚷嚷道，行，你的手艺见长，尤其是这个糖醋鲤鱼，简直是做绝了。

　　胡文华从厨房里又端出一盘菜，走过来伸手在庄志文拿筷子的手上打了一下，别这么没规矩，也不等着大人一起来吃。

　　庄志文笑了笑，大人，从今天开始，我可就是这个家里的男主人了，别看你在外面是董事长什么的，可我是这个家的户主！

　　胡文华也笑嘻嘻地坐下来，你就别臭美了，像你这样的，能当个普通的家庭成员就不错了，还想当户主。

　　怎么，你看我当户主不够格？庄志文拿起筷子给胡文华夹了一块鱼放在碟子里，快吃吧，好好品尝你的劳动果实。

　　胡文华夹起那块鱼咬了一口，很骄傲地说，怎么样，比饭店里做的差不了多少吧？

　　庄志文竖起大拇指，真没想到你还有这两下子。

　　胡文华满不在乎地说，我身上的两下子多着呢，还有你不知道的。

　　庄志文把两个酒杯倒满，递给胡文华一杯说，今天咱们两个应该好好庆祝一下。第一，从今天开始你和我都是自由的人了，从法律的角度上说，都属于可以随时结婚的男人和女人。第二，虽然今年春天有了这场非典，可咱们公司的生意没有受到影响，反而还做了几桩大买卖。所以我认为从生活到事业咱们都是成功的，来，咱们干一杯。

　　胡文华没有作声，端起酒杯同庄志文轻轻地碰了一下杯，然后喝了一小口。

　　庄志文不解地问，怎么，你是不是有心事呀？遇上这么高兴的事儿还这么矜持，应该拿出咱们以往的战斗力，连干三杯才行。

胡文华两眼盯着庄志文一直不说话，她有些琢磨不透这个男人心里究竟怎么想的。她和方连升虽然已经分居了好几年，可那天办离婚手续的时候，她的心里还是有些酸楚，回来还偷偷地流了不少眼泪。可这个庄志文她怎么也看不出来他对那个家庭还有留恋之情，表面上也文质彬彬的，写出的小说还感动得人直流泪，可是他的心却这样硬。将来即使和这样的人重新组织了一个家庭，她把一片真心给了他，也能换回他同样的真情吗？

庄志文一看胡文华默不作声，便不解地说，今天应该是高兴的日子，你又亲自做了这么多菜，你是不是等得有些着急了？那，咱们明天就去登记。

胡文华终于开口了，看你都想哪儿去了，我可没那么急。再说了，咱俩虽然都离婚了，有不少人也知道咱们两个的关系，可我还不想马上就办咱们的事儿。

为什么？胡文华的话让庄志文吃了一惊，你不是左催右催的，让我快点儿办吗？现在万事俱备，只等着咱们去领结婚证了，你却来了个不着忙。

胡文华又喝了一口酒，轻轻地放下杯说，你听我说嘛，第一，咱们的岁数都不小了，都是有过经历的人，办事情就不能太草率。再说了，咱们也算是南江市有头有脸的人物，办出来的事情不能让人家指着后背议论咱们，说咱们不择手段，火上房般地着急走到一起。第二，咱们既然是合理合法地去登记结婚，这么多年咱们在南江市都有很多朋友，能不告诉人家一声吗？咱们两个结婚又不是偷着摸着的事，可是现在咱们摆了酒席也没有人敢来呀，你没有看见饭店都关了门儿吗？

庄志文觉得胡文华说得有道理，但还是有些不甘心地说，这有什么关系，咱们可以先办手续后补婚礼，那顿饭早吃晚吃还不一样吗？

胡文华静静地望着庄志文，突然问道，难道你就对那一纸婚约看得这样重吗？其实没有那张纸，咱们现在不也一样吗？

那可不一样，这可是有本质的区别。庄志文说得振振有词，我现在到你这里来算什么，只能是算你的朋友，或者是进一步说，算是情人。可是咱们领了结婚证之后，那就不一样了，我就可以大摇大摆地走进这幢小楼，然后大声地告诉周围的邻居，这户人家以后姓庄，我便是庄先生，你就是庄太太。对了，在外面别人也可以喊你胡董事长。

　　胡文华有些听懂了，嘴里哦了一声，便沉思起来。

　　庄志文以为他的话说到胡文华的心里了，便趁势说下去，你想想，咱们结婚之后，心里便没有任何负担，我在公司里那自然也是名正言顺了。你不在的时候，我就可以代表你，谁还敢说个不字？

　　胡文华依然不作声，她要等着庄志文把心里的想法全都说出来。

　　庄志文果然更来劲儿了，到那时，你再瞧瞧我的能力吧。这些日子我在咱们公司转了转，我觉得咱们有一项工作还应该马上做起来，那就是要把咱们服装公司的品牌尽快打出去，要走出南江市，走向全国，乃至国际市场。这就需要包装，需要打造。你知道吗，国内国外的很多知名品牌都是这样打造出来的。这件事我都想好了，你就交给我吧，但是办大事就要舍得大投入，你可别小心眼儿怕花钱。

　　胡文华给庄志文又倒上一点儿酒，平静地说，你的构想还不少呢，原来在外贸局真是委屈你了。

　　庄志文没有听出胡文华的弦外之音，以为胡文华真的为他抱不平，便更兴奋地说下去，那可不！我在那里委屈了那么多年，很多人都靠关系呼呼地上去了。可他们知道吗，我心里的想法如果拿出来，早就让外贸局大变样儿了，真没有想到，那个王峰也是那路货。我写的那份策划书，提出了很多大胆的想法，完全是一种崭新的理念。可是那个土包子却不接受，你说我有什么办法？人家在那个位置上，狗尿苔不行却长在金銮殿上。

　　胡文华把话锋一转问道，方才我说的把咱们的婚事往后拖一拖，你看行吗？

　　庄志文以为自己的这通鸿篇大论早把胡文华说服了，没有想到这个女人还是这么不开事，就有些不高兴地说，你是不是不相信我的能力呀？现在你一个人干，等咱们结婚了，那就是名副其实的两个人。等我再熟悉熟悉公司的业务，你就可以大胆地放手，做外贸工作我也干了这么多年，我想一定能够有一个大的发展。

这些都是后话，还有一件事我想问问你，那就是你这么痛快就办了离婚手续，还这么着急要同我结婚，是不是心里还惦记着我说过的那个股份所有权呢？

庄志文被胡文华问得一下子僵住了，但马上就嘿嘿地笑了两声，看你说的，我是那样的人吗？股不股份的，我早就忘了。我这个人看重的是感情，情义无价，情义无价嘛。

胡文华盯着庄志文说，照你这么说，就是不给你股份你也同意和我结婚了？

庄志文已经被胡文华逼得无路可退了，便只好硬着头皮说，那当然，那当然。但是，我想，就是我同意了，你也不会同意的。我可知道你，这么多年说话办事那都是板上钉钉的，别人都说你是女中丈夫，说过的话肯定就算数的。

胡文华一看庄志文对她来了个以守为攻，便在心里笑了一下，说，这个你放心，我说过的话肯定算数。但是按照我的意思，咱们先这么过着。等过一段时间，非典过去了，咱们再安排结不结婚的事。当然了，我理解你的心情，你想当一个能干出一番事业的男子汉，我可以成全你，尽量给你创造条件。你方才不是说了吗，要把咱们的公司好好包装一下，这个我同意。大权就交给你，花多少钱你写一个计划。还有，最近我又搞了一批货，我准备安排你去办一办，这也是代表咱们公司对外面进行的实际经营活动，早晚这一步都得走。等这几件事办好了，不仅赚到了钱，咱们的企业更有知名度了，那个时候，咱们两个再风风光光地办一场，那不是更好吗？

庄志文望着胡文华脸上真诚的表情，心里在想，毕竟还是女人呀，果然被我的三寸不烂之舌给说动了。这样也好，既然你已经把办事的权力交给了我，我就不发愁在办事的过程中没有机会。很多机会不是等来的，都是靠自己在干事的过程中创造出来的。

这天晚上庄志文显得异常兴奋，特意多喝了几杯胡文华为他准备的药酒。那酒果然效力非凡，不一会儿两个人大汗淋漓地喘着粗气。

市电视台那个姓孙的广告部主任见到庄志文时，庄志文心里一惊，虽然这个广告部主任属于幕后式的人物，可那长相那气质丝毫不比每天上新闻的主持人逊色。

还没等谈正事，庄志文的心里就对那个孙主任产生了几分好感。

庄副总，孙主任甜甜地喊了一声。我早就听说你了，你可是咱们南江市的一支笔呀，那文章写得好极了。

庄志文摆摆手，那都是过去的事。现在我也算是投笔从商了，写文章也写不出什么大名堂。再说了，这么多年我写的文章堆起来都赶上我人高了，可是都是署上别人的名，还不是给领导当秘书，当传声筒。

这就对了，你走这一步可真是有气魄。那个孙主任其实早就知道庄志文是在外贸局竞聘过程中被淘汰的，她偏偏说是庄志文主动放弃原来工作的。这个高帽给庄志文一戴，庄志文果然高兴起来，摇头晃脑地说，现在我也算是鸟枪换炮了。以前是给别人当秘书，现在有人给我当秘书，这种感觉真是大不一样啊。

在来电视台之前，庄志文已经同这个孙主任联系上了，只说是要对企业包装一下，具体的事要面谈，孙主任在电话里很爽快地答应了，说今天要放下别的工作专门接待庄志文。

虽然孙主任的办公室里并没有别人，但庄志文还是觉得在这里谈正事有点儿不合适，便热情地邀请道，孙主任，咱们找个更安静的地方去好好策划策划。我请你，不管咱们能不能谈成，也就算交个朋友吧。

孙主任答应得异常爽快，那好吧，我就听庄总的安排。

两个人来到那家茶楼的时候，门口连一辆车都没有，这正是上班的时间。这里买卖最火的时候应该是晚上，服务生把他们领到那间包房时，庄志文很熟练地点了一样茶和几碟果品，便坐下来。

你对这里还挺熟呀，孙主任落落大方地坐下来，这种地方我还是第一次来。

庄志文摇摇头说，我可不信，就凭你孙主任，绝不会第一次来到这里，我都来了三四回了。

这有什么不信的？庄总，我跟你说句心里话吧，这种地方别人倒是请过我，但是我真的没有来过。还有，平时具体的业务都由广告部的副主任或者其他业务员去办，这方面的应酬我一般都不参加。这倒不是我有多高的身份，主要是性格问题，我对那种吃吃喝喝的事不感兴趣，有的时候甚至还挺反感。

我果然没有看错。庄志文很有把握地说，我第一眼看见你，就断定你是一个非同凡响的女人，果然是与众不同。就说你名字的那个字吧，就是不一般，一般的女人绝不敢叫，一听这名字，你看看，孙章，这可不是一般的。

孙主任一笑，你想到哪里去了，我的名字再普通不过了，其实就是把我父母的姓合在了一起。我父母都是普通的工人，为了供我上大学，可是吃了不少苦。

我能理解，说起来，咱们都有相似的出身，只不过你家是工人，我家是农民，咱们都是靠自己的努力一步一步走上来的。

孙章深有同感地说，是，走到这一步也真是不容易。我毕业那年，本来也能留在省城，按照学习成绩，我是连续四年的三好学生，可是那名额偏偏被别人挤了。我就只好从基层的电视台一步一步干，从县，到地区，再到南江市，现在想起来我都有些后怕，那几年干得真不容易呀。

真没想到，你也有这样的经历，咱们可真是太相似了！庄志文就像遇到多年不见的知音一般，又往孙章的身边坐了坐，这次企业上的事使咱们认识了，这也是缘分呀，以后咱们多联系。

孙章说，那当然，如果没有企业的支持，我们的日子连一天都过不下去。

当庄志文把包装大华服装公司的想法简单地说了之后，孙章沉思了一会儿说，如果要让公司在短时间内扩大知名度的话，除了要策划一个有特点的广告之外，还应该搞一个专题片，把企业的发展介绍给观众，这样人们就觉得你做的那个广告更可信了。

我也是这样想，真是英雄所见略同，庄志文拍着手说。

孙章却平静地说，你先别高兴得太早。做这种事情，咱们也得量米下锅，给多少钱办多少事，我不知道你们这方面准备投入多少。

庄志文拍拍胸脯说，这个我就可以定，用不着同谁商量。你说个数，如果不出大格的话，我就可以定了。

孙章笑眯着眼，望着庄志文说，这个我相信。要让我说，这两项下来，少说也得五十万到七十万。

庄志文很豪爽地说，这个好办，投资服从效果，只要把事情办好多花点儿钱没关系。当然了，在保证质量的前提下，能少花点儿钱就最好。

孙章望了望门口，转过头来对庄志文说，如果方才我说的那个数你觉得太多的话，咱们还可以压一压。这个也算咱们交个朋友，这次我们少挣一点儿，咱们来日方长嘛。

庄志文点点头，有些犹豫但还是下了决心，吞吞吐吐地对孙章说，关于、关于广告费提成的事我不知道你们是怎么规定的。

孙章望着庄志文有些不解地说，你不就是企业的老总吗？还谈什么提成不提成的，那不就是从你左边的口袋放到你右边口袋的事吗？

庄志文显得有些尴尬，但马上就说，这个还有点儿区别，因为现在我还不是公司的一把手。再说了，我们可是正规的民营企业，是股份制，又不是我一个人独资。

哦，这回我明白了，不过我可听人讲，你和那位胡老板两个人也就等于一个人，这和你独资也没有太大区别。

庄志文脸红了一下，嘿嘿地笑了两声，还是有些不一样。再说了，男人手里也应该有点儿自己的私房钱。当然了，这也是明摆着的事，现在社会交往，还应该有个自己的小金库。

孙章很轻松地笑了一下，行了，这个是你们自己的事。反正羊毛出在羊身上，你那边多争取一些，我这边就多给你提一些，反正

259

是水涨船高的事。

庄志文还是有些不放心地说，那这件事你可得为我保密呀。

这个你放心，我们又不是第一次做这种事情。别说我不说，就是什么人怀疑了来查账，也保证不会把你交出去的。

听了孙章的话，庄志文放心了，便接着问，那提成的比例能达到多少？

最多百分之二十。

方才你说的数我回去商量商量，咱们的基本意向就这样先定了，你等我的消息。对了，这件事办成了，我不知道你们电视台内部是什么规矩，但是我这里保证有你一份。

孙章摆摆手，那倒不必了，这几年我在广告部钱也没少挣。当然了，那可都是合理合法的，都是按照我创造的价值应该得到的。

那是你们台里的事，我的意思就按照方才我说的办。

行，我看咱们有很多共同语言，真是有些相见恨晚。我马上回去就办这件事，争取这个月就把广告和专题片播出来。

庄志文回到公司就收到了一封从家里寄来的信，信是由二姐志秀写来的，但是全篇内容全都是父亲庄大年的意思。

信的一开头就把庄志文骂了个狗血喷头，说庄志文是个丧尽天良的东西。当年昧着良心和人家柳叶分了手，现在又和于梦莎离婚了。虽然这么多年于梦莎作为儿媳对他们也总是不冷不热的，甚至有时还显得高高在上，可人家毕竟是大干部家庭，咱们能攀上这个高枝也算不错了。再说又有了孩子，现在又把人家放在了半路，这样做简直是天理难容。

信上还说，现在是非典，出门检查得正紧，要不就会亲自到省城大骂他一顿。最后在信里父亲还是劝着儿子早点儿回头，说那毕竟是一个家，像你这样都四十岁的人了，离开家不是一个事，将来孩子还会认你这样的爹吗？

只有初中文化的二姐在只有两页纸的信中写了很多错别字，但基本意思也表达清楚了。庄志文把那封信随便地扔在了抽屉里，他觉得父亲是多此一举，自己都这么大了，还用得着他老人家出来指手画脚吗？

这些日子庄志文一直沉浸在前所未有的兴奋之中，很多意外之喜不断地冲击着他。第一件是没有想到于梦莎就那样痛快地和他办了离婚手续；第二件是胡文华向他交办了一些有职有权的经营大事；第三就是他在办这些事情的时候第一次便旗开得胜。当他回来把包装公司做广告搞专题片的事跟胡文华一说，胡文华思考一下说，投资再压缩一下，最好能控制在五十万元左右，其他具体的事你就多操心吧。

胡文华对庄志文开这个绿灯便意味着今后他在公司所有的事情都可以畅通无阻了。他不由得想起和电视台那个年轻漂亮的女主任商定的那个百分之二十，那可是整整十万元，这可是我好几年的工资呀。

庄志文越想越兴奋，在办公室里来回走起来，嘴里哼起了小曲。

31

这次偶然的接触，庄志文就对孙章产生了很深很好的印象，那天从茶楼回到别墅后，还一直放不下这个念头。

看到庄志文心不在焉的样子，胡文华就问他，怎么了，像丢了魂儿似的？

没什么，庄志文赶紧支支吾吾地掩饰着说，我在琢磨广告策划的事，你不是说了吗，既要好又要省钱。

胡文华高兴地说，真没有想到你为了公司的事还能达到这种废寝忘食的程度，外贸局不用你这样的人，真是他们领导瞎了眼，也是我们大华公司的福分。还行，好好干，组织不会亏待你的。

你就瞧好吧。庄志文拍着胸脯说，我也看明白了，在你这里能够施展我的抱负，我要让大华公司以最快的速度在全国同行业打响，而且还要以最快的步伐走向世界。我心里的目标可远大了，只是没有机会，现在正是时候。

胡文华走过来拍了一下庄志文的肩膀说，照现在的样子，好好往前干，距离咱们的目标我想不会太远了。她故意把咱们两个字说得很重。

庄志文自然明白胡文华的意思，便装着很真诚的样子连连点头说，你就放心吧，我给公司干，说白了不就是给你干吗？再进一步说，不就是为咱们两个人干吗？

这话你算说到家了，我就看你的行动了。你等着，我给你再做两样拿手好菜。胡文华一边说着一边打开冰箱拿出了早就准备好的几样半成品。

电视里的节目很热闹，是一部古装片，里面的几个男男女女正打得昏天暗地。庄志文两只眼睛盯着电视，心思早就飞到了别处。这个孙章真不是一般的女人，人家有学历，又有品位，还有最重要的一条就是有着很美的相貌。庄志文这样想着，那天在茶楼里每一个细节就如重新放过电影一样，在脑子里一一展现。

望着厨房里烟气腾腾中的胡文华的身影，庄志文总觉得有很多不满足。尽管这个女人财大气粗，可以用公司的股份来把他拴住，可是庄志文自己知道，自己的这颗心是永远拴不住的。表面上对胡文华百依百顺，恩爱有加，但是他早就想好了，等我将来真的混出名堂了，有自己的经济实力了，我庄志文也该为自己好好地活一把。他经常想起鲁迅小说中的阿Q，最开始时他觉得阿Q这个人很好笑，后来便觉得自己其实从骨子里也是阿Q那样的人。比如说，阿Q当时要参加革命，一旦成功了他想到的首先是报私仇，然后是抢财产，接着便是想女人。其实这么多年自己也没有跳出这个怪圈，骨子里的东西似乎是与生俱来的，想丢都丢不掉。那干脆就不丢了，索性当一个现代的阿Q吧。等我将来经济上真的成功了，那个时候私仇没有什么可报的，有钱了当然也就有财产了用不着去抢，那接下来便是找一个自己心爱的女人。这个女人肯定不是胡文华，当然也不是于梦莎。那是谁？是柳叶，已经不可能了。人家马上可能就成为地委书记的夫人了，或者将来成为省委书记夫人也说不定，那应该是谁呢？对，应该是孙章。

孙章的影子一直晃动在庄志文的眼前，想丢都丢不开。这个女人确实很有滋味儿，只是不知道人家现在是什么样的情况，比如，有没有丈夫，或者有没有情人，这些还要进一步考察。

庄志文就这样想入非非，一直到胡文华把饭菜摆满了桌子，才带着没有结果的念头走上了餐桌。

我看你的食欲不太好，也别为了那个破广告太操心了。胡文华给庄志文夹着菜，关切地说。

庄志文干脆来一个就坡下驴，我这个人要么就不干，干就干好，我要想干好一件事，宁可不吃饭不睡觉。

胡文华满意地点点头。

等再次约到孙章的时候，果然如庄志文所预想的那样，两个人比第一次要更亲密更融洽。

庄志文心里也非常清楚，孙章满脸的悦色多半是为了这份广告。他知道广告部的主任看重的是什么，但是也难说，孙章第一次不是说了吗，现在有自己的房子也有自己的车。这一次我要试探一下，除了这些物质条件之外，她缺的是什么。

望着打扮入时焕然一新的孙章，庄志文看得有些发愣。

庄副总，咱们还是先把那份广告的事落实一下吧。专题片我已经找好了人，那可是我们电视台的高手，他拍的作品多次上过中央台，还获过大奖。

你办事我还能不放心吗？在这方面你是行家，我只管出钱，全都拜托你了。庄志文满脸真诚地对孙章说。

谢谢庄副总的信任，我一定不辜负贵公司的希望，现在咱们就商量一下广告的制作和经费拨款的事。

两个人几乎头挨着头在一起商量，每一项都写得很具体很详细，庄志文毕竟是第一次接触这方面的事情，多数时候只能听孙章的介绍和说明。

庄志文终于把那份广告和专题片的预算搞明白了。总的投资应该在四十万元以内，大华服装公司投资金额可以达到五十万，也就是去掉庄志文百分之二十那十万元之外还有可观的余头儿。

庄志文还是有些不放心地说，你们电视台怎么规定的我不管，该你拿的你也不要客气，我的那份也有你的，谁让咱们是朋友了呢。

这个自然，不过我还是有些不放心，凭你们胡老总那么精明的人，难道她会把这么大的权力下放吗？将来如果她真的查账的话，你可就要吃不了兜着走了。

庄志文抬起头来望着孙章那张俊美的脸，十分肯定地说，我不信，第一，她是相信我的，难道她能查我的账吗？第二，只要你守口如瓶，那就是天知地知你知我知，其他谁都不知了，这可以说是天衣无缝。我还怕什么呢？

但愿如此。孙章还是认真地说，我可提醒了你，将来可别怪我。

庄志文顺势地拍了拍孙章的手，很动情地说，就是你无意中把我出卖了，我也认了。

孙章微笑着说，那我要是有意的呢？

庄志文说，那就算我看错了人，到时候我自己就把眼珠子抠出来。

广告和专题片做得有条不紊，广告拍得很精美，在不到一分钟的时间把大华服装公司从产品到员工，从生产车间到企业荣誉都展示得淋漓尽致，播出之前电视台把胡文华也请来对广告进行审查。

胡文华非常满意，对庄志文说，这件事你办得不错，我给你记上一功，到时候再给你发一个大红包。

在电视台审查广告的时候，庄志文有了一个特殊的发现，那就是胡文华和孙章两个人似乎原来就认识，而且关系也非同一般，庄志文是从她们两个之间的眼神中看出来的。

有了这个发现之后，庄志文顿时心跳得厉害。不管怎么说，自己同孙章也就见了几次面，对人家的情况根本不算了解，自己拿广告费提成的事如果真的被她告诉了胡文华，那可真是坏事了。

广告审完之后，庄志文走到孙章跟前悄声说，一会儿我要找你商量一点儿事，他说话的声音很低，只有孙章一个人能听见。把胡文华等人送上了车，庄志文又返身走进孙章的办公室。

你还有什么不放心的，这是你的那笔提成，我都给你存好了。孙章一看庄志文进来了，就从抽屉里拿出了一个存折递给庄志文说，存款的密码我已经写在了上面，你可以随用随取。

庄志文赶紧把那个存款折放在包里，然后很神秘地问，你同我们胡总是不是原来就认识？

孙章没有否认，但是很平淡地说，只是一般认识，没有什么过深的交往。不过你不用担心，该说的话，该办的事，我会有分寸的。

庄志文放心地点了点头，又很热情地对孙章说，咱们的事已经办成了，你看我们胡总那个高兴的样子。咱们也应该找个机会庆祝庆祝，不知道你有没有时间？如果可以的话，我想请你出去旅游。

旅游，就现在？孙章摇摇头，现在正是非典时期，你走得出去吗？如果有可能的话，等过了这一阵子再说吧。

那咱们就这样说定了，这笔钱我分文不动，将来咱们好好出去玩一玩。还有，出去的时候就咱们两个人，你看行吗？

孙章忍不住笑了，你的胆子也够大的，难道你不怕你的胡老板知道吗？

庄志文有些不在乎地说，我又没卖给她。再说了，这种事情我自己还做得了主，我又没有花公司的钱。

等过一段时间再说吧。这种事情一要有机会，二要有缘分。孙章平淡地说。

胡文华把庄志文又喊到了自己的办公室，然后走过去把门关上，回过身来小声地说，电视台这件事你办得不错，这说明你对公司还是非常负责的，也是对我负责。这样吧，现在还有一件事，你也得费心办一办，这对咱们公司和对你本人可都是一次挺好的机会呀。

庄志文坐在沙发上，跷起一条腿说，还有什么好事，你说来我听听。

胡文华给庄志文倒了一杯水，坐在了他的身边说，我从一个朋友那里搞到了两样现在市场上紧俏的东西，弄好了的话，能赚一大笔钱。

听到能赚大钱，庄志文顿时眼睛一亮，赶紧把身子坐直了，又伸手搂过胡文华的一个肩膀问，你快说，到底是什么东西？

胡文华伸手在庄志文的手上打了一下，嗔怪地说，这是办公室，又不是在家里，让人家看见多不好。

庄志文撇撇嘴，这都明摆着的事，人家知道我在你的办公室，就是有事儿也不会在这个时候敲门的。我早就看好了，咱们办公室的这几个人，别的事儿可能干不好，他们这点儿眼力见儿还是有的。

胡文华轻轻地叹了一口气，话虽然这样说，但是我一进公司就觉得和家里不一样。

庄志文有些着急地问，别说那些没用的了，你快说说到底是什么东西，我该怎么办吧。

胡文华伸出两个指头，一个是消毒液，一个是板蓝根。这两样儿东西往南面一运，那可是要涨好几倍。

你是从哪里弄到的，有这种东西，那可就是钱呀！庄志文兴奋地说，咱们得赶紧操办这件事，现在是机不可失，时不再来。

我也这样想的，所以才找你来商量。最近我还有事情要处理，实在忙不过来，这是对方的电话，你先同他们联系联系，价格当然越高越好。这件事办好了，咱们又可以赚一大笔。胡文华说着，又从抽屉里拿出一个名片递给庄志文。

庄志文拿过名片一看，是南方一个公司的老板，就问，他也是搞这方面的人吗？以前和我们熟吗？

胡文华摇摇头，这些还不太清楚，以前只是普通的接触，没有大的合作。不过我想，只要是挣钱的事，他会感兴趣的。

庄志文点点头说，你说得对。这年头儿商人就是被利驱使，只要有了利益有了回报，他就会来劲儿。你放心吧，我马上同他联系。

庄志文回到办公室很快拨通了那个叫汪富贵的人的电话，对方也很爽快，听口音也是北方人。两个人便在电话里热情地唠起来，不到十分钟，两个人便成了没见过面的朋友。那个汪老板说他也是前几年才到南方的，这几年在那里也是东一头西一头的，但是混得还不错，这次非典也给他创造了一次发财的机会。说这两样东西要赶紧运过去，现在在他们那里这种东西根本看不到，老百姓早就抢疯了，一见到这些东西根本不问价。

庄志文坐在转椅上，不住地摇晃着身子，美滋滋地想，这可真是好事成双，那边电视台刚把提成的存折交到了手里，现在又有一笔大钱要装进自己的腰包，看来我离开外贸局到大华公司来这一步真是走对了。

庄志文终于有了那种盼望已久的感觉，转眼间没费吹灰之力，就这么容易地挣了一二十万元。这样发展下去的话，将来也用不着干等胡文华把公司的股份再转让给我了，因为自己靠自己的本事也是百万富翁。方才庄志文虽然在电话里没同那位汪老板把话说透，因为是第一次通话，又没有见过面，就冒昧地把自己提成的事说出来，那太危险了。这种事情还得有个过程，如果不是非典的话，我现在就亲自押着货去一趟，神不知鬼不觉地把事情摆平，到那个时候又将有一笔更多的钱属于自己。

等第二次同那个汪老板通话的时候，还没等庄志文开口，那个汪富贵就说，要在原来的价格上稍稍降一点儿，然后把这笔钱转到庄志文的名下。

听到对方这样说，庄志文觉得心中一阵狂跳，兴奋地想，这钱来得也太容易了，这简直就是从天上往下掉馅饼，而且这馅饼太大了，便把嘴贴近话筒说，这个我明白，就照你的意思办。这边由我来办好，那边的事就拜托你了。将来咱们后会有期，以后的日子长着呢。

简简单单的几次电话，庄志文在心里粗略地估算了一下，这批消毒液和板蓝根如果顺利地运过去的话，最后能放进他自己腰包的钱会远远超过电视台给的那笔。

这两件事发生在这么短的时间里，真是让庄志文兴奋得有些受不了了。他努力地抑制着心头的喜悦，在自己的办公室里来来回回地走着。按照他的想法，他应该把这种成功的喜悦让更多的人知道，可是这种事情现在对谁都不能说，尤其是胡文华。从某种程度上说，这两笔钱都是他庄志文绕了一个圈从胡文华的口袋里掏出来的。想到这一层，他在心里又觉得有些对不起胡文华。人家对我这么好，把这么重要的机密事情交给我办，我却留了一手，从公从私做得都有些那个。但庄志文转念一想，对这个女人如果我不用这种办法的话，说不定她也不会那样痛痛快快地把她的股份转让给我。这就好比老百姓说的，牵着不走，打着倒退。我这样做了，她反正也不知道。再说了，这也怨不了我，她原来答应得好好的，说我拿到离婚证的时候，我们两个就办事，同时把股份转给我。现在又要往后拖，这种事情夜长梦多，我还是应该来个先下手为强，即使将来我们两个人的事有个风吹草动的我也不怕。

想到这里，庄志文在心里说，量小非君子，无毒不丈夫。你胡文华想跟我要心眼儿，你还嫩点儿。

32

当听到汪富贵在电话里告诉他说那笔钱已汇出来时，庄志文终于控制不住内心的喜悦，他要找一种方式庆祝这种意想不到的成功。

真是太不可思议了，简直跟做梦似的。庄志文在心里说。

庄志文对这种美好的感觉盼望得太久了，以至于真正到来的时候自己都不敢相信。他努力地稳定着自己的情绪，想使自己显示出遇大事而不惊的大将风度。这一刻，他突然产生了一种奇特的感觉，那就是成功其实也很容易，并不像想象中那么难。只要是命运之中有了这种机会，要想升官发财那都是再自然不过的事情了。那些高高在上的大官，还有那些腰缠万贯的富翁，并不是他们多么有才学有能力，只是命运给了他们某种机遇，于是就成功了。我庄志文现在也终于时来运转了，我等了盼了这么多年，也该轮到我了。

成功之后就要像一个成功的男人那样，现在当官儿已经没什么意思了，还不如我现在这样，轻而易举地便成了大富翁，有了钱想办的事还不是很容易吗？

女人，这个念头不断地出现在庄志文的脑海中，同他有过交往的几个女人也像走马灯般地在眼前走过，最后定格的是那张年轻美丽的脸。不仅学历高，而且长得也漂亮，这就是刚刚认识的孙章。这几天庄志文已经通过别人打听过这个女人，大学毕业，又读了在职研究生，年近三十，至今未嫁。不知道她在等什么，这可能是命运安排的，让她在这个路口等着我。这真是金钱美女在一夜之间都归我所有，我庄志文真是一步登天了。

庄志文再也不像以前那样缺乏信心了，因为他已经认识到自己的价值了。一个成功的男人就应该表现出在所有事情上的自信，特别是在女人问题上，我还等什么，我要有所行动了，想到这里，庄志文果断地拿起电话。

电话那边的孙章听说庄志文要约她吃饭，便婉言推辞着，说现在手头儿正有一件事需要处理，这两天还要接待中央电视台来的领导，再过几天就要到南方去开会了。

孙章的一番话仿佛一盆冷水对着庄志文高涨的热情兜头泼过来，让庄志文感到猝不及防，坐在沙发上有些不知所措。他真是想不明白了，凭着自己的身份和条件，你孙章有什么可摆的，充其量你不就是一个电视台广告部的主任吗？说到底你也是一个嫁不出去的老姑娘，还把自己看得那么高。

庄志文在心里愤愤地想着，他分明听得出孙章是在有意地回避他，而且一竿子把他支出了十万八千里。这鼻子灰碰得真是有些妈妈的，庄志文在心里面不知道是骂别人还是骂自己。

晚上下班之前接到胡文华用手机打来的电话，说要约他到市里新开的一家叫诚信饭庄的饭店去吃饭。因为那里庄志文没有去过，便在电话中问了个仔仔细细，他不明白胡文华为什么要约他到那里去。

这是一家门面不是很大的饭店，但是很幽雅，服务人员也很热情，在那个事先准备好的雅间里，胡文华已经等候在那里。

庄志文在来的路上便不停地想，这个胡文华到底是抽的哪根筋，在自己家的别墅里那该多好啊，那才是真正两个人的天地。自己不愿意做，不管什么饭店的什么菜，只要打个招呼就会热情地送上门来，还用得着东跑西找地找到这个小饭店来吗？

胡文华的表情很平淡，招呼着服务员说，就按刚才我已经点好的往上端。

不到五分钟，四盘精美的小菜和一瓶红酒就上了桌。

胡文华望着庄志文疑惑的眼神微微一笑，问道，你知道我今天为什么约你到这个饭店来吗？

庄志文茫然地摇摇头。

胡文华指了指菜单上饭店的名字说，其实我就是奔饭店的这个名字来的。诚信，这个名字起得好，做买卖要讲究诚信，做人也是如此。我就信那句话，人以信为本。失去了信用，我觉得人的那一撇一捺就支撑不起来了。

庄志文被胡文华说得一头雾水，便不解地问，这两个字我可能理解得比你还深。我不明白你请我到这里来，难道和这两个字还有关吗？

胡文华的脸顿时冷了下来。你以为呢，按说咱俩的关系也用不着兜圈子了，也该直截了当地有一说一。可是正是因为咱们这样的感情，我才应该给你一次机会，这样不管将来发生什么事，我也算对得起你了。

你这是什么意思，越说我越不明白了。庄志文愤然地推开了那杯已经倒满了酒的酒杯，有些不高兴地说，有什么话你就直接说，你绕来绕去，好像是在说我没有诚信。那么你说说，我在什么地方表现出来配不上这两个字，你倒是说呀。

胡文华苦着脸摇摇头，又叹了一口气，有些无奈地说，凭着我们两个人的关系，我提这个话题我自己都觉得有些痛心。真是没有想到，现在机会就摆在你的面前，你却不知道怎样珍惜，我告诉你

270

吧，咱们这顿饭也可能是最后的晚餐，就看你的表现了。

庄志文心里一惊，这个女人难道是发现了我最近得到的这两笔回扣了吗？不可能，绝不可能，即使她听到一点儿风声，那也是望风捕影的事。她没有真凭实据就来对我敲山震虎，她是把我当成三岁小孩子了。我庄志文不是那么好吓唬的，这两件事只有我们三个人知道，那两个人不说鬼都不知道。我就不信你胡文华是孙悟空能钻到人家肚子里去！想到这里，庄志文也动了情绪，拍拍胸脯说，我对你是问心无愧的，你如果信不着的话，我也没办法。

胡文华盯着他说，果真是这样吗，你敢发誓吗？

我什么都敢，我没做什么亏心的事，别说发誓，半夜叫门我心都不惊。庄志文说得振振有词不卑不亢。胡文华自己端起酒一扬手干了下去，又把自己的酒杯倒满，感慨地说，我真的不想通过我的嘴来告诉你，可是没有办法，谁让你是这种不见棺材不落泪的人呢？实话跟你说了吧，你知道电视台那个孙章和我什么关系吗？庄志文心里一动，果然提到了电视台的事，但是已经到了这种程度，就得咬牙挺下去，来个死猪不怕开水烫，便说，你们什么关系我不知道，你不想说我也不会问，但是和我有什么关系？

她是我的表妹，她是我亲大姨生的孩子。胡文华说得很平静，但是两只眼睛闪动着很复杂的光，直逼着庄志文，她什么都跟我说了。

庄志文顿时感到头顶的天突然塌了下来，真是后悔莫及呀，怎么也不打听好，自己真是太草率了。可是事情已经到了这种程度，也只好咬着牙关往下走，好在还剩下消毒液和板蓝根的那件事，即使现在同胡文华闹翻了，那一笔钱也够本了。想到这里庄志文梗了一下脖子，耍赖地说，你既然已经知道了，那我还能说什么，你就看着办吧。

除了这件事，再就没有别的了？胡文华直视着庄志文。

庄志文也端过被他推远了的那杯酒，咕咚一下喝了下去，一抹嘴巴说，事情都是你要办的，我就是拿点儿好处也不出什么大格。现在我终于看明白了，也想明白了，这一切都是你精心安排的吧？

我活到了这个岁数，经得多了，见到的人也多了。再说了，你无数次说过爱我，总得拿出点儿你爱我的证明吧。咱们两个换个个儿，你也会对我画个问号，解开这问号的唯一方式就是通过事情来验证。现在我就把话说明白了，接受咱们那批消毒液和板蓝根货的那个汪老板，是我生意场上最铁的朋友。你也太嫩了点儿，居然没见面，就要和他搞什么攻守同盟，你也不想一想他和我究竟什么关系！君子爱财，取之有道，你看看你，我怎么说你好啊？连着两件事情，你都跟我耍心眼儿，把那么大笔钱变成了你的回扣，你让我太失望了！

　　庄志文被胡文华说得深深地低下头，尴尬，丢人，很多复杂的感情都一股脑儿地涌上心头。他现在真正理解了很多书上写到的那句话，恨不得有个地缝都能钻进去。可转念一想，这个女人也太歹毒了！她不是设好圈套让我往里钻吗，绳套的那一头她自己攥在手里，现在看我上套了，她却把绳套一紧想要我的命，真是最毒妇人心呀。

　　两个人一时沉默起来。

　　庄志文又把酒杯端起来喝了一大口，怒视着胡文华说，我搞那两笔钱说起来是有些不仗义。可是现在这年头儿，手里没有钱，说话气就不粗，再说了这点儿钱对你来说也不算什么大事，你还用得着跟特务一样来盯着我考验我吗？你平时不也是甜言蜜语地说咱们的情谊无价吗，现在可倒好，你给我来了这么损的招儿。

　　胡文华不恼不气地说，你现在却觉得满身的理。是，这点儿钱对我来说是不算个什么，可是我却试出了你的心。话说回来，我虽然是有心在试探你，可是你如果真是那种讲诚信的人，把这两件事办好，你知道我怎么想的吗？我就准备非典这件事消停之后，就把我自己嫁给你。到那时候，别说是大华服装公司百分之二十或者百分之三十的股份，我整个人都是你的了。其他的还在话下吗，可是你不争气呀！

　　话已经说到了这种程度，庄志文感觉世间没有一条路可以作为他的退路了。他索性把心一横，我干脆就来个一硬到底，反正那两

272

笔钱已经到我的账号上了，真的闹崩了，我也闹个够本儿。

望着一声不吭的庄志文，胡文华又开口了，其实我都知道你现在怎么想的，可是我说了你可能杀我的心都有。不过我不怕，我做人做事就是这么光明磊落。你知道吗，你的那个存折我估计你还没有用过。你如果不信的话，你明天可以到银行去试一下，看能不能取出钱来。我还可以告诉你，你也可以不信，那存折上的密码是假的。换句话说，你的那个存折从某种角度来说和一张废纸没什么两样。

庄志文顿时感到从头凉到了脚，完了，彻底地完了！他在心里暗暗叫苦，这种天上地下的感觉，实在是要人命呀，来这个饭店之前自己还高兴得像个神仙，现在不仅在胡文华面前丢尽了人，而且又变成了和以前一样的穷光蛋。这个女人真是太狠毒了，简直是在要我的命呀。

胡文华望着狼狈不堪的庄志文，有些动了恻隐之心，不忍心对面前这个男人再继续穷追猛打了。虽然庄志文从骨子里还没有脱离掉自私的本质，可是还不是那种坏透了顶的男人，起码的羞耻之心他还有。再说和自己毕竟也交往了这么长时间，设身处地为他想想，一个男人谁不想在事业上获得成功，或者拥有更多的财富呢，这也是男人能力的一个证明。更何况这么多年他一直觉得自己是怀才不遇呢。想到这里，便缓和着口气说，你可以想一想，这件事我可以不追究了，但是那两笔钱我得追回来。你要缺钱的话，可以告诉我，需要多少我可以给。还有一点，这件事我不想让更多的人知道，咱们两个人的关系公司上下没有不知道的，如果让别人知道了，丢人的不仅是你，更重要的是我。你以后还是大华公司的副总经理，但是你只管宣传和文秘工作，具体点儿说，你只有做事的义务，没有管钱的权力。你近期再也不要和我提参与经营的事了，你的那点儿工作嘛，你可以做也可以不做，你的工资我也想好了，年薪降到两万。有朋友早就劝过我，说男人不能太有钱，手里的钱多了就会学坏的。我给你这点儿工资，你除了要供你的那个孩子以外，你就留作零花儿，其他要买什么东西要办什么事你和我打招呼就行。

胡文华说到最后，声音变得很委婉，甚至很温柔，但是在庄志文听来就似腊月里的寒风，让他心头发紧。我这成什么了，这不成了她养的一个宠物了吗？我可是一个堂堂的男子汉哪，整天被她呼来唤去的，想花点儿钱还得向她伸手，这不是太丢人了吗？她把我当成什么人了？

一看庄志文还是不作声，胡文华以为他动心了，又接着说下去，以后咱们还是原来那样过日子，等我觉得咱们需要把事情办了的时候，那个时候自然会办的。只是你可千万别再跟我分心了，我不图别的，就图的是你能跟我一条心，心里真的能有我的位置。

庄志文虽然表面没有说什么话，可心里别扭极了，现在走到这一步已经没有退路了。外贸局回不去了，自己原来的那个家也回不去了，现在只有胡文华能够收留我。真是可悲呀，他在心里为自己的命运抱着屈，可是又没有别的办法。如果我还有另外一条路可走的话，我肯定要把耳光扇到这个女人的脸上。

跟在胡文华的身后再一次走进那幢别墅的时候，庄志文的感觉全变了，这座富丽堂皇的房子一下子变得陌生起来，这完全是走进别人的家里，甚至还有一种当小偷的感觉。

虽然进门之后的程序和以前一模一样，可庄志文无论如何都进入不了角色了。吃饭时，当胡文华再让他喝酒时，他推到旁边说，我今天不想喝这个。

胡文华走过来，摸着庄志文的头，动作很亲热，可说出来的话却是软中带硬的，听话，不喝一会儿你怎么上楼完成工作任务呀？

庄志文只好端起酒杯，但却像赌气似的说，喝了也不一定行。

胡文华也以为这是一时的气话，上楼后庄志文却真的不行了。不管两个人怎样努力，还是失败了。因为胡文华也喝了不少酒，欲望早被点着了，如熊熊大火。

你也太没用了，你还是个男人吗？胡文华终于忍无可忍了，满脸涨红地训斥道。

庄志文本来心里就窝满了火，听胡文华这么说，也吼道，你也太没品位了。干这种事完全是灵与肉的结合。我是有思想有灵魂的

274

大活人，不是机器！

胡文华就像不认识似的望着庄志文，继而冷笑一声道，你也太抬高你自己了，还灵与肉呢！你也不搬块豆饼照照，看清楚你自己是个什么样的人。你别以为会写几笔臭文章就了不起了，现在谁还把那个当回事。你别这样看着我，我原来说的愿意看你写的小说什么的，只不过是找个说话的理由罢了。你在我眼里呀，是什么呢，真不好说。

胡文华的这通话，虽然不多，可对庄志文的打击却是残酷的，让他一下子跌进了十八层地狱。这时再看胡文华的那张脸，他觉得是那样的可怕。

胡文华一看庄志文僵在了那里，以为他后悔了，就把语气变得柔和一些。别像不懂事的孩子，快来吧，这会儿药劲儿也该上来了。

你真把我当成机器啦？庄志文盯着她说。

一看庄志文并没有如她想的那样，心里的失望再加上欲望煎熬着得不到满足的痛苦，使她那张本来就不怎么好看的脸几乎都变形了。机器？我告诉你吧，你真不如一台好机器。

庄志文真想冲上去打胡文华几个耳光，但他还是忍住了，转身向楼下跑去。

如果不是半夜了，庄志文都不想在这里再多待上一分钟，他现在只好在这里等到天亮。

庄志文很自然地想起以前在原来那个家的遭遇，这真是一个怪圈，走来走去，还是在这样的圈子里转，难道这就是命吗？庄志文拉开窗帘，推开窗子，外面一股冷风吹进来，吹得他浑身起了一层鸡皮疙瘩。他又赶紧把窗子关上，透过玻璃望着幽静的夜空，人都说天上一颗星，地下一个人，天上的哪颗星属于我呢，我怎么就这样噩运不断呢？

整整一夜，庄志文一眼都没眨。早晨起来时，一照镜子，两个黑眼圈活像一只大熊猫。尽管在餐厅里胡文华已经做好了早餐，但是他一点儿胃口也没有，便招呼也不打，匆匆地离开了那幢别墅。

33

庄志文没有直接去上班，他觉得那个大华服装公司已经没有自己的容身之地了。即使自己再去，充其量也只能是一个摆设，说穿了，他现在倒成了一个名副其实的胡文华身上的某个物件儿，他的存在与否完全是凭着那个女人的心思。

望着天上那轮刺眼的太阳，庄志文感到一阵眩晕，现在他不知道该往哪里去，但是有一点他是清醒的，那就是需要找一个安定的地方休息一下。

在那个又脏又破的小旅馆里，庄志文一觉睡到了下午，睁开眼睛一时想不起这是在什么地方，自己又是因为什么来到这里，等想明白了这一切，他坐在床上不觉潸然泪下。

他这时突然想起了小时候父亲曾经说过的几句话，因为顺口好记，他现在都能背下来，交官穷，交客富，交个买卖人多穿二尺布，交个养汉老婆没住处。如今自己可真是应了这最后一句，本来想得好好的，如果"曲线救家"的计划实现的话，我庄志文也算没有白白受了这么多屈辱。现在可倒好，真是有家难回，有志难酬啊！

外面的街上车水马龙，所有的人都行色匆匆，都在匆忙地奔向生活的某个目标。庄志文走到外面，脑子空空地望着街上的一切，在一个十字路口他停下来，他甚至不知道现在该往哪个方向走。

他终于清楚自己现在的处境了，该往哪里拐这个弯儿，这关系到他的后半生，可是哪一条路才能走通呢，走在哪条路上才能使自己像一个真正的男人呢？眼看着到手的金钱瞬间化为乌有，原来还算过得去的家庭已经不属于自己了，现在身边的这个女人只是把我当成生理需要的一个工具，我这样活着还有什么意义可言？

街上的路灯和霓虹灯纷纷亮起来，这几天电视和报纸都纷纷报道非典即将过去的消息，整个南江市的街道又开始热闹起来。每一

276

家饭店前又开始熙熙攘攘人流不断了，透过那些大玻璃窗，庄志文看到里面的人又都在兴高采烈地喝酒谈天。这就是生活，像大河里的波浪，有低潮就有高潮，可是我庄志文的高潮又在哪里呀？他在心里问自己，他当然得不出答案。

正当庄志文毫无目的地在街上游荡的时候，从一家大饭店门口的一辆奔驰牌汽车里面出来两个人，从远处看庄志文就觉得这两个人他似乎有些熟悉。他便紧走了几步，终于看清了，那个男的是王峰，那个女的是孙章。

庄志文心头顿时升腾起从未有过的悲哀和苍凉感，他现在甚至能理解那些在绝望时不能自拔的人选择了自杀这条路。如果真有那种勇气的话，也算作一种解脱，可以一了百了，可是自己真有那样的勇气吗？不行，我一步一步走到今天，吃了那么多苦，受了那么多屈辱，我终于有了大学学历，还积累了那么多才华，还曾有一个挺完整的家庭。对了，还有一个挺好的女儿。

想起女儿庄晓飞，庄志文的心头顿时滚过一阵暖流，这孩子现在也不知道怎么样了，和她妈妈两个人过日子，不知道习不习惯，现在真有点儿想她。

当收发室的老头儿把那封信交到他手里的时候，他看到信封上的字有些熟悉，哦，是庄晓飞写的，对，是女儿写的，庄志文赶紧把信撕开，飞快地看起来。

爸爸：

你好吗？自从你离开这个家，咱们再也没有见过。虽然我知道你还在南江市，可是我觉得你已经离我们好远了。本来，我是不想写这封信的，可是我还是忍不住，而且我写这封信的事妈妈是不知道的。

你和妈妈这么多年大打小打从没断过，我也知道你们的感情有距离，但是我总觉得这是现在家庭中难免的。因为世间几乎看不到从不吵架的家庭，甚至还有人说夫妻间的吵架常常是家庭生活的一种调节剂，使生活有波有澜。

但是当你们真正分手之后，我才真正感到了你们的吵架根本不是那么回事。作为你们的女儿，我无权干涉你们在婚姻中的自由，但是我毕竟是这个家庭的成员，是你们两个人结合之后才有的我，现在我要说的一句话就是你们为什么要生我？你们的不幸和痛苦还要拉上我这个人来分担，这对我是不公平的。还有，我也是马上初中毕业的学生了。现在大人们常常说我们这一代人人小鬼大，是的，现在能够直接或者间接地教给我们东西的远远不止老师和书本。我们心里怎么想你们知道吗，我敢说你们不完全知道。有人说我们整天只知道吃喝享受，其实我敢说在我的心里最起码还懂得什么叫真善美。如果以前对这些问题我想得少的话，那么自从你和妈妈分开之后，我都觉得我突然长大了不少，变得我自己都有些吃惊。你离开家这些日子，我经常想一个问题，因为现在我是一个女孩，再过几年我就是一个女人，正常发展我将来也会接触男人，现在我甚至都在设想我心目中的那个男人的形象。爸爸，你想听吗，我可以告诉你。第一，那个男人要有好的品德，他胸膛里的那颗心应该是滚烫的。他应该知道这个世界上人类才是最应该懂得感情和珍惜感情的，他不应该是那种视弃情于不顾的冷血动物。第二，那个男人应该有事业心有责任感，在外面能对事业不断追求，靠自己的真才实学创造一片成功的天地。说到责任感，大到社会小到家庭，该到他挺起肩膀的时候，他不应该是懦夫，更不该是逃兵。第三，这个男人不一定很英俊，他可以相貌平平，但要活得真实。干事情的时候要脚踏实地，绝不好高骛远，他永远根据自己的能力去客观地扮演在社会和家庭中的角色。我不企求那个男人大富大贵，或者有多么显赫的地位，或者多么耀眼的荣誉，但他必须真心地爱我，爱我们这个家庭。爸爸，作为一个男人，作为曾经是我妈妈的丈夫的你，面对我说的这几条标准，你觉得你配吗？现在我告诉你，你不配。

278

这种话虽然不是我这当女儿的应该说的，但是路是你自己走出来的，人家都说父母是孩子最好的老师，你在我面前，这些年你可以自己说说，你用自己的言行教给我什么了呢？

我现在还不能完全理解我妈妈对你的感受，甚至我偷偷地为她抱不平。我觉得凭她的条件，尤其是当年，她完全可以找到比你好得多的男人。当然了，她有她的缺点，由于她原来家庭的优越和从小养成的性格，很多时候她争强好胜，在和你争吵的时候，不给你留面子，让你失掉了男人的自尊，但是我敢说我妈妈的心地要比你纯正得多善良得多。尽管你对她做得那么的绝情，但是我知道我妈妈的心里还是有些放不下你。因为夜里我睡一觉醒来时，常常听见她偷偷地长吁短叹，我问她她又不肯说。

我写这封信只是表达我对你和你们这件事的看法，无意争取你们能够破镜重圆。但是我希望我的父亲能让我在说起世间这两个神圣字眼的时候，心里也能有些许的骄傲，不会永远像现在这样感到自卑。用我妈常说的话说，你应该活得像一个真正的男人。

我知道你和妈妈是大学时的同学，又在一起生活了这么多年，还有了我这么一个人。不管你们将来如何，我敢说你们两个人今生今世在情感领域里都会藕断丝连。爸爸，你做到现在这样，我敢说，你的后半生将背起一个良心和道义的沉重包袱，难道你要永远这样背下去吗？

我的生活和学业不用你操心，我自信能够超过你。我现在唯一的希望就是你不管走到哪里，不管什么时候，只要做出了一件或者更多件能让我高兴让我感到自豪的事情，就以最快的方式告诉我，或者通过别人告诉我。我不是可怜你，我是可怜我自己。我曾在心里无数次地祈祷过，我庄晓飞也应该有一个让我想起来就感到思念、让我谈起来就感到自豪的父亲。

我和妈妈生活依然平静如水，但我知道妈妈有的时候心情很抑郁。她想什么我不完全知道，我也不希望你永远是局外人，说句心里话，咱们家这扇大门其实永远不会上锁，但是你要打开它你知道用什么样的钥匙，除了你的言行，你还应该有那种勇气……

女儿的信读得庄志文百感交集，他没有想到女儿在一夜之间就长大了，甚至比他都成熟，都高尚。信中的言辞有的地方如春风，有的地方又似严霜，看得庄志文后背感到有些发凉，真是惭愧呀！面对女儿信中的不是声讨的声讨，庄志文真是感到无地自容。同时他对女儿在信中所展露出来的文采更感到吃惊，以前看这孩子写的作文也很平常，没想到这封信写得这样文采飞扬，这可能是自己的那个遗传基因在起作用吧？可是那信里的语言又让人难以接受，或者让人感到那么难堪，这似乎又有她母亲的影子。

庄志文把那封信放在口袋里，就像放进了一份特殊的东西，他觉得很沉重，方才在字里行间，他看到了一种来自女儿内心深处的情感。那是一双充满了渴望的眼睛，现在我什么都没有了。如果说这个世界上还有值得我珍惜的，那就应该是女儿的这份期待，我怎样才能完成女儿的这种期盼呢？

庄志文又陷入了苦苦的思索。

庄志文鼓足了勇气才重新走回原来的家门的，进屋之后，他显得有些局促不安。虽然屋里所有的东西都是他再熟悉不过的，可自己现在就像走进了别人家里一样，衣服脱下来都不知道往哪里挂。

于梦莎倒显得很轻松，面无表情地走过来，很平淡地说了一句你来了，就指了指里面的沙发说，你先坐吧，我正在烧着水，一会儿我再给你沏茶。

庄志文摆着手说，不用了，我坐一会儿就走。

于梦莎在对面坐了下来，很爽快地说，要说什么你就说吧，怎么样，我是应该祝贺你呢，还是应该欢迎你呢，你这位全国乃至全世界独一无二的正在进行着艰苦卓绝的曲线救家的男人？

庄志文搓着两只手，把头深深地低下来，半晌才说，你真是改不了的脾气，总是那么尖酸刻薄，我现在都混成这样了，你还哪壶不开提哪壶。

哟，怎么，副总经理当着，大把的钞票赚着，现在倒回来哭穷了，还哪壶不开提哪壶。对了，我烧的那壶水可能现在就开了，你先等着。

庄志文抬起头来环视着屋子里的一切，这些东西虽然离开他的生活不长时间，可是现在看着这些东西都恍如隔世，是那样的陌生和遥远，可是又分明觉着是那样的熟悉和亲近。这屋里的每个角落和每件物品他几乎都能说出和它们有关的故事和来历，他不由得站起身来走过去摸摸这个又瞧瞧那个。

来吧，这是你平时爱喝的茶，于梦莎端着一杯热茶从厨房里走出来。

庄志文重新坐在沙发上，支支吾吾地说，我今天是想和你谈谈，看我还有没有资格回到这个家。

于梦莎吃了一惊，但马上就冷笑了一声说，那怎么可能呢，这个小家如何能装得下你这么大的人物啊，你这样的金凤凰，只配往那高枝上落，我们这里可是又穷又土呀。

庄志文涨红了脸，半天才说，我接到女儿给我写的一封信，对我的震撼太大了！这几天我觉都没睡好，思来想去觉得有些对不起你们母女，可是，可是我的出发点你还是应该理解的。我如果混好了，实现了我那个目的，不管你能不能瞧得起那种办法，可我倒觉得是应该尝试一下的，至少为这个家，为孩子的将来。

呸！于梦莎一脸的轻蔑和愤怒，站起来指着庄志文说，庄志文呀庄志文，我怎么说你才好呢？你给我打电话说要回来同我谈谈，我真以为你回心转意了，没有想到你还是原来的那个你。你瞧瞧你走的是什么路，在孩子的眼里你都是一钱不值的父亲，现在还美其名曰为了这个家。我告诉你，你是这个世界上最最自私的人。你别不承认，你表面上为了这个为了那个，你骨子里就为了你自己。你不是说你这几天睡不着觉吗，我告诉你，你如果真睡不着觉的时候，真该好好想想。

庄志文擦着头上沁出来的汗水，抬起头来望了望于梦莎，乞求般地说，你就别说了，这些日子我也够难受的，现在我不是已经想要回头了吗？

怎么，在那个女人那里没有得到你想得到的吗？告诉你吧，这天底下从来就没有免费的午餐。于梦莎喘着粗气坐下来，用手指点着庄志文，你呀，什么时候能活得像个男人？

庄志文有些不服气地说，我倒觉得我从来就是一个男人，我不知道你需要什么样的男人。

于梦莎站起来，很不客气地指了指门口说，到现在了，你还是这样想这样说，看来你真是不可救药了。你知道吗，要不是女儿在我面前为你说情的话，你今天还想进这个门，有那种可能吗？现在我很客气地对你说最后一句话，请你马上到外面把那扇门给我关上。

庄志文没有想到走回这个家门是这种结果，一边往外走，一边回过头来对于梦莎说，你就不能看在咱们这么多年的分上，看在女儿的面上，给我一次机会吗？

于梦莎咬了咬牙一脸冰霜地说，告诉你，现在绝不可能！我就是找在外面出苦力的，也不会再找你这样的。你说到咱们这么多年的感情，说到女儿，所以我今天才把你当个人一样让你走进这个门。我现在对你只有一句话，你什么时候活得像一个真正的男人，你才有资格同我讨论这个话题。

走到外面的庄志文，望着漆黑的夜空，觉得一片茫然。

图书在版编目（CIP）数据

问题男人 / 流岚著. —北京：中国文史出版社，2018.1

（跨度长篇小说文库）

ISBN 978 - 7 - 5034 - 9311 - 9

Ⅰ. ①问… Ⅱ. ①流… Ⅲ. ①长篇小说 - 中国 - 当代

Ⅳ. ①I247.5

中国版本图书馆 CIP 数据核字（2017）第 144769 号

责任编辑：马合省　卢祥秋

出版发行：**中国文史出版社**

网　　址：http://www.chinawenshi.net

社　　址：北京市西城区太平桥大街 23 号　邮编：100811

电　　话：010 - 66173572　66168268　66192736（发行部）

传　　真：010 - 66192703

印　　装：北京盛彩捷印刷有限公司

经　　销：全国新华书店

开　　本：720 × 1020　1/16

印　　张：18　　　　字数：250 千字

版　　次：2018 年 1 月第 1 版

印　　次：2018 年 1 月第 1 次印刷

定　　价：48.00 元